JUEGO DE SOMBRAS

ELISE KOVA

JUEGO DE SOMBRAS

Traducción de Alicia Botella Juan

⊘ UMBRIEL

Argentina • Chile • Colombia • España
Estados Unidos • México • Perú • Uruguay

Título original: *A Hunt of Shadows*
Editor original: Silver Wing Press
Traducción: Alicia Botella Juan

1.ª edición: julio 2024

Copyright © 2022 Elise Kova
All Rights Reserved
© de la traducción 2024 *by* Alicia Botella Juan
© 2024 *by* Urano World Spain, S.A.U.
Plaza de los Reyes Magos, 8, piso 1.º C y D – 28007 Madrid
www.umbrieleditores.com

ISBN: 978-84-10085-11-4
E-ISBN: 978-84-10159-59-4
Depósito legal: M-12.099-2024

Fotocomposición: Urano World Spain, S.A.U.
Impreso por Romanyà Valls, S.A. – Verdaguer, 1 – 08786 Capellades (Barcelona)

Impreso en España – *Printed in Spain*

Para Danielle

EL
CONTINENTE MAYOR

VANGAR

G

SOLARIN
«LA CAPITAL»

RIVEND

MOSAN

LA GRAN VÍA IMPERIAL

OPARIUM

EL
SUR
LYNDUM

PACA

LEOUL

SHAN

EL DEL DEL
FINSHAR

HAST.

EL
EST
CYVEN

EL
CONTINENTE DE
LA MEDIALUNA

ISLAS BARRERA

EL
OESTE
MHASHAN

QUI

NORIN

XIA

LAU

SILME

YON

ORE

LA
ENCRUCIJADA

ANTO

POHEAT

EL DESFILADERO

DAMACIUM

SORICIUM

LAGO
IO

ALDA

EL
NORTE
SHALDAN

ONLAN

EL BOSQUE CREPUSCULAR

NORIN

SORICUM

CROSSROADS

HASTAN

SOLARIN

OPARIUM

IMPERIO SOLARIS

U

PARTH

LAS ISLAS AÑICOS

ISLA DE ESCARCHA

OKOH

N

Uno

U nas aguas oscuras la rodeaban. Cada vez a más profundidad, unas manos invisibles tiraban de ella hacia abajo, hacia los brazos de la muerte. Eira no luchó contra su agarre helado mientras los dedos fantasmales se le hundían en la piel, los huesos y el alma. No intentó nadar hacia el glifo de luz que giraba encima de ella.

No hasta que sus ojos se posaron en Marcus. Su hermano se esforzaba por llegar hacia la brillante luz confundiéndola con la luz del sol, con un amanecer que no estaban destinados a ver. Eira abrió la boca para intentar llamarlo, pero el agua fría se precipitó en el interior de sus pulmones y la silenció.

Marcus.

Él nadaba todo lo fuerte que podía. Las manos acuosas se aferraban a él agarrándolo, arrancándole la carne. Lo arrastraban hacia abajo exigiendo su vida. ¿Es que no podía verlas? ¿Sentirlas? Si las sintió, siguió nadando hacia la luz de todos modos.

No.

Eira cerró los ojos con fuerza y se permitió ser tirada hacia abajo. Llévame a mí, articuló para la oscura marea, para las manos del destino sedientas de sangre. Llévame a mí en su lugar.

Se hundió más y más al fondo. La luz se atenuó hasta la nada. Marcus nadó hacia arriba, lejos de su alcance, mientras las sombras *la aplastaban. Eira inhaló profundamente. Se fusionaría con el frío y la oscuridad. Estaba dispuesta a ser su sirvienta si así él se salvaba.*

Eira no se despertó con una sacudida, sino con una exhalación helada. Su aliento se arremolinó en el aire como una pluma blanca, como si su espíritu estuviera abandonando su cuerpo. Miró al ya familiar techo de madera cubierto por una capa de pálida escarcha azul.

Habían pasado dos semanas desde la muerte de su hermano. Era una de las campeonas del imperio Solaris. Estaba en el camarote de un barco de la Armada Imperial de camino a Meru para competir en el Torneo de los Cinco Reinos.

Esos hechos la trajeron de vuelta a la realidad separándola de los sueños que la atormentaban. Eira se sentó. Su camarote era pequeño, todas sus pertenencias estaban ordenadamente guardadas en dos bolsas y había un gran baúl encajado entre la palangana y la puerta.

Levantó la mano. No era la primera vez que su magia reaccionaba al sueño y se despertaba cubierta de escarcha. Prefería el hielo a despertarse empapada. Eira movió los dedos en el aire suplicándole a la magia que volviera a ella.

Pero no acudió.

Inclinando la cabeza, Eira volvió a intentarlo. Pero la escarcha no se movió. En lugar de eso, como si fuera una protesta, la capa de hielo de las paredes que la rodeaban se espesaba a cada instante.

Esa no era su magia.

Eira apartó la manta de su cama y se puso en pie de un salto. Corrió hacia su bolsa y envió fragmentos de hielo dispersándose mientras se ponía rápidamente un par de pantalones debajo de su camisón de dormir. ¿Quién estaba creando ese hielo? ¿Y por qué?

Era otro sueño. Tenía que serlo. Pronto se despertaría. Aun así, le temblaban las manos mientras se ataba los botones de los pantalones.

La escarcha seguía cerniéndose a su alrededor. Estaba reviviendo la pesadilla que había tenido lugar tres años atrás. Ese era el aspecto que debía tener la habitación de la aprendiza a la que había matado. Primero esa chica y luego Marcus. La muerte y la magia seguían a Eira a dondequiera que fuera. No podría escapar. Moriría ahí, castigada por fin por sus crímenes.

—Céntrate —siseó Eira para sí misma cerrando los ojos con fuerza.

No estaba soñando y ya no estaba en la Torre. Estaba en un barco de camino a Risen, la capital de Meru. Y algo iba terriblemente mal.

Eira abrió la puerta de un tirón soltándola de sus goznes con fuerza. La escarcha había cubierto el pasillo y estaba invadiendo todas las habitaciones. Eira se abofeteó la cara dos veces. Le dolió. Definitivamente, no era un sueño.

—¡Despertad! —gritó—. ¡Todo el mundo arriba!

No pasó nada. Empezó a acelerársele el corazón. Eira solo podía pensar en sus compañeros de viaje, en sus amigos, congelados y muertos en sus camas.

—¡Despertad! —volvió a intentar Eira y atravesó el pasillo hasta la puerta de Alyss. La golpeó varias veces hasta que oyó movimiento.

—¿Eira? ¡Eira! ¿Eres tú? ¿Qué está pasando? —gritó Alyss a través de la puerta.

—No lo sé, pero… —Eira se vio interrumpida por un repentino estallido de llamas sobre su hombro izquierdo. Donde antes había habido una puerta ya no había más que un marco chamuscado y cenizas mojadas.

Noelle salió entre el vapor y miró inmediatamente a Eira con los ojos entornados.

—¿Esto es cosa tuya?

—No soy yo. —Eira ignoró la puñalada en el estómago por la sospecha. Era otro recordatorio de tres años antes... de dos semanas antes, cuando había estado sentada en una celda arrestada por el asesinato de su hermano. *No soy ninguna asesina*, quería decir, pero no era momento de objetar—. Tenemos que averiguar qué está pasando.

—Apártate. —Noelle apenas le dio tiempo a Eira para apartarse antes de chamuscar la puerta de Alyss.

Alyss estaba de pie con los dientes castañeteando y con nieve y hielo cubriéndole la mitad del camisón.

—Madre en lo alto, ¿qué está pasando?

Un golpe hizo crujir la puerta que había junto a la de Alyss sacudiendo el hielo que la cubría. A continuación, Noelle dirigió sus llamas hacia allí revelando a un Cullen con menos ropa todavía. Tan solo llevaba unos pantalones cortos holgados ya medio azules.

—Me vendría bien un poco más de ese fuego —gruñó envolviéndose con los brazos. Sus ojos dorados avellana se volvieron hacia Eira—. ¿Estás...?

—¡No soy yo! —espetó ella. Empezaron a sacudirse otras puertas a medida que sus ocupantes se despertaban—. Vosotros dos, poneos algo caliente. —Señaló a Alyss y a Cullen—. Noelle, ayuda a todos los que lo necesiten.

—¿Estás dándome órdenes? Creía que no habíamos decidido todavía quién iba a ser el líder del grupo. —Noelle se cruzó de brazos y arqueó una ceja oscura.

—¡Tú hazlo! —Eira se dirigió hacia las escaleras que había al final del pasillo y que llevaban a la cubierta principal. Se había desatado el caos—. Voy a ver si puedo descubrir qué está pasando.

Desapareció antes de que cualquiera de ellos pudiera objetar.

Eira se agarró con fuerza a la barandilla de las escaleras. Empujó su magia contra el hielo que la cubría y que intentaba bloquearle el paso. Esa magia luchó contra la suya. Quien estuviera haciendo eso era fuerte. Pero ella era más fuerte.

Mirando fijamente, Eira convirtió el hielo en vapor inofensivo y salió a la cubierta principal del Alba. Los marineros corrían, resbalaban y luchaban contra las superficies congeladas. El aparejo retumbaba con el vendaval helado y las velas se sacudían haciendo caer la nieve.

Era casi verano. El tiempo debía ser templado. Eira se volvió hacia las aguas oscuras y, en la distancia, distinguió la neblina de lo que parecía un enorme barco fantasma.

Deneya salió de otras escaleras que llevaban a una zona diferente de la bodega. Tenía los ojos tensos y asustados, la ira le torcía el ceño. Barrió la cubierta y el mar con la mirada ignorando a Eira.

—La bruja —maldijo en voz alta y corrió hacia el bote que había junto a la barandilla—. Suelta ese bote —le exigió a un marinero—. Tenemos que ir tras ella.

El marinero negó con la cabeza, con los ojos muy abiertos.

—No vamos a ir tras la reina pira…

Reina pirata. Esas palabras resonaron en los oídos de Eira. *La reina pirata Adela*, la mujer que podría haber dado a luz a Eira. La que podría tener alguna idea sobre cómo controlar el alcance de sus poderes. Miró el enorme barco que se deslizaba entre las sombras sobrepasando los límites de su cognición.

—¡Es una orden! —rugió Deneya. El marinero estuvo a punto de hacerse pis encima ante su ferocidad.

—¡Yo te ayudo! —Eira corrió. Hablándole solo a Deneya, agregó—: Corta las cuerdas cuando suba el agua.

—De acuerdo. —Deneya asintió en señal de aprobación mientras Eira levantaba las manos. El agua de mar obedeció las órdenes de Eira y se elevó para encontrarse con la quilla de la pequeña embarcación—. *Mysst soto sut* —murmuró Deneya y apareció un hacha hecha de luz en sus manos. Se ocupó rápidamente de las cuerdas y subió al bote. Eira la siguió de cerca—. Tú…

—Me necesitas para mover el bote, a menos que tengas intención de remar —la interrumpió Eira.

—Adelante, pues. —Una sonrisa salvaje y, en cierto modo, satisfactoria atravesó los labios de Deneya. Cuando Eira bajó las manos haciendo descender el bote de nuevo hasta las olas que azotaban el Alba, Deneya gritó a los marineros—: ¡Encended una baliza para que os encontremos al volver!

Eira no esperó a que contestaran. El océano llevaba llamándola desde que habían embarcado en Norin, al oeste del imperio Solaris. Llamaba su poder con una ferocidad que Eira había ignorado hasta ese momento. Con un movimiento del puño, el bote salió a toda velocidad hacia delante atravesando las olas mientras la propia agua las impulsaba. Todo el poder del mar estaba a su disposición.

—Alabada sea Yargen. —Deneya tropezó y se oyó un ruido sordo y un gemido. Por suerte, no cayó por la borda—. Sí que puedes hacer que esto avance.

—Tenemos que atraparlos. —Eira entornó los ojos y miró al frente. Solo se veía el contorno fantasmal de la embarcación avanzando entre olas negras en un cielo sin luna.

—Lo sé. —Deneya gruñó y se arrodilló. Eira había descubierto que tenía un equilibro natural para navegar, algo que Alyss llevaba días lamentando mientras se le revolvía el contenido del estómago. El océano le susurraba a Eira confesándole cada balanceo y hundimiento justo antes de que sucediera—. *Mysst soto gotha.* —Deneya levantó las manos y condensó un arco a partir de rayos de luz. Tiró y lanzó una flecha que salió disparada como una cinta de luz solar sobre las aguas oscuras.

Eira parpadeó varias veces y no por el brillo repentino, sino por cómo la luz mágica se reflejó en las aguas oscuras, al igual que en sus sueños, como en el rostro de Marcus cuando murió. Justo antes de que la imagen de ese lugar de pesadilla regresara a su mente, la flecha fue tragada por la oscuridad. Deneya disparó otra mientras el barco se detenía balanceándose sobre el agua.

—Tienes razón —dijo Deneya. Eira pensó que ella no había hablado—. No podemos atraparlos, no cuando navegan en la infernal Tormenta Escarchada.

—¿La Tormenta Escarchada? —Eira negó con la cabeza intentando echar a los fantasmas que la atormentaban. Tuvo poco éxito, pero encontró un recuerdo de uno de sus primeros encuentros con Deneya—. ¿El buque insignia de Adela?

—Desafortunadamente. —Deneya soltó una retahíla de maldiciones que Eira no reconoció, cada una más enfadada que la anterior—. Hacía décadas que nadie la había visto por estas aguas. Se supone que no debería estar aquí —gruñó la mujer.

—¿Ha sido un ataque? —Eira continuó mirando al lugar desde el que se había marchado el barco preguntándose qué secretos contendría en su interior. ¿Estaba su madre biológica en esa embarcación? ¿De verdad quería saber la respuesta a esa pregunta? Eira seguía sin estar del todo segura.

—No, ha sido un golpe dirigido. —Deneya frunció el ceño, aunque su expresión apenas era visible en la oscuridad.

—¿A qué han venido? —Eira por fin se sentó. El aire empezaba a templarse volviéndose cálido con la ausencia de la Tormenta Escarchada cubierta de hielo. El calor del verano pasó sus horribles dedos pegajosos por la espalda de Eira

envolviéndole el cuello con un agarre más desagradable que
el de la muerte personificada en sus sueños.

—No a por qué, sino a por *quién*.

—No te referirás a...

Deneya la miró a los ojos y declaró:

—Ferro ha escapado.

Ferro. El hombre que había asesinado a su hermano. El que
había manipulado a Eira y había intentado matarla. El que se
suponía que debía comparecer ante la justicia en Meru...

Ahora estaba libre.

La atmósfera del Alba estaba tensa y pesada, cargada con un
silencio significativo. Todos sabían que Ferro había escapado
de la bodega, pero nadie hablaba directamente de ello, como
si al decirlo en voz alta fuera a ser más horriblemente real de
lo que ya era. O tal vez lo que mantuviera en silencio las lenguas fueran las supersticiones que rodeaban a Adela.

Eso hizo que los últimos días del viaje fueran totalmente
insoportables.

Eira se levantó al amanecer el último día de viaje. De pie
en la proa, contempló una imagen con la que solo se había
atrevido a soñar: Meru, dorada y brillante bajo la primera
luz de la mañana.

—¿Esto es lo que soñabas? —preguntó Cullen interrumpiendo sus pensamientos.

Eira se sobresaltó y se agarró a la barandilla para estabilizarse.

—Lo siento, no quería asustarte.

—No debería perderme tanto en mis pensamientos. —Así
solo conseguiría que acabaran matándola si no se andaba con
cuidado. Refugiarse demasiado en sus propios pensamientos

y planes, en su sensación de seguridad, había provocado la
muerte de Marcus y había estado a punto de causar también
la suya. Había hecho que Ferro escapara. Tendría que estar
más atenta. Tenía que ser ella la que hiciera los movimientos,
no la que pagara el precio.

—¿En qué pensamientos estás perdida? —Cullen apoyó
los codos a su lado en la barandilla mirando por encima del
océano.

—No importa.

—A mí sí. —Cullen la observó intentando decirle con una
mirada una gran cantidad de cosas que ella no podía entender—. Apenas hablas con Alyss últimamente. Te has pasado
la mayor parte del viaje recluida en tu habitación.

—No te preocupes por mí. Ya tienes bastantes preocupaciones. —Eira volvió a contemplar la ciudad desde la distancia. Pudo distinguir el castillo de la reina Lumeria encaramado
en una colina. Los Archivos de Yargen estaban enfrente, una
biblioteca tan grande y antigua que se decía que albergaba
todo el conocimiento del mundo.

—Quiero preocuparme por ti. —Cullen tragó saliva con
dificultad—. Él habría...

—No. —Eira lo interrumpió con una mirada fulminante—. No menciones a mi hermano.

Cullen suspiró pesadamente y se puso a contemplar el
mar como ella.

—Es igual que el cuadro de la corte —comentó con una
nota de melancolía. El corazón de Eira estuvo de acuerdo
con el tono utilizado. En efecto, aquellos habían sido tiempos más sencillos.

—No —respondió Eira en voz baja.

—¿No?

—Es más bonito de lo que cualquier artista podría aspirar a capturar en óleo y lienzo. —Eira inhaló lentamente.

—Así que sí que es lo que soñabas. —Le sonrió levemente.

—El lugar sí, las circunstancias no.

La sonrisa de Cullen desapareció.

—Eira, si alguna vez quieres hablar, que sepas que estoy
aquí.

—No te preocupes por mí —repitió Eira. Tal vez si se lo
repetía las veces suficientes él acabaría entendiéndolo. No lo
necesitaba. No necesitaba a nadie. Lo que necesitaba era tener a Ferro entre rejas.

Cullen mostró una expresión herida. Se apartó de la barandilla. Movió la mano y rozó los dedos de Eira con los suyos.
Ella siguió la línea de su brazo hasta su pecho recordándolo
vestido tan solo con los pantalones cortos de dormir la noche
de la huida de Ferro.

El recuerdo de que Ferro andaba libre aplastó cualquier
emoción dulce y cualquier anhelo de ternura. Una daga tan
fría como el aire de aquella noche le arrancó todo el calor.
Eran las aguas oscuras en las que se perdía sueño tras sueño,
las aguas oscuras por las que había escapado la Tormenta
Escarchada.

Eira enroscó los dedos rompiendo el contacto.

—Oye... —Cullen no pudo terminar.

—¡Cullen! —lo llamó un hombre. El senador Yemir, su
padre, estaba en la cubierta de abajo pasando los ojos entre-
cerrados de uno a otro—. Ven, tenemos que repasar los pre-
parativos para nuestra llegada.

La atención de Cullen fue cambiando de Eira a su padre
hasta que se quedó finalmente en el segundo.

—Iré en un minuto.

—*Ahora.*

—Ve —lo animó Eira—. Estoy bien, de verdad. Gracias
por venir a verme.

—¿Estás segura? —Se acercó a ella medio paso más—. Todos estamos preocupados por ti.

—No hay nada de qué preocuparse. —Seguía respirando, ¿verdad? Ya era más de lo que se podía decir de su hermano.

—Alyss me advirtió de que dirías justo esto y de que no debería creerte cuando lo dijeras. —Cullen la miró a los ojos y Eira maldijo a Alyss por haberle dicho algo. La conocía demasiado bien y llevaba semanas acosándola—. Habla con ella, con Noelle, con Levit... Si no vas a hablar conmigo, por favor, habla con *alguien*. Estamos todos preocupados.

—¡Cullen! —espetó Yemir.

—¡Ya voy! —Cullen se apartó lanzándole una última mirada a Eira. Sintió que sus ojos permanecían con ella mucho después de que hubiera bajado a la cubierta con su padre.

Eira sacudió la cabeza y volvió a centrarse en Risen. Cullen no era asunto suyo. Venía de un mundo diferente, estaba destinado a otro tipo de cosas. Se pasaría las semanas previas al torneo en bailes y cenas codeándose con la nobleza de Risen.

Ella iría a la Corte de Sombras.

Una vez abajo, Eira ignoró el consejo de Cullen y evitó a Alyss y a Noelle. Se había aprendido sus costumbres y usaba esa información a su favor en el barco. Además de las pocas veces que Alyss la había arrinconado en su camarote, apenas habían interactuado. Necesitaba y tiempo y soledad para seguir reviviendo mentalmente aquella noche fría y oscura. Para intentar encontrar algún detalle que se le hubiera pasado por alto, algo que pudiera darles una pista de a dónde se habían llevado a Ferro.

Porque iba a encontrarlo, Eira se lo prometió tanto a sí misma como a la memoria de su hermano. No descansaría hasta que volviera a estar encadenado. Ferro se enfrentaría a la justicia por las muertes de Marcus y de todos los demás aprendices.

Eira se puso la ropa que habían preparado para su llegada. Fritz había afirmado que los competidores tendrían sastres en Meru que atenderían sus necesidades a medida que surgieran, pero el imperio se aseguró de que desembarcaran planchados y limpios.

Cada competidor llevaba una variante del mismo estilo: pantalones negros ajustados y botas de charol, una túnica de algodón teñida de un color que recordaba (de manera demasiado descarada para su gusto) a su afinidad: la de Eira tenía el tono cerúleo de Solarin, la de Alyss era de un esmeralda intenso, la de Noelle era carmesí oscuro y la de Cullen de una especie de púrpura brumoso que, de algún modo, lograba que pareciera aún más atractivo. El hecho de que pudiera lucir ese tono en particular era una prueba de lo guapo que era realmente.

Los cuatro competidores estaban juntos en la cubierta principal mientras sus escoltas (los senadores Yemir y Henri, el instructor de la Torre Levit y el embajador Cordon) inspeccionaban su atuendo una última vez. La atención de Eira se desvió de los hombres que hacían los últimos retoques y hablaban de moda en lugar de admirar la ciudad en la que estaban atracando.

La ciudad de Risen no se parecía en nada a cualquier cosa que hubiera visto Eira. Un ancho río serpenteaba entre edificios altos y colinas inclinadas a lo largo de las cuales se levantaba la ciudad. La arquitectura no era del todo diferente a la de Solaris… pero aun así hacía que la capital de Solarin pareciera una choza en comparación. Risen era el doble de grande, los edificios eran el doble de opulentos y la magia, tan espesa como el aire de verano. Era una ciudad que se había visto inmersa en historias que Eira apenas podía entender y que deseaba aprender más que nada en el mundo.

Su mirada vagó hasta los Archivos de Yargen en lo alto de la colina.

Todo el conocimiento del mundo estaba allí. Si eso era cierto, tal vez hubiera algo sobre Adela que pudiera ayudarles a encontrar a Ferro. Tal vez hubiera algo que llevara a Eira a encontrar su propia verdad.

Esa idea dotó a la ciudad de una nueva luz. De repente, el amanecer se había vuelto más áspero, los reflejos de las ornamentadas canaletas de bronce de los edificios eran casi violentos. Ferro había escapado. Seguía ahí fuera. Había matado anteriormente y podía volver a matar.

Deneya pasó ante ellos, atrayendo la atención de Eira de nuevo a la cubierta.

—De acuerdo, vosotros cuatro, escuchad. —Hablaba con la autoridad de un comandante militar.

Eira había oído a Gwen usando ese mismo tono muchas veces. Descartó rápidamente los pensamientos sobre su familia. Sus padres no le habían enviado ni un mensaje desde la muerte de Marcus. Ni siquiera se habían molestado en despedirse de ella cuando se había marchado. Sus tíos y su tía la habían abrazado con fuerza, pero en ese momento Eira ya estaba fuera del alcance de sus brazos.

—No tendréis el desfile de bienvenida que habíamos planeado.

—¿Cómo? —parpadeó el senador Yemir—. ¿No habéis…?

—Senador, usted no está al tanto de todo lo que sucede en Meru, especialmente de las conversaciones con mi reina. —Deneya lo miró por el rabillo del ojo. El embajador Cordon se llevó a Yemir a un lado y hablaron entre susurros mientras Deneya seguía dirigiéndose a los cuatro competidores—. Como Ferro ha escapado, la reina Lumeria ha decidido cerrar la ciudad.

—¿Cerrar una ciudad entera? —preguntó Cullen.

—El Oeste lo hizo durante una década mientras resistía a las conquistas del imperio. —Noelle se echó el cabello oscuro por encima del hombro sin molestarse en ocultar una sonrisa orgullosa.

—Esperemos que no nos lleve una década encontrar a Ferro —replicó Deneya con severidad atrayendo de nuevo la atención de todos—. La reina está usando todos los medios que tiene a su disposición para localizarlo. Sin embargo, los motivos de Ferro no son del todo conocidos y es posible que esté trabajando con algún cómplice.

¿Posible? Eira sabía que era cierto. Deneya y ella lo habían descubierto cuando Eira todavía estaba bajo custodio y habían investigado juntas la habitación de Ferro. Era evidente que lo había liberado Adela. Tenía ayuda en puestos poderosos.

—Si la ciudad está cerrada, ¿cómo se celebrará la gala de apertura del torneo? —preguntó Yemir volviendo a meterse en la conversación—. ¿Y las cenas de dignatarios en salones reales? ¿Y la exhibición de las habilidades de los competidores? ¿Y...?

—No se celebrará nada de eso hasta que nos aseguremos de que las calles sean seguras tanto para los competidores como para los ciudadanos. —Deneya respiró lentamente y pareció inflarse hasta superar al senador. Eira tenía tantas ganas de aprender ese truco que se puso a inhalar lentamente sin darse cuenta—. Hasta entonces, todos los competidores y dignatarios se quedarán recluidos en refugios proporcionados por su majestad.

—*¿Todos* los competidores? —preguntó Eira.

—Sí, todos. Y ahora venid, nuestra escolta está aquí.

Efectivamente, había una legión de elfins esperándolos en los muelles al final de la pasarela. La mitad llevaban armaduras de placas cubiertas de blanco con ceñidores de un púrpura intenso sujetos por medallas. Todos tenían espadas cortas en las caderas con empuñaduras de oro enjoyadas. La otra mitad de la guardia de honor llevaba armaduras lisas plateadas y capas rojas.

—¿Qué significan los diferentes soldados? —le preguntó Alyss a Eira en voz baja.

—Creo que los que llevan espadas son los Filos de Luz, la milicia de la fe de Yargen. Como un ejército religioso. Y los de la capa roja creo que son los caballeros de la reina.

Deneya le dirigió una mirada por encima del hombro que Eira captó. Le pareció casi de aprobación. Ese día, Deneya llevaba una capa roja.

Marcharon por los muelles rodeados de guardias hacia las calles vacías de Risen. El silencio de la ciudad era inquietante, hacía que los edificios y los barrotes de hierro de las ventanas emitieran susurros que atraían la magia de Eira. Se esforzó por mantener los ecos de las voces fuera de su mente, una tarea fácil cuando tenía tanta distracción disponible. Eira ya estaba mirando por encima del hombro en busca de los ojos violetas de Ferro.

Habría jurado más de una vez que oía sus susurros entre los ecos.

Era un hombre, un hombre horrible y retorcido, sí, pero solo uno. Risen tendría su parte de asesinos, como todas las ciudades. Así que ¿por qué estaban recluidos todos los hombres, mujeres y niños? Había mucho más en la red en la que Ferro estaba implicado de lo que Eira había pensado en Solaris.

Sin problemas ni discusiones, llegaron al refugio. Era un gran complejo en el centro de la ciudad con una puerta vigilada en el frente, arqueros establecidos de cara al patio delantero y un edificio de cinco plantas de mármol, contraventanas de madera, balcones de hierro y techos abovedados alrededor de ventanas de vidrio emplomado.

—Os quedaréis aquí —anunció Deneya mientras dos de los soldados abrían las pesadas puertas de madera.

—Es maravilloso —jadeó Alyss.

—Sí que lo es —admitió Noelle.

Eira abrió la boca para hablar, pero fue interrumpida por un susurro maquiavélico. *¿Cómo he...?* Se precipitó hacia uno de los grandes llamadores de la puerta como si le hubieran salido brazos y la hubieran golpeado. La voz provenía de ahí.

—¿Estás bien? —preguntó Cullen en voz baja.

—Sí. —Le salió una voz demasiado aguda, pero Eira se centró en apartar la mirada del llamador y en entrar al atrio principal. Estaba imaginándose cosas. Esa voz... no podía ser. Volvió a centrarse en Deneya y en su rápida visita a la mansión.

—Debajo de nosotros, en la planta baja, están las áreas comunes —explicó Deneya. Eira no se había dado cuenta de que había un sótano en la entrada—. Así cada reino tiene su propio espacio. La primera planta es para Meru, la segunda para Solaris, la tercera para el Reino Crepuscular, la cuarta será para el Reino Draconis y la quinta para la República de Qwint. Estos dos últimos todavía no han llegado.

Eira miró las puertas que había frente a ella al otro extremo del atrio. Detrás de ellos estaban los competidores de Risen. Su competencia. Pero también gente a la que quería conocer desesperadamente.

—Senadores, ustedes y el embajador se quedarán en otra mansión. Solo hay espacio para un adulto acompañante por grupo y ese será el instructor Levit como compañero hechicero.

—Nosotros deberíamos...

—Yo no lo cuestionaría, Yemir —lo desalentó el embajador Cordon. Esbozó una sonrisa falsa y apaciguadora—.

Estarás con otros dignatarios, nobles e invitados de honor en nuestro propio refugio. Va a venir mucha gente para el torneo, no podemos quedarnos todos en un solo edificio.

—Ah, por supuesto. —Yemir inclinó la cabeza ante Deneya—. Tu reina es muy generosa.

—Cierto. —Deneya sonrió levemente y les indicó a los guardias—: Escoltadlos a su alojamiento. —A continuación, se dirigió a los cuatro competidores y al señor Levit—. Vosotros cinco, venid conmigo.

Subieron una escalera de caracol que a Eira le recordó a la Torre de los Hechiceros. Giraba por el atrio y se detenía en cada planta. Deneya los condujo a través de varias puertas en el segundo piso hasta un área común que quedaba en la parte trasera de la casa.

De este... modo... Las voces no dejaron de seguir los pasos de Eira. La casa era ruidosa, el estruendo se mezclaba con su paranoia. Ferro podría estar en cualquier parte. Casi podía sentirlo acechando en su sombra, preparado para saltar. Lo oía en cada rincón.

—Deberíais tener todo lo que necesitáis. Pronto se os entregarán vuestras pertenencias. —Deneya se apartó de ellos, ajena al apuro de Eira—. Si hay cualquier problema, decídselo a los guardias. Por otra parte, no podéis salir de este complejo sin aprobación previa y escolta. ¿Entendido?

—Sí, gracias, Deneya —respondió el señor Levit por ellos.

—Cuidaos. —Con esa breve despedida, Deneya los dejó solos.

—Mirad este sitio. —Alyss giró—. Es un sueño... ¡como un libro de cuentos!

—Es magnífico —coincidió Cullen.

—Sorprendentemente, es lo bastante bueno para el Príncipe de la Torre —comentó Noelle sonriendo. Eira no pasó por alto el breve destello de dolor en los ojos de Cullen. Sabía que odiaba ese mote y aun así no le impedía a nadie usarlo… excepto a ella—. ¿Cómo elegimos las habitaciones? —Noelle caminó hacia una de las seis puertas que daban al área común y la abrió revelando una cama con dosel.

—Parece que ya han elegido por nosotros. —El señor Levit levantó una nota.

—¿Qué es eso? —preguntó Eira.

—Una breve bienvenida de la reina a través de la señora Harrot, la cuidadora de la casa. Nos ha asignado una habitación a cada uno para que no haya discusión —rio.

—Como si fuéramos a discutir. —Noelle se cruzó de brazos. Su ofensa dejaba claro que habría habido discusión si se les hubiera dado la oportunidad—. ¿Cuál es la mía?

—Las puertas están marcadas con nuestros colores. Parece ser que el negro es el mío —respondió el señor Levit.

—Entonces voy a cambiarme —declaró Noelle.

—¿Qué piensas ponerte? Todavía no tienes la ropa que venía en el barco. —Cullen arqueó las cejas.

—Pues esperaré desnuda. Estos harapos «ceremoniales» que han diseñado para nosotros no son de mi estilo. —Noelle hizo una mueca mirando su atuendo y se encaminó hacia la puerta marcada con una incrustación de vidrio rojo en forma de diamante.

—Yo voy a descansar un poco —dijo Eira de camino a su puerta.

—¿No quieres explorar la casa? —Alyss la tomó de la mano—. ¿Ver si podemos conocer a los otros competidores?

—Me muero de ganas. —Eira le estrechó los dedos a su amiga—. Pero primero quiero ver dónde voy a dormir. Ahora vuelvo.

—En ese caso yo también iré a ver mi habitación. Llama cuando estés preparada.

Se separaron.

Eira entró por la puerta y observó la cama con dosel, las mesitas de noche, la cómoda y el escritorio que daba a las ventanas traseras. La carta que le habían dejado al señor Levit le había dado a pensar que tal vez Deneya le hubiera dejado a ella alguna nota con instrucciones sobre cómo encontrar la Corte de Sombras. Ahora que estaba en Risen conocería a la corte, ¿verdad? Eso era lo que habían acordado, ¿no?

Eira cerró los ojos con fuerza e intentó recordarlo, pero sus pensamientos se vieron interrumpidos por la voz de Ferro susurrándole al oído:

He estado esperándote.

Dos

A Eira se le heló la sangre, se puso rígida y se quedó congelada en el sitio. Su corazón dejó de latir y se le cortó la respiración. Volvía estar en ese bosque oscuro, fría e indefensa, luchando contra un hombre que era mucho más fuerte y habilidoso.

Imposible. No era real. No podía serlo. Eira parpadeó varias veces y se refugió en la cálida luz del sol que le bañaba el rostro a través de las cortinas transparentes.

La magia se le acumuló en las yemas de los dedos, unas mareas oscuras se agitaron en su interior dispuestas a atacar si su teoría era incorrecta. Eira se volvió hacia la sospechosa fuente de la voz de Ferro: una pintura al óleo de un paisaje que había colgada junto a la puerta.

Las palabras le habían parecido muy reales. Como si lo hubiera tenido justo ahí, susurrándole al oído. Tragó saliva con dificultad. No estaba ahí, pero su fantasma sí.

Acechaba la ciudad, la mansión y la habitación en la que tenía que *dormir*.

Eira se agarró la cabeza e inhaló, temblorosa. Si quería cazarlo, tenía que acostumbrarse a escucharlo. Él era su presa.

Armándose de valor, se enfrentó al cuadro.

—¿Y bien? ¿Algo más? —susurró.

Nada.

¿A quién estuvo esperando Ferro ahí? Tal vez fuera posible que el cuadro hubiera cambiado de manos varias veces. Quizás Ferro hubiera pronunciado esas palabras en un lugar totalmente diferente. O tal vez el cuadro no fuera la fuente del eco. Eira se frotó los ojos y se aclaró las ideas. Necesitaba hablar con Deneya y hacerle saber que la presencia de Ferro estaba en esas estancias.

Dos golpes en su puerta le hicieron recuperar rápidamente la compostura. Alyss estaba al otro lado.

—¿Ya estás lista para explorar? —gorjeó ella alegremente.

Eira intentó contener el pánico. Tenía un nudo en la garganta y tuvo que forzar una sonrisa y su respuesta:

—Sí.

—¿Puedo ir con vosotras? —preguntó Cullen. Acababa de salir de su habitación enfrente del área principal.

Eira intercambió una mirada con Alyss. Su mejor amiga se había dado cuenta durante el viaje de que algo había cambiado entre Cullen y Eira, pero ella había logrado esquivar la mayoría de sus preguntas. Sobre todo, porque ni ella misma estaba segura de que ese «algo» fuera más que la intensa e incómoda tensión que sentía cada vez que tenía a Cullen cerca.

Lo miró a los ojos de color ámbar.

—Supongo que sí. —Entonces Eira miró la puerta del diamante rojo—. ¿Deberíamos preguntarle a Noelle si quiere venir?

—Ya la has oído, no va a salir hasta que tenga su ropa. No quiere ser vista con *esos harapos* —señaló Alyss dramáticamente.

—Alyss tiene razón. —Cullen se encogió de hombros—. Y no tengo ningún interés en ver a Noelle desnuda, asumiendo que no fuera una amenaza vacía.

—No creo que Noelle sea de las que no cumplen sus amenazas —murmuró Alyss.

—Estoy de acuerdo con la falta de interés en la desnudez de Noelle —declaró Eira—. Así que vayamos solo nosotros tres.

—¿Deberíamos avisar al señor Levit de que nos marchamos? —Cullen se detuvo en la primera puerta a la izquierda de la entrada mirando al diamante negro.

—Seguro que no pasa nada, no iremos muy lejos. —Eira ya estaba abriendo las puertas principales. No quería tener a ningún vigilante, quería conocer a los demás competidores sin sentir la tensión de tener a alguien cerniéndose sobre sus hombros. Ya tenía suficientes distracciones.

—Eira tiene razón, tampoco es que no nos permitan salir de lo que es la mansión. —Alyss pasó junto a Cullen siguiendo a Eira hasta el rellano con sus tacones resonando en el suelo de mármol—. ¿En cuántos problemas podríamos meternos?

—Conociéndoos a vosotras dos, en muchos —replicó Cullen, pero las siguió de todos modos. A pesar de sus palabras, mostraba una sonrisa engreída en los labios.

—Si estás tan preocupado, puedes ser tú el responsable. —Alyss pasó la mirada por la barandilla de arriba abajo—. ¿A dónde vamos primero? ¿Al Reino Crepuscular? ¿A Meru? ¿O a las áreas comunes?

Las aguas internas de Eira se agitaron por los ecos que la rodeaban y se volvieron turbias por las posibilidades infinitas e invisibles que contenían los pasillos. ¿Esas posibilidades serían placeres desconocidos, conocimientos y experiencias que había anhelado toda su vida en Solaris? ¿O acaso su muerte acechaba por encima o por debajo de ella o al doblar la esquina de las escaleras?

¿Cuáles son mis órdenes? La voz de Ferro. Giró la cabeza hacia la derecha de la puerta del área de Solaris. Aunque había sonado como si estuviera hablando junto a su hombro, allí no había nada.

—¿Estás bien? —preguntó Alyss tocándole ligeramente el brazo.

—Sí.

—¿Alguna voz? —inquirió en un susurro. Cullen dio medio paso hacia ellas. Eira odiaba cómo la rodeaban de esa forma protectora como si fuera algo roto y lamentable.

Cambió de tema lo más rápido que pudo.

—No es nada. Empecemos por las áreas comunes. Dudo que los demás competidores aprecien que unos desconocidos invadan su espacio personal sin previo aviso.

Cullen y Alyss compartieron una mirada de preocupación, pero no insistieron en el eco que Eira había escuchado.

—Sorprendentemente comedida —murmuró Cullen como si lo aprobara.

—Me alegra poder sorprenderte. —Eira le dirigió una leve sonrisa y empezó a bajar las escaleras con los hombros hacia atrás y relajados como si no tuviera nada de lo que preocuparse en el mundo.

Como si la voz de Ferro no permaneciera en el aire que la rodeaba.

Bajaron por donde habían llegado y emergieron al atrio principal. Las puertas de los alojamientos de los competidores de Meru seguían cerradas, así que siguieron bajando y acabaron en una habitación que se extendía a lo largo y ancho de toda la casa. La pared del fondo estaba compuesta por arcos de piedra y cortinas de gasa que ondeaban sin esfuerzo con la brisa de la tarde. Echaron un vistazo a los jardines que descendían hacia el río principal de Risen junto al que se había construido la casa.

En el interior había una estancia que cumplía múltiples funciones. Había una cocina con encimeras de mármol y ollas de cobre colgando por encima de sus cabezas, tres chimeneas con zonas para sentarse y un billar y mesas de juego a la derecha. Al menos, había dos hombres jugando en una.

Estaban sentados alrededor de una mesa de carcivi en el que solo habían hecho unos pocos movimientos, a juzgar por la cantidad de piezas que había en el tablero. El primer hombre, con un brillante cabello naranja, tenía un libro sobre las rodillas que consultaba constantemente. El otro pasaba suavemente las yemas de los dedos por las piezas mientras esperaba.

—Podríamos preguntarles a ellos las reglas —comentó el hombre que estaba tocando las piezas mirando en su dirección. Tenía cicatrices profundas y rugosas en la mitad de la cara que antes había estado oculta a ellos y sus dos ojos mostraban un pálido color blanquecino. Alyss retrocedió medio paso y Eira le tomó la mano a su amiga estrechándosela con fuerza para que su sorpresa no se convirtiera en ofensa—. Vosotros sois los de Isla Oscura, ¿verdad?

—Sí, es un placer conoceros. —Eira habló por los tres—. Yo soy Eira, esta es Alyss y este es Cullen. ¿Y vosotros quiénes sois?

—Ducot —respondió el hombre—. Y mi lamentablemente inepto oponente es Graff.

—Encantados de conoceros a ambos. —Eira recorrió sus rostros con la mirada. En lugar de cejas tenían puntos ligeramente brillantes por toda la frente. Sus orejas eran redondeadas como las de los humanos, a diferencia de las puntiagudas de los elfins—. Sois de… ¿el Reino Crepuscular?

Él jadeó.

—Graff, nuestra reputación nos precede.

—O saben que aquí solo están ellos, los elfins y nosotros y han sido capaces de descartar. —Graff puso los ojos en blanco y levantó el libro pequeño y desgastado que había estado consultando—. Este juego... se llama carcivi, ¿verdad?

Eira asintió.

—Vuestra princesa lo trajo a Meru y parece ser que es bastante popular en Risen ahora mismo, pero no hay modo de descifrar las reglas.

—Yo puedo ayudaros con eso. —Cullen dio un paso hacia delante—. Mi padre insistió para que aprendiera cuando me mudé a la capital. Cuando lo entiendes no es demasiado difícil, pero puede costar al principio.

Eira y Alyss siguieron a Cullen mientras él se colocaba una silla. Mostraba una sonrisa tranquila y segura incluso cuando estaba hablando con gente de la otra parte del mundo. Era un rasgo que Eira admiraba.

—Esta pieza es tu general —señaló. A continuación, miró a Ducot con expresión culpable. Cullen tomó la pieza y se la puso en la mano—. Toma, deja que...

—Si necesito tocar algo, lo haré. —Ducot apartó la pieza y la mano de Cullen. Graff se rio por lo bajo. Cullen parecía totalmente horrorizado ante la idea de poderlo haber ofendido—. Soy más o menos ciego, no mudo, cojo o tonto.

—Claro... —Cullen devolvió la pieza al tablero—. Si el general es derrotado, se acaba la partida. —Cullen procedió a explicar el juego con la mayor brevedad posible, lo que acabó no siendo nada breve. Había un motivo por el que Eira no se había molestado nunca en aprender a jugar a carcivi—. Y eso sería lo básico.

—Me duele la cabeza —gimió Ducot.

Eira no pudo evitar reír.

—Sé cómo te sientes. A mi hermano le encanta... —Calló de golpe. Notó de repente la garganta espesa con una sustancia parecida a las lágrimas—. Le *encantaba* el carcivi. Pero yo nunca me tomé el tiempo de aprender —terminó en voz baja. Cómo deseaba haber aceptado los ofrecimientos de Marcus de enseñarle. Era un tiempo que había dejado escapar de entre sus dedos como una tonta.

—A mí me gustaba jugar con Marcus. —Cullen captó su mirada y Eira se dio la vuelta rápidamente. Como si pudiera darle la espalda al dolor y seguir avanzando como si nada.

—Voy a explorar el terreno. Disculpadme, por favor.

—Voy contigo. —Alyss la tomó de la mano.

—No pasa nada. —Eira quería estar sola últimamente. Su amiga no se había dado cuenta del cambio en sus preferencias.

—Si vais las dos, yo también voy. —Ducot se puso de pie—. Cullen me ha perdido después de la explicación del caballero que puede moverse hacia delante, hacia atrás y por detrás de las paredes.

—Bueno, a mí sí que me gustaría seguir aprendiendo, ¿te apetece jugar una ronda de prueba? —le propuso Graff a Cullen—. No todos los días tiene uno la oportunidad de aprender a jugar a un juego de la Isla Oscura directamente de un experto.

—Yo no diría que soy un experto... pero estaré encantado de jugar una o dos rondas. —Cullen se movió a la silla que había dejado Ducot.

—Pásalo bien, Graff. Yo estaré paseando junto al río con una señorita en cada brazo, así que tómate tu tiempo. —Ducot extendió los codos con una sonrisa ladeada, la mitad cicatrizada de su cara parecía no moverse tan bien como la otra. Alyss entrelazó el codo con una risita. Eira hizo lo mismo y salieron al patio trasero bañado por la luz del sol.

Con cada paso, Ducot irradiaba diminutas pulsaciones de magia.

—Ducot, ¿puedo hacerte una pregunta? —Eira no podía seguir conteniéndose.

—Me hice estas cicatrices salvando a una princesa de una horda de osos. Pero soy ciego de nacimiento. Por eso tengo los dos ojos así, a pesar de que solo tengo la mitad de la cara hermosamente destrozada.

Alyss jadeó, horrorizada.

Eira lo miró parpadeando varias veces, totalmente sorprendida.

—Eso... yo... lo siento.

—No pasa nada, todos lo preguntan —contestó él riendo.

—Bueno, en realidad no era eso lo que iba a preguntarte.

—¿No? —Ducot se detuvo arqueando las cejas... o los puntos brillantes.

—No.

—¿No estabas preguntándote por mis cicatrices? —Se dio la vuelta para quedar frente a ella e inclinarse hacia delante. Eira se preguntó si estaría intentando intimidarla. No iba a funcionar.

—No sé por qué debería ser asunto mío. —Eira liberó la mano de su codo y se cruzó de brazos.

—Entonces, ¿qué ibas a preguntar?

—Quería saber cuál es el modo adecuado para referirse a alguien del Reino Crepuscular. A alguien que tiene marcas como esas en la frente. Solo he leído acerca del Reino Crepuscular en libros de Meru, así que no había mucha información. Y... —La risa del chico la interrumpió.

—Supongo que, si no has visto nunca a un morphi, debes tener preguntas.

—¿Un morphi? —preguntó Alyss—. ¿Es lo que sois Graff y tú? ¿Es como los elfins?

—En efecto. Pero los morphi poseemos la magia del cambio, que es algo único nuestro. —Ducot se inclinó hacia delante y rompió una rama de una de las plantas podadas de un modo ornamental. La magia se extendió por el aire entre sus dedos como si la realidad misma se hubiera convertido en la superficie de un lago tranquilo en el que estaba arrojando piedras. La rama se volvió borrosa entre cada ondulación. Entonces, de repente, Ducot movió la muñeca, liberándola de la magia. Sin embargo, ahora ya no era una rama. Era una rosa azul pálido, ligeramente brillante y de tallo largo que le entregó a Alyss.

—¿Qué ha sido eso? —susurró Alyss asombrada aceptando la rosa. Le dio la vuelta en las manos y miró a Eira—. Es real.

Eira buscó claridad.

—El cambio puede… ¿transformar cosas?

—Más o menos. —Ducot empezó a deambular por las escaleras que llevaban al río—. El cambio es la capacidad de cerrar la brecha entre lo que es y lo que podría ser.

—Impresionante —suspiró Eira y lo siguió—. ¿Y puedes transformar cualquier cosa?

—Dentro de un límite.

—¿Qué hay de este banco? ¿O esa planta? ¿Y ese bote que hay en el río? —La emoción de Eira por ese nuevo tipo de magia hizo que se le mezclaran las palabras.

—Depende de la fuerza del morphi, por supuesto.

—¿Hay algo que no puedas…?

—Perdona a mi amiga —la interrumpió Alyss—. Es un poco demasiado entusiasta.

—Alyss —siseó Eira.

—No puedes ponerte a interrogar a la primera persona que veas —siseó Alyss en respuesta.

—Puedo oíros perfectamente a las dos. —Ducot se señaló las orejas—. Estas compensan la vista que no tengo y algo más.

Alyss se llevó las manos a las caderas y fulminó a Eira con la mirada.

¿Qué?, articuló Eira.

Discúlpate, respondió Alyss del mismo modo.

—Sigo aquí. No sois tan silenciosas como os pensáis —suspiró el morphi.

—Ducot, perdón si te he hecho demasiadas preguntas —se obligó a decir Eira. Tenía como un millar más, pero Alyss tenía razón.

—No tienes nada por lo que disculparte.

—Ja —espetó Eira sin poder evitarlo. Alyss puso los ojos en blanco.

—Sinceramente, es agradable tener a alguien interesado de verdad en los morphi… alguien que no haya sido contaminado por la fe de Yargen.

—¿Contaminado? —repitió Alyss.

—No literalmente. Es solo la percepción que tienen de nosotros. Estábamos preocupados, puesto que vuestra princesa va a casarse con la Voz. —Llegaron a la pasarela más baja que bordeaba el río. Ducot colocó las manos suavemente en la barandilla abriéndolas y sintiendo el metal antes de apoyarse en ella. Sus ojos blanquecinos contemplaron el agua—. El Reino Crepuscular y Meru no han tenido una gran amistad a lo largo de la historia. Las cosas van mejor con los actuales gobernadores y espero que mejoren todavía más con este tratado. Pero cuando has dicho que habías leído sobre nosotros en libros de Meru… me he preocupado. Cada historiador parece tener un *enfoque* diferente a la hora de escribir la verdad.

—¿El Reino Crepuscular no está también en el Continente de la Medialuna? —preguntó Eira. Suponía que su historia estaría lo bastante entrelazada como para que la verdad fuera bien conocida.

—Así es. Y las disputas fronterizas han sido uno de los motivos de la tensión.

—¿*Uno* de los motivos? —presionó Eira. Ducot se limitó a encogerse de hombros. Eira estaba intentando pensar cómo reformular la pregunta e intentar hacer que hablara cuando los interrumpió el señor Levit.

—Eira, Alyss. —Levit las llamó desde la parte de arriba del jardín—. Vuestros baúles han llegado, deberíais subir a prepararos para la cena.

—¡Ya vamos! —respondió Alyss por las dos y luego miró a Ducot—. Gracias por tomarte el tiempo de hablar con nosotras.

—Ha sido un placer. —Le tomó la mano a Alyss y le dio un ligero beso. Ella soltó una risita.

Sin embargo, Eira vio a un hombre diferente. Le recordó a Ferro, se vio transportada a aquella habitación iluminada por el fuego en mitad de la noche. Miró hacia el río y se imaginó a sí misma hundiéndose bajo las aguas como hacía cuando quería sentirse adormecida. Pero la imaginación ya no le servía de ayuda. Solo lograba visualizar más aguas oscuras presionándola, presionando a Marcus.

Se estremeció.

—¿Eira? —Alyss la sacó de sus pensamientos. Su amiga ya iba varios pasos por delante de ella—. ¿Vienes?

—Sí, lo siento. —Eira negó con la cabeza y se dio la vuelta para darle las gracias a Ducot. Vio que ya no estaba concentrado en los edificios que rodeaban el agua, sino que la miraba expectante.

—Tú no irás a la cena esta noche —declaró en voz baja.

—¿Qué? —Aunque el sol le calentaba los hombros, Eira sintió aún más frío.

—Estarás demasiado enferma para cenar con los otros campeones, espera en tu habitación.

—¿A qué? —suspiró Eira pasando la mirada de él a Alyss. En cualquier momento, su amiga se daría la vuelta y los vería hablando.

—A tu guía hasta la Corte de Sombras.

Tres

—Déjame echarte un vistazo —insistió Alyss por enésima vez—. Seguro que puedo hacer algo.

—Alyss, es un simple dolor de estómago. Lo que más me ayudará es que me dejéis sufrir sola en paz. —Eira gimió rodando hacia un lado y agarrándose el estómago. Alyss y Levit estaban al otro lado de la cama. Cullen rondaba por la habitación. Noelle estaba apoyada contra el marco de la puerta, más preocupada por sus cutículas que por el estado de Eira—. Seguro que estaré bien.

—Nos advirtieron de que los viajes marítimos podían provocar esto. —Levit suspiró pesadamente—. La comida nunca se conserva tan bien como queremos, a pesar de que los Corredores de Agua la envuelven en hielo. —Apoyó la mano en el hombro de Eira—. ¿Seguro que no quieres venir a cenar?

Eira levantó débilmente la cabeza de la almohada como si le supusiera un gran esfuerzo.

—Es que… No, con solo pensar en comida… —Se dejó caer de nuevo sobre el colchón con otro gemido.

—No te fuerces, quédate aquí. —Levit le dio una palmadita en el hombro.

—Te guardaré con mucho gusto las sobras de mi mesa y te obsequiaré con historias de los otros competidores —bromeó Noelle.

—Noelle, eres *muy* generosa. —Alyss puso los ojos en blanco y se agachó hasta quedar casi nariz con nariz con Eira—. ¿Estás segura de que no quieres que te eche un vistazo? Puedo desempaquetar rápidamente los ungüentos y pociones de mi equipaje…

—Estaré bien. —Eira le agarró la mano—. Ve a divertirte. Tráeme luego todas las historias.

—Habrá más cenas con competidores y no queremos llegar tarde a esta —declaró Levit—. Démosle espacio para descansar.

Se marcharon los tres. Alyss miró a Eira con el ceño fruncido mordiéndose el labio con preocupación.

—De verdad, estaré bien. —Eira le estrechó los dedos a Alyss sintiéndose culpable por mentirle a su amiga—. Tal vez solo necesito un poco de tiempo de calidad con el orinal.

—Qué asco. —Alyss le dio una palmadita en el hombro con una carcajada—. Vale. Ponte buena pronto. Te odiarás a ti misma si te pierdes demasiado. —Tras eso, Alyss se marchó.

Su amiga tenía razón. Eira ya estaba lamentando no ir a la cena y conocer a los otros competidores. Pero tendría tiempo para mezclarse con los elfins y los morphi, al fin y al cabo, estaban todos atrapados en una misma casa. No sabía cuándo volvería a tener la oportunidad de reunirse con la Corte de Sombras.

En cuanto oyó cerrarse la puerta exterior, se levantó de un salto. Se quitó la ropa de dormir y se puso unos pantalones oscuros, una camisa negra de manga larga y una capa con capucha. Si iba a conocer, ayudar o posiblemente unirse a la Corte de Sombras, necesitaba tener el aspecto adecuado.

Una vez vestida, Eira se paseó por la habitación mientras esperaba. Sus pies y su mente parecían competir para ver quién estaba más inquieto. Con cada paso, los ecos de Ferro la envolvían con más fuerza y le chamuscaban los oídos cada vez que se liberaba el más mínimo pedazo de magia del puño de hierro en el que la mantenía.

… estaba preocupado…

… ambición será… perdición…

¿… seguro?

… llevaré a ella…

Eira se detuvo y se mordió el labio conteniendo un gemido mientras se agarraba la cabeza. Inhaló lentamente y exhaló liberando la tensión de los hombros.

—No está aquí —susurró. Su propia voz proporcionó a sus oídos algo real en lo que centrarse—. No está aquí —repitió solo por el efecto calmante de esas palabras—. Pero… estuvo. Tuvo que estar. —Tantos ecos de él no podían ser mera coincidencia o reliquias movidas.

Pasó las yemas de los dedos por el marco dorado del primer cuadro para que le hablara. Temblaba ligeramente. Ya odiaba lo que sabía que tenía que hacer. Pero cazar a Ferro había sido su elección. Y su magia podía ser lo que la ayudara a encontrarlo.

Dejando que sus poderes se desenrollaran como un hilo invisible, Eira extendió la mano. Rozó objetos, paredes, puertas y todo tipo de superficies con dedos invisibles en busca de rastros de Ferro. Pero las palabras eran débiles y fracturadas, las conversaciones se debilitaban con el tiempo cuando los trazos de magia que habían dejado se desvanecían lentamente.

Había algo más. Algo más fuerte. Tenía que haberlo.

Eira abrió la puerta y asomó la cabeza para asegurarse de que los demás se habían ido. No había nadie a la vista. La habitación estaba en silencio. Se acercó a la puerta principal, apoyó la mano en el pomo, presionó un lado de la cara a la puerta que conducía a la escalera central y escuchó con los oídos más que con la magia.

Silencio.

Eira entreabrió la puerta, examinó las escaleras y salió de espaldas a la pared. Su magia se extendió a su alrededor, se precipitó sobre las paredes, buscó... pero no encontró nada.

Empujando, miró hacia atrás a la modesta extensión de piedra.

—Sé lo que escuché —insistió Eira para sí misma. La voz de Ferro era verdaderamente un eco. Tenía que serlo.

Cuando poseamos...

Sus palabras fueron un canto de sirena. Se metió de nuevo en el área común de Solaris cerrando la puerta en silencio tras ella. A la izquierda de la entrada principal había una gran chimenea con flora y fauna minuciosamente tallada envolviendo las volutas. Cubrió la chimenea con su magia con cuidado de no usar demasiada y extinguir la llama crepitante.

... estoy preparado...

Ahí estaba de nuevo la voz. Pero no venía de la chimenea en sí, sino de su interior. Eira pasó los dedos sobre la piedra tallada de la repisa buscando una especie de panel oculto o puerta.

—¿Dónde estás? —La duda se abrió paso en su mente junto con su mejor amigo: el pánico. ¿Y si los ecos estaban en su mente? ¿Y si su obsesión con Ferro se había convertido en...?

Su dedo se enganchó en un pestillo de metal y tiró revelando un hueco pequeño entre las tallas de la repisa.

—Ah, gracias a la Madre. —Eira soltó un suspiro de alivio. Dentro del compartimento oculto había una ornamentada daga dorada con una vaina enjoyada. La agarró y volvió a cerrar la puerta con firmeza. A continuación, se retiró a su dormitorio antes de que alguien notara su ausencia.

Sola y a salvo, Eira sostuvo la daga ante ella permitiendo que su magia se acumulara de forma invisible a su alrededor. El arma estaba cubierta por una burbuja que solo ella podía ver y sentir. Nadaba en una cantidad tan grande de su poder que, con un movimiento rápido de sus dedos, el aire se convertiría en agua.

—Y ahora, habla —ordenó Eira invitando de nuevo a la voz del hombre a su mente.

He estado esperándote, repitió un Ferro incorpóreo desde un tiempo distante. La voz era clara y aguda, como si lo tuviera justo a su lado. Esa debía ser la fuente de la mayoría de los ecos que había escuchado.

Sabes que no puedo moverme con libertad, respondió otra voz de hombre. Eira no la reconoció. Era una voz profunda, desgastada por la edad o por el trauma y tenía un peso inquietante.

Lo sé, por eso estaba preocupado. Pensaba que podrías haber perdido el modo de escapar.

No saben nada de mis movimientos ni de nuestros planes.

¿Cuáles son mis órdenes?

Siempre tan entusiasmado, respondió la voz inquietante casi ronroneando. *Deja que te mire un momento, no suelo tener muchas oportunidades de ver a mi hijo.* Hijo… En cuanto Eira oyó esa palabra, no pudo dejar de escuchar el parecido de sus voces. El hombre incorpóreo continuó: *Te estás volviendo fuerte y competente. Serás digno cuando llegue el momento.*

Rezo por que así sea.

Se acerca el momento.

Ferro resopló suavemente.

La ambición de Lumeria será su perdición. Ignora el mal que amenaza con consumirnos a todos. Somos los únicos que podemos salvar esta tierra.

Solo nosotros nos plantaremos ante la oscuridad, reafirmó el hombre. Hubo una pausa larga y Ferro dejó escapar un jadeo.

Padre, ¿estás seguro?

Sí, debemos poner en marcha nuestros planes.

Estoy preparado.

Ya sabes qué hacer con esto.

Se la llevaré a ella. Esa misteriosa «ella» era claramente alguien de quien Ferro tenía una fuerte opinión. Solo el modo en el que lo dijo, con tanto anhelo y amargura al mismo tiempo, le reveló mucho a Eira.

Luego irás a por la Ceniza de Yargen y empezarás a descifrar el trato de Lumeria con los herejes, ordenó el hombre. *Cuando tengamos las cuatro reliquias, volveremos a encender la llama que guía este mundo.*

Y cuando eso suceda, tú gobernarás.

Y tú ascenderás. Tú…

Algo rascó la puerta y dispersó la atención de Eira. Su magia colapsó sobre sí misma. El agua cayó y formó un charco a sus pies. Lo hizo desaparecer rápidamente cuando volvió a oír el rasguño.

Eira abrió la puerta y asomó la nariz a la estancia principal. Al no ver a nadie, su mirada se posó en el origen de un suave chirrido a sus pies. Había una especie de topo parecido a un tejón. Le colgaban varios zarcillos de la barbilla, colgajos de piel que se balanceaban cuando movía la cabeza de un lado a otro. Sus garritas habían sido sin duda las culpables de los arañazos.

—No me digas que hay ratas en este sitio —murmuró Eira inexpresiva. De todo lo que podría haberla interrumpido… había sido eso.

La pequeña criatura levantó el hocico hacia ella cubriendo de pelaje el lugar en el que debían haber estado sus ojos, como si dijera: «¿Cómo te atreves a llamarme rata?».

—Fuera, fuera. Estoy ocupada. —Eira la ahuyentó y cerró la puerta. Los arañazos volvieron a empezar casi inmediatamente.

»¿Qué quieres, rata?

Tras un chirrido de indignación, el animal echó a correr hacia la sala común. Eira suspiró y volvió a cerrar la puerta.

Más rasguños.

—¿Qué…? —Eira se interrumpió al ver que la criatura ya había atravesado la mitad de la estancia en cuanto abrió la puerta. Se detuvo para mirarla fijamente y mover bruscamente su cabecita. Eira parpadeó varias veces—. ¿Quieres que te siga?

Más chillidos, como si la hubiese *entendido*.

—¿Tú eres mi guía?

Tras un silencio, la criatura bajó el hocico, casi como un asentimiento.

Eira respiró hondo. Estaba a punto de seguir a un topo extraño y, si alguien la viera, tendría que afirmar que su dolor de barriga se había convertido en una alucinación en toda regla para poder explicar eso. Eira se metió la daga debajo del cinturón.

—De acuerdo, guíame.

El topo corrió hacia la chimenea y se metió por una pequeña abertura justo donde la repisa tallada se unía con los paneles de la pared. Eira se agachó al lado.

—Lo siento, pero no puedo meterme en un agujero tan pequeño.

Unos arañazos a su derecha fueron la única respuesta. Eira miró la pared recordando la sala secreta que había encontrado en la Torre y el hueco que había justo al otro lado de la repisa. Pasó los dedos por los paneles de madera. Metió las uñas en las ranuras en busca de algún tipo de palanca oculta. Se rozó el meñique con la repisa siguiendo una grieta particularmente profunda.

Había un bucle en la melena del león que no parecía estar completamente unido al resto de la escultura y que le recordaba vagamente al otro pestillo que había encontrado. Primero intentó empujar. Nada. Luego tirar. Después lo retorció y la pared que había a su derecha emitió un suave chasquido. La ranura que había estado inspeccionando se separó.

Eira tiró de la puerta que daba al pasadizo secreto con el corazón acelerado por la ansiedad y la emoción a partes iguales. Estaba aún mejor escondido que la habitación secreta de Adela en la Torre. Los goznes estaban justo en la esquina de la pared. Los otros bordes eran irregulares, de modo que los nudos de la madera se entremezclaban.

El topo estaba esperándola al otro lado. Se detuvo un momento antes de correr hacia la oscuridad. Eira lo siguió rápidamente cerrando la puerta y sumiéndose en la oscuridad total.

—¡No veo nada! —avisó intentando hacerlo en voz baja mientras temblaba, al borde del pánico.

Unos chillidos distantes fueron su única respuesta. Se preguntó si la criatura estaría diciéndole: «No me importa, apáñatelas».

Frunciendo los labios, Eira exhaló su miedo y frustración y presionó las manos contra la puerta que acababa de cerrar. Tímidamente, extendió el brazo y rozó al instante la otra pared. El pasadizo apenas era lo bastante ancho para que pudiera ir de frente. Tocando las paredes para apoyarse, se tragó el sabor de la bilis que le abrasaba la garganta.

La oscuridad la envolvía, tan oscura y exigente como aquellas aguas gélidas. Eira cerró los ojos con fuerza, pero no notó ninguna diferencia. El pasadizo estaba horriblemente en silencio. No llegó a ella ninguna voz. Tan sigiloso como una tumba.

Mientras tanto, el topo escurridizo se iba alejando más y más.

Tenía que seguir moviéndose. Tenía que hacerlo. Así es cómo lograría vengar a su hermano. Si no se movía ahora, Ferro podía quedar libre para siempre.

¡*Vamos, Eira!*, se gritó a sí misma mentalmente. Sus pies avanzaron poco a poco. ¡*Muévete!*

Si pudo transportar a su hermano a través de la escarcha y la nieve, si pudo de algún modo someter a Ferro, si pudo volver a Solarin después de... podía atravesar un pasadizo oscuro. Quería conocer a la Corte de Sombras. ¿Qué pensaba? ¿Que se reunían en habitaciones soleadas y patios bien cuidados? No, eso era para lo que se había apuntado y lo que necesitaba...

Eira dejó escapar un grito ahogado cuando se le hundió el pie donde esperaba que hubiera suelo. Se deslizó por el borde de una escalera presionando las manos en las paredes mientras intentaba mantener el equilibro y fracasaba estrepitosamente. Por suerte, cayó hacia atrás. Aterrizó con fuerza y apretó los dientes para reprimir un grito al darse en el coxis. Se le resbaló el otro pie y empujó su magia antes de empezar a caer por las escaleras.

El hielo se extendió a su alrededor clavándola en el hueco de la escalera. Se tomó un momento para recuperar el aliento y volvió a cerrar los ojos. *Hielo*. Podía sentir el espacio a su alrededor a través de la magia. Era una imagen extraña e incompleta, era complicando enfocarse en una sola cosa. Pero si mantenía la escarcha justo delante de ella, podría bajar las escaleras y sería capaz de saber cuándo había llegado al final. Al menos, el hielo que la sujetaba evitaría que volviera a resbalar.

La criatura siguió guiándola hacia las profundidades del pasadizo pasando por otra puerta por la que Eira se abrió paso tambaleándose y por otro largo pasillo. Cuando un débil destello de luz atravesó la oscuridad, parpadeó varias veces e intentó convencerse a sí misma de que no estaba alucinando.

En la distancia había una puerta iluminada por un solo candelero. La llama mágica iluminaba el gran vestíbulo en el que había acabado, un pasaje que conectaba al menos otros quince pasillos más pequeños como el que había usado Eira.

La puerta del final no tenía ningún adorno, tan solo un medallón de hierro en la superficie arriba del pomo del centro. En el pomo había una cerradura. El topo se detuvo ante la puerta, expectante.

Eira tocó la puerta con dedos temblorosos. Se cerraron alrededor del hierro frío del pomo. Era demasiado grande para su mano. No parecía poder sujetarlo con comodidad.

¿Estaba intentando abarcar demasiado? Acababa de llegar a Meru y ya estaba buscando una sociedad secreta. Esa no era ella. Nunca había sido así. Eso era propio de alguien más atrevido, más valiente, más fuerte, alguien más parecido a… Se le pasó por la mente el barco congelado desapareciendo entre las aguas oscuras como un fantasma. *Alguien más parecido a Adela.*

Si hacía eso, ¿sería una señal de que realmente podía haber parentesco entre ella y la reina pirata?

Eira miró el medallón de hierro. Estaba pulido como un espejo negro que reflejaba las sombras que cabalgaban las profundas corrientes de su propia oscuridad. Acabaría encontrando la verdad detrás de esa puerta. Detrás de esa puerta, estaba la venganza. Era su última oportunidad de echarse atrás. Incluso ella sabía que, una vez eligiera ese camino, no habría vuelta atrás.

El topo empezó a rascar con impaciencia.

—Estoy tomándome un momento. —Eira fulminó con la mirada al animal, quien la miró ciegamente, inmune a su expresión—. Solo... dame un segundo, por favor.

La criatura se quedó quieta esperando con paciencia a sus pies. Como si de algún modo comprendiera las decisiones que estaba sopesando. Como si conociera la guerra que estaba librando mentalmente.

Una respiración más. Inhalación. Exhalación.

Por Marcus.

Eira giró el pomo y entró en la Corte de Sombras.

Cuatro

L a puerta reveló una caverna en las profundidades de las calles de Risen. Los fuegos brillaban y rebotaban en los altos contrafuertes que sostenían un techo toscamente tallado. Colgaban grandes lonas con cuerdas como si fueran trofeos. Había chozas de madera y tierra erigidas alrededor de varias hogueras comunales. La corte bullía como una pequeña aldea y había al menos cincuenta personas por ahí.

Había hombres lanzando cuchillos a muñecos de madera. Mujeres entrenando con estoques. Un hombre mayor enseñándole trucos de cartas a una niña en una mesa baja. Sus ropas eran todas diferentes. Algunos tenían el pelo limpio y la cara lavada, otros llevaban semanas sin bañarse. Eran casi todos elfins, pero Eira vio a algunos humanos con orejas redondeadas, puntos brillantes de morphi y unas criaturas al fondo con narices más largas como hocicos y ojos rasgados como si tuvieran algún tipo de herencia reptiliana.

Nadie pareció darse cuenta de que acababa de entrar, o al menos a nadie le importó. Eira miró al topo a punto de preguntarle a dónde debía ir a continuación cuando el aire se onduló alrededor de la criatura. Vio la misma magia pulsante que había usado antes Ducot agitando el aire hasta que el topo desapareció en un abrir y cerrar de ojos y el hombre se interpuso entre las pulsaciones.

Eira se golpeó la espalda contra la puerta que había tras ella al sobresaltarse. Se sintió como si se le clavaran en la piel mil dagas pequeñas y se enderezó inmediatamente. El otro lado de la puerta de la Corte de Sombras tenía una cerradura enorme y los pasadores y manijas ocupaban casi toda la parte trasera.

—Ahora que estás aquí, tenemos que cerrar eso. —Ducot la rodeó y se sacó un trozo de hierro del bolsillo. La magia se acumuló a su alrededor y transformó el metal en una llave que insertó en el centro de la antigua cerradura. Mientras la giraba, los engranajes empujaron las palancas, la escritura mágica se encendió con el poder, los pernos encajaron en su lugar y la parte de la mente de Eira que estaba vinculada a la supervivencia se dio cuenta de que ahora no tenía escapatoria.

Esforzándose por encontrar las palabras, Eira abrió y cerró la boca varias veces mirando fijamente a Ducot.

—¿Eras… eras un topo?

—Soy un topo. ¿Ambas cosas? ¿Ninguna? ¿Técnicamente? —Le sonrió.

—¿Puedes cambiar en cualquier momento? —Se frotó la espalda y se miró la mano para asegurarse de no estar sangrando tras haberse dado con el mecanismo de cierre.

—Sí. —Ducot sacó la llave y una pulsación de magia la convirtió de nuevo en una barra de hierro que le cabía en el bolsillo.

—¿Y por qué me has hecho avanzar a tientas en la oscuridad? —dudó—. ¿Por qué no has venido a mi habitación como… tú mismo?

—Soy yo mismo siendo el topo. —Se cruzó de brazos.

Eira se llevó las manos a las caderas.

—¿Como una *persona*, entonces?

—Considéralo parte de tu iniciación. —Sonrió amplia-mente—. Las cosas rara vez son lo que parecen, sobre todo aquí abajo. Siempre tienes que buscar qué es algo o alguien y no qué aspecto tiene. —Ducot pasó junto a ella recorriendo el camino con seguridad—. Y ahora, ven. No querrás hacer esperar más a los Espectros.

—¿Espectros? —murmuró Eira sobre todo para sí misma. No esperaba que Ducot le contestara. Y menos mal, porque no lo hizo.

Caminaron por el sendero atravesando las chozas. Más de una persona la miró. La sensación de miradas sobre ella le resultó repentinamente opresiva. No sabía cómo no se había dado cuenta la primera vez que había entrado, pero ahora notaba ojos y miradas por todas partes.

Había hombres y mujeres holgazaneando en las vigas medio ocultos por las lonas con ballestas cargadas en las ma-nos. Con un giro de muñeca, los hombres que arrojaban da-gas podrían atravesarla. Las mujeres que practicaban con sus estoques no se molestaron en apartarse cuando pasó y sus movimientos estuvieron a punto de cortarle la manga.

Todos eran conscientes de su presencia y la estaban *tole-rando por el momento*. Ese fue el mensaje que oyó alto y claro por su parte. No dudaba de que, si había algún motivo para que ese mensaje cambiara, no volvería a ver la luz del sol.

La magia susurrada por bocas invisibles le llegó a los oídos. Eira se esforzó por mantener su poder cerca y bajo control sin dejar que permaneciera demasiado tiempo en alguna superficie u objeto. Necesitaba mantener la concen-tración, además, no estaba segura de si quería *toda* la infor-mación que contenía ese sitio. Podría escuchar ciertas cosas que solo harían que la oscuridad de su interior fuera aún más densa.

El vestíbulo se inclinaba hacia abajo en la parte de atrás, los contrafuertes estaban conectados con arbotantes que se volvían cada vez más pequeños como las costillas de una bestia poderosa y llevaban a un túnel que Eira se imaginó como la garganta del monstruo proverbial que era la Corte de Sombras. Se preguntó qué la esperaría delante.

Al final del túnel había otra puerta también cerrada, pero Ducot no sacó su barra de hierro. Esta vez levantó la simple aldaba y dio tres golpes lentos y dos rápidos.

—Una llamada especial —susurró Eira. De repente le dolió el pecho. Nunca volvería a oír los golpes de Marcus contra su puerta.

—Sí. Cambia a menudo, así que no te molestes en memorizarla. Si eres iniciada te lo haremos saber… cuando queramos.

—Lo entiendo. Mi hermano y yo teníamos una llamada. —Le salieron las palabras solas antes de poder pensárselo mejor. No sirvieron para aliviar el dolor que sentía. En todo caso, lo empeoraron.

Ducot la miró con una ceja arqueada.

—Una llamada secreta… así siempre sabíamos que éramos nosotros.

Frunció los labios. Eira se arrepintió al instante de habérselo contado. Tendría que haber mantenido la boca cerrada. Por suerte, la conversación terminó cuando se abrió la puerta y reveló a otro hombre reptiliano como los que Eira había visto antes.

—Tráela —dijo el hombre con una voz suave y sorprendentemente aguda.

La estancia que había a continuación era lo que solo podía describir como salón de guerra. Había tres mesas enormes llenas de todo tipo de notas, pergaminos y papeles. En el centro había un mapa de Risen desplegado con figuritas colocadas en varios puntos. Había notas escritas directamente en el mapa.

En comparación con el salón principal, esa habitación era casi cegadoramente brillante. Un candelabro brillaba en lo alto iluminando a las seis personas que había ya reunidas. Eira solo reconoció a una: Deneya.

—Segundos, marchaos. Ducot, tú puedes quedarte —dijo con tono autoritario. Tres personas se marcharon dejando solo a Eira, Ducot, Deneya, otro elfin y una morphi. Deneya esperó hasta que se cerró la puerta para hablar con una sonrisa en los labios—. Bienvenida a la Corte de Sombras, Eira. ¿Es lo que esperabas?

—Y algo más —admitió Eira—. Es una organización mucho más grande de lo que imaginaba.

—Puedes confiar tu vida a todos los que hay aquí. —Deneya captó la preocupación tácita de Eira—. Siempre y cuando estés dispuesta a ofrecerles la tuya.

—Eso ya lo veremos —resopló la mujer que había a la derecha de Deneya colocándose un mechón de color ámbar detrás de la oreja.

—Tampoco es que tenga elección. —El hombre que había a la izquierda de Deneya se estaba limpiando la suciedad de debajo de las uñas con un cuchillo. Miró a Eira a través de sus oscuras pestañas—. De un modo o de otro, ahora que has visto este sitio, estás entregándonos tu vida.

—Lo sabía antes de venir. —Eira se centró en Deneya—. Por suerte, no he venido con las manos vacías. —Eira tomó la daga y la dejó sobre los papeles que cubrían la mesa que había entre ella y los tres Espectros.

—Tenemos un montón de dagas. —El hombre puso los ojos en blanco.

—Esta habla.

—¿Una daga parlante? —bromeó él—. Ahora sí que puedo decir que lo he visto todo.

Eira continuó hablándole solo a Deneya.

—Habla con la voz de Ferro.

El aire cambió. El hombre bajó lentamente la mano y volvió a guardar su cuchillo en una funda que llevaba escondida en el brazal. La mujer pasó la mirada de Eira a Deneya.

—¿Este es el poder del que nos hablaste? —preguntó.

—Sí. —Deneya asintió sosteniendo la mirada de Eira—. Eira, a mi derecha tengo a Rebec. El de mi izquierda se llama Lorn. Somos los Espectros de la Corte de Sombras, los supervisores, los guardianes de llaves, los señores de los secretos de Meru.

—Haces que suene muy elegante cuando lo dices así. —Lorn se llevó el dorso de la mano a la frente teatralmente—. Me encanta cuando hablas como la realeza.

Deneya lo ignoró.

—Seremos nosotros los que decidamos si vives con nuestro secreto o mueres.

—No sabía que iba a ponerme a prueba. —Eira pasó la mirada entre los tres.

—No pensarás que dejamos entrar a cualquiera, ¿verdad? —Rebec sonrió casi con dulzura.

Eira había pensado que bastaría con la palabra de Deneya. Había pensado que Deneya y ella estaban en la misma página en todo. Había dado por sentado demasiadas cosas.

—¿Qué debo hacer para demostrar que voy en serio? —Eira había sobrevivido a cuatro pruebas para llegar hasta ahí. Resulta que la quinta la estaba esperando en el Continente de la Medialuna.

—Te enviaremos los detalles cuando estemos preparados. —Rebec parecía disfrutar demasiado estar reteniendo la información. Eira reforzó sus barreras mentales decidida a no dejarles ver nada más que calma—. Ante todo, quiero ver esa magia tuya de la que tanto nos ha hablado Deneya. —Rebec caminó hasta el fondo de la estancia, tomó una caja, la colocó en la mesa que había entre ellos y la abrió para revelar un disco de hierro similar al que había visto Eira en la primera puerta—. Adelante, usa tu magia de escucha, los ecos de los que nos ha hablado Deneya.

Eira se centró en el disco y visualizó su magia arremolinándose a su alrededor. Se hundió en su océano convirtiéndose en parte de su conciencia. Cuanto más practicaba la escucha de objetos, más fácil se volvía. Las voces llegaron a ella claras y agudas.

Si de verdad oyes esto, dile a Lorn que debería lavar sus calcetines, dijo el eco de Rebec. A continuación, silencio.

Eira se aclaró la garganta y desvió su atención del medallón a Lorn.

—Rebec quiere que sepas que tienes que lavarte los calcetines.

Lorn fulminó a Rebec con la mirada.

—¡Mis calcetines están bien! ¿Cómo te atreves…? —Calló al darse cuenta de que Rebec miraba a Eira boquiabierta. Eso hizo que Lorn volviera a mirarla también—. Es cierto… de verdad puedes oír ecos.

—Sí, y ahora que ha quedado claro, ¿os gustaría saber lo que dijo Ferro? —preguntó Eira señalando la daga.

—Adelante —indicó Deneya.

Eira se centró en el filo atrayendo a las voces una vez más. Las palabras de Ferro seguían siendo como una aguja ardiente entre sus ojos, algo incómodo como mínimo. Pero era más fácil de soportar cuando se lo esperaba y la voz no le llegaba por sorpresa. Eira repitió la conversación que había oído palabra por palabra mientras se reproducía mentalmente. Al igual que la última vez, las voces se detuvieron. Lo que estaban diciendo Ferro y el otro hombre se cortó.

—Así que es cierto que tiene un padre. —La mirada de Lorn se volvió más seria. De repente, el hombre que antes bromeaba parecía peligroso. Las sombras parecieron endurecerse en las suaves curvas de su rostro—. ¿Cómo es que no lo sabíamos ninguno? ¿Cómo pudo mantener su historia del huérfano?

—Eso es algo que deberíamos discutir con tus segundos. —Rebec lo miró de soslayo.

—¿De verdad crees que está relacionado con los Pilares? —Lorn ignoró la mirada acusadora de Rebec y se volvió hacia Deneya.

—No veo otra explicación. Claramente, ha habido una conspiración en la que Ferro lleva mucho tiempo involucrado y ahora que Adela también está en juego, hay algunos más que tienen motivaciones y medios como los Pilares. —Deneya dio unos golpecitos en la mesa con los dedos centrándose en la daga.

—¿Qué son las reliquias? —preguntó Eira—. Su padre habló de conseguir las reliquias. Algo sobre la Ceniza de Yargen.

Deneya miró a Lorn y dijo:

—Quiero ver si puedes encontrar información.

Le dio un vuelco el estómago. Si tuvieran alguna idea de a qué se refería Ferro, Deneya no enviaría a Lorn en busca de información. Eira había acudido a la Corte de Sombras esperando que tuvieran todas las respuestas e iba a marcharse tan solo con más preguntas.

—¿Hay alguna pista sobre el paradero de Ferro? —inquirió Eira. *Decidme que al menos tenéis información sobre eso.*

—No te corresponde a ti saberlo. —Rebec pagó su enfado con Eira.

—¿Cómo no me iba a corresponder? —Eira se inclinó hacia delante y colocó la palma de la mano sobre la mesa—. Estoy aquí para ayudar, ¿no?

—Como todos los demás. —Rebec puso los ojos en blanco.

—Os he traído la daga junto con información valiosa, ¿verdad?

—¿Quieres una medalla? —Rebec se encogió de hombros. Su naturaleza cortante y despreocupada estaba empezando a irritar a Eira.

—Mató a mi hermano e intentó matarme a mí también. Merezco saberlo.

La mirada de Rebec pasó sobre los hombros de Eira hasta Ducot, que seguía de pie tras ella. Había estado callado como una estatua todo el tiempo. Entonces, la morphi se inclinó hacia delante y apoyó las manos en la mesa. Su largo flequillo a pesar de su pelo corto proyectó sombras oscuras sobre sus ojos.

—¿Crees que eres la única que ha perdido algo? ¿La única que ha sido herida? La gente no viene a la corte por elección. Vienen porque no tienen ningún sitio al que acudir, porque el mundo de orden y justicia les ha fallado. Vienen aquí porque estos salones oscuros son el único lugar en el que pueden encajar o porque esperan lograr un ajuste de cuentas.

—Basta, Rebec. —Deneya suspiró. Miró a Eira con ojos más suaves, aunque no del todo amables—. Aquí la gente sabe cosas cuando necesita saberlas. Cuanta más gente conozca un secreto, más piezas de una sola verdad… más fácil es que esa verdad salga a la luz.

—Pero…

—Sigue tus órdenes y te irá bien —intervino Lorn—. Te las enviaremos a través de Ducot. Él será tu contacto durante el torneo y el periodo previo.

—¿Voy a tener otro cuidador? —Eira arqueó las cejas mirando a Ducot. Él mostraba una sonrisa de suficiencia que no le gustó nada.

—Considérame más bien un mensajero y asesino. Depende de cómo te comportes —comentó Ducot.

—Vale, lo entiendo. —Eira se apartó de la mesa. Intentar forzar su entrada en el grupo no le haría ningún bien. Por mucho que quisiera liderar la persecución a Ferro, no llegaría a ninguna parte insistiendo.

—Bien, tenemos que volver antes de que termine la cena —afirmó Deneya.

—No habéis respondido a mi pregunta. —Eira miró a Deneya a los ojos—. ¿Hay alguna pista sobre Ferro? —Rebec pareció a punto de explotar al ver que Eira seguía insistiendo en preguntar.

Deneya negó lentamente.

—Todavía no. Pero encontraremos algo pronto.

Eira solo podía asentir. Ferro se les había escapado. El asesino de su hermano seguía suelto. Y sus posibles cómplices eran un gran vacío de información.

—¿Y la Tormenta Escarchada? —preguntó Eira.

—También desaparecida. Nuestros últimos informes sitúan a Adela frente a la costa norte junto al imperio de Carsovia. Pero ha pasado bastante tiempo desde la última vez que la vieron y la Tormenta Escarchada es un barco rápido.

—Correcto. —Así que tanto Ferro como los piratas seguían en la partida y en paradero desconocido. Eira se mordió la lengua para no soltar un comentario sobre lo buena que era la Corte de Sombras si podía perder el rastro de un barco entero.

—Venga, vamos. —Ducot se encaminó hacia la puerta.

—Gracias por permitirme estar aquí. —Eira hundió la barbilla.

—Gracias por demostrar tu valía —contestó Lorn ominosamente.

—Nos pondremos en contacto pronto. Estate preparada.

—Deneya volvió a mirar la daga dándole vueltas en las manos mientras Eira seguía a Ducot a través de la puerta.

Justo antes de que la puerta se cerrara, oyó a Rebec decir:

—Tienes razón, su parecido con Adela es impresionante. Tenemos que vigilar…

La puerta del salón de guerra de los Espectros se cerró sobre las corrientes oscuras que agitaban una espuma blanca y helada en el interior de Eira. La gente de allí conocía el aspecto de Adela. Se preguntó cuántos miembros más de la Corte de Sombras verían a Adela en ella. ¿Cuántos se aferrarían más a sus armas por eso? ¿Cuántos la temerían solo por tener un aspecto semejante?

Adela podía ser su madre. Podía no serlo. La escarcha cubrió los dedos de Eira. Si los parecidos asustaban tanto a sus enemigos como a sus aliados, Eira se aprovecharía de ello con un abandono imprudente, independientemente de la verdad de su ascendencia.

Haría cualquier cosa y no se detendría ante nada hasta que Ferro pagara por lo que había hecho.

Cinco

—Tengo que preguntártelo, ¿es cierto? —Ducot cerró la puerta de entrada a la corte tras él y la bloqueó con una pulsación de magia y con su llave de hierro.

—¿El qué?

—¿De verdad eres la hija de Adela?

—No lo sé —respondió Eira con sinceridad. Seguía intentando averiguar lo cercano que era Ducot a los Espectros y cuál era su lugar en la corte. Tenía un rango lo bastante alto para que Deneya no lo hubiera echado inmediatamente durante sus discusiones en el salón de guerra. Pero eso podía tener que ver con que ahora fuera el vigilante de Eira—. Evidentemente, la gente piensa que me parezco a ella.

—Yo no podría saberlo. —Ducot le dedicó esa sonrisa ladeada tan suya.

—Es verdad, lo siento. —Eira lo miró de reojo evitando sus ojos blanquecinos.

—No lo sé porque no he visto nunca a Adela. ¿Qué? ¿Creías que era porque soy ciego? —Sonrió todo lo que le permitían las cicatrices de su rostro.

El breve momento de culpa se desvaneció ante su frivolidad.

—No puedes verlo, pero estoy poniendo los ojos en blanco.

—Ah, puedo oírlo en tu voz. —Empezó a recorrer el túnel que llevaba a la corte. La luz de la única antorcha se desvaneció tras ellos—. ¿De verdad no te molestan mis ojos y mis cicatrices?

—¿Deberían? —Eira arqueó las cejas.

—A la mayoría le parecen extraños como mínimo, horripilantes como máximo.

—Te aseguro que las personas que te encuentran desagradable por fuera son mucho más feas por dentro —contestó Eira pensativamente—. Me sorprende que te importe lo que yo piense. No pareces de los que se preocupan por lo que piensen los demás.

—Intento no hacerlo. A veces incluso lo consigo. —Había una honestidad cruda en sus palabras, un sonido que armonizaba con el zumbido herido que tenía ella en su interior.

—Es difícil. Te entiendo —dijo ella en voz baja.

—¿De verdad?

—Tú llevas tus cicatrices en el exterior. Yo las llevo por dentro. No conozco tu dolor… pero puedo intentar empatizar hasta cierto nivel basándome en la crueldad que yo misma he experimentado. —Sus pensamientos vagaron hacia la gente y sus miradas críticas cuando se habían enterado de lo de las voces.

Ducot redujo la velocidad hasta detenerse ante el túnel oscuro que los llevaría de regreso a los alojamientos de los competidores. La oscuridad lo envolvía, excepto por los cinco débiles puntos brillantes que tenía en la frente. Aunque no estaba mirándola directamente, Eira podía sentir toda su atención puesta en ella.

—Ni siquiera me has preguntado cómo puedo ver —reflexionó en voz alta—. Cómo me las arreglo para moverme.

La mayoría de la gente tiene un montón de preguntas que hacer de inmediato.

—Pareces desenvolverte bien. ¿Y por qué debería ser eso asunto mío? —Eira se encogió de hombros—. Mi tío perdió el brazo en la caída del Rey Loco. Ahora usa un brazo de hielo cuando lo necesita y se desenvuelve sin problemas. No quiere que nadie lo trate de manera diferente. —Pensar en Grahm la llenó con un dolor sordo. Él había sido uno de los tres que se habían despedido de ella. A pesar de que parecía decepcionado con su decisión de marcharse, la había abrazado con fuerza—. Supongo que tienes tus propios métodos mágicos o de cualquier otro tipo para moverte por el mundo.

—Tienes razón, es una serie de cosas, unas mágicas y otras no. —Ducot asintió—. No eras lo que esperaba de una habitante de la Isla Oscura.

—Yo no esperaba conocer a alguien en Meru que pudiera convertirse en topo. —Eira sonrió levemente.

Ducot se rio y se adentró en el pasadizo. El débil resplandor de los puntos de su rostro le proporcionó algo de luz para seguir. No era suficiente para ver bien, pero servía para no estar sumida en esa oscuridad total que se deleitaba jugando con su mente. Volvió a impulsar magia desde sus pies cubriéndose las botas de escarcha para no tropezar.

—Ducot, ¿puedo preguntarte algo?

—¡Ja! Ya sabía yo que llegarían las preguntas —bromeó—. ¿Cómo he conseguido ser tan descaradamente guapo? También es de nacimiento.

Eira rio suavemente.

—¿Qué son los «Pilares»?

Él se detuvo con los pies separados ante las escaleras. Eira no podía ver su expresión, pero se fijó en cómo bajó ligeramente la barbilla y hundió los hombros. Notó la tensión que la mera mención a ellos provocaba.

—Los Pilares de la Verdad, la Justicia y la Luz es el nombre completo —dijo finalmente—. Como es muy largo, todos se refieren a ellos como los Pilares. —Ducot se quedó callado pensando un momento. A continuación, se dio la vuelta, apoyó la espalda en una de las paredes y se cruzó de brazos con expresión intensa—. ¿Cuánto sabes de la historia de Meru?

—Diría que sé una cantidad sorprendente de datos para ser alguien de la Isla Oscura.

—¿Sabes algo de la Voz de Yargen y los Filos de Luz?

—La Voz de Yargen es una especie de líder religioso… Taavin. Está prometido con nuestra princesa heredera Vi Solaris.

—Sí, ese es.

Por esas pocas palabras Eira no sabía si a Ducot le caía bien Taavin o no.

—Los Filos de Luz están por debajo de la Voz. Son como el brazo fuerte de la Fe de Yargen, ¿verdad?

—Sí que sabes una cantidad impresionante para ser de la Isla Oscura. ¿Estás segura de que no eres realmente de Meru?

—Yo también me lo he preguntado a veces. —Una sonrisa amarga se dibujó en sus labios mientras recordaba el descubrimiento de su ascendencia desconocida—. He oído que Adela es medio elfin, así que quién sabe.

—Cierto… —Ducot descartó la idea de que pudiera ser hija de Adela. Claramente, no quería pensar en las implicaciones—. Hace casi veinticinco años, el anterior líder de los Filos de Luz, un hombre llamado Ulvarth, fue encarcelado por matar a la Voz previa a Taavin y extinguir la Llama de Yargen.

—¿Asesinó a la Voz, extinguió la llama y solo fue encarcelado? —Si así era como funcionaba la justicia en Meru, Eira sintió de repente la oscura esperanza de que Ferro fuera asesinado antes de que pudieran llevarlo ante la reina.

—Tiene amigos en puestos muy altos, contactos que se encargaron de él. Además, a Lumeria le daba miedo convertirlo en mártir al matarlo. Para enturbiarlo todo todavía más, él no asesinó exactamente a la última Voz.

—¿Cómo puedes no asesinar a alguien «exactamente»?

Ducot suspiró reorganizando sus ideas.

—Mató a la Voz afirmando que la Voz había permitido que se infiltraran ladrones en los Archivos y robaran la Llama de Yargen. Pero después Deneya descubrió que había sido Ulvarth el que había robado la Llama y había culpado a la Voz por ello. Cuando mató a la Voz, todos pensaron que había sido un acto noble. Lo *vitorearon*. —Ducot hizo una mueca.

—Ya veo... —La historia se iba enredando por momentos. ¿Por qué robaría Ulvarth la Llama de Yargen, una reliquia sagrada por lo que ella sabía, si había jurado protegerla? E incluso después de robar la llama, ¿por qué apagarla? ¿Y cómo había descubierto Deneya la verdad? Algo no encajaba, pero Eira mantuvo la boca cerrada por el momento.

—Finalmente, Ulvarth afirmó que lo habían incriminado y que él era inocente. Dijo que él no tenía nada que ver con el robo de la Llama ni con su extinción. Era un lunático delirante que no hacía más que decir locuras sobre Deneya, Taavin, la Isla Oscura y una gran conspiración para inculparlo. —Ducot negó con la cabeza—. Afirmó incluso que él era el Campeón de Yargen que había vuelto.

—¿El Campeón de Yargen?

—Un guerrero legendario destinado a salvar el mundo si crees en todos los mitos sobre nuestro mundo y en las grandes batallas entre el bien y el mal. —Ducot se encogió de hombros.

—Por eso a la reina Lumeria le daba miedo convertirlo en mártir —comprendió Eira.

Ducot asintió.

—En cualquier caso, Ulvarth está encerrado y sus generales y suplicantes más leales que no fueron encarcelados o asesinados por los Filos de Luz y toda la fe de Yargen que hay bajo la Voz crearon su propia organización...

—Los Pilares de la Verdad, la Justicia y la Luz —terminó Eira—. ¿El grupo quiere liberar a Ulvarth?

—Quién sabe lo que quieren. Dicen que son los últimos pilares que sostienen el tejido moral de Meru, pero sus exigencias y declaraciones parecen cambiar a cada hora. —Ducot frunció los labios—. Son carniceros vestidos con sudarios de hombres santos que solo quieren una cosa: el poder. Si alguna vez tienes la mala suerte de encontrarte con uno, evítalo a toda costa.

—Aprecio la advertencia.

—Una advertencia y una clase de historia, ya ves lo amable que soy. —Ducot se apartó de la pared—. Y ahora sí que tenemos que volver ya.

—Gracias por responder a mis preguntas. —Eira extendió su gratitud mientras volvían a subir las escaleras.

—Bueno, gracias por no cumplir con mis peores expectativas —contestó Ducot con la misma sinceridad.

Eira fue sonriente el resto del camino hasta los aposentos de Solaris. El peligro podía acechar en cada esquina, pero cuanto más rápido aprendiera sobre Meru y sus corrientes subterráneas, más pronto podría navegar entre ellas con facilidad.

El alba amaneció en Meru al igual que en Solaris. Eira se despertó con una neblina gris y un rugido que anunciaba tormenta en la distancia. Lo primero que hizo fue abrir la ventana y contemplar la tranquila ciudad.

Había algunas embarcaciones pequeñas en el río que se dirigían a la bahía y tal vez al mar de Meru por lo que parecía basándose en su jarcia. Pero en su mayor parte, reinaba un ambiente tranquilo y silencioso. No había nadie caminando por el otro lado del río. Las ventanas de todos los edificios estaban cerradas y las cortinas echadas. Sí, era temprano, pero en el aire había la misma pesadez que había sentido el día anterior durante su paseo por la ciudad.

Risen era una ciudad sitiada. Retenida como rehén por un hombre que parecía estar en el meollo de más cosas de las que se había imaginado.

Eira examinó rápidamente su habitación cuando se despertó buscando algún tipo de mensaje o comunicación de la corte. Al no encontrar nada, se vistió y fue a ver a Alyss. Como era de esperar, la mujer no respondió a los suaves golpes de Eira en su puerta, por lo que bajó las escaleras hasta la zona común sola.

Había una mujer de cabello plateado y unos ojos dulces de color lila colocando un despliegue de comida todavía intacta. Se sobresaltó con la presencia de Eira.

—Ah, buenos días, estaba terminando.

—Gracias por el desayuno —dijo Eira mientras la mujer corría hacia la puerta trasera.

—Por supuesto, es mi trabajo. —Agachó la cabeza y se marchó rápidamente antes de que Eira pudiera decir algo más.

Había visto el modo en el que el personal de palacio realizaba sus tareas, determinados a ser un apoyo invisible para la realeza y otra nobleza. Parecía que las expectativas de los sirvientes de Meru eran similares. Eira examinó con detenimiento los panes relucientes y las frutas extranjeras y finalmente se decidió por un huevo cocido, un pastelillo relleno de lo que parecían ser flores comestibles y una rodaja de melón con rayas rojas y blancas en el interior. Estaba acabando de comer cuando el caos del piso de arriba la hizo correr hacia el atrio principal.

—¡No pienso quedarme aquí secuestrado! —gritó un hombre con un gruñido—. Soy el hijo del rey Tortium, heredero de los cielos, y no temo a ningún hombre o mujer.

—Alteza, hay razones para creer que alguien podría actuar en contra de aquellos que están involucrados en el torneo. —Eira reconoció esta voz como la de Deneya y frenó sus pasos—. Hasta que se descubra esta potencial amenaza o se anule de otro modo…

—Los elfins son como los humanos —resopló el hombre, disgustado—. Blandos y débiles. No me da miedo ninguna amenaza de Risen. Sobreviví al sacrificio con tan solo doce años.

Eira se detuvo agarrándose a la barandilla de madera y apretando la mandíbula. *Blandos y débiles.* El rostro de su hermano pasó ante sus ojos. Su pánico. Su estado sereno después de que su espíritu partiera hacia los reinos del Padre. Eira cerró los ojos con fuerza y tomó aire por la nariz para estabilizarse. No se atrevía a abrir la boca. No podía confiar en lo que podría decir si lo hacía.

—Le aseguro que hay muchos motivos para preocuparse, pero la reina Lumeria tiene la situación controlada —informó Deneya—. Y ahora, seguidme por favor. Vuestras habitaciones están en la cuarta planta.

La cuarta planta era donde iban a quedarse los draconi. Eira aflojó su agarre y subió las escaleras que quedaban hasta el atrio. Captó un vistazo del grupo: eran cinco de las personas reptilianas que había visto la noche anterior en la corte. Nadie se fijó en ella.

Se quedó atrás en la entrada de la zona común de Solaris en la segunda planta, paseándose de un lado a otro mientras esperaba a que volviera Deneya. Tardó diez minutos, pero la mujer bajó benditamente sola.

Deneya arqueó las cejas en una mirada que Eira interpretó como si estuviera sorprendida o impresionada. Inclinó la cabeza y la muchacha la siguió sin decir nada de vuelta a la zona común. Deneya no habló hasta que se hubo llenado un plato para sí misma y estuvieron sentadas en una mesa junto a uno de los arcos que daban al río.

—Dudo que tengamos mucho tiempo para hablar libremente. —Deneya hurgó en su comida con prisas, al igual que sus palabras—. Nuestra relación es tangencial. Se conoce, pero solo como una relación profesional relajada por mis funciones como guardiana de la reina. —Aunque Deneya no llevaba la misma armadura de guardia de honor que el día anterior, sí que llevaba una capa roja en los hombros—. No tengo intención de mostrarte ningún tipo de favoritismo que pueda relacionarnos potencialmente como algo más.

—Lo entiendo.

—Bien. —Deneya levantó la mirada de su comida—. Supongo que querrás tu prueba de la corte.

—Sí. —Eira no le vio sentido a intentar ocultarlo.

—Las sombras nuevas siempre están muy entusiasmadas al principio —murmuró Deneya para sí misma con una risita. Eira no comentó nada. Sí que estaba entusiasmada, entusiasmada por ver a Ferro llevado ante la justicia de un modo rápido y duro—. Me he encargado de que puedas ir a los Archivos de Yargen esta tarde para hacer un poco de turismo.

—¿Puedo ir a los Archivos? —susurró Eira emocionada.

Deneya asintió.

—Tú y los otros competidores de Solaris, así como Levit y los senadores. —Su breve mueca le reveló a Eira que los senadores no habían sido menos exigentes después de que los acompañara a su alojamiento—. Naturalmente, para ti no será solo un viaje de placer.

—Naturalmente.

—Escucha con atención. —Deneya se inclinó hacia delante—. En la entrada de los salones de las Alondras hay una estantería particularmente grande. Encontrarás un panel escondido en el borde. Sube por ese pasadizo y reúnete con el hombre que habrá en lo alto de la última escalera. Toma lo que te dé y tráelo a la corte mañana por la noche. Ducot volverá a acompañarte.

Los salones de las Alondras. Un pasadizo secreto. Y reunirse con un hombre desconocido. Aunque tenía miles de preguntas sobre los detalles, Eira memorizó la poca información que le había dado Deneya e intentó limitar su interrogatorio solo a lo esencial.

—¿Cómo sabré si es el pasadizo correcto?

—Lo averiguarás. —Deneya se limpió la boca con su servilleta y se levantó.

—¿Cómo me aparto del grupo sin levantar sospechas?

—Estoy segura de que eso también lo averiguarás. —Una sonrisa de superioridad se dibujó en sus labios—. Eras tú la que quería formar parte de la Corte de Sombras.

—Sí, pero…

—Nada de peros —la interrumpió Deneya—. O prosperas en esta vida o mueres intentándolo. Buena suerte.

Tras decir eso, Deneya se marchó dejando a Eira con las sobras de la mesa como compañía y con solo unas pocas horas para elaborar una especie de plan.

Seis

—¿Cuándo te has levantado? —Cullen sacó a Eira de sus pensamientos. No sabía cuánto tiempo llevaba mirando el plato vacío.

—Hace un rato, poco después del amanecer.

—¿Normalmente, te levantas tan temprano? —Cullen la miró por encima del hombro mientras empezaba a llenarse su plato.

—Depende. —Eira se encogió de hombros—. La mayor parte del tiempo, sí. Alyss podría confirmarlo. Pero a veces me quedo despierta hasta tarde y luego no puedo levantarme.

—Anoche te acostaste pronto. —Se detuvo en la silla en la que se había sentado Deneya… hacía poco rato. ¿Hacía una hora? Eira no habría sabido decirlo, pero había más luz que cuando se había marchado Deneya. Había estado perdida en sus pensamientos desde entonces—. ¿Te importa si me siento contigo?

Ella fingió considerar su pregunta.

—Creo que sería mejor que te sentaras incómodamente en otro sitio y no nos habláramos, aunque somos las únicas dos personas que hay aquí y nos conocemos bien.

—Tienes toda la razón. —Cullen intentó reprimir una sonrisa, pero no lo consiguió—. No deberíamos comportarnos como si fuéramos amigos normales ni nada.

Amigos normales... ¿eso eran? No le parecía que esas palabras encajaran. Se quedaron flotando entre ellos como un vestido mal ajustado, demasiado grande en unas partes y demasiado pequeño en otras, demasiado en unos sentidos e insuficiente en otros. Eira se mordió el labio. Cullen había estado ahí en cada acontecimiento importante de los últimos cuatro meses. Casi podía notar el sabor de sus labios en los suyos desde aquel primer día en la corte. Podía sentir sus manos cuando había sido su fuente de estabilidad después de la revelación y más tarde, cuando la había levantado al borde de la muerte mientras ella intentaba llevar a Marcus de vuelta a Solaris.

No, «amigos normales» no era lo que eran. Pero Eira no podía pensar en una descripción mejor. La expresión jovial de Cullen decayó cuando ella lo miró mordiéndose el labio por la preocupación.

—¿Sabes qué? —dijo antes de que se activara la capacidad de Eira de volverlo todo embarazoso—. No deberíamos ponérselo incómodo a cualquiera que pueda bajar. Creo que deberíamos sacrificarnos y sentarnos juntos.

Él le sonrió, pero la sonrisa no le llegó a los ojos. Las preguntas flotaban a su alrededor cuando tomó asiento. Eira miró por el arco mientras Cullen devoraba la comida porque no quería mirarlo mientras desayunaba. No obstante, su esfuerzo para no volver la situación más incómoda solo sirvió para hacerla sentir más incómoda a ella. ¿Sus manos estarían mejor en su regazo? ¿O sobre la mesa? Si seguía moviéndolas, él acabaría notándolo.

—¿Cómo te encuentras?

—¿Perdón?

—Del estómago. Parece que esta mañana has podido comer. —Cullen señaló el plato limpio de Deneya—. Estaba
preocupado por ti.

—¿Preocupado? —Eira entrelazó y separó las manos en
el regazo.

—Bueno, sí, Levit tenía razón… debías encontrarte realmente mal para perderte la oportunidad de cenar con elfins
y morphi la primera noche.

—No tienes que preocuparte por mí —contestó Eira en
voz baja.

—Ya te he dicho que lo hago.

—Pero…

—Que me pidas que no lo haga no va a servir de nada.
Si pudiera dejar de preocuparme por ti, lo haría. Al igual
que si pudiera dejar de pensar en ti, de intentar encontrar
algún modo de pasar tiempo contigo, hablar o robarte una
sonrisa que… —Cullen se interrumpió. Un rubor escarlata
se expandió por sus mejillas y se ocupó la boca con un pastelito mientras Eira apartaba la mirada intentando no rubo-
rizarse ella también.

Robarle una sonrisa… Esas palabras habían sido como una
aguja al rojo vivo perforando las frías aguas y el hielo que
había intentado alzar para alejarse de los demás. No era suficiente para romper esa gruesa barrera… solo lo justo para
perforarla, para que algo cálido y auténtico le recordara lo
fría que se había vuelto.

—Debería irme —declaró Eira apartándose de la mesa y
de la incómoda sensación de tener a alguien demasiado cerca.

—Eira, no quería molestarte.

—No estoy molesta. —Se levantó—. Voy arriba a por un
libro sobre Meru. —Y, con un poco de suerte, encontraría a
Alyss—. Esperaba leer un capítulo antes de conocer a algún
elfin. No quiero meter la pata.

—Son gente encantadora y muy compresiva. Dudo que lo hicieras —respondió Cullen rápidamente.

—Quiero estar segura. Y debería avisar a Alyss de que me encuentro mejor. —Eira maldijo internamente. Había planeado usar su estado de salud como excusa más tarde para alejarse de los Archivos. Había algo en Cullen que le nublaba los pensamientos.

—Me alegro de que estés mejor. —Un aire de decepción empezaba a acumularse a su alrededor—. En realidad, no quería...

—No pasa nada, Cullen. —Eira se obligó a sonreír—. Nos vemos después.

Se retiró subiendo las escaleras con un nudo en el pecho. Estaba evitándolo, pero no entendía del todo por qué.

Es una distracción, por eso. No importaba lo que sintiera por él, lo que él había tenido intención de decirle. A juzgar por la presión que ejercían sus costillas alrededor de su corazón, iba a ser una distracción. Además, si se acercaba demasiado a ella, se arriesgaba a que descubriera lo de la Corte de Sombras o a que se diera cuenta de lo que estaba haciendo. Eira ya tenía que ir esquivando a Alyss, lo de Cullen era un riesgo que no podía permitirse correr.

Aun así, incluso cuando entró en la sala común de Solaris para encontrar a Alyss, incluso mientras esperaba sentada en la cama de su amiga mientras ella se vestía y se preparaba para el día, su mente volvió a él. Se pasó cada momento libre intentando sacar a Cullen de sus pensamientos hasta que llegaron los Filos de Luz a la mansión para acompañarlos a los archivos de Yargen.

El paseo a través de la ciudad estuvo envuelto en el mismo silencio espeso que el día anterior. Solo se oía el suave tintineo de las espadas de los guardias dentro de sus vainas y sus botas pisando el suelo. Vieron dos patrullas de caballeros de la reina marchando por la ciudad. También había algunos mensajeros transmitiendo asuntos de negocios. Pero todos los que había en el exterior llevaban una cinta roja brillante en el pecho con un número estampado. Eira no conocía el significado, pero supuso que sería una especie de permiso para estar por la calle, puesto que los caballeros solo paraban a quienes no los llevaban.

El embajador Cordon y los senadores estaban en otra mansión más arriba de la cresta. Se unieron al grupo sin alboroto, acompañados por un grupo de caballeros de capa roja hasta los Filos de Luz con ceñidores morados. Yemir se acercó inmediatamente a su hijo, lo apartó del grupo y empezaron a hablar entre susurros que Eira se esforzó por escuchar.

—¿Cómo son vuestros alojamientos? —preguntó Yemir.

—Están muy bien, la reina es generosa. ¿Y los vuestros? —preguntó diligentemente Cullen. Casi parecía que estuviera guionizado.

—También están muy bien. —Yemir miró a su alrededor para comprobar si había alguien escuchando. Eira mantuvo los ojos al frente cuando él la recorrió con la mirada. Cuando volvió a hablar, Eira solo pudo distinguir unas palabras—: … de los delegados… cena… pero iré… si puedes… alguien… reunión…

—No tienes por qué hacerlo —murmuró Cullen y la agitación hizo que hablara lo bastante fuerte para que Eira lo escuchara.

—Tonterías, tú deberías estar ahí, no con la chusma —siseó Yemir. A juzgar por la mirada de desaprobación que lanzó

Noelle a la espalda de Yemir, ella también estaba escuchando la conversación. Por suerte, mantuvo la boca cerrada, así que tanto Eira como ella pudieron seguir escuchando.

—Ya veremos —replicó Cullen en voz baja.

Continuaron con su conversación entre susurros hasta que llegaron a los Archivos. Pero Eira pronto se distrajo demasiado como para preocuparse por lo que estuvieran diciendo.

Los Archivos de Yargen se cernían sobre toda Risen, extendiéndose hacia el cielo como si quisieran besar las nubes. Había edificios triangulares dispuestos alrededor, conectados por arcos flotantes rematados con cristal que brillaban con la luz de la mañana.

—¿Alguna vez habías visto algo tan alto? —susurró Alyss.

—No. —Eira echó la cabeza hacia atrás intentando ver todo el edificio a la vez. Pero era imposible, la estructura era demasiado grande.

—Pues esperad a ver el interior —comentó con orgullo uno de los guardias—. Cuando estéis preparados.

Yemir decidió hablar por todos.

—Continuemos.

—Aprecio enormemente que el senador pregunte si ya hemos terminado aquí —farfulló Noelle.

Eira le dirigió un ligero asentimiento. Noelle puso los ojos en blanco a espaldas de Yemir. Para Noelle, Yemir era un inconveniente exasperante. Para Eira, era una amenaza. Nunca olvidaría que había intentado ponerla entre rejas… dos veces.

En el interior, la torre estaba rodeada de estanterías integradas en cada pared, rincón y grieta disponible. Anillos de pasillos conectados por escaleras se extendían en intervalos variables hasta la cima. Arriba del todo, había un brasero suspendido en el centro de la habitación con varios arcos que sostenían las grandes cadenas de las que colgaba.

Noelle dejó escapar un silbido.

—Esto sí que es impresionante. —Miró al suelo—. ¿Qué significa este símbolo?

—Lo he visto en el Norte —murmuró Alyss.

—Es el símbolo de Yargen —explicó Eira. Tres círculos interconectados por una línea vertical incrustados en un mosaico intrincado—. Los círculos representan el pasado, el presente y el futuro superpuestos. Y la línea del centro que lo conecta todo es Yargen.

—Muy astuta —comentó una voz curtida antes de que Eira pudiera decir otra palabra—. Me complace ver que una joven de la Isla Oscura sabe reconocer la marca de Yargen. —Vestía una túnica sencilla de un intenso rojo atardecer atada a la cintura con un ceñidor ancho y dorado hasta el que casi llegaban los zarcillos de su barba—. Soy Kindred Allan y seré vuestro guía por los Archivos durante el día de hoy.

Allan los condujo por la base de la torre principal explicándoles cómo se organizaban y guardaban los libros. Había más de dos mil años de historia contenidos en ese edificio. Había tomos aún más antiguos guardados bajo llave para preservarlos. Los responsables de mantener los libros (catalogarlos, comprobar la encuadernación y registrar la historia nueva) eran las Alondras. En cuanto Eira oyó el nombre, sus oídos se animaron.

Los seguidores de Yargen estaban divididos en tres subconjuntos principales: las Alondras, los Filos y los seglares. Las Alondras tenían su propio edificio triangular conectado por uno de los arcos con la parte superior de vidrio que Eira había visto fuera. Allan los acompañó desde la torre principal hasta los salones de las Alondras.

Mientras que todos los demás tenían la vista fija en él, Eira se iba fijando en los bordes de las estanterías por las que pasaban. Recordó mentalmente las palabras de Deneya: «En la entrada de los salones de las Alondras hay una estantería particularmente grande. Hay un panel escondido en el borde». Pero Eira no vio nada que indicara un pasadizo secreto, aunque solo tuvo unos segundos para mirar.

Tenía que encontrar un modo de volver a esa estantería sola. Sus pensamientos quedaron consumidos por cómo iba a escabullirse en lugar de centrarse en Allan mientras explicaba los detalles de la orden de las Alondras. Un mes antes no se habría centrado en nada que no fuera él, pero ahora tenía que responder a llamados más altos: Ferro seguía ahí fuera. Libre. Y su hermano estaba muerto. ¿Qué sentido tenía respirar si no era para vengarlo?

Terminaron el recorrido donde lo habían empezado, en la planta baja del atrio principal. Allan les dio las gracias por su tiempo y los Filos de Luz empezaron a congregarse al grupo para acompañarlos de nuevo a sus alojamientos.

—Kindred Allan —dijo Eira rápidamente. El senador Yemir le lanzó una mirada fulminante, sin duda, molesto por que hablara cuando no le tocaba. Pero Eira no tenía ningún problema en ignorarlo—. Me preguntaba... si sería posible quedarnos un poco más y explorar los Archivos. Ha dicho que los libros están abiertos al público y hay mucha información que me gustaría leer.

El anciano lo consideró apoyándose en el bastón.

—Kindred, nos han dicho que los llevemos directamente a la mansión —dijo uno de los Filos.

—Sí, pero asumo que se referirían a que no podía haber más paradas de aquí allí, no a que os los llevarais inmediatamente después de la finalización de la visita. —Se pasó la mano por la barba.

—Señor, por favor, ignore a esta muchacha. Pide demasiado —intervino Yemir intentando calmar las aguas que en realidad no se habían agitado con la interacción de Eira.

—Solo quiero leer —agregó Eira a la defensiva—. No tardaré demasiado.

—Cállate ya —espetó Yemir casi gruñéndole—. Deberías estar agradecida por estar aquí después de...

—Padre —lo interrumpió Cullen bruscamente.

¿Después de qué? ¿De que intentara implicarme en el asesinato de mi hermano? Eira se mordió la lengua para no contestarle mordazmente.

—Kindred, Eira es una de las mejores estudiantes de Solaris. Es sincera, su interés por su historia y cultura es honesto y bienintencionado. —El señor Levit se metió en la refriega verbal y sus palabras le fueron como rocas hundiéndose en ella, instalándose en los profundos sedimentos de la culpa. Se mordió el interior de las mejillas para evitar contradecirlo. Tenía que quedarse, necesitaba pasar tiempo en los Archivos, pero no para leer. Y, de repente, sintió que estaba traicionando toda la confianza que él había depositado en ella.

—De acuerdo. —Por suerte, Kindred Allan continuó antes de que algo peor se formara en el grupo. Rio en voz baja con un sonido áspero y entrecortado—. No creo que haya problema con que os quedéis un poco más.

—Pero, señor... —el Filo de antes intentó objetar.

—Vosotros aseguraos de que estén de vuelta antes del anochecer. —Kindred Allan empezó a alejarse cojeando.

—Genial —gruñó Noelle y fulminó a Eira con la mirada—. Ahora voy a quedarme todo el día aquí atrapada.

—Yo también tenía otras reuniones a las que asistir. —Yemir se acomodó el abrigo con un gesto altivo.

—Lo sé —dijo Levit juntando la palma de la mano con el puño de la otra—. Separémonos. Aquellos que quieran quedarse pueden estar aquí hasta el atardecer. Los que quieran irse, se irán ya. —Miró al Filo—. No debería ser problema, ¿verdad?

El Filo de Luz suspiró pesadamente.

—Esto ya no entra dentro de los planes, así que ¿qué más da un cambio más? Seguro que podemos arreglarlo.

—Pues yo me quedaré con Eira y... —Levit se volvió hacia Alyss, expectante.

—Sabe que yo voy donde vaya Eira. —Alyss entrelazó el brazo con el de su amiga.

—¿Alguien más? —preguntó Levit mirando al grupo.

—A mí me gustaría quedarme —contestó Cullen.

—Hijo, hay asuntos que debemos discutir. —Yemir se cruzó de brazos.

—Esta es una oportunidad esencial para poder aprender más sobre Meru —comentó Cullen a la ligera, pero Eira vio un brillo de preocupación en su mirada. ¿Por qué no quería irse con su padre?

—Volverás conmigo a la mansión.

—Pues nos quedaremos solo los tres en los Archivos —intervino el señor Levit con una ligereza forzada, en un claro intento por cortar la tensión.

—Por mí bien. —Alyss se encogió de hombros.

—Por mí también. —Eira centró la atención en Cullen mientras se marchaba con su padre. Sus miradas se encontraron durante un breve instante.

No es asunto tuyo, se recordó a sí misma. Pero Eira no podía negar que una parte de ella sentía curiosidad. Se preguntó si el tema que tenía que tratar con su padre estaría relacionado con el secreto familiar que sabía que guardaba.

¡No es asunto tuyo!, repitió con más énfasis.

—Voy a explorar —anunció Eira.

—Te acompaño —dijo Alyss.

—Yo estaré por aquí. —Levit rio en voz baja—. Disfrutad de los archivos, chicas.

—¿Qué vas a leer primero? —preguntó Alyss mientras empezaban a subir una de las escaleras que rodeaban las estanterías—. ¿Es como en tus sueños?

—Mejor. —Eira miró hacia la entrada de los salones de las Alondras. Quedaban unas cuantas horas hasta el atardecer, pero no sabía durante cuánto tiempo la esperaría el hombre misterioso con el que iba a reunirse. Aunque primero debía librarse de Alyss, probablemente, la tarea más difícil de todas—. ¿Crees que habrá alguna novela romántica por aquí?

—Sabes que voy a comprobarlo. —Alyss sonrió de oreja a oreja—. Espero que haya algo bien raro y excitante. Algo que me haga cuestionar mi brújula moral.

Eira soltó una carcajada.

—Eres demasiado.

—Lo suficiente para hacerte sonreír. —Alyss le dio un golpecito en el hombro con el suyo—. Estaba preocupada por ti.

—Ya se me ha pasado lo del estómago.

—No me refería a eso y lo sabes —la regañó levemente Alyss—. No ha pasado mucho tiempo desde…

—No —cortó Eira suavemente. Dejó caer el brazo y la mano de Alyss se deslizó, de modo que Eira entrelazó los dedos con los de su amiga—. No quiero hablar de ello.

Alyss frunció el ceño.

—No has hablado de ello con *nadie* y necesitas hacerlo.

Eira quería ser invisible, sumergirse en el agua oscura que se elevaba desde sus pies. Que se dirigía a su cabeza. Pronto se hundiría, volvería estar en ese lugar frío y oscuro en el que murió Marcus.

Negó con la cabeza intentando espantar a los fantasmas y solo lo consiguió parcialmente.

—Estoy bien, no necesito hablar de ello.

—Eira…

—He dicho que estoy bien. —Apartó la mano de la de Alyss—. Si digo que estoy bien es porque lo estoy. Si de verdad eres mi amiga, te bastará con eso.

Ese comentario hirió a Alyss, pero su amiga intentó no demostrarlo. Sin embargo, Eira la conocía demasiado bien desde hacía mucho tiempo y sabía reconocer una sonrisa forzada cuando la veía. Era más fina y débil y ni siquiera le llegaba a los ojos. Unos ojos que ahora lucían un brillo herido.

—Sabes que soy tu amiga. Justamente por eso me preocupo.

—Lo sé. Lo… lo siento. —Eira negó con la cabeza y le dio la espalda a Alyss—. Necesito un poco de espacio, por favor.

Alyss no la siguió por el pasillo.

No era así cómo había planeado Eira perder a Alyss y quedarse sola, pero había sido efectivo. Debería alegrarse, ahora tenía tiempo y espacio para encontrar el pasadizo oculto. Sin embargo, el modo en el que había tratado a Alyss se sumó a la culpa por las palabras que había dicho el señor Levit.

Eira subió las escaleras en el mayor silencio posible. Se aferró a las estanterías ocultas a las miradas de los de abajo. Se detuvo en la entrada del ala de las Alondras escuchando atentamente. El aire estaba en calma y los únicos sonidos que se oían eran los chasquidos metálicos ocasionales de las armaduras de los Filos que patrullaban las plantas inferiores.

Con un movimiento de mano, Eira convocó una cortina de ilusión y se rodeó con ella. Cualquiera que mirara solo vería la estantería, Eira era invisible. Mantuvo la ilusión en su sitio con la mano derecha y presionó la madera con la izquierda. Salió un chisporroteo de escarcha de entre sus dedos y cerró los ojos.

Debería darle las gracias a Ducot. Si no la hubiera obligado a caminar en la oscuridad, no habría descubierto ese uso de su magia. Eira sintió *a través* del hielo. Sintió su inclinación y dónde se metía en una grieta curvándose por la parte trasera de la estantería. Efectivamente, había un hueco.

Eira retiró la mano junto con su magia y palpó la madera buscando surcos. Se abrió debajo de sus dedos. Se metió rápidamente en el interior cerrándola tras ella con una correa de cuero deshilachada.

Sumergida en la oscuridad, se llevó una mano a la boca de inmediato cuando la atacó una oleada de náuseas. Los escalofríos recorrieron su cuerpo mientras las paredes amenazaban con cerrarse a su alrededor. Al menos la noche anterior había tenido a Ducot. Incluso en forma de topo la había animado a seguir adelante.

Ahora estaba atrapada en el sitio. Estaba ahogándose mientras tomaba grandes bocanadas de aire. Era culpa de Alyss. Eira maldijo por lo bajo. Alyss había sido la que le había puesto esos pensamientos en la mente, le había recordado a Marcus y el abismo y ahora esos recuerdos amenazaban con hundirla.

Negando con la cabeza violentamente, Eira apoyó la mano en la pared y se impulsó. Tenía que seguir moviéndose. Estaba haciendo todo eso por su hermano, para vengarlo. Había dejado que se ahogara en aquel lago, no podía abandonarlo ahora, contaba con ella.

Eira subió lentamente. Se preguntó si los primeros miembros de la Corte de Sombras habrían ayudado a construir esa estructura y sabían cómo ocultar pasadizos. ¿Hasta dónde llegaba la influencia de la organización? ¿Dónde más habían metido la mano?

Finalmente, después de lo que le parecieron horas de subir y subir en la oscuridad, Eira llegó a una escalera. Subió con los dedos cubiertos de escarcha sintiendo que el pasadizo se estrechaba a su alrededor lentamente antes de abrirse de nuevo a un pequeño rellano. Una luz pálida se filtraba a través de una puerta.

Había un hombre solo en una habitación vacía de espaldas a la puerta con las manos cruzadas detrás. Aun así, lo reconoció por la ondulación de su pelo. Por cómo se sostenía. Por cómo el mundo parecía contener el aliento solo por él, como si el destino mismo flotara en el aire sobre sus hombros.

—Eres tú —susurró Eira y él se volvió mirándola con esos brillantes ojos esmeralda que Eira había visto por última vez en sueños.

Siete

Dos años antes, los tíos de Eira se habían atrevido a llevarla a la «sociedad educada». Solo había pasado un año desde el incidente, así que los recuerdos de lo que había hecho seguían frescos en la memoria de los nobles y los senadores que habían intentado encerrarla. Sin embargo, habían decidido correr el riesgo. Ese primer año había sido «muy buena» y se había mostrado «muy arrepentida». Había hecho todo lo que le habían pedido, justo como siempre le habían enseñado, como siempre habían esperado de ella. Había sido su cumpleaños. Acababa de cumplir quince años.

Le habían dejado las reglas muy claras… y la habían llevado a un baile de invierno para ver el anuncio del compromiso de la princesa heredera con la Voz de Yargen.

Aquella noche había visto a Taavin por primera vez. Era el primer elfin que veía en su vida. Tal vez incluso tuviera fantasías de niña relacionadas con él durante un tiempo. Pero, sobre todo, en cuanto había puesto la mirada en él, había sabido de inmediato que estaba destinada a marcharse de Solaris. Conocerlo, aunque fuera solo por unos breves segundos, había cambiado para siempre el curso de su vida.

Y ahora volvía a estar ante él.

—Tú debes ser la nueva sombra —dijo él con un suspiro de alivio—. Me preocupaba que no lograras venir. La Espectro Jefe dijo que todavía estabas aprendiendo a moverte por Risen.

La Espectro Jefe era Deneya. ¿Nueva sombra? ¿Significaba eso que ya formaba parte de la Corte de Sombras? Probablemente no. Deneya no habría querido admitir que estaba enviando a una iniciada a cumplir una tarea tan importante como reunirse en secreto con la Voz de Yargen.

—S-sí —tartamudeó. Al igual que la última vez que lo había visto, le fallaron las palabras.

—Ven, no tengo mucho tiempo. Empezarán a hacerse preguntas si no vuelvo pronto. —Taavin atravesó la estancia y le tendió un pequeño paquete envuelto. No era mucho más grande que la palma de su mano y Eira lo tomó reverentemente con ambas. Debajo del pergamino había una especie de caja robusta. Pero, claramente, no debía ver lo que contenía. Él vaciló y no la soltó del todo—. Eres humana… y vas vestida a la moda de Solaris.

—Soy del imperio Solaris —soltó Eira. Una sonrisa se dibujó en los labios del hombre haciendo que Eira se ruborizara desde el cuello—. No tendría que haber dicho eso, ¿verdad?

—No, no tendrías que haberlo hecho. Las sombras deberían ser como su homónimo, conocidas, pero no escuchadas, aferradas a los rincones, inidentificables y silenciosas. —Esas palabras podrían haber sido una reprimenda, pero las pronunció con una sonrisa—. Por suerte, soy un amigo y no te preocupes, no lo diré.

—Gracias —murmuró mientras Taavin soltaba el paquetito.

—Me alegra ver que la Espectro Jefe ha reclutado a alguien de Solaris. Sé que mi prometida estará encantada con este giro. Espera que nuestras tierras puedan trabajar juntas en todos los sentidos. —Pasó junto a ella de camino a la puerta, pero se detuvo justo antes de irse—. ¿Puedo darte un consejo, sombra nueva? —Eira lo miró y asintió. Aceptaría cualquier sabiduría que él pudiera otorgarle—. Puede que no siempre entiendas los métodos de la Espectro Jefe... pero ha estado en el precipicio del mundo y ha vuelto. Ha cenado con lo divino. Nada la aturdirá y hay muy pocas cosas que la superen. Así que confía plenamente en ella.

Eira no conocía el significado de todas las extrañas frases de Meru, así que simplemente dijo:

—Ya le confío mi vida.

—Bien. También... —No logró terminar de decir lo que había empezado porque una explosión cercana sacudió los cimientos de los Archivos.

Eira dejó escapar un grito de sorpresa al sentir la tierra gemir. Le zumbaban los oídos. Parpadeó. Taavin se recuperó mucho más rápido y corrió hacia una de las ventanas. Una columna de humo negro se elevaba al cielo grisáceo.

—¿Qué...?

—Tenemos que irnos. *Ahora*. —Taavin la empujó hacia la puerta con la mano en su espalda—. Ven, sígueme.

Bajó la escalera hacia la oscuridad con Eira siguiéndolo de cerca. Taavin ignoró el camino por el que ella había venido y se dirigió a una rampa que había frente a la escalera. Levantó la mano y tiró de una trampilla que se abrió con bisagras silenciosas.

—Mantén esta entrada a salvo y en secreto. Entrega el paquete a los Espectros —susurró—. Buena suerte, sombra.

Con un empujoncito, Taavin la instó a subir y cerró la trampilla tras ella. Eira se levantó y se encontró en la pasarela de la planta superior de los Archivos. Parpadeó ante el enorme brasero vacío que había suspendido en el aire ante ella.

—¡Eira! —gritó Levit desde abajo.

—¡Eira! —exclamó Alyss.

Quedándose agachada y oculta, Eira se desabrochó rápidamente la camisa. Se había puesto un cinturón por debajo de su ropa holgada para poder llevar algo oculto hasta la mansión. Se ató el paquetito por debajo del cinturón y rápidamente volvió a atarse la camisa hasta el cuello.

—Eira, ¿dónde estás? —volvió a llamar Alyss.

Eira palpó el paquete asegurándose de que estuviera bien atado, se levantó y corrió por la barandilla.

—¡Estoy aquí!

El rostro de Alyss apareció por encima de la barandilla en mitad del chapitel.

—¿Qué estás haciendo ahí arriba?

—¡Bajad las dos! —gritó el señor Levit con más volumen del que Eira le habría creído capaz.

Bajó por las escaleras de los pasillos circulares de los Archivos. Alyss le ganó con un margen amplio y Eira llegó abajo sin aliento. Se presionó el costado con una mano ajustando sutilmente el paquete y asegurándose de que no se le hubiera salido del cinturón. Seguía atado junto a su piel, no se había movido nada.

—¿Dónde estabas? —preguntó Alyss agarrándola del hombro. La preocupación crispaba el rostro de su amiga.

—Estaba arriba, leyendo.

—No te he visto. —Alyss frunció los labios—. ¿Y por qué no has venido cuando la explosión…?

—Chicas, basta, tenemos que volver a la mansión ahora mismo. —El señor Levit se volvió hacia uno de los Filos de Luz—. Señor, ¿podría…?

—El lugar más seguro ahora mismo para vosotros es aquí, en los Archivos —contestó el hombre—. Pero, por ahora, quedaos quietos.

Se elevaban más gritos desde el exterior. Eira oyó órdenes gritadas a los Filos de Luz, hombres y mujeres con ceñidores morados corriendo por las puertas abiertas. Había otros caballeros entrando y saliendo de los Archivos provenientes de los cuarteles de los Filos que había señalado anteriormente Allan.

—¿Qué crees que está pasando? —le susurró Eira a Alyss.

—No lo sé. Solo he oído una explosión y gritos. —Se estremeció, se acercó a ella y habló en un tono aún más bajo—. No creerás que…

—¡Detenedlo! —gritó un hombre en la plaza que había frente a los Archivos—. ¡Detenedlo!

Eira observó y vio a otro hombre, poco más que un borrón, pasar corriendo. Abrió los ojos enormemente intentando distinguir todos los detalles. Solo había visto un mechón, pero ese cabello verde intenso era inconfundible.

—Es Ferro —susurró Eira. La magia estalló a su alrededor. Se encendieron glifos en la plaza.

—¡Espera, Eira, para! —gritó Alyss.

—¿Qué está…? ¡Eira, vuelve aquí! —la llamó Levit.

Eira los ignoró a ambos. Corrió hacia las puertas abiertas de los Archivos escabulléndose antes de que dos Filos le cerraran el paso firmemente. Había otra gente gritando… ¿A ella? ¿A su alrededor? Eira no lo sabía. Tenía el corazón acelerado y ahogaba cada palabra de la gente de la plaza y cada pizca de sentido común.

Ferro estaba ahí. Lo había visto. El asesino de su hermano estaba cerca.

Ferro saltó por encima de un muro bajo que había al borde de la plaza, un muro que estalló enseguida con una lluvia de polvo y rocas cuando un glifo de Giraluz lo golpeó con un destello. Eira echó a correr tras él. Dos Filos intentaron pararla, pero se escapó de sus manos.

La mera imagen de Ferro había congelado hasta la última gota de sangre que había en ella. Las aguas oscuras se revolvían en su interior limitándole la visión y haciendo que solo pudiera centrarse en él. Era el hombre que había intentado matarla, que había matado a su hermano. Lo atraparía sin importar lo que le costara y lo haría *pagar*.

Eira saltó sobre los escombros de la pared. Se le subió el estómago a la cabeza al caer. Clavando los talones, impulsó magia por debajo de los pies y creó una rampa de hielo por la que se deslizó empujándose con las paredes de los edificios que formaban el callejón en el que se encontraba en ese momento. Vio el pie del hombre cuando dobló la esquina.

—No te escaparás tan fácilmente —gruñó Eira corriendo tras él.

Cuando dobló la esquina, un destello de luz la tomó desprevenida. Lo esquivó por instinto y el glifo explotó justo donde había estado ella un instante antes. Agitó los brazos intentado enderezarse, pero cayó con fuerza.

Él ya estaba casi al final del callejón, a punto de girar de nuevo.

—¡No! —medio gruñó y medio gritó Eira. Golpeó el suelo con el puño y salió hielo disparado cubriendo los edificios y la calle. El hielo iba más rápido que él y le cerró la salida.

Ferro se tambaleó intentando detenerse y estuvo a punto de estrellarse con el muro de Eira. Ella deseó que se hubiera roto la nariz contra él.

—*Juth calt* —espetó él. Apareció un glifo en el hielo de Eira y explotó. Pero, en cuanto el hielo se rompió, volvió a repararse—. *¡Juth calt!* —Volvió a intentarlo, pero fue en vano.

—No vas a ir a ninguna parte. —Eira se levantó. La escarcha se espesaba en el aire. La lluvia se convirtió en nieve y más agua empezó a manar de sus pies.

¿Cómo lo harás?, susurró una voz fría y retorcida desde los recovecos más siniestros de su mente. *¿Lo congelarás? ¿Lo ahogarás como hizo él con Marcus? Hagas lo que hagas... que no sea rápido. Que sienta el pánico que sintió Marcus. Que sufra tanto como tú.*

El hombre se volvió y esos pensamientos oscuros se evaporaron. La escarcha de Eira estuvo a punto de desvanecerse con ellos. Tendría que haberse dado cuenta cuando había hablado... de que ese no era Ferro. El hombre tenía los ojos ambarinos y la nariz torcida. Le gruñó preparándose para otro ataque.

Eira agitó la mano y una mordaza de hielo le cubrió los labios, al igual que había hecho con Ferro en el bosque. Pero, a diferencia de lo que había sucedido aquella vez, esa mordaza empezó a expandírsele por el rostro. Eira podía sentir su escarcha hundiéndose en él por debajo de su piel. Podía sentir cómo se le ralentizaba el corazón y se le entumecía el cuerpo.

Pronto, fue una estatua de hielo, no del todo vivo y no del todo muerto. Eira lo mantuvo en estasis justo como indicaba el diario que había leído meses antes. Lentamente, se acercó mirando a los ojos sin ver del hombre.

—¿Sabes que estoy aquí? ¿O cuando te descongele esto te parecerá solo un sueño? —Eira mantuvo la magia en su sitio con un puño de hierro. Iba vestido con túnicas sencillas de color crema. Desvió la mirada a la bolsa que llevaba. Tenía tres cicatrices verticales grabadas en el dorso de la mano—. ¿Qué tienes ahí?

Cuando Eira se acercó a su cintura, la escarcha se retiró lo justo para que pudiera abrir la bolsa. En el interior había una caja de pergaminos y una bolsita pequeña con marcas extrañas. Tomó ambas cosas y estaba empezando a inspeccionarlas cuando oyó gritar órdenes al otro lado de sus muros de hielo.

Eira le dio la espalda al hombre por si este estaba todavía consciente, se desabrochó la camisa y se metió tanto los pergaminos como la bolsita en el cinturón junto a la cajita que le había dado Taavin. Cuando volvió a estar decente, un glifo de Giraluz atacó su barrera desde el otro lado.

Con cuidado de no liberar a su prisionero, Eira relajó su magia y observó cómo el hielo se evaporaba en el aire. La nieve del callejón se calentó rápidamente convirtiéndose en lluvia.

Había una hilera de Filos de Luz esperando al otro lado del muro con magia y armas preparadas.

—Aquí. —Eira señaló al hombre que seguía en estasis—. Creo que es a este a quien estabais buscando.

Ocho

—¿En qué estabas pensando? —El señor Levit se detuvo a mitad de camino cuando se abrió la puerta del área común de Solaris revelando a Eira—. ¿Cómo te atreves a salir corriendo así? ¿Cómo te atreves a ignorar mis órdenes? ¿Cómo te atreves a…? —Se calló mirando a los Filos de Luz que la habían llevado de vuelta a su alojamiento después de su interrogatorio inicial—. Gracias por traerla. A partir de ahora me encargo yo —declaró Levit con un tono sorprendentemente dulce en comparación con su rabia anterior.

Los Filos intercambiaron una mirada y asintieron, claramente contentos por escapar a la reprimenda que ya le estaba cayendo por parte de Levit. En cuanto las puertas se cerraron tras ella, el profesor volvió a empezar. No le importó que Alyss, Noelle y Cullen también estuvieran en el área común. Su castigo también podía servir de ejemplo para ellos.

—Lo siento —murmuró Eira. Tenía intención de retirarse a su habitación.

Levit se puso delante de ella cerrándole el paso.

—Un «lo siento» no basta. No solo has arriesgado tu participación en el torneo, sino también la de tus compañeros.

Podrías haber hecho que los descalificaran a ellos con tus acciones.

—No estaban…

—Lo que hagas representa a *toda* Solaris. —No iba a dejarla decir nada—. Cuando te sales de las normas, das una imagen muy mala de todos nosotros. Estamos aquí bajo la bendición de la reina Lumeria. Tenemos esta casa gracias a la bendición de la reina Lumeria. ¿Qué crees que podría llegar a hacer si interfieres en las investigaciones de sus caballeros? ¿De verdad quieres descubrir hasta qué punto llega su amabilidad?

—No dejaría nunca que ninguno de vosotros pagara las consecuencias de mis acciones —dijo Eira sobre todo para sus compañeros que estaban sentados detrás del señor Levit. Alyss y Cullen intercambiaron una expresión de preocupación, pero Noelle no parecía molesta, de hecho, lucía una sonrisa divertida.

—Puede que eso no esté en tus manos, además… —Levit le puso las manos en los hombros con el rostro crispado por la preocupación—. Podrías haber arriesgado tu *vida*, Eira.

—Mi vida se puso en riesgo en el que momento en el que Ferro me atacó. Se puso en riesgo cuando escapó. —Se apartó de su profesor y mentor—. Creía que era él el que estaba en el patio. —Le temblaban las manos y la voz—. Creía que estaba persiguiendo a Ferro, ¡que podría capturar al hombre que asesinó a mi hermano!

Su voz pareció resonar en el silencio que la guio.

La expresión de Levit se suavizó.

—Eira… —empezó.

—Quería… quería… —Le temblaron los hombros por las palabras que estaba reteniendo. *Quería matarlo.* Quería hacerle pagar. Sentía por triplicado todas las emociones oscuras que habían propiciado el incidente que había tenido lugar tres años antes. *No soy una asesina*, susurró una voz en su interior, aunque más débil de lo que le habría gustado—. Quiero estar sola.

Eira pasó junto a Levit y esta vez no la paró. Se metió en su habitación y cerró la puerta con un suspiro. Eira ni siquiera logró llegar a la cama, le cedieron las piernas antes y se golpeó las rodillas en el suelo. Se acurrucó enterrando la cara entre las manos y respirando de manera entrecortada.

Si hubiera sido Ferro, ¿qué le habría hecho? ¿Hasta dónde habría llegado para tratar de satisfacer su implacable necesidad de sangre como pago por la vida de Marcus?

Un suave golpe la sacó de sus pensamientos. Eira se dio la vuelta cuando la puerta se abrió a pesar de su silencio. Alyss entró.

—Sé que has dicho que querías estar sola, pero…

—Vete, Alyss. —Eira ni siquiera miró a su amiga.

—No creo que…

—¡Vete! —gritó Eira.

Alyss no insistió y se marchó. Eira se quedó en el suelo hasta que las sombras se alargaron y la luz se tornó dorada. Le dolía el cuerpo por la posición encorvada en la que estaba sentada. Se le habían dormido las piernas. Pero Eira no lograba encontrar la fuerza para moverse.

Revivió una y otra vez las miradas de horror de los Filos mientras liberaba lentamente al cautivo de la prisión de escarcha. Oyó sus susurros mientras la llevaban de vuelta a la mansión, todos mencionando el nombre de Adela. Una y otra vez se repitió las palabras que había oído con tanta claridad en su mente, tan mezquinas y llenas de venganza, palabras pronunciadas por una muchacha abandonada una fría noche que solo conocía la dureza y la brutalidad del mundo.

Si hubiera sido Ferro... ¿De verdad habría sido capaz de matarlo? Y si lo hubiera hecho, ¿se habría sentido culpable? ¿Cuán espantosos habrían sido sus actos?

¿Era en lo más profundo de su ser la asesina que la mitad de Solaris llevaba años viendo en ella?

No tenía respuestas para esas preguntas y eso la sacudió hasta la médula. ¿Era mejor que Ferro si podía actuar con un desprecio tan cruel por la vida? ¿Suponía alguna diferencia que él hubiera matado a Marcus? ¿O sería una asesina de los pies a la cabeza si perseguía su objetivo sin descanso?

Cada vez que empezaba a sentirse culpable por pensar en la muerte de Ferro, el rostro frío y sin vida de Marcus pasaba ante sus ojos fortaleciendo su resolución en algo más duro y frío que el hielo que pudiera crear. En cuanto oyó un suave golpe en su puerta, casi toda la luz había desaparecido del cielo.

Eira abrió y se encontró cara a cara con Ducot.

—Vamos. —Su expresión era inescrutable.

Ella se limitó a asentir y lo siguió de vuelta a la Corte de Sombras en silencio.

La Corte tenía una atmósfera diferente ese día. Para empezar, había menos gente. Pero las sombras que había ahí le lanzaban miradas cortantes. Si mostraban alguna emoción, era cautela y escepticismo.

Todas esas miradas sin palabras le dijeron a Eira lo que pensaban de sus acciones de ese día. Pero si le quedaba alguna duda de la desaprobación general de la corte, quedó disipada en cuanto entró en las cámaras de los Espectros.

—Eira, tal y como habíais pedido —anunció Ducot. Los tres Espectros levantaron la mirada de la mesa central.

—Cierra la puerta —ordenó Deneya. Ducot obedeció y Eira se quedó quieta esperando cualquier juicio que pudieran emitir sobre ella. Finalmente, Deneya posó su atención en ella—. ¿Y bien?

—Aquí está. —Eira avanzó y dejó el paquetito que le había entregado Taavin—. He traído lo que me pedisteis.

—Has hecho mucho más que eso —medio gruñó Rebec—. Quieres ser una sombra, pero en la primera ocasión que se te presenta, vas y corres de cabeza al peligro llamando la atención sobre ti misma y poniendo en riesgo toda la operación.

—Lo tenía todo controlado.

—No según los informes de los guardias. —Rebec dio un paso hacia adelante cerniéndose sobre Eira.

—Lo estaba manteniendo congelado, pero vivo, ¿qué mayor control queréis?

—¿Qué tal no gritarle al mundo que eres descendiente de Adela? —replicó Rebec.

Eira frunció los labios.

—Yo no...

—Tú sí —la interrumpió Deneya con un suspiro—. La magia que has utilizado tiene el nombre de Adela escrito en todas partes. Es más condenatorio que crear un tridente de hielo en Solaris. Los rumores acerca de que podrías ser acólita de Adela ya han llegado a los círculos cercanos a la reina y no puedo hacer nada por impedirlo.

—O sobre que podrías ser la propia Adela renacida con algún oscuro poder —agregó Lorn—. Teniendo en cuenta tu aspecto.

Eira seguía olvidando que, para la gente de Meru, Adela era más que un mito. Era carne y hueso. Era muerte fría. Eira podía salir indemne usando la magia de los diarios en Solaris más que en Meru.

—Bueno, al menos traigo regalos de nuevo. —Eira intentó desviar el tema metiéndose la mano en el bolso—. Le he quitado esto al hombre antes de que lo vieran los Filos de Luz. —Dejó la caja de pergaminos y la bolsita al lado del paquete.

—¿Qué son? —preguntó Lorn inclinándose para mirar más de cerca.

—No lo sé, no lo he examinado en absoluto. Pensé que sería mejor esperar órdenes antes de hacer nada.

Rebec resopló.

—No finjas que de repente te importan un comino nuestras órdenes.

—Pero…

Eira fue interrumpida por Deneya tomando la caja de pergaminos y girando un extremo para abrirla. Le dio la vuelta y golpeó ligeramente para soltar un pedazo de papel enrollado. Lo desenrolló y Lorn y Rebeca leyeron por encima de sus hombros mientras Deneya leía lentamente en voz alta.

—«Orden asegurada. Pago completado. Tenéis tres días».

A continuación, Deneya abrió la bolsita. Salieron unas perlas oscuras, mate sobre el brillo de la pintura de la mesa. Eran modestas y más pequeñas que canicas, pero Rebec soltó un jadeo y Lorn se apartó. Claramente, sabían algo que Eira no.

—Lo que pensaba —gruñó Deneya—. Malditos Pilares.

—¿De verdad crees que están trabajando con Carsovia? —preguntó Rebec a su líder.

—¿Cómo si no iban a conseguir explosivos? El imperio carsoviano ejerce un estricto control sobre las perlas.

—¿Explosivos? —preguntó Eira a nadie en particular.

Fue Ducot el que le respondió.

—Esas cositas negras son perlas de destello. —Señaló las bolitas oscuras—. Es un mineral muy escaso, extraído y procesado en el imperio de Carsovia.

—¿El imperio de Carsovia?

—Aquí. —Deneya volvió a la mesa central y Eira la siguió. La Espectro Jefe desenrolló un pequeño mapa sobre el enorme mapa detallado de Risen que dominaba la superficie de la mesa—. Solaris, Meru. —Deneya movió el dedo señalando las diferentes localizaciones—. El Reino Draconis está aquí, en la isla de Dolarian, y el Reino Crepuscular está en este bosque al nordeste de Risen. Esta pequeña península que hay al sur es la República de Qwint. Se independizaron de Carsovia, por eso están tan ansiosos por trabajar con nosotros y expandir su poder de negociación con un tratado.

—Entonces ¿esto es Carsovia? —preguntó Eira señalando la tierra que había junto a Qwint.

—Sí… y esto, esto y esto también. Todo es Carsovia.

—¿Este mapa está hecho a escala? —susurró Eira.

—Desafortunadamente, sí. —Deneya frunció los labios.

—Es enorme. —Meru duplicaba o casi triplicaba el tamaño de Solaris. Carsovia era al menos el doble que Meru… y eso teniendo en cuenta solo lo que Eira podía ver dibujado. Las fronteras se extendían más allá del borde.

—Así es. Y lo que estás viendo es solo la mitad.

¿Cómo podía un imperio ser tan grande? Solaris casi había acabado roto tratando de unificar los pequeños reinos. ¿Cómo sería Carsovia? ¿Una fuerza unida y monstruosa? ¿O estaría plagado de luchas internas separándose y volviéndose a unir constantemente?

—¿Meru está en guerra con Carsovia? —preguntó Eira.

—No, y la reina Lumeria desea fervientemente no estarlo nunca. Las alianzas entre Meru y Carsovia son tenues, pero mientras Lumeria viva, existirán. Eso fue parte de la motivación del Tratado de los Cinco Reinos, somos más fuertes juntos. Carsovia es una bestia que nadie quiere despertar. —Deneya volvió a enrollar el mapa.

—¿Los Pilares comparten esas ideas? —preguntó Ducot.

El rostro de Deneya se tensó en una expresión de dolor. Lo único que pudo hacer fue suspirar.

—Esperemos que los Pilares no estén trabajando con el imperio y que, en el mejor de los casos, hayan conseguido estas perlas de un trabajador corrupto.

—¿Un trabajador corrupto como Adela? —Lorn se cruzó de brazos y se apoyó en la mesa—. Mis informantes me han dicho que ha estado vendiendo perlas de destello los últimos cinco años. Podría tener algún infiltrado en las minas.

—Podríamos llevar a cabo un ataque dirigido contra ella —propuso Rebec con entusiasmo—. Dadme varias sombras con buenas armas y tomaremos la Tormenta Escarchada de una vez por todas.

—Si Adela pudiera ser derrotada por varias sombras con buenas armas no seguiría viva. —Deneya expresó en voz alta lo que Eira estaba pensando—. En primer lugar, Eira, ¿podrías escuchar la caja de pergaminos y la bolsita? A ver si oyes algo.

—Claro. —Eira se centró primero en la caja de pergaminos.

Solo le llegaron unas palabras susurradas al oído. Las transmitió todas, pero sabía que no serían útiles. Era una conversación breve y transaccional. No había ningún tipo de pista sobre con quién estaba hablando el Pilar y no descubrieron nada que no supieran ya.

A continuación, se centró en la bolsita. Unos gritos lejanos se elevaron como una brisa invisible desvaneciéndose y volviendo. Sonó un látigo agudo y brutal. *Llenadlo*, gruñó una voz. *Volved al trabajo.* Los murmullos de una mujer con la mente claramente medio ida.

Su magia rascó buscando cada sonido, pero no había nada que encontrar. Esos gritos perdidos se quedaron resonando en su mente mucho después de que su magia se hubiera retirado. Eira relató lo que había oído con la voz lo más calmada posible.

—Creo que has oído algo de las minas destello de Carsovia. —Lorn miró al suelo mientras hablaba con un peso invisible en los hombros.

—Como si necesitáramos más pruebas de cómo tratan a la gente que envían allí. —Rebec hizo una mueca mirando la bolsita como si esos horribles sonidos que había oído Eira fueran culpa de la bolsa.

—El imperio de Carsovia envía a sus prisioneros a trabajar en las minas —le explicó Deneya a Eira—. Afirman que solo los peores delincuentes acaban trabajando ahí, pero tenemos motivos para sospechar que son muchos más los que terminan en esos laberintos tortuosos de roca y fuego.

Eira tragó saliva.

—Ya veo.

—En cualquier caso, tenemos una pista. —Deneya se apartó de la caja de pergaminos, recogió la cajita de Taavin y se la tendió a Lorn—. Lo solicitado. Cuando tú y tus sombras susurrantes hayáis descubierto cuándo tendrá lugar su próximo encuentro de reclutamiento, quiero saberlo. A juzgar por esto, creo que podemos hacernos una idea de cuándo será. Rebec, voy a pedirte que encuentres un modo de entrar y salir del sitio y que tengas sombras armadas monitoreando a cada hora.

—¿Debería matar simplemente a cualquiera que aparezca? —preguntó Rebec con demasiada alegría. Eira no pudo evitar preguntarse cómo alguien podría hablar de asesinato con tanta indiferencia. Ella se había pasado toda la tarde hundida por haber llegado siquiera a considerarlo.

—No todo se arregla con una daga entre las costillas. —Lorn puso los ojos en blanco.

—Pero muchas cosas sí.

—No mates a nadie de momento. Me gustaría que este asunto se mantuviera limpio. No quiero que los Pilares sepan que los estamos siguiendo, tal vez podamos averiguar quién está suministrando las perlas de destello para ver qué tan profunda podría ser una alianza potencial. Pero quiero gente que pueda salir con vida si se produce una pelea.

—Vale, mantendremos los apuñalamientos al mínimo. —Rebec soltó un suspiro lento y apenado.

Eira no se molestó en pedir información sobre la reunión. Sabía que, de todos modos, no se la darían. En lugar de eso, preguntó:

—¿Qué han hecho estallar hoy?

Un pesado silencio se apoderó de la habitación. Lorn se centró en sus pies. Rebec miró con tristeza a Deneya y luego apartó la mirada. Ducot permaneció en silencio junto al hombro de Eira.

—Un cuartel de la ciudad —declaró Deneya finalmente. Miró el mapa de Risen. Fue entonces cuando Eira se fijó en una X roja en una plaza cerca de los Archivos—. Probablemente solo haya sido una prueba del funcionamiento de las perlas de destello... para asegurarse de que no los habían engañado antes de que los Pilares las usen para cualquier maldad auténtica que hayan planeado.

—Lo siento —dijo Eira en voz baja. De día, Deneya formaba parte de la Guardia de la Reina. Solo podía suponer que Deneya conocía a algunos de los soldados que habían muerto asesinados.

Deneya levantó la mirada para encontrarse con la de Eira. De algún modo, solo con esa mirada, Eira se sintió pequeña.

—Sé por qué has salido corriendo detrás de ese hombre hoy.

Eira la miró de soslayo. Ni siquiera preguntó cómo lo sabía. Sería bastante evidente para todos. Bueno, menos para el señor Levit.

—Pero tienes que entender que no eres la única que ha perdido algo. —Deneya no le habló con dureza ni a modo de reprimenda. Ni siquiera con decepción. Aun así, Eira se sintió peor al oírla—. Cada sombra ha perdido y ha entregado mucho más para estar aquí. Se te pedirá que sacrifiques todavía más si te quedas.

—Puedo hacerlo —contestó Eira rápidamente.

—¿De verdad? —replicó Deneya. A Eira se le quedó la respuesta atrapada en la garganta al mirar los intensos ojos de la mujer—. Puede que Marcus solo haya sido el principio. ¿Puedes seguir órdenes sin cuestionar, aunque todo se esté desmoronando a tu alrededor? ¿Estás preparada para perder todavía más por el bien de tu justicia?

Tragó saliva una, dos, tres veces. ¿Por qué costaba tanto decir una palabra?

—Sí —consiguió decir finalmente.

—Ya lo veremos. —Deneya suspiró y se puso las manos en las caderas—. De momento, vuelve y espera a tu próxima orden.

—¿Qué voy a hacer mientras tanto? —preguntó Eira.

—Vive como una competidora, intenta no levantar sospechas y, por Yargen, no te metas en ningún lío.

Nueve

Nadie fue a por ella para desayunar al día siguiente. Eira estaba despierta cuando sus amigos y compañeros competidores empezaron a levantarse. Oyó una conversación amortiguada a través de la puerta y la apertura y cierre de la puerta de la sala común de Solaris varias veces. Pero nadie hizo el intento de ir a verla.

Se tumbó bocarriba mirando el techo iluminado por la luz del amanecer. Ducot no le había dicho mucho durante el camino de regreso la noche anterior, dejando que Eira repasara la conversación y la información que había descubierto una y otra vez en su cabeza. Iba a haber un encuentro de los Pilares dentro de tres días para hablar de las perlas de destello. Pero las sombras todavía no sabían dónde tendría lugar.

Impulsándose, Eira bajó los pies de la cama y miró por la ventana. Ese día no había ningún barco en el río. No tenía dudas de que, después de la explosión, el confinamiento en Risen se había endurecido. Se preguntó qué estarían diciendo los caballeros a la ciudadanía. ¿Cuánto se sabía a esas alturas? Ojalá pudiera preguntarlo a la corte y obtener una respuesta directa. Aunque sospechaba que no tendría muchas posibilidades de conseguir algo así pronto.

Suspirando, Eira se levantó y se vistió. Su estómago vacío no iba a permitirle pasarse toda la mañana sola en su habitación meditando, así que bajó las escaleras y llegó a una sala común bien llena.

Los morphi estaban sentados juntos entre los equipos de los elfins y de los draconi. Todavía no había señales de los competidores de Qwint y un pensamiento escalofriante silenció los rugidos de su estómago. ¿Y si les había pasado algo por el camino?

La mirada de Eira se posó en sus amigos y en su tutor mientras iba a por la comida. La misma mujer de cabello gris de la primera mañana, supuso que sería la señora Harrot, estaba reponiendo la comida que se había acabado. Eira la saludó plácidamente y se sirvió un plato pequeño. En lugar de sentarse con sus compañeros, pasó por los arcos y se dirigió a la ribera del río para sentarse en uno de los bancos. Subiendo los pies sobre el banco de piedra, se llevó las rodillas al pecho y empezó a picotear de la comida que tenía al lado.

Ferro estaba ahí fuera. Si fuera él, ¿qué haría a continuación? ¿Estaría involucrado con lo de las perlas de destello? Tal vez eso explicara por qué lo había liberado Adela... Cada vez que Eira pensaba en una teoría, se le ocurría otra. Era una cucaracha de la que no podía apartar la mirada ni un instante. En cuanto lo hiciera, se escabulliría todavía más en las grietas del mundo y se alejaría de su alcance.

—¿Puedo sentarme aquí? —Alyss interrumpió sus pensamientos.

—Supongo.

—¿Supones? —Alyss arqueó las cejas.

—Sabes que sí —farfulló Eira y se movió para dejarle a Alyss espacio suficiente.

Su amiga se sentó y sacó una piedra de la bolsa que llevaba en el muslo. La roca flotó sobre su palma cambiando de forma mágicamente mientras Alyss trabajaba en su última creación.

Eira tomó tres bocados más antes de lograr decir:

—Lo siento.

—¿Por qué? —preguntó Alyss sin mirarla.

—Por gritarte y alejarte. —Eira arrancó un trozo del panecillo hojaldrado que había untado con una mermelada dulce, aunque picante, que sabía como el melón rayado que había probado el día anterior.

—Solo intento ayudar.

—Lo sé.

—Me cuesta verte así.

—Lo sé.

—Y no sé qué más hacer.

Eira suspiró pesadamente.

—Yo tampoco sé qué hacer. —Pero había decidido que matar a Ferro ayudaría. Mucho.

—Mantenerte a salvo y cuidar de tu bienestar mental y emocional —contestó Alyss con firmeza. Su roca estaba empezando a adquirir forma de foca—. Es lo único que tienes que hacer.

Eira resopló suavemente mirando en dirección al río. Si Alyss supiera lo que estaba tramando… Se limpió las manos en los pantalones y se agarró al banco.

—Ya sabes que puedo ser imprudente.

—E impulsiva —agregó Alyss demasiado rápido—. Y puedes dejar que te lleven las mareas de un instante.

—Sí… —suspiró Eira. Le había ocultado demasiados secretos a su amiga. Cuanto más se los guardaba, más se profundizaba el abismo. Tenía que dejar salir algo o el daño podría ser irreversible cuando tuviera lugar la inevitable exposición—. Rompí la promesa que te hice.

—¿Qué? —Alyss apartó la mirada de la foca.

—Hace meses te prometí que no volvería sola a esa habitación secreta de la Torre.

—Pero lo hiciste —concluyó Alyss tras un largo silencio.

—Sí, lo hice. —Eira agachó la cabeza, incapaz de soportar la mirada de decepción de Alyss.

—Sabes que solo intento cuidar de ti, ¿verdad? Esa habitación me preocupaba. No intento ser cruel, imponerme sobre ti ni controlarte.

—Marcus también intentaba cuidar de mí. ¿Y dónde lo llevó eso? —murmuró Eira.

—Eira…

—A la muerte —espetó respondiendo a su propia pregunta.

Alyss la tomó de la mano con fuerza olvidando la escultura.

—Murió por las acciones de un hombre malvado y retorcido. No por ti. No puedes culparte.

Eira observó la luz del sol que se reflejaba sobre el río. En un parpadeo, su mente estuvo bajo esa agua, atrapada, viéndose arrastrada por unas manos invisibles. Volvía a estar en aquella noche. Ella escaparía, pero Marcus no. Las profundidades lo reclamarían.

—Tengo más culpa de la que crees —contestó Eira en voz baja. Se le ocurrían miles de cosas que podría haber hecho de un modo diferente. Cualquiera de ellas habría tenido como resultado que Marcus siguiera con vida.

—Deja de decir eso. No es bueno para ti.

Eira negó con la cabeza y se levantó.

—Me vuelvo a mi habitación.

—Estás aquí para competir. —Alyss también se levantó interponiéndose en su camino—. Luchaste por estar aquí. Marcus querría que aprovecharas esta oportunidad, una posibilidad con la que has estado años soñando. Habla con los elfin. Aprende sobre la tierra de los draconi. No desperdicies todo este tiempo hasta que empiece el torneo encerrada en tu habitación.

—Gracias, Alyss. Lo pensaré. —Eira le dio una palmadita en el hombro a su amiga y se retiró decidida a ignorar todo lo que acababa de decirle.

El día siguiente, justo antes de la cena, alguien llamó a su puerta. Eira suspiró y se levantó de la cama. Había esperado que se marcharan sin ella y que se presentara Ducot con alguna pista de la Corte de Sombras. Solo habían pasado dos días desde que Deneya la había dejado en espera y aguardar a recibir órdenes ya estaba empezando a volverla loca.

Eira esperaba encontrarse a Alyss al otro lado de la puerta, pero se topó con Cullen.

—¿Puedo pasar?

—Claro. —Se encogió de hombros y se hizo a un lado. Pero lo que realmente quería hacer era quedarse en el marco de la puerta y espetarle: «¿Qué quieres?».

—Alyss está preocupada por ti. —No malgastó el tiempo.

Eira se resistió para no poner los ojos en blanco.

—Estoy segura de que todos podéis encontrar cosas más interesantes en las que ocupar vuestros días en lugar de darle vueltas a vuestra preocupación por mí.

—Somos capaces tanto de preocuparnos por ti como de ocupar nuestras horas haciendo algo que no sea encerrarnos en nuestra habitación. —Sonrió brevemente y luego volvió a fruncir los labios—. Eira… *yo* estoy preocupado por ti.

—Ya lo has dicho. —Eira se envolvió con los brazos y se acercó a la ventana—. Estoy bien, de verdad.

—No me lo creo. —La dureza de su voz le provocó cierto anhelo. Pero Eira no sabía qué anhelaba. ¿Volver a estar en la seguridad de sus brazos? ¿Desde cuándo Cullen ocupaba un espacio en su mente como alguien seguro? ¿Como alguien a quien quería acercarse?

Eira se mordió el labio agradeciendo que él no pudiera ver su expresión.

—¿Por qué dudas tanto de mí? —Cullen fue alzando la voz mientras se acercaba. El aire que lo rodeaba también era diferente. Las corrientes de su magia lo rodeaban proyectándose al mundo, mientras que las de ella vivían en su interior. Ahogándola con un poder que no tenía salida—. Has estado distante desde que nos marchamos de Solarin.

—No.

Él se detuvo justo detrás de ella.

—Cada vez que me acerco, no haces más que alejarte.

—No lo hago. —Era una mentira débil y ella lo sabía.

—Aun así, cuando te apartas… Veo que miras hacia atrás desde lejos y no puedo evitar sentir que no quieres alejarte.

No podía mirarlo. ¿Cómo había sido capaz de ver esas verdades que incluso ella había estado ignorando?

—Eira… —Cerró los dedos alrededor de su brazo—. Mírame. —Tiró de ella despacio y Eira obedeció inclinando la barbilla hacia arriba para observarlo—. Mírame a los ojos y dime que estás bien.

—Yo… —Se ahogó con sus propias palabras, pero él no le dio tregua.

—Mírame a los ojos y dime que no te sientes atormentada todos los días por lo que has visto… por lo que has hecho.

Eira frunció los labios sintiendo que su labio inferior sobresalía ligeramente. Él no tenía ni idea de la mitad de las cosas que había hecho de lo que estaba preparada para hacer, y eso la hizo angustiarse. ¿Qué pensaría Cullen cuando se enterara? Estrechó ligeramente su agarre mientras levantaba la otra mano. Cullen le rozó la frente con la yema del dedo y le colocó un mechón rebelde detrás de la oreja. La luz del sol iluminaba sus ojos haciendo que parecieran casi dorados.

—Está bien sentir dolor y compartirlo —susurró—. Contenerlo solo lo empeorará. Lo sé, créeme.

—¿Cómo ibas a saberlo? ¿Cómo lo entenderías tú, de entre todo el mundo?

—Porque yo…

—Buenas noches, Levit. He venido por mi hijo. —La voz de Yemir hizo que Cullen se detuviera en seco. Miró hacia la puerta por encima del hombro con una mezcla de pánico y frustración en el rostro.

—Ven conmigo esta noche, Eira —susurró rápidamente. Sus ojos ardían con razones que ella no comprendía.

—¿Qué? ¿A dónde?

—Acepta ser mi invitada.

—¿Invitada? —Eira intentaba encajar la información que le estaba omitiendo por las prisas.

Se oyó un ruido sordo de golpes seguido de:

—¿Cullen? ¿Estás ahí?

—Te encantará, estoy seguro. Además, así saldrás de aquí. Apenas has hecho nada en todo el día. —Cullen la agarró de los dedos y tiró de ella hacia la puerta.

—Espera, yo…

—Estoy aquí, padre —anunció Cullen saliendo.

Los ojos de Yemir pasaron de Eira a su hijo con escepticismo.

—¿Y qué estabas haciendo ahí?

Noelle estaba sentada en uno de los sofás. Yemir le daba la espalda, así que, por suerte, el senador no vio su felina expresión de regocijo ante aquel giro de los acontecimientos.

Eira la miró brevemente. Pero eso solo hizo que Noelle ampliara más su sonrisa y articulara la palabra «escandaloso».

—Estaba invitando a Eira a la cena de estado de esta noche —declaró Cullen. Yemir parpadeó varias veces, claramente intentado procesar esa información con decoro. Cullen continuó antes de que su padre pudiera encontrar las palabras para contestar—: Dijiste que habría varios competidores. Me ha parecido apropiado que haya más de una persona representando a Solaris.

—Bien pensado, hijo —contestó Yemir forzando una sonrisa. Clavó la mirada en Noelle—. Aunque ya invitaste a Eira *dos* veces a la corte. ¿Por qué no traes a Noelle esta vez? No quiero que tus otras compañeras se pongan celosas.

—No es necesario que su cabecita de senador se preocupe por mí. Soy incapaz de sentir celos de Eira... y de cualquier otra persona, ya que estamos —proclamó Noelle.

Eira no estaba segura de si debía reír o sentirse ofendida. Un suave resoplido pareció ser la opción intermedia.

—Tu tío es un lord del Oeste, ¿verdad? Seguro que estás acostumbrada a las cenas formales.

—Dijiste que era un encuentro casual —repuso Cullen.

—Sí que estoy acostumbrada a las cenas formales —dijo Noelle levantándose y echándose el pelo hacia atrás—. Y no las soporto. Son un aburrimiento. —Bostezó y el ceño de Yemir se profundizó—. Así que, aunque aprecio la invitación, senador, me temo que no puedo. Sobre todo, porque ya he prometido cenar con los morphi en la terraza y sería muy grosero que no apareciera.

¿Noelle se estaba relacionando con los morphi? Eira se quedó pensando un momento qué estaría tramando. No había pensado que Noelle fuera a esforzarse por conocer a sus contrincantes de la otra parte del mundo. ¿Qué se había perdido mientras se había quedado encerrada esperando a una pista de Ferro?

—Que os divirtáis los dos. —Noelle se colocó detrás de Yemir para guiñarle el ojo a Eira antes de meterse en su habitación. Sin embargo, se paró en la puerta—. Ah, y antes de que lo pregunte, senador, hace horas que no he visto a Alyss. Así que va a tener que ponerse a buscarla si sigue desesperado por encontrar otra opción.

Eira se había esperado como mucho *tolerar* a Noelle durante el torneo, pero durante el último minuto la Portadora de Fuego había demostrado que podía llegar a convertirse en la nueva persona favorita de Eira. Tomó nota de la facilidad de Noelle para bailar alrededor de Yemir.

—Entonces creo que está decidido —decretó Cullen.

—¿Seguro que quieres venir? Como ha dicho tu amiga, será muy aburrido —comentó Yemir mirando a Eira con severidad.

—Me encantaría. —Aunque estaba levemente enfadada con Cullen por haberla llevado a esa situación, se divirtió más que en todo el día con la agitación de Yemir.

—Excelente, me vestiré enseguida. —Cullen le puso una mano en el hombro—. Ponte algo bonito, pero no hace falta que sea demasiado elegante —le indicó antes de meterse en su habitación.

—Tenemos que hablar. —Su padre se apresuró a seguirlo dejando a Eira tambaleándose y debatiéndose sobre qué debería ponerse para una cena estatal con representantes de naciones que apenas conocía unos meses antes.

La mansión en la que se alojaban los delegados era un edificio de cuatro plantas. De manera similar a los alojamientos de los competidores, cada estado tenía sus propios espacios privados, aunque más pequeños, puesto que cada nación tenía solo de dos a cuatro delegados. La otra diferencia principal eran los balcones que sobresalían de los lados del edificio y que a Eira le recordaron vagamente a las setas de un tocón. Y, en lugar de terrazas que daban al río, la casa tenía una amplia veranda con unas vistas impresionantes al castillo de Meru en la lejana cima de la colina.

Y ahí iba a tener lugar la cena.

Las presentaciones iniciales fueron una revolución interminable de nombres que a Eira ya se le estaban olvidando. Se había quedado al lado de Cullen preguntándose constantemente qué estaba haciendo ahí. Ir con el propósito de molestar a Yemir de repente le pareció una tontería cuando estaba sentada frente a un príncipe draconi y una princesa morphi... ¿Guerrera? ¿Caballero? Eira no estaba del todo segura. Era la hija del rey, pero eso no parecía convertirla en princesa en su reino. Su título era algo parecido a Octava Guardia Real del Reino Crepuscular.

Por suerte, Cullen estaba sentado a su lado actuando tanto como barrera para Yemir como de tapadera para su falta de conocimiento diplomático. Un rincón olvidado de ella gritó enfadado por lo poco que había hecho hasta el momento para aprender sobre Meru y los pueblos que lo rodeaban. Pero las palabras de la mujer que había sido anteriormente habían quedado amortiguadas. El hambre de conocimiento que una vez poseyó también se había perdido, hundida junto a Marcus.

—¿Qué piensas? —susurró Cullen acercándose a ella. Su proximidad sacó a Eira de las profundidades.

—La comida está muy buena. —Forzó una sonrisa.

—Lo está, pero no te he traído aquí por la comida. —Se movió y se acercó aun más a ella. Su rodilla rozó la de ella por debajo de la mesa y eso le provocó un escalofrío que le recorrió toda la columna vertebral. Cullen no rompió el contacto.

—¿Por qué me has traído aquí? —La atención de Eira se desvió a la boca del chico. La curva suave y coqueta de sus labios era más tentadora de lo que le habría gustado admitir.

—¿No es esto aquello con lo que soñabas? ¿Ver Risen, conocer a su gente? Sería una lástima que te pasaras todo el tiempo encerrada en tu habitación.

Eira se movió, repentinamente incómoda en la silla. De algún modo, eso la hizo aún más consciente de su contacto. Era todo muy incómodo. Pero provenía de un buen sitio. Rozó los nudillos de Cullen con los suyos y un rubor oscuro coloreó ligeramente las mejillas del chico. Ninguno de los dos se movió, manteniendo así el contacto de sus rodillas y nudillos. ¿Cómo era posible que una extensión de piel tan pequeña hiciera arder su cuerpo con un fuego que ni siquiera su magia podría apagar?

¿Qué me estás haciendo, Cullen Drowel? La pregunta ardía en sus labios.

—Cullen —dijo Yemir en voz demasiado alta. Ambos se sobresaltaron y volvieron a la realidad—. ¿Qué te está pareciendo este plato?

—Delicioso, padre. —Cullen agarró sus cubiertos dejando la piel del dorso de la mano de Eira repentinamente fría. Pero no despegó la rodilla de la de ella.

Eira tampoco se movió mientras la conversación se desarrollaba durante la cena. Escuchó esperando encontrar algo interesante, algo que pudiera transmitir a la Corte de Sombras como una posible pista de los Pilares. Pero como no hubo nada, se obligó a sentirse fascinada por toda la información que pudo aprender sobre los diferentes estados y sus culturas. Cullen tenía razón. Cada momento era una oportunidad de algún tipo. No obstante, cuando se sirvió el postre, compota de bayas sobre merengue, la conversación tomó un rumbo que hizo que Eira se concentrara intensamente.

—Jahran, ¿ha habido noticias sobre cuándo podría empezar en verdad el torneo? —preguntó Alvstar. Era la incorporación más reciente de la República de Qwint, había llegado tan solo una hora antes de la cena. Efectivamente, la delegación de Qwint se había retrasado por precauciones de seguridad.

—La reina Lumeria establecerá una fecha de apertura junto con las otras cuatro naciones cuando esté segura de que el torneo y todos los competidores y asistentes estarán a salvo. —Jahran era la «pluma de Lumeria», un diplomático, legislador y mano derecha de la reina, por lo que Eira había podido deducir.

—Eso había oído. —Alvstar reprimió un bostezo. Había dicho al principio que había sido un viaje muy largo y había pedido perdón por su letargo—. Pero supongo que no tengo claro cuál es exactamente la amenaza que teme Lumeria.

Cullen miró a Eira y ella frunció los labios y volvió rápidamente a su comida. Yemir tampoco dijo nada. Los crímenes de Ferro en Solaris seguían siendo un secreto, de momento. Daría una mala imagen de la reina si se supiera lo de su fuga.

—Si Lumeria necesita ayuda para asegurar sus ciudades, estoy seguro de que mi padre enviará sus ejércitos con mucho gusto —intervino Harkor recostándose en la silla y hurgándose los dientes con un hueso de pollo. El príncipe draconi era el que había oído hablando con Deneya, el que había llamado a los humanos y a los elfins «blandos y débiles».

—Puedes enviarle un mensaje al rey Tortium diciéndole que Lumeria agradece su disposición a ayudar, pero en este momento no es necesario que envíe sus ejércitos a Meru. —Jahran esbozó una tímida sonrisa.

—Primero hay que saber contra quién se lucha antes de poder lanzar un contrataque definitivo —murmuró la morphi que había sentada enfrente de Eira, Arwin, a su copa de vino.

Sabe algo. A Eira se le erizó el vello de la nuca cuando se encontró con su mirada. Esa mujer tenía la más pequeña de las sonrisas.

A juzgar por la expresión de Jahran, la pluma de Lumeria había oído claramente el comentario de Arwin, pero no mordió el anzuelo. En lugar de eso, dijo:

—Amigos y aliados, ¿por qué no nos levantamos de la mesa y disfrutamos de la puesta de sol sobre Risen con una copa?

Cullen se inclinó sobre ella cuando todos empezaron a levantarse y a moverse para aceptar las bebidas que les ofrecían los camareros.

—¿Y bien? ¿Lo has pasado bien?

—Pues sí —respondió con sinceridad—. Es increíble pensar en lo diferentes que somos y, aun así, compartimos el mismo mundo.

—Si he aprendido algo los últimos años es que no somos tan diferentes como cabría pensar. —Cullen le ofreció una sonrisa resplandeciente, una que hizo que a Eira se le cortara la respiración y se le aflojaran las rodillas—. Me alegro de que lo hayas pasado bien. Necesitabas salir de esa habitación.

—Sí, gracias. —La incomodidad la consumió y desvió la mirada para pasarse las manos por la falda intentando alisar las arrugas que se habían formado tras haber estado sentada cenando durante dos horas. Cullen tenía razón, al igual que Alyss. Necesitaba hacer algo que no fuera pensar en Ferro. Eira le debía otra disculpa a su amiga. O, al menos, un intento de explicarle las emociones turbulentas que se estrellaban implacablemente en las playas de su mente. Eira volvió a mirar a Cullen recordando su conversación anterior—. Dijiste que sabías…

El dolor atravesó la mirada de Cullen.

—Aquí no —susurró—. Te lo contaré, pero no aquí.

Eso solo aumentó la curiosidad de Eira. Pero no pudo insistir porque, una vez más, los interrumpió Yemir.

—Espero no interrumpir.

—Por supuesto que no. —Eira forzó una sonrisa y Cullen hizo eco de un sentimiento similar.

—Bien. Cullen, quiero presentarte a la hija de Alvstar, Lavette. Están ahí. Ella también es competidora y creo que os llevaríais muy bien.

—Claro. —El rostro de Cullen se volvió inexpresivo. Era la máscara de vacío con la que Eira lo había conocido como el «Príncipe de la Torre». Mucho antes de lograr vislumbrar al auténtico Cullen por debajo—. Volveré contigo pronto, Eira.

—Diviértete. —Eira sonrió y no perdió el tiempo para acercarse a la barandilla de la veranda. Apoyó los codos en ella y contempló la ciudad conteniendo el aliento. Siempre había soñado estar ahí, aun así, todavía sentía que no… encajaba del todo. Le dolió el pecho al observar la línea en la que se encontraban el cielo y la tierra, preguntándose si el sitio en el que debería estar realmente estaba más allá de las crestas de las colinas que rodeaban Risen. Preguntándose si su hogar estaba allí… un poco más allá del horizonte.

—Las puestas de sol se disfrutan más con una bebida en la mano.

Sacada de sus pensamientos, Eira se enderezó rápidamente y parpadeó ante la morphi que se había materializado a su lado. Arwin le tendió una copa con un líquido ambarino burbujeante. Eira la aceptó murmurando un agradecimiento.

Arwin la atravesó con una mirada severa:

—No eres quien finges ser.

Diez

—¿**D**isculpa? —Eira miró a la mujer intentado que el pánico que sentía no se reflejara en su expresión. ¿Se había delatado de algún modo durante el curso de la cena como cómplice de la Corte de Sombras?

—No estás hecha para todo este politiqueo, bebidas y lametones de culo. —Arwin llevaba su larga cabellera rubia recogida en un moño apretado similar al que Eira le había visto a Deneya. Se le escapaban unos rizos diminutos alrededor de las orejas.

Eira reprimió un suspiro de alivio dándole un sorbo a la copa. Notó los sabores picantes de la manzana y el jengibre efervescentes en la lengua.

—Bueno, la bebida no está mal.

—Supongo que no. Los elfins siempre han logrado crear brebajes decentes. —Arwin miró tras ella, haciendo que Eira la imitara. Todos habían empezado a reunirse en pequeños grupos y se quedaron casi solas—. Ducot me ha hablado de ti.

—¿Ah? —Eira mantuvo la mirada al frente para que su expresión no delatara nada.

—Solo de pasada. —Arwin esbozó una sonrisa astuta—. Comentó que no eras lo que esperaba de alguien de Solaris.

—A mí también me lo mencionó.

—Me alegra oír que tu pueblo ha sido amable con él. Estaba preocupada. Es un buen hombre y ha tenido una vida muy dura.

—¿Sí? —Eira encajó las piezas mentalmente—. ¿Tú eres la princesa a la que salvó del oso?

Arwin dejó escapar un suave suspiro, lo que provocó que la atención de Eira volviera a centrarse únicamente en ella. La princesa contempló la ciudad con una expresión distante y, en cierto modo, triste.

—Así que sigue usando esa historia, ¿eh?

—Eso parece. —Eira tomó otro sorbo de su bebida. Ahora que lo pensaba, tendría que haber sabido que era mentira—. ¿Qué sucedió en verdad?

—No me corresponde a mí contártelo. —Arwin negó con la cabeza y desterró la oscuridad que se acumulaba en sus ojos de acero. El surco que se le había formado entre los puntos brillantes de la frente se relajó—. No le digas a él ni a nadie que he sugerido lo contrario.

—Mis labios están sellados.

—Bien. —La mirada de Arwin se desvió sobre el hombro de Eira, pero volvió enseguida a ella—. Cuida de él, ¿vale? No debería pedirle esto a su competencia directa, pero me preocupa. Teniendo en cuenta cómo es la ciudad, me da miedo lo que pudo impulsarlo a aceptar venir a Risen.

—¿Qué crees que lo impulsó a aceptar?

—La sed de sangre —murmuró Arwin en voz tan baja que Eira se preguntó si se habría dado cuenta de que lo había dicho de verdad.

—¿La sed de...? —Eira no pudo terminar, la interrumpió una mano que se cerraba alrededor de su hombro.

Cullen volvía a estar a su lado.

—Lamento interrumpir, Lady Arwin. —Inclinó la cabeza y miró a Eira—. Es hora de irse.

—No pensé que se llevarían a los competidores tan pronto —comentó Arwin arqueando las cejas.

—Tenemos asuntos con los otros competidores de Solaris y casi se nos olvidan. Por favor, discúlpanos. —Cullen la tomó de la mano y tiró de ella dejándole apenas la oportunidad de soltar la copa y despedirse de Arwin. Había dos caballeros esperándolos en la entrada de la veranda.

—No había terminado de hablar con ella —susurró Eira. Esperaba poder sacar más información de Ducot.

—Lo siento, pero tengo que salir de aquí y el único modo era haciendo que pareciera que todos los competidores de Solaris tenían que estar ahí. —Se le reflejó el pánico en la cara.

—¿Qué...?

—Cullen. —Yemir les bloqueó el paso—. Estoy seguro de que, sea lo que sea, se pueden hacer excepciones.

—Lo siento, padre, pero me temo que Levit nos necesita a todos allí para repasar asuntos importantes sobre el próximo entrenamiento de competidores cuando la ciudad se considere segura.

—Puedo hablar con Levit. —Yemir frunció el ceño.

—Fue bastante insistente —agregó rápido Eira.

—Los campos de entrenamiento tardarán en estar abiertos. No puede ser tan urgente —gruñó Yemir.

El senador Henri apareció antes de que pudiera decir nada más.

—Yemir, lamento interrumpir. Jahran quiere hablar con nosotros.

—Nosotros nos vamos ya. Cuídate, padre. Henri. —Cullen aprovechó la oportunidad y avanzó hacia los caballeros con un asentimiento. En menos de cinco minutos, habían escapado de la luz de las velas de la veranda y habían salido a la relativa oscuridad de la ciudad. Cullen exhaló un suspiro monumental al alejarse del edificio—. Gracias por cubrirme.

—Por supuesto. —Eira se colocó un mechón detrás de las orejas—. ¿Quieres decirme a qué ha venido eso?

—No lo entenderías —gruñó.

—¿No eras tú el que intentaba decirme antes que tenía que abrirme más o algo así?

—No uses mis palabras en mi contra. —Le dedicó una mueca burlona y esa expresión le arrancó una risita a Eira—. Mi padre puede llegar a ser… agotador.

—Como la mayoría de los padres. —La mirada de Eira se desvió hacia el cielo y su mente vagó brevemente hasta las playas de Oparium. Recuerdos de altas horas de la noche con su padre, viéndolo hacer una crónica de las estrellas… enseñándole a encontrar el camino a casa si alguna vez se perdía. Esos recuerdos eran ahora como fragmentos de cristal. Incompletos, frágiles y demasiado dolorosos, a pesar de que se aferraba a ellos.

No había sabido nada de sus padres antes de marcharse. Habían acudido al Rito del Ocaso de Marcus y no le habían dejado siquiera una nota. Y ahora, con Risen sitiado y los largos tiempos de viaje entre Meru y Solaris, Eira sospechaba que no iba a saber nada de ellos hasta que volviera del torneo.

Si es que volvía del torneo.

Tal vez podría labrarse una vida allí después de que llevaran a Ferro ante la justicia. Tal vez podría ir al Reino Crepuscular y ver la tierra natal de Ducot y Arwin. Tal vez cuando todo terminara se subiera a un barco y zarpara sin mirar atrás, persiguiendo la Tormenta Escarchada durante el resto de sus días.

—Al menos tus padres te quieren —susurró a las mismas estrellas que una vez había contemplado con su padre.

—Los tuyos también. Sabes que sí.

—No. —Eira negó con la cabeza—. Ni siquiera vinieron a ver si estaba bien tras la muerte de Marcus. No me dijeron ni una palabra. —Cullen permaneció en silencio mientras asimilaba esa información. Los únicos sonidos que se oían eran las espadas envainadas de los caballeros que los escoltaban—. No pasa nada.

—Sí que pasa. Ojalá hubieras podido hablar con ellos como es debido.

—Ojalá tantas cosas.

Cullen le rozó el dorso de la mano con los nudillos como habían hecho por debajo de la mesa. Una vez podía parecer un accidente. Con dos supo que lo había hecho a propósito. La tercera vez Cullen le deslizó los dedos por la palma de la mano y los entrelazó con los de ella. Eira era muy consciente de lo cerca que estaban. De cada roce de sus hombros, del calor de su mano, lo tenía todo catalogado. Saboreó el cómodo silencio impregnado de una seguridad que había empezado a asociar solo con Cullen.

Llegaron de nuevo a la casa. Los caballeros los escoltaron hasta la puerta principal y desaparecieron después de cerrarla. Eira pudo ver a los guardias todavía patrullando los muros exteriores que encerraban la mansión y la azotea.

—Mi padre… —empezó Cullen en voz baja ralentizando el paso. Eira hizo lo mismo hasta que se quedaron parados en la pasarela que llevaba a las enormes puertas de la mansión—. Es un hombre ambicioso. Creo que lo ha sido siempre, pero lo manifestaba de otro modo cuando yo era más pequeño.

Eira se movió para ponerse frente a él manteniéndose callada mientras él hablaba, sin querer interrumpirlo o meterle presión de ningún modo.

—Primero quería mantenernos a mi madre y a mí. Pero entonces, después de mi Despertar... todo cambió.

—¿Qué pasó con tu Despertar que hizo que cambiara todo? —preguntó suavemente cuando vio que su vacilación se prolongó. Cullen la miró con cautela—. No tienes que decírmelo si no quieres —agregó Eira rápidamente.

—Sí que quiero —murmuró él—. Es solo que no se lo he contado nunca a nadie. —El modo en el que lo dijo hizo que Eira pasara de estar intrigada a sentir una curiosidad insaciable—. No eres la única que ha herido a alguien con su magia.

—¿Qué? —Eira parpadeó. ¿Qué estaba insinuando? Él era Cullen, el Príncipe de la Torre, el lord ascendido, de familia noble, el primer Caminante del Viento después de la emperatriz. Perfección en todos los sentidos.

Si la verdad saliera a la luz, mi familia estaría arruinada... El eco de Cullen que había oído en la Torre meses antes volvió. ¿Era ese el secreto al que se refería?

—Cuando yo... cuando mis poderes se manifestaron por primera vez, mi madre intentó mantenerlos en secreto. Vivíamos en la parte más rural del Este y el instinto de ocultar a los Caminantes del Viento seguía muy vivo en la gente... en ella.

Eira sabía que los Caminantes del Viento habían sido perseguidos por el rey Jadar en el Oeste durante los Tiempos de Fuego. Era una mancha en la historia del continente Solaris que nunca podría borrarse y no debía olvidarse. Esa época oscura dio lugar a lo que muchos habían considerado el final de los Caminantes del Viento... hasta que llegó Vhalla Yarl. Entonces se descubrió que los Caminantes del Viento no habían sido extinguidos, sino que eran extremadamente escasos y estaban cuidadosamente escondidos.

—¿Tu madre no quería que fueras a la Torre? —preguntó Eira.

—No. Pero mi padre insistió en que sería lo mejor, que al hacerlo podría incluso conseguir una vida mejor para todos. Pero ella fue insistente. Mientras tanto, mis poderes no hacían más que crecer.

—¿Qué pasó? —Eira supo por los hombros hundidos de Cullen y por el modo en el que se pasaba la mano por el pelo una y otra vez que no era nada bueno.

—Mi padre me llevó a la costa decidido a entregarme en persona a la Torre. Mi madre nos persiguió. Discutieron y… yo solo quería… —Suspiró—. Ya no importa lo que yo quería. Lo que importa es que convoqué una tormenta de viento. Destruyó todo el puerto que estaban construyendo al norte de Hastan.

—He oído hablar de ello —murmuró. El incidente había sido la comidilla de los muelles durante semanas en su ciudad natal—. Iba a ser una parada de *ferry* desde Oparium al norte a través de los ríos. —Cullen asintió con pesar—. Pero decían que había sido una tempestad extraña que había llegado desde el mar.

—No, la tempestad fui yo.

—Pero… nunca… —Intentaba encontrarle el sentido a lo que estaba diciendo Cullen y las noticias que había oído de los marineros de niña.

Cullen se tambaleó hasta un banco cercano y se sentó.

—El imperio lo cubrió.

—Pero debió ser…

—¿Montones de gente? Sí, así es. Fueron coaccionados, pagados y sobornados para que mantuvieran la boca cerrada si sabían algo sobre la verdad. Mis poderes eran un secreto, así que mucha gente pensaba de verdad que había sido una tempestad monumental. —Cullen la miró con los ojos vacíos.

Todavía podía ver esa tormenta. Estaba viéndola en ese momento. Eira no necesitaba que él se lo contara porque había visto esa expresión en sí misma infinitas veces.

Se sentó a su lado. Sus muslos y sus hombros se tocaban. Eira se preguntó si, por una vez, era ella la estable. Si Cullen no se lo había contado nunca a nadie antes que a ella, no podía imaginar lo que estaría sintiendo al compartir finalmente esa carga. El incidente mágico de Eira nunca habría podido ser un secreto.

—¿Mataste a alguien? —susurró.

—No lo sé. —Enterró el rostro entre las manos—. No lo sé, Eira, y eso me atormenta. Pero cada día tengo que sentarme, sonreír, acicalarme y ser el chico de oro que todos esperan del primer Caminante del Viento después de Vhalla Yarl. Por eso lo cubrieron. Porque el imperio no podía permitir que el primer Caminante del Viento después de Vhalla fuera un asesino y un heraldo de destrucción. La reputación de los Caminantes del Viento ya era frágil y el Este tenía muchos motivos para ocultarnos.

Eira le agarró las muñecas y le apartó con suavidad las manos de la cara. Se agachó para poder mirarlo a los ojos.

—No eres nada de eso. Eras pequeño. No era tu intención. —Madre en lo alto, hablaba como su tía Gwen.

—Ni tú tampoco —susurró él. Esas palabras golpearon una fibra en su interior que resonó tan fuerte que la dejó aturdida—. Lamento mucho no haberte dicho nunca nada. Lamento no haber sido más amable. Nuestros pasados… podría haberme portado mucho mejor contigo. Podría haber aligerado tu carga compartiéndolo antes. Lo siento, yo…

—Para. —Eira negó con la cabeza. Se le escapó una risita—. Es una locura pensar que todo este tiempo has sabido cómo me sentía.

—Y ahora me odias por ocultártelo.

—Me siento *aliviada*. —Eira volvió a mirarlo a los ojos—. Cullen, esta es la primera vez que... —Se le cerró la garganta sobre las palabras.

Cullen movió las manos y entrelazó los dedos con los suyos.

—¿Que no te sientes tan sola? —terminó él.

Eira observó su rostro. Todo en ella le gritaba que escapara de ese momento. Se había prometido que guardaría su corazón. Después de lo de Ferro, no podía confiar en nadie. No podía hacer eso. No podía acercarse por muy tentador que fuera y darle un beso. No podía pedirle que volviera a abrazarla como una vez lo hizo... no, que la abrazara aún más fuerte.

—Que no me siento un monstruo. —Eira apartó las manos y se obligó a sonreír al ver que la expresión de Cullen decaía.

—Eres cualquier cosa menos un monstruo. —Volvió a acercarse a ella, pero Eira se levantó.

—Prometo que guardaré tu secreto —declaró ella sin mirarlo.

—Eira...

—Tengo que irme. —Negó con la cabeza y se metió en la casa.

—No hagas esto. —Cullen se levantó—. Sé que tienes miedo, pero...

—No asumas que sabes lo que pienso. —Estaba ya en la puerta.

—Sé más de lo que me das crédito.

—Buenas noches, Cullen. —Eira se metió en el interior y se dirigió rápidamente hacia abajo en lugar de subir. Se apretó contra la pared escuchando los pasos apresurados de Cullen, quien sin duda pensaba que había ido a su habitación. Con un poco de suerte, pensaría que se había encerrado dentro cuando llamara a su puerta. Por fortuna, no había nadie en el área común que le indicara que bajara.

Con un suspiro, bajó el resto del camino hasta la primera planta. Las cortinas bailaban con la luz de la luna en los arcos. Caminó despacio hasta apoyarse en uno de los pilares. Se abrazó a sí misma temblando contra la noche. El aire no era frío. Era su interior lo que estaba helado.

No podía volver a permitirse sentir con tanta intensidad, amar como amiga o como mujer. Hacerlo haría daño a la gente que le importaba, o la traicionarían. La vida le había enseñado que, pasara lo que pasara, el amor acababa con dolor.

Eira cerró los ojos con fuerza y suspiró. Pero cuando los abrió, un rayo oscuro en el suelo la distrajo. Una criatura extraña con aspecto de topo corría entre los setos de las terrazas que conducían al río.

¿Ducot? Eira se apartó del pilar y observó cómo el morphi se dirigía a la pared. Desapareció bajo un seto y no volvió a salir. Eira se acercó. Efectivamente, había una grieta en la pared lo bastante grande para que un topo pudiera pasar por ella.

¿A dónde iba?, se preguntó Eira. Entonces cayó.

La nota que había robado al servicio de mensajería de los Pilares decía tres días… lo que era mañana. Eso significaba que los Pilares se reunirían esa noche. Y, si ese era el caso, no había modo de que Eira se quedara atrás. No cuando Ferro seguía suelto. No importaba nada más.

Once

Eira caminó con indiferencia hacia la casa. Mantuvo la cabeza gacha, pero levantó la mirada para observar al arquero que se paseaba por la azotea en su guardia nocturna. En cuanto el arquero dio la espalda a las terrazas ajardinadas, Eira giró sobre sus talones y agitó la mano en el aire. El agua brilló refractando la luz de la luna a su alrededor para crear una ilusión casi perfecta. Las ilusiones nocturnas siempre eran más fáciles de hacer parecer realistas. La gente estaba más dispuesta a creer que las sombras cambiantes les estaban jugando una mala pasada a sus ojos.

Corrió en dirección a la pared saltando hacia ella y plantó los dedos del pie contra su superficie. El hielo salió disparado de debajo de su pie creando una plataforma sobre la que trepar. Crecieron otros dos montículos de hielo preparados para que pudiera agarrarse. Escaló la pared al igual que había hecho con aquel muro en la segunda prueba de Solaris avanzando poco a poco y rodeándose de magia cuando el arquero rodeaba el edificio.

Atrapada con una pared a su espalda y otra frente a ella, Eira dio un paso a un lado. Al doblar la esquina con un suspiro de alivio, vio una sombra pequeña cruzando la calle iluminada por la luz de la luna. No lo había perdido.

Siempre dos pasos por detrás, Eira siguió a Ducot por la ciudad vacía. Se aferró a las sombras y saltó sobre las puntas de sus pies intentando evitar que las botas formales que había decidido llevar a la cena hicieran demasiado ruido. Cuando Ducot rodeó un edificio y entró en un callejón, Eira corrió hacia las sombras tras él. Pero en cuanto salió de la luz de la luna, hubo una pulsación de magia a su lado.

Ducot se materializó ondeando el aire. Desenvainó una daga que llevaba en la cadera y se abalanzó hacia ella con la mano libre. Eira luchó contra sus instintos de atacar mientras él la empujaba contra la pared y le ponía la daga en la garganta. Ducot se detuvo y escaneó el aire que había debajo de su barbilla con sus ojos lechosos como si estuviera leyendo una especie de texto invisible.

—¿Eira? —susurró.

—Perdón por asustarte —murmuró intentando no mover el cuello para no cortarse con el filo.

—Por el amor de Yargen, ¿qué estás haciendo aquí? —Ducot se apartó envainando de nuevo la daga. Pero, por un segundo, pareció considerar realmente lo contrario—. No me habían dicho que formaras parte de este encargo. —*Encargo*. Tenía razón.

—Eh… —Eira se tragó su vacilación y usó el sentido común—. Un cambio de última hora.

—¿Sí? —Ducot frunció el ceño—. ¿O mentiste acerca de no haber mirado el paquetito que trajiste a la corte?

Así que lo que le había entregado Taavin debía contener algún tipo de información acerca de a dónde iba Ducot.

—No miré, lo juro.

Él pareció escéptico, pero finalmente suspiró y maldijo por lo bajo.

—Vale, pues vamos. Nos estamos quedando sin tiempo antes de que empiece.

Eira asintió. No sabía si él podía verla en la oscuridad o sentir sus movimientos o si simplemente había terminado con la interrupción porque Ducot se apartó en ese momento. Volvió a la entrada del callejón haciendo una pausa para mirar a su alrededor antes de continuar. Eira lo siguió sin decir nada.

¿A dónde iban? ¿Y cuál era ese «encargo»? Quería preguntarlo, pero no sabía cómo formular una pregunta que no delatara su engaño.

Ducot se detuvo y extendió el brazo para que ella también se parara justo antes de una esquina. Se inclinó y le susurró al oído:

—Una patrulla. Que no te vean.

—Entendido.

Con una pulsación mágica, Ducot volvió a ser un topo. Eira se apretó contra el edificio y movió las manos en el aire. Un manto de ilusión la cubrió mientras pasaban dos caballeros de la reina. Uno tenía una antorcha y Eira se preocupó por si la diferencia entre la luz de la luna y la del fuego exponía su ilusión. Pero debían estar demasiado cegados por el halo de luz para darse cuenta.

Ducot esperó cinco minutos que a ella le parecieron una hora antes de volver a adoptar su forma de morphi.

—¿Qué ha sido eso?

—Una ilusión. Es una habilidad de los Corredores de Agua.

—¿Y puedes volverte invisible?

—Puedo hacer casi cualquier cosa con ella. —Eira intentó explicarlo en términos de la magia de Meru—. Piensa que es como *durroe watt*, si estás familiarizado con el Giraluz.

—Lo conozco. —Ducot resopló suavemente—. Lo dices como si no hubiera tenido inculcado el miedo a los Giradores de Luz y a los Fieles desde muy temprana edad.

—¿Miedo?

—Ahora no hay tiempo para hablar. —Se volvió hacia la calle demasiado ansioso por alejarse de la pregunta—. Solo tenemos una hora antes de que comience la reunión.

—Bien, sigamos.

—Intenta mantenerme el ritmo, Corredora de Agua. —Ducot se movió de nuevo con una sonrisa en los labios y más rápido que antes.

Eira no pudo evitar tener la sensación de que estaba poniéndola a prueba. E iba a estar a la altura del desafío.

Se cruzaron con dos patrullas más de camino a la ciudad antes de detenerse en un puente que cruzaba de su lado de Risen, el de los Archivos, al lado en el que estaba el castillo. Ducot vaciló y Eira guardó silencio intentando calmar su respiración acelerada. No estaba acostumbrada a correr tanto y, definitivamente, esos zapatos no estaban hechos para ello. Le dolían los talones a cada paso, pero al menos había llevado una falda holgada a la velada.

—Ahora —dijo Ducot sin previo aviso y cruzó el puente. Eira lo siguió de cerca creando una nube de niebla a su alrededor que se disipó lentamente en una brisa imperceptible después de llegar al otro lado.

Eira no había estado todavía en esa área de la ciudad. Si bien la arquitectura era prácticamente la misma, las plantas bajas de los edificios parecían usarse para fines más oficiales. Las imponentes fachadas tenían columnas cuadradas que se elevaban entre ventanas oscuras como rejas. El cristal brillaba bajo la luz de la luna como ojos mirándolos y, por primera vez, Eira tuvo la clara sensación de estar siendo observada.

Finalmente, se detuvieron en un callejón cerca de uno de los edificios. Ducot recuperó de nuevo su forma de morphi y miró a su alrededor. Eira podía sentir pequeñas pulsaciones de magia ondeando en el aire provenientes de él.

—Hay una especie de escalera aquí, ¿verdad? —preguntó él señalando sobre sus cabezas.

—Sí... parece una especie de salida de emergencia —supuso Eira.

—¿Llevará a una ventana del segundo piso en la que falta un panel de vidrio?

Eira observó el edificio.

—Sí, junto a la calle. Pero...

—Pues esta es.

—Tendremos que caminar por un dintel muy estrecho para llegar hasta ella —señaló Eira esperando no ofenderlo con algo que ya supiera.

—¿Asustada? —preguntó Ducot sonriente.

—Solo preocupada por ti —respondió ella devolviéndole la sonrisa—. ¿Quieres que baje la escalera?

—Si no te importa.

Había un pestillo al lado de la escalera que parecía sostener el acceso de hierro oxidado. Se pasó la mano por el pecho y lanzó un chorro de agua contra él. En cuanto se soltó el pestillo, la escalera rechinó mientras caía libremente. Eira extendió la otra mano y la detuvo con un cubo de hielo justo antes de que el metal golpeara la piedra que había debajo y despertara a media ciudad. Aunque el hielo no había sido tampoco la mejor opción, ya que hizo bastante ruido.

Ducot se encogió.

—Gracias por avisar de nuestra ubicación —espetó cuando el sonido del metal terminó su larga y horrible resonancia.

—Tal vez piensen que no es nada. —Eira se preguntó quiénes serían los que lo pensarían. Aunque tenía sus sospechas.

—*Seguro* que no. —Ducot puso los ojos en blanco y empezó a subir por la escalera seguido de Eira. Cuando ambos estuvieron en la pequeña plataforma superior, Ducot se volvió hacia la escalera. Su magia latía a su alrededor. Eira parpadeó y la escalera volvía a estar levantada y bloqueada.

—¿Cómo has hecho eso? —susurró.

—El cambio es cerrar la brecha entre lo que es y lo que podría ser —le recordó—. Aunque no puedo estar seguro de que el pestillo funcione. No lo he visto antes. —Ducot se arrodilló junto al borde del saliente de hierro. Eira podía sentir su magia latiendo una vez más. Supuso que sería una especie de ecolocalización que le permitía percibir el mundo a su alrededor—. Voy a ir por aquí como topo porque me resultará más fácil. ¿Estarás bien?

—¿Ahora te preocupas por mí? ¡Qué encanto!

Ducot resopló.

—Búrlate y no lo volveré a hacer nunca.

Antes de que pudiera decir nada más, la magia de Ducot ondeó a su alrededor. Como topo, no tuvo problemas para correr hasta la ventana a la que le faltaba un panel. Cargó de cabeza atravesando el pergamino pegado a su alrededor. Eira señaló el saliente y se extendió un camino de hielo al lado lo bastante ancho para que pudiera caminar con normalidad. Cuando consiguió llegar a la ventana, Ducot ya había vuelto a adoptar su forma humana y la estaba aguantando abierta para ella.

—Oigo gente acercándose —susurró—. Entra rápido.

Eira hizo lo que le había dicho evaporando los restos de su magia y apoyándose contra la pared al lado de la ventana. Ambos observaron conteniendo el aliento, pero ninguno de los caballeros pareció fijarse en el pequeño panel de cristal roto ni en las dos personas que acechaban en la oscuridad por encima de ellos.

Soltando un suspiro de alivio, Eira volvió su atención al interior e intentó orientarse. Estaba en una habitación con varios escritorios alineados en dos filas. Cada uno estaba ordenado de un modo único para cada usuario con objetos personales dispuestos encima.

—¿Dónde estamos? —preguntó Eira en voz baja.

—Creo que es un edificio para los ayudantes de la reina.

—¿Entonces es parte del castillo?

—No. —Ducot empezó a serpentear entre los escritorios en dirección a la puerta de la esquina del fondo—. Aquí es donde trabaja la gente que trabaja para la reina. ¿Y... viven?

—¿Viven?

—No estoy seguro. —Ducot se acercó a la puerta—. Deberíamos guardar silencio mientras pasamos. Solo por si acaso.

Ella lo siguió moviéndose con el mayor sigilo posible. Tras estar a punto de tropezar por el dolor de pies provocado por los zapatos, se cubrió los pies con una capa de hielo, algo que tendría que haber hecho desde el principio. Recorrieron un pasillo largo y oscuro y otro que llevaba a una gran escalera. De vuelta en la primera planta, Ducot pasó por una entrada lateral y a través de un salón antes de pararse en una puerta trasera que daba a un patio.

—Por favor, que esté abierta —murmuró girando el pomo. La puerta se abrió sin esfuerzo—. Gracias a su diosa soleada.

—Supongo que hay una sombra que trabaja para la reina.

—¿Supones? ¿Solo una? —Ducot sonrió con superioridad por encima del hombro.

Ella ignoró el comentario y aprovechó para preguntar:

—¿Cuántas sombras hay en la corte?

—Creo que los únicos que lo saben realmente son los Espectros. Si tuviera que adivinarlo, diría que más de doscientas. —Ducot se inclinó sobre una rejilla de alcantarillado y la abrió de un tirón—. Entra.

—Claro. —Eira vaciló en el borde, murmuró una plegaria por sus faldas y bajó hasta lo que, por suerte, parecía ser solo agua de lluvia—. ¿Cuán lejos está?

—No demasiado. Tomaremos un camino indirecto para que no nos vean llegar.

—Naturalmente. —Eira cubrió el exterior de sus botas de hielo intentando adormecer el dolor.

Tras varios giros a izquierda y derecha, Ducot se detuvo justo al borde de la luz de la luna que se filtraba a través de los barrotes de una rejilla superior.

—¿Qu…?

Él le cubrió la boca con la mano y negó lentamente con la cabeza. Eira asintió y guardó silencio mientras él se alejaba. Entonces escuchó por fin las voces.

—… un honor tenerte rezando esta noche con nosotros.

—Es un honor estar aquí. Hace mucho que no le presento mis respetos. Los Archivos ya no me parecen un lugar de culto adecuado.

—Es una auténtica vergüenza lo que le han hecho los herejes a la tierra sagrada —comentó el primer hombre—. Pero pronto la recuperaremos y restauraremos su antigua gloria.

Las sombras taparon la luz de la luna. Resonaron tres golpes en una puerta invisible y Eira aguzó el oído.

—¿Por qué habéis venido en esta larga noche oscura? —preguntó el tercer hombre.

—Para buscar Su luz —respondieron los dos hombres al unísono. La puerta chirrió suavemente al abrirse.

—El nivel de seguridad que tenéis aquí es realmente impresionante —comentó el segundo.

—No podemos correr riesgos. Los Filos de Luz y los caballeros de la reina Lumeria están intentando frustrarnos con todas sus fuerzas.

—No podrán… —El resto de la frase se cortó cuando se cerró la puerta.

—Tenemos que llegar ahí, la reunión empezará pronto —le susurró Ducot al oído. Sus sospechas estaban en lo cierto. Habían enviado a Ducot a espiar una reunión de los Pilares.

—Avísame cuando pienses que debemos movernos —dijo Eira.

—Oigo a otro acercándose, así que deberíamos ir. ¿Puedes volver a usar una de tus ilusiones?

—Puedo crear una niebla densa y repentina —ofreció.

—Mejor eso que nada. —Se encogió de hombros. Esperaron mientras otra persona pasaba por encima y luego Ducot se dirigió a la escotilla de la alcantarilla.

Eira agitó las manos entretejiendo su magia con el agua de lluvia de la alcantarilla. Se elevó como una serpiente domesticada de niebla bailando ante ella, deslizándose a través de la rejilla de la alcantarilla. Ducot se detuvo mientras la niebla le rodeaba la piel mirando a Eira. Lo que pensara de la sensación de su magia, se lo guardó para sí mismo.

Empujando la rejilla para abrirla, pasó a través de ella y se detuvo a escuchar. Le tendió una mano a Eira.

—Vamos —susurró Ducot. Eira aceptó su ayuda para pasar.

Salieron a un patio entre cuatro edificios. Había más ventanas acusatorias mirando hacia abajo. Pero, a diferencia de las ventanas oscuras de los ayudantes de la reina, estas tenían motas pequeñas y brillantes flotando entre ellas, iluminando a la gente.

Eira le agarró la mano a Ducot y tiró de él hacia la pared que había junto a la puerta debajo de un techado.

—¿Qué...?

—Hay gente en las ventanas de arriba —le susurró al oído.

—Avísame cuando hayan pasado.

Eira miró mientras dos hombres, tal vez los mismos que había escuchado desde las alcantarillas, pasaban por el pasillo lleno de ventanas. Le apretó la mano a Ducot con fuerza y contuvo el aliento rezando por que no miraran hacia abajo. Justo cuando se acercaban a la última ventana, se oyó una conversación en la distancia.

—Tenemos que movernos —siseó.

—Ahora. —Eira ajustó su ilusión espesando la niebla ligeramente mientras Ducot tiraba de ella hacia la parte trasera del patio. La empujó hacia la alcoba de una estatua pegándose a ella. Cuando fueron a esconderse, llegaron dos personas más al otro lado de la puerta con barrotes que separaba ese patio de otro que había más allá.

—Malditas alcantarillas —murmuró la mujer mientras abría la rejilla—. Siempre están así después de la lluvia.

—Al menos ayudarán a ocultar nuestros rostros en caso de que algún caballero nos vea —ofreció el hombre que estaba con ella.

—Y filtra la infernal luz de luna de Raspian.

Raspian. Había oído ese nombre anteriormente, ¿verdad? Eira recordó una noche a la luz del fuego con Ferro. Él también había dicho que la luna era «infernal». Eira antes había tenido pocas dudas de que él fuera uno de los Pilares, pero ahora estaba segura.

Las dos personas entraron por la puerta y Eira relajó lentamente su ilusión intentando lograr que la niebla pareciera disiparse con el viento.

—Me alegro de que los Espectros te hayan enviado. —Ducot aflojó su agarre. Eso parecía una confesión—. No tendría que haberme ofrecido a hacer esto solo... es bueno tener una aliada con buenos ojos de vez en cuando.

—¿Y tu magia? ¿Las pulsaciones? —inquirió Eira.

—Puede ser distorsionada por paredes y vidrio. Y mi audición ayuda poco en situaciones como esta. —Negó con la cabeza—. Fui demasiado orgulloso. Deneya debió suponerlo y por eso te envió tras de mí.

Esa idea alivió parte de la culpa que sentía por mentirle. Si demostraba ser útil cuando se descubriera inevitablemente que había mentido, él la perdonaría. ¿Verdad?

—Si yo no estuviera, te convertirías en topo.

—Cierto. Tal vez debería retirar lo que he dicho. Eres un lastre. —Contrajo el rostro en una sonrisa torcida.

—Gracias —espetó Eira secamente—. ¿Y ahora qué?

—Tenemos que entrar. ¿Ves algún modo de hacerlo?

Eira observó el área. Sus ojos se detuvieron en una ventana baja y rectangular, un acceso a una especie de sótano.

—Creo que sí, espera. —Al mirar hacia arriba y no ver a nadie, Eira se atrevió a salir de la seguridad de la alcoba y se acercó a la ventana. Se centró en el otro lado del cristal recopilando el agua que había en el aire y condensándola en un hielo que empujó contra el pestillo.

La ventana se abrió sin esfuerzo.

—Por aquí.

Ducot corrió delante de ella en forma de topo dejando que ella bajara tras él. Por suerte, había un banco de trabajo debajo de la ventana. De lo contrario, habría acabado cayendo torpemente en el suelo.

—Bien hecho —elogió de nuevo en forma de hombre.

—Te dije que no sería una carga —respondió ella cerrando de nuevo la ventana.

—Iré yo delante. Necesito que te quedes aquí vigilando y asegures nuestra ruta de escape.

—¿Qué? No he venido hasta aquí para…

—La reunión empezará pronto —siseó—. Yo puedo ir con seguridad en forma de topo. Tú te quedas aquí. —Ducot no le dio otra oportunidad de objetar, cambió a su forma animal y corrió escaleras arriba.

Eira gruñó por lo bajo esperando que lo escuchara.

El tiempo se le hizo muy largo. Los minutos pasaron como horas y el aburrimiento le aturdió la mente. Eira saltaba con cada crujido de los tablones del piso de arriba, con cada chirrido en los rincones oscuros de la habitación, con cada chasquido del edificio asentándose. La única luz que veía era la de la luna que se proyectaba en sus hombros a través de la pequeña ventana.

Se sentó en el pequeño espacio esperando mientras la noche empezaba a cobrar vida. Unas manos hechas de pura sombra se extendieron hacia ella. El suelo oscuro se arremolinó con corrientes que amenazaban con arrastrarla hacia abajo. Eira cerró los ojos con fuerza, pero Marcus estaba esperando detrás sus párpados.

¿Y si Ferro estuviera aquí ahora mismo?

Esa idea la hizo mirar de repente con los ojos muy abiertos la puerta por la que se había marchado Ducot. ¿Y si Ferro estaba ahí encima, sentado con sus aires de suficiencia, en la reunión de los Pilares? Había ido hasta ahí por él y tal vez ahora estuviera a su alcance. Las manos invisibles le rodeaban los tobillos tratando de hundirla en el agua al pensar en Ferro.

Quédate aquí, se ordenó Eira a sí misma cerrando los ojos e intentando alejar esos pensamientos peligrosos. Ya había mentido para llegar hasta ahí. Ya había sobrepasado los límites. *Quédate aquí.*

Si te quedas aquí, dejarás que el asesino de tu hermano ande libre...

Eira se clavó las uñas en los brazos y bajó la cabeza respirando lenta y entrecortadamente. Las pesadillas vivían en la oscuridad, prosperaban en ella. No podía asustarse. No podía vacilar. No podía dejarlos ganar.

Tal vez él no estuviera ahí esa noche. Quién podía saber dónde estaba Ferro. Pero había vacilado una vez y eso había hecho que Ferro quedara libre. Matarlo sería un alivio. Matarlo pondría fin a la tortura que sufría cada noche, a la culpa.

Lo dejaste escapar.

Véngame, Eira, ordenó amenazadoramente la voz incorpórea de su hermano desde lo más recóndito de su mente.

Abrió los ojos de golpe.

Eira subió con sigilo las escaleras y abrió la puerta lentamente. Un rayo de luz dorada iluminó su rostro y se estremeció, pero se relajó cuando el resplandor resultó ser tan solo una vela. Se deslizó a través de la puerta envolviéndose con una ilusión y recorrió el pasillo que llevaba a un comedor vacío.

Se oían voces amortiguadas e imperceptibles desde arriba. Tenía que ir más arriba. Subió una escalera y se paró aguzando el oído en el rellano superior. Se veía un haz de luz de fuego titilando bajo una majestuosa puerta al final del pasillo.

¿Dónde estaba Ducot? ¿Le habría pasado algo? Habían pasado al menos tres horas desde que se había marchado, ¿verdad? Tenía que asegurarse de que estuviera a salvo. Sí, por eso se había movido... solo porque estaba preocupada por Ducot.

Eira avanzó deslizando la punta del pie por los tablones del suelo y apoyando el talón después, tal y como hacía anteriormente en la segunda planta de su casa cuando se escapaba en invierno con Marcus para hacer guerras de bolas de nieve en la playa a la luz de la luna.

Agachada al otro lado de la puerta con barrotes de hierro, Eira presionó la oreja.

La conversación que estaban manteniendo tenía algo que ver con un gran plan para el renacimiento de Risen. Hablaban de una gran ascensión que tendría lugar después de algo a lo que los Pilares seguían llamando la «ruptura» de las viejas costumbres. Oyó los términos «perlas de destello empaquetadas» y «nuestros contactos» más de una vez entre los desvaríos de los fanáticos molestos por problemas con el «transporte».

La conversación cambió y se centraron en las «cuatro reliquias». Había oído a Ferro y al hombre extraño comentar algo sobre una daga. Al parecer, una de las reliquias «estaba desaparecida».

Eira intentó memorizar todo lo que escuchaba, pero había demasiada información. Debería llevarse un cuaderno cuando trabajara como sombra. Por otra parte, si estuviera ahí por un asunto oficial de la Corte de Sombras, probablemente le habrían aconsejado sobre qué suministros llevar.

Tras un portazo, la conversación dio paso a un silencio repentino.

—Hay sombras infiltradas en este sitio —gruñó Ferro con su voz inconfundible. Se le heló la sangre—. Encontradlas.

Doce

¿*Q*ué le ha pasado a Ducot?, fue su primer pensamiento, seguido inmediatamente por: *¡Preocúpate por ti!*

Se alejó de la puerta. Eira intentó cambiar el peso lentamente, pero velocidad y sigilo nunca se llevaban bien. Los tablones del suelo crujieron bajo sus pasos torpes y aterrorizados, un sonido que resonó en su pecho, horrorizándola. Oyó un estruendo tras ella.

Eira echó a correr. Corrió por el pasillo y rodeó las escaleras cuando la puerta se abrió de golpe. Los Pilares salieron a toda prisa.

—¡He visto a alguien! —gritó una mujer.

—¿Dónde ha ido?

—¡Por las escaleras!

Eira bajó los escalones saltándolos de dos en dos, de cuatro en cuatro al final. Aterrizó torpemente y se torció el tobillo por culpa de la mala elección de calzado. No pudo evitar que se le escapara un grito de dolor.

Torpe. Había sido una torpe y una tonta por pensar que estaba preparada para eso. No era una sombra de verdad y, a ese paso, tal vez no llegara a serlo nunca. Eira se levantó mientras el estruendo aumentaba en las escaleras. Corrió por el pasillo hasta la puerta que llevaba al taller del sótano. Sin pensar en quién pudiera oírla o en lo cerca que pudieran estar sus perseguidores, Eira cerró la puerta de golpe y la golpeó con la palma de la mano. Salió hielo disparado en todas direcciones cubriendo la puerta, el marco y la pared.

El hielo crujió tras ella mientras bajaba las escaleras y entraba en el cuarto oscuro.

—¿Ducot? —susurró—. ¿Ducot?

La respuesta no le llegó por parte de su aliado, sino en forma de golpe sordo contra la puerta. Eira miró hacia atrás y vio su hielo hasta la mitad de las escaleras. Sin duda alguna, también estaba creciendo al otro lado de la puerta. Acababa de crear una escultura de hielo señalando dónde estaba.

—*Maldita sea.* —Soltó un gemido de pánico. ¿Debía quedarse y buscar a Ducot? ¿O marcharse? Eira saltó de un pie al otro ignorando el dolor punzante del tobillo.

Si lo tenían los Pilares, no podía hacer nada por él. Pero seguro que la Corte de Sombras sí. Y para conseguir su ayuda, alguien debía escapar y dar la alerta. Tenía que contarles lo que había pasado. Eira se subió a la mesa cuando oyó otro golpe en la puerta.

—¡Apartaos del medio!

Eira se quedó paralizada. *Ferro.* Se alejó lentamente de la ventana. Una daga de hielo apareció en su mano.

—Lo siento… Ducot —susurró. Eira fue hasta el final de las escaleras. La oscuridad la cubrió y la consumió. Dejó de luchar contra ella y permitió que la noche devorara su corazón poco a poco. Podría acabar con él. No había ido hasta allí por los matices de la política de Meru. No estaba ahí para elegir bando en una guerra religiosa.

Lo único que importaba era Ferro. Si mataba al asesino de su hermano, entonces…

—*¡Juth calt!*

Un glifo cobró vida y destrozó la puerta. Eira se protegió con una mano, con la otra sostenía la daga de hielo. Entornando los ojos, miró a Ferro rodeado por la luz de varios orbes resplandecientes.

—¿Tú? —escupió él, pero retorció la boca en una sonrisa—. Qué sorpresa tan agradable.

Eira no respondió. Se sintió abrumada al ver al asesino de su hermano, al hombre que la habría matado si le hubiera dado la oportunidad. Volvía a estar en el bosque, herida, con solo una chispa de vida. La oscuridad era densa, le costaba respirar y, cuando más falta le hizo, no logró ser la asesina que quería ser… la asesina que el mundo había visto siempre en ella. Ni siquiera cuando podría haber acabado con él con un simple movimiento de muñeca.

¡Hazlo!, gritó una desdichada voz nacida del odio y la pena en su interior. *¡Mátalo y acaba con esto!*

Sin embargo, solo hizo falta un segundo de vacilación. Ferro siempre había sido mejor asesino.

—*Loft not* —susurró Ferro con aire divertido.

De repente, a Eira le pesaron los párpados. El mundo giró y ella cayó al suelo, sumida en un sueño profundo y antinatural.

Se despertó en un mundo en llamas.

La habitación, o más bien la celda, estaba hecha de una piedra abrasadora. Había profundas zanjas talladas a lo largo de las paredes manchadas de hollín. En esas zanjas había cortinas de fuego que se extendían hacia arriba en tres paredes calentando la habitación hasta un nivel sofocante. Otra zanja de fuego más pequeña ardía frente a los barrotes de acero, el mismo acero que tenía en forma de grilletes quemándole las muñecas.

Eira intentó levantarse, pero le resultó difícil. Le palpitaba la cabeza y tenía un lado de la cara cubierto de algo espeso y pegajoso, algo que no era solo sudor. Agachó la cabeza, levantó una mano y notó que tenía el pelo empapado de sangre. Se habría golpeado la cabeza al caer inconsciente por culpa del Giraluz de Ferro.

Pensar en Ferro le provocó un escalofrío que la heló tanto que casi hizo parecer cómoda la habitación. Casi lo tenía. Lo había mirado de arriba abajo. Y cuando había llegado el momento… había fallado.

—Lo siento, Marcus —susurró con voz áspera por la garganta seca—. Lo siento.

Al cabo de una media hora, apareció una mujer. Se sobresaltó al ver a Eira sentada erguida y salió corriendo. La siguiente persona en llegar fue el hombre de sus pesadillas.

—Hola, Eira —saludó Ferro casi ronroneando—. No creía que volviéramos a vernos tan pronto.

Ella frunció los labios y apretó los dientes. Su ira apenas contenida solo sirvió para contentarlo más.

—Quieres matarme, ¿verdad? ¿Por qué no lo has hecho? ¿Eh? ¿Por qué no lo hiciste aquella noche en el bosque cuando terminaste de llorar por la muerte de tu her…?

—¡No! —gritó Eira arremetiendo. Los grilletes de acero encadenados al suelo la mantuvieron en su sitio como una correa a un perro rabioso. Su magia chisporroteó en el aire a su alrededor y se evaporó instantáneamente. Eira dejó escapar un grito de dolor cuando le ardió de pronto la piel, aunque enseguida notó una sensación refrescante. Su magia le impedía quemarse en esa habitación rodeada de llamas eternas. Si la usaba para cualquier otra cosa, moriría.

—Veo que has descubierto los matices de nuestra celda. Todo el tema del fuego es un poco complicado de mantener. Pero, por suerte para ti, estábamos preparados para alguien de tu calaña. Nuestra intención era retener al primer oficial de Adela tras estos barrotes como garantía, pero su hija bastarda podría ser aún mejor. —¿Garantía para Adela? ¿Significaba eso que no estaba trabajando con los Pilares? Eira almacenó esa información para llevársela a Deneya si conseguía salir con vida—. De verdad, fue milagroso lo útil que me resultó la información.

Esas largas noches, todas sus preguntas sobre la historia de Solaris, las montañas que rodean la capital y la magia de los Corredores de Agua… ella había orquestado su propia muerte.

—Dudo que sea hija de Adela.

—Pronto lo averiguaremos. La reina pirata es difícil de aplacar, pero conseguiremos que hable. Si lo eres, serás justo lo que necesitamos para que acepte trabajar con nosotros.

Una prueba más de que Adela no estaba en su equipo. Así pues, si no trabajaba con ellos, ¿cómo habían conseguido las perlas de destello? ¿Y quién había liberado a Ferro?

—Si no lo eres, solo habremos malgastado algo de tiempo y magia manteniéndote con vida. —Las llamas se reflejaban en sus ojos violetas como un amanecer embravecido—. En realidad, deberías darme las gracias. Cumplí con mi parte del trato, ¿no? Estoy ayudándote a encontrar a tu madre.

—¡Púdrete! —escupió.

—Ya veo que el enamoramiento que pudiste sentir por mí se ha enfriado. —Ferro se pasó una mano por el pelo—. Disfruté mucho jugando con tus emociones tristes y anhelantes. Pobre Eira, sola en el mundo, tan dispuesta a verse sin nadie, prácticamente rogando que alguien, quien fuera, la abrazara y le dijera que ese era su sitio. Que la querían. Me lo pusiste muy fácil.

Su mente y su corazón la traicionaron. Cullen estaba al frente de sus recuerdos. Él era el que la había abrazado cuando más lo necesitaba. Había estado ahí después de la revelación, después de lo de Marcus. Se había abierto con ella la noche anterior… ¿o hacía dos noches? ¿Cuánto tiempo había pasado desde que había quedado inconsciente? Y luego ella había huido de él. Nunca había podido darle las gracias por todo lo que había hecho. Nunca había podido decirle lo que sentía realmente.

Y tal vez ya nunca tuviera la oportunidad de hacerlo.

—Sin embargo, debes comprender que todavía estoy de tu lado. Que soy tu única oportunidad para significar algo para alguien en este mundo… Podría dejarte salir de esta celda.

—¿Qué? —Eira no le creyó ni por un segundo. Pero lo escucharía. Ahora era su turno de hacerlo hablar a él. Tal vez esta vez fuera ella la que pudiera usar sus palabras para hacerlo caer—. ¿Por qué ibas a hacerlo?

—Me duele verte aquí. —Se llevó una mano al corazón y se agarró la camisa—. Tu belleza, tu *poder*… se desperdician aquí en esta celda.

Sus cumplidos rechinaron en los oídos de Eira, pero se esforzó por mantener una expresión pasiva. ¿Cómo quería que reaccionara? Cuando lo descubriera, lo usaría para jugar con él.

—¿También te dolió intentar matarme? —inquirió. La pregunta fue apenas audible sobre el fuego crepitante.

—Las circunstancias eran diferentes. —Su boca se tensó en una línea, pero la relajó rápidamente—. Eras un lastre, un cabo suelto. Pero las cosas cambiaron y yo me adapté… y ahora podrías ser un buen activo para nosotros si salieras a la luz. —Ferro se acercó a los barrotes y se detuvo a un paso del intenso calor que irradiaban—. Actualmente, han votado matarte si no puedes ser utilizada como chantaje para Adela. Pero creo que podría convencer a mis compañeros de que lo reconsideraran teniendo en cuenta tus otras *habilidades únicas*.

—Te refieres a los ecos.

—Sí. —El aire cambió entre ellos. Los ojos de Ferro brillaron con malicia en contraste con la sonrisa casi dulce de sus labios—. Y ahora puedes robar magia de la gente.

¿Robar magia de la gente? Por el amor de la Madre, ¿de qué está hablando? Eira frunció los labios.

—Guarda tus secretos de momento. Pero sé lo que hiciste aquella noche. Y si consideras compartir esa habilidad por la gloria de Yargen… —Negó con la cabeza y toda su expresión cambió. Era extraño que puediera pasar a mostrarle una mirada llena de compasión tras aparentar querer despellejarla viva—. Al fin y al cabo, puedo darte todo lo que siempre has deseado.

—¿Lo que siempre he deseado? —susurró intentando sonar esperanzada, intentando que pareciera que en verdad estaba considerando sus locuras. Su estómago vacío rugió ante la mera idea de fingir trabajar con él. Pero tenía que sobrevivir de algún modo a esa situación. Y salir de esa celda infernal era un buen primer paso.

—Sí, venir a Meru, encontrar tu sitio, tu *destino*, aquí entre nosotros. —El sudor le caía por la nariz mientras hablaba. Todo lo que le había parecido hermoso en él se estaba derritiendo como el polvo de arroz barato de una dama bajo el sol de la tarde exponiendo su auténtica fealdad. ¿Cómo podía haberle parecido atractivo?—. Tienes la oportunidad de cambiarlo todo. Muéstrales a los Pilares que puedes ser una de los nuestros, que puedes servir a nuestras causas. Seguro que tus dones están creados por Yargen. Puedo hacer que los demás lo vean del mismo modo si juras usarlos para glorificarla.

Les valía más viva… al menos eso era lo que Ferro pensaba. Su capacidad para escuchar recipientes o los otros dones que él *creía* que poseía eran claramente valiosos si estaba dispuesto a arriesgarse a dejarla salir de la celda. O tal vez la estuviera subestimando. Tal vez pensara que seguía siendo esa niña ignorante que se escapaba por las noches para reunirse con él y se emocionaba con simples miradas y besos en la mano. Que su corazón seguía igual de abierto. Igual de débil. *Vulnerable.*

Eira intentó imitar lo que había sentido entonces. Intentó encontrar la ingenuidad que había conocido al vivir bajo la sombra y la protección de Marcus.

—Pero me he colado en la guarida de tu grupo. He escuchado vuestra reunión. No confiarán en mí.

—Esas cosas pueden perdonarse, depende de tus intenciones… ¿Por qué has venido a la reunión esta noche? —La miró como si estuviera taladrándole el cráneo.

Eira eligió con cuidado sus siguientes palabras deseando poder pensar más en ellas sin levantar sospechas.

—Estaba buscándote. —Empezó diciendo una parte de la verdad—. Después de lo que le hiciste a Marcus, pensé… pensé que quería matarte.

—*¿Pensaste?*

—Ahora ya no lo sé. —Abrió mucho los ojos hasta que empezaron a formársele lágrimas—. Estoy muy confundida. Meru es lo que deseaba, pero no es lo que esperaba. —Eira negó con la cabeza—. ¡Te amaba! ¿Por qué lo hiciste? ¿Por qué nos atacaste?

—Porque Solaris es una enfermedad para el mundo, una herida supurante que debe ser arrancada de raíz. —Hablaba fácilmente de matar a todos y a todo lo que ella había amado una vez. Sus palabras fueron tan escalofriantes que casi le pareció que hacía frío en la habitación—. Sé que puede resultarte algo chocante, pero es solo porque creciste alimentada por su propaganda. Ya tienes la mente llena con relatos falsos sobre su justicia y bondad. Pero, Eira, el propio emperador y la emperatriz bajo los que viviste fueron los que liberaron a la antítesis de Yargen, a su enemigo mortal, Raspian, quien quedó libre con la destrucción de las Cavernas de Cristal.

Ahí estaba de nuevo ese nombre. Así que los Pilares consideraban que las Cavernas de Cristal tenían una especie de conexión con ese Dios malvado y, por lo tanto, usaban su destrucción como prueba de que el imperio Solaris estaba del lado del Dios porque lo habían «liberado». Sin duda, eso también explicaba parte de los motivos para atacar a los candidatos de Solaris. Los acólitos de un dios malvado eran las últimas personas con las que los Pilares querrían que Meru se alineara.

—Me hablaste de Raspian una vez —murmuró Eira intentando mantener su tapadera—. Una de esas noches...

—Estaba intentando advertirte. Me duele verte así. Una joven con tanto potencial en las venas no debería quedar relegada a las profundidades, déjame levantarte. Yargen te perdonó aquella noche. Me mostró tus poderes y me dio una revelación, un camino a seguir que puse en marcha incluso antes de abandonar vuestras costas. —Había estado retenido. ¿Cómo podría haber...? A menos que tuviera gente en Solaris trabajando con él o para él. Eira empezaba a hacerse una idea de hasta dónde llegaba la influencia de los Pilares—. Puedes ser de utilidad para los Pilares. Aquí tendrás un hogar, gente que se preocupará por ti, gente que querrá elevarte, no derribarte. —Estaba intentando jugar con todas las inseguridades que ella había compartido con él.

—¿Como una familia? —Hizo que le temblara la voz al pronunciar la última palabra.

—Sí, seremos tu familia —la tranquilizó—. Siempre que nos quieras como a una familia. Y que nos seas leal como a la familia.

—¿Y si Adela es realmente mi familia? —Le costó un esfuerzo monumental pronunciar esas palabras. Durante toda la conversación se le deslizaba el sudor por la nuca y por la espalda, pero no era a causa del calor. Le temblaban las manos, pero no por el peso de los grilletes. Esas palabras sacaron a la luz auténticos miedos e inseguridades a los que Eira todavía no se había enfrentado por completo. No quería abordarlos, no en ese momento. Pero Ferro parecía alimentarse de la vulnerabilidad que habían forjado en ella. Así que no volvió a sumergirlos bajo las aguas. Nadó en sus emociones.

Tenía que mostrarse vulnerable ante esa horrible criatura para sobrevivir.

—La familia es la que se elige. ¿Elegirías a los padres que ni siquiera se molestaron en despedirse de ti? ¿A quienes te culpan claramente de la muerte de tu hermano? ¿O nos elegirás a nosotros? Si lo haces, te sacaré de este sitio. Significarás algo para una nueva familia.

—De acuerdo —graznó. ¿Cómo sabía lo de sus padres? Había estado observándola todo ese tiempo, cuando ella pensaba que era él el que estaba atrapado—. Me pondré a tu cuidado. Ayúdame, Ferro.

—Veré qué puedo hacer. —Se apartó de los barrotes con una sonrisa satisfecha y, antes de que ella pudiera decir nada más, desapareció por el pasillo.

Se tumbó en el suelo dentro de un anillo de fuego. Su magia se debilitaba esforzándose por protegerla del calor. Eira resopló suavemente. El aire era denso y le costaba respirar. ¿Había jugado la mano equivocada? ¿Ferro seguía sospechando de ella? Aunque lo hiciera, seguía siendo valiosa para ellos mientras pensaran que podían usarla como garantía con Adela.

Después de eso... dependía de su actuación.

Eira mantuvo los ojos cerrados la mayor parte del tiempo. El fuego era demasiado brillante y se le secaban. Daría cualquier cosa por un poco de agua. Tenía el cuerpo seco y exprimido. Hacía tiempo que había dejado de sudar.

Entonces, sin previo aviso, se hizo la oscuridad.

Las paredes crujieron y sisearon al empezar a enfriarse. Eira se sentó mientras parpadeaba. Apareció el débil resplandor de un orbe de Giraluz flotando detrás de Ferro y otra mujer a la que no reconoció. La mujer miró a Ferro con cautela, quien se limitó a asentir.

Insertó una llave en la cerradura usando guantes para protegerse del calor del metal. Ferro se acercó a Eira como un depredador que acecha a su presa. Se arrodilló ante ella y le tendió un recipiente con agua.

—Renace, Eira. Lávate los pecados de tus antepasados —susurró derramando el agua sobre su cabeza. Ella no pudo resistir el impulso de echar la cabeza hacia atrás con la boca abierta. Era lo más dulce que había probado nunca. El vapor siseó a su alrededor cuando el agua tocó la piedra caliente—. Y ahora ven conmigo, mascotita. —La arrulló como un amante mientras se vaciaba el recipiente.

La envolvió con sus brazos y Eira apenas pudo resistir el impulso de empujarlo. La mujer seguía mirándola con escepticismo, pero no dijo nada. Eira tenía que ganarse a alguien más aparte de a Ferro.

—¿A dónde vamos? —preguntó con la voz quebrada. Podría beberse otros dos orbes más como ese antes de que acabara el día.

—A tu nueva habitación.

Trece

Eira se enteró de que había otras cuatro celdas de detención. Las otras dos que había visto al salir estaban vacías. No estaba segura de si los ruidos que había escuchado en la cuarta eran de ratas o de otra persona.

¿Ducot?, se preguntó Eira. ¿A él también lo habrían capturado? Tenía que averiguarlo. Pero primero, tenía que concentrarse en salvar su propio pellejo. No podría ayudar a nadie si estaba muerta.

Se suponía que las celdas estarían en un sótano. Ferro la ayudó por las escaleras. Tenía las rodillas débiles y le daba vueltas la cabeza. Por mucho que odiara su roce, tal vez no podría haberlo logrado sin sus fuertes manos. Había un pasillo detrás de la primera puerta cerrada. Al final del pasillo, había una segunda puerta. La mujer se detuvo, sacó una venda para los ojos y la sostuvo ante Eira.

—¿Qué? —Eira pasó la mirada de la mujer a Ferro.

—Es por seguridad. —Ferro tomó la venda y se colocó tras ella.

—Pero soy de los vuestros, ¿no?

—Pronto. —Ferro rio mientras le acercaba la venda a los ojos—. Pero antes de ser realmente una de nosotros debes superar la iniciación. —Eira dudaba que lo hiciera. Con un poco de suerte, estaría lejos de ese sitio antes de que eso sucediera.

La condujeron a través de la puerta con los ojos vendados. Se oían gruñidos y raspaduras. Siguieron andando. Eira intentó escuchar ecos con su magia, pero eran demasiado débiles.

—Cuidado, escaleras —le dijo Ferro al oído con suavidad.

Podía oír pisadas de otra gente pasando por su lado. ¿Cuántos había? ¿Cinco? ¿Diez? ¿Veinte? Eran más de cinco… menos de doce, por lo que le pareció oír. Ojalá tuviera ahora los agudos sentidos de Ducot.

Finalmente, se detuvieron.

—Déjanos —ordenó Ferro.

—Señor…

—Es una orden.

—Muy bien. —La aceptación de la mujer fue seguida por el ruido de una puerta al cerrarse.

Le quitó la venda y Eira abrió los ojos frente a Ferro. Él se guardó el trozo de tela en el bolsillo y le puso las manos en los hombros.

—Quiero enseñarte una cosa —susurró en voz baja.

—¿Sí?

Le dio la vuelta y Eira inhaló bruscamente. Se tambaleó hasta la ventana con mirador del dormitorio.

—¿Dónde… dónde estamos?

Fuera estaba la ciudad de Risen. Las colinas ondulantes estaban llenas de árboles espesos. Las montañas que había en la distancia parecían de color púrpura con la luz mortecina del sol.

—En la fortaleza de los Pilares. —Ferro volvía a tener las manos en sus hombros y le acariciaba los brazos—. Estás lejos de cualquiera que pueda lastimarte. Ya no tienes que preocuparte por ellos. Nosotros seremos todo lo que necesitas —dijo, pero lo que Eira realmente oyó fue «estás lejos de cualquiera que pueda liberarte».

¿Cuánto tiempo había estado fuera de combate? Las colinas se parecían a las que había a las afueras de Risen. Tal vez la ciudad estuviera justo al otro lado de esa imponente propiedad. En el lado que no podía ver.

—¿Aquí estoy a salvo?

Él le dio la vuelta una vez más, pero esta vez subió las manos desde sus hombros hasta las mejillas. Eira resistió el impulso de morderle los dedos y darle una patada en la entrepierna. Tenía que ser estratégica si quería salir con vida. La supervivencia era lo único que la alimentaba en ese momento.

—Estás a salvo conmigo. Con nadie más —declaró, solemne—. No enseñes a nadie tus poderes si yo no estoy presente. No los uses sin mi permiso. —Empezó a clavarle los dedos dolorosamente en la cara y en el cuello—. Si lo haces, no puedo prometerte tu seguridad. ¿Lo entiendes?

—Lo entiendo —respondió Eira evitando estremecerse.

—Bien. —Relajó su agarre y le dedicó una amplia y desconcertante sonrisa—. Puedo darte todo aquello con lo que has soñado, Eira. Una casa, un hogar, un propósito. Deja que llene el vacío de tu interior.

—Es lo que siempre he querido. —Qué gracioso que un comentario pudiera ser verdad y mentira al mismo tiempo. Tenía que calcular cada momento y cada palabra de ese juego como si su vida dependiera de ello.

—Excelente. —Él la miró como si quisiera devorarla con la mirada. ¿Era posible que su rostro no mostrara su repulsión? Tal vez fuera mejor actriz de lo que pensaba—. Sé mi niña buena y serás recompensada. —Ferro la soltó y se marchó.

Después de que se hubiera ido, Eira se hundió en el asiento y se agarró con fuerza a los cojines mientras los escalofríos recorrían su cuerpo. Se agarró la cara, los brazos, todos los sitios en los que él la había tocado. Con sus movimientos frenéticos, miró por la ventana una vez más y se quedó inmóvil.

¿En qué se había metido?

Eira agarró uno de los cojines del asiento y se lo apretó contra la cara para ahogar sus gritos.

Había cambiado una cárcel por otra.

Durante dos días, no le dejaron salir de la habitación. Un sirviente con un tabardo con tres líneas verticales, las mismas que el hombre de las cicatrices al que había congelado en el callejón, le llevaba comida dos veces al día, al amanecer y al atardecer. Siempre la atendía el mismo joven morphi, pero nunca le decía nada. La noche del segundo día, Eira intentó hablar con él.

Él la fulminó con la mirada y se largó.

Si él no iba a ayudarla, Eira estaba decidida a ayudarse a sí misma. Pero cuando intentó escuchar la habitación, no había nada que oír. Solo plegarias, murmullos y delirios de locura.

Estaba esperando el desayuno en el asiento de la ventana cuando se abrió la puerta y entró finalmente Ferro. Le habló con el mismo tono dulce y enfermizo y Eira tuvo que fingir que lo lamía como si fuera néctar. Le dio ropa nueva, parecida a la del joven morphi, y le dijo que se aseara antes de mediodía.

Por suerte, no se quedó para asegurarse de que cumplía la tarea. Sin embargo, Eira siguió las instrucciones al pie de la letra. Por cómo hablaba, parecía que iba a salir de la habitación y ese sería el primer paso para planear algún tipo de escape. O tal vez para avisar de que estaba ahí atrapada.

Eira se ajustó el tabardo sobre los hombros y apretó el cinturón. Se miró en el espejo sin reconocer a la joven que le devolvía la mirada. Parecía una de ellos, una fanática. Eira practicó muecas de asombro, horror y clemencia hasta que llegó Ferro.

—Ven aquí, mascotita —dijo él amablemente.

Eira se mordió la lengua para no decirle que no volviera a llamarla nunca así. En lugar de eso, adoptó una expresión fingida de alivio.

—No podía esperar a volver a verte. Estaba muy sola.

—Lo sé, pero es algo que todos tenemos que soportar. La reclusión es lo que rompe los lazos con el viejo mundo que te llevó por el mal camino y te llenó de maldad. —Le acarició el pelo como si fuera un animal. Eira reprimió un estremecimiento—. Pero has dado el primer paso con elegancia. Ahora vas a dar otro. —Levantó una venda y Eira no se molestó en objetar.

Giraron a la derecha, dieron treinta pasos, a la izquierda, quince pasos, otra puerta, cuarenta pasos… Eira intentó retener la ruta que tomaron. Todavía no sabía a dónde iban, pero era probable que terminaran en un lugar al que no querría regresar. Sin embargo, al intentar formarse un mapa de la propiedad sintió que por fin estaba haciendo algo. Necesitaba cada pizca de esperanza para poder mantener la determinación.

Sonó una pesada aldaba y sacó a Eira de la repetición mental del camino recorrido. Oyó el chirrido del metal sobre el metal y el tintineo de una cadena. Notó una ráfaga de aire y la temperatura subió ligeramente.

—Arriba esa cabeza, vamos —susurró Ferro empujándola a la cálida habitación… aunque por suerte no tan cálida como la celda. Eira oyó un fuerte sonido metálico tras ella mientras Ferro le quitaba la venda.

Estaba en una especie de sala de audiencias. El vestíbulo era más alto que ancho y apuntaba al vértice. Ante ella había una plataforma elevada con tres cuencos grandes que ardían con un fuego intenso. Delante de esos fogones de piedra había un trono ornamentado. Una mujer esculpida en oro se cernía sobre la silla con los brazos extendidos como si quisiera abrazar al hombre elfin que había debajo.

Tenía una nariz en forma de pico y el pelo corto retirado con fuerza. Su armadura dorada se mezclaba con el trono haciéndolo parecer una estatua viviente. Las placas estaban embellecidas con nácar y tenían garabatos y líneas tallados como si fueran glifos de Giraluz. Los ojos azules del hombre eran de un azul aún más frío que el de Eira, más parecidos al acero que al agua o el hielo.

Un Pilar con una túnica se acercó al borde del escenario, se detuvo y gritó:

—Eira Landan, te presentas ante el Elegido, el Campeón de Yargen, el hombre destinado a restaurar Su bondad y orden en nuestro mundo. El hombre que representa la roca de los Pilares, nuestra base, nuestro fundamento de justicia.

—Arrodíllate ante tu líder, comandante y gobernante legítimo de Meru —le siseó Ferro al oído.

Eira hizo lo que le había ordenado. Inicialmente, mantuvo la mirada en el suelo por la costumbre que le habían inculcado sobre cómo abordar las reuniones reales. Pero su mirada empezó a vagar recorriendo las siluetas de más Pilares con túnicas a lo largo de las paredes que tenía a ambos lados.

—Ferro, has traído ante mí a una nueva solicitante —dijo el Campeón de Yargen tras un largo silencio.

—Que sea digna —cantaron los Pilares. Eira levantó la mirada al Campeón. Era imposible deducir su edad solo por su apariencia, como sucedía con la mayoría de los elfins. Pero no parecía tan joven como Ferro. No obstante, Eira no sabía si tendría cincuenta, ochenta o cien años.

—No creo que sea digna todavía, excelencia, pero si Yargen encuentra un propósito para ella, puede deshacerse de las huellas malvadas que sus antepasados le dejaron marcadas en el alma. —Ferro pronunció esas palabras como si estuviera leyendo un guion. Claramente, Eira no era la primera persona a la que había presentado de ese modo.

—Y vaya unos pecados —tarareó su líder—. Una humana, de la isla de Solaris.

—La isla del maligno. La isla de la antigua tumba del dios malvado Raspian.

No era de extrañar que Ferro se sintiera impulsado a asesinar si ese era el mundo en el que había crecido, si era así como le habían enseñado a pensar en el hogar de Eira. Pero esa idea no le consiguió mucha simpatía por parte de ella. Su hermano seguía muerto. Sus compañeros aprendices de la Torre seguían muertos. Comprender las acciones de Ferro no los traería de vuelta, pero podría ayudarla a vencerlo a él y a los suyos.

—¿Crees que eres digna de servirme… a mí, el Elegido de Yargen? —preguntó el hombre. No parecía tener otro nombre más allá de Campeón o Elegido.

—No… no lo sé. —Eira bajó la cabeza como si estuviera avergonzada. La cortina de pelo le proporcionó un momento para recomponerse y sofocar el asco que crecía en su interior por lo que estaba a punto de decir y hacer—. Me han dicho que mi gente es responsable de un gran mal, pero yo no lo entiendo.

—Claro que no, niña —contestó dulcemente el Campeón con una actitud casi paternal. Su tono la erizó—. ¿Te gustaría saberlo?

—Me encantaría. —Eira volvió a mirarlo a la cara.

—Hace mucho tiempo, la diosa de la luz, de la vida y de todo lo bueno de este mundo, Yargen, selló a un dios malvado, Raspian. Arrojó su tumba al mar y la protegió con su propia esencia. Tú conoces esa tumba como las Cavernas de Cristal. Cuando fueron destruidas, su maldad volvió al mundo. El Mediodía Nocturno de hace veinticuatro años significó su regreso.

Eira había oído a los marineros de Oparium hablar sobre un día en el que el sol fue borrado del cielo. ¿Era ese el Mediodía Nocturno? Era un misterio, eso sí. Pero, según toda la gente con la que Eira había hablado, no había sucedido nada malo.

—Poco después de aquel desgraciado día, la reina Lumeria me arrebató mi puesto y mi propósito.

—Acabar con la reina de malvado corazón. Derrocar el gobierno corrupto que expande la maldad de Raspian —entonaron los Pilares ante la mera mención a Lumeria. Había ciertas palabras que parecían desencadenar respuestas. Tal vez toda la reunión estuviera guionizada y cada nuevo recluta oyera el mismo discurso. Era ligeramente menos aterrador cuando se lo tomaba más como una actuación que como auténtica locura de esos hombres.

—Raspian hundió sus garras en la tierra de Meru y en su gente. La Llama de Yargen se extinguió y, sin su luz como guía, la ciudadanía se aleja de Yargen. Sus líderes buscan hacer tratos con aquellos nacidos en la tierra de la tumba de Raspian. Incluso la Voz ha sido corrompida.

—Solo hay una Voz verdadera, el Elegido de Yargen, el Campeón de Yargen.

Esta vez, Eira apenas pudo evitar poner los ojos en blanco ante el cántico.

—Pero trabajamos en secreto incansablemente, Eira. Para evadir a Raspian y sus costumbres. Para traer una nueva era en la que vuelva a arder el fuego sagrado de Yargen y todos sepan de su gloria, una nueva era en la que todos la respeten, la adoren y le *teman*.

Y que te teman a ti también como Campeón, ¿verdad? Quiso decir Eira. En lugar de eso, inhaló lentamente y convocó la impotencia y la confusión que había sentido cuando Marcus se había visto arrastrado a las profundidades. Temor y adoración, esas eran las emociones que quería evocar arqueando las cejas, separando los labios y abriendo los ojos. Parecía que acabara de practicar en el espejo.

—Le temo y la adoro —susurró Eira.

—Respeto, adoración, temor —cantaron todos, esta vez respondiéndole a ella. Ese sonido fue como si estuviera hundiendo el brazo en una sustancia espesa, fría y viscosa. No eran como las aguas puras de sus poderes ni como las aguas oscuras que habían provocado la muerte de Marcus. Ese lugar estaba contaminado. Podrido. Infectado.

—Bien. —El Campeón dio una palmada—. Si de verdad sientes temor y adoración, también querrás servir. Ser digna ante sus ojos. Porque, tal y como estás ahora, arrodillada en la tierra, no mereces su luz, que pronto será reavivada.

Eira desvió la mirada hacia Ferro y se lo encontró observándola. Tenía una sonrisita en el rostro, la expresión que luce alguien al ver a su querido perro o a un cerdo apreciado. Ferro volvió a mirar al hombre y su expresión cambió a la pura admiración. Creía realmente cada palabra de lo que decía. Todos lo hacían.

La enfermiza sensación de temor no hizo más que aumentar.

No se podía razonar con los fanáticos porque no querían entrar en razón. Buscaban la fe ciega. Tenían que ser sus modos, su facción o nada. Todo aquello que no estuviera de acuerdo con ellos o que se opusiera sería arrojado a los fuegos «sagrados» que ardían detrás del hombre al que consideraban su salvador. Lo miraban como si fuera un dios en carne y hueso.

—¿Quieres ser digna? —El Campeón se inclinó y Eira volvió la atención a él.

Quería volver a Risen y tumbarse en la comodidad de sus alojamientos. Llevaba desaparecida dos o tres días ya, ¿verdad? Habrían enviado partidas de búsqueda. Pero ya no estaba en Risen. No podía contar con que nadie la encontrara. Y una parte de ella deseaba que no fueran a buscarla. Se había metido ella sola en ese lío y no quería que nadie más arriesgara la vida por sus estúpidos errores.

Solo podía contar consigo misma.

—Sí. —Mientras creyeran en su sinceridad, su seguridad estaba garantizada. *Sigue fingiendo, Eira, sigue expresando miedo y reverencia como si tu vida dependiera de ello... porque así es en realidad.*

—Bien. —Una sonrisa mezquina curvó los labios del Campeón y se pareció más al dios malvado al que acababa de describir que a la diosa amable que se cernía sobre su trono—. Para demostrar que eres digna de la luz, primero debes anhelarla.

—¿Qué? —preguntó Eira, pero nadie la escuchó.

—Llevadla al agujero.

Catorce

—¿Dónde vamos? —se atrevió a preguntar Eira entre susurros mientras se alejaban de la sala del trono. Le habían vuelto a vendar los ojos y estaba demasiado frenética para pensar en contar los pasos o los giros. De todos modos, los eventos que habían tenido lugar con el Campeón habían borrado de su registro mental el camino anterior. Una razón para la lista de motivos por los que era una sombra horrible.

—No te preocupes. —Ferro le dio una palmadita en el antebrazo. Tenían los codos entrelazados—. Todos deben resistir al agujero. Es una prueba para convertirse en uno de los nuestros.

—¿Qué es el agujero? —No estaba segura de querer saber la respuesta.

—Pronto lo averiguarás.

Bajaron dos escaleras y luego una tercera que parecía no acabar. Eira escuchó el sonido del metal y de una puerta pesada abriéndose. Caminó con Ferro sintiendo el aliento de la gente que había cerca cantando suavemente a su paso. Parecían oraciones pidiendo fuerza y protección.

Eira esperaba que hubiera alguien escuchando arriba. Le vendría bien algo de fuerza.

—Quédate y, cuando te avise, puedes quitarte la venda.

—De acuerdo. —A Eira le temblaba la voz a pesar del esfuerzo que hacía por evitarlo. Se le aflojaron las rodillas cuando Ferro se apartó. Odiaba a ese hombre, pero al menos le ofrecía una medida de protección ahí. O al menos… eso pensaba.

Se oyeron más ruidos metálicos. Eira percibió el sonido de un candado tanto en el pecho como en los oídos. Se retiraron unas pisadas y se hizo el silencio. Ese silencio se prolongó interminablemente.

—Puedes quitarte la venda —indicó la voz de Ferro resonando desde lejos.

Eira hizo lo que le indicaba, pero se encontró con una oscuridad aún más profunda que la que había detrás de la venda. Se llevó las manos al rostro lentamente para tocarse los rabillos del ojo y los párpados inferiores para comprobar que estuvieran, en efecto, abiertos.

—¿Fe-Ferro? —llamó.

—Aprende a amar la luz. Búscala dentro.

—¿Ferro? —Eira levantó las manos y las agitó en la oscuridad. Vagó sin rumbo hasta que se topó con una pared de piedra fría y húmeda—. ¿Ferro? —sollozó—. ¡Ferro! —Su grito resonó a su alrededor susurrando en el silencio que destacaba lo sola que estaba.

La oscuridad la rodeó. Fría, tan fría como el agua aquella noche. La envolvía estrechándola cada vez más… la asfixiaba.

Se sacudió violentamente agarrándose a sí misma, acurrucada en una bola. El primer día, Eira había aprendido que el vacío tenía matices. Había criaturas que vivían en la tinta impenetrable que respiraba hora tras hora. Inundaba su sistema como el agua que debería haber inhalado.

Tendría que haber muerto yo. Este es mi castigo.

No había día o noche en ese horrible lugar. Pero Eira sabía que había dormido porque en algunas horas Marcus aún estaba vivo.

Nadó hacia ella empujado por la corriente implacable. Ella extendió la mano con todas sus fuerzas. «Ven conmigo», quería gritale. Esta vez lo salvaría. Lo alcanzaría.

Pero entonces vio que sus ojos se abrían como platos. Lo vio ahogarse y morir.

Se estremeció en una posición diferente a la última que recordaba.

—Despierta —murmuró Eira en la oscuridad—. Estoy despierta. Estoy aquí. Marcus está muerto. Estoy en la fortaleza de los Pilares. Marcus está muerto y Ferro está aquí…

Había muerto por ella. Porque no había sido lo bastante rápida. Porque no había podido romper el escudo.

Por su culpa.

Se merecía eso.

No, Eira, susurró la voz incorpórea de su hermano como un abrazo desde el vacío. *No fue culpa tuya.*

—Mi… mi… —Sus pensamientos se estaban desmoronando como si la oscuridad fuera un parásito y los estuviera devorando a través de ella, de dentro hacia afuera. No había escapatoria. No había indulto. Oscuridad, silencio y…

Luz.

Eira parpadeó varias veces convencida de que se lo había imaginado. La luz se volvió más brillante y empezó a iluminar la prisión en la que la habían dejado. Era tan solo una sala circular de piedra con una escalera que llevaba a una puerta de hierro cerrada. La luz ahuyentó las sombras que había permitido que la atormentaran. La oscuridad que había parecido tan viva y amenazante tan solo unos minutos antes.

Esos pensamientos afligidos se retiraron a los rincones de su mente cuando se puso de pie y corrió hacia la puerta, desesperada por recuperar la cordura que le brindaba la luz. Aparecieron unos pies calzados con botas y Eira recorrió el tabardo con la mirada hasta el rostro del joven que le había llevado comida a la habitación. Una tarea de la que parecía ser el responsable una vez más.

Se detuvo justo delante de los barrotes, juzgándola. Eira se agarró al hierro con tanta fuerza que se le partió la piel del dorso de los nudillos. Inhaló, repentinamente sin aliento. La ansiedad le subió por el pecho hasta la garganta y estuvo a punto de hacerla vomitar.

Quería pedirle que la dejara salir. Las palabras le ardieron en los pulmones mientras contenía el aliento. Si respirara, las pronunciaría. Suplicaría un indulto. Sabrían que estaban ganando. Pero a Eira le quedaba fuerza suficiente para impedir que eso sucediera.

Por suerte, el joven habló primero:

—Puede que estés inundada por el maligno, pero el Campeón te ha considerado digna de poder comer. Bendice su bondad.

Eira levantó una mano, expectante, pero el Pilar no se movió. Seguía sosteniendo la hogaza de pan con ambas manos. Parecía estar esperando algo.

—Bendice su bondad —repitió.

—Be… bendita sea su bondad —declaró Eira.

El hombre sonrió con serenidad. Parecía una estatua de templanza y caridad mientras le pasaba la hogaza. Eira lo agarró entre los barrotes y se lo acercó al pecho como si fuera a quitárselo de nuevo.

Sin decir nada, el muchacho se dio la vuelta y subió las escaleras. El brillo del orbe de luz que flotaba junto a su hombro se retiró con él.

—Espera —lo llamó Eira con voz áspera—. ¿Cuánto tiempo más? —Se le deslizó el pan entre los dedos y cayó al suelo—. ¿Cuánto tiempo más tengo que estar aquí? —Sacudió los barrotes—. ¿Cuánto tiempo me dejaréis aquí? —gritó.

Sus gritos resonaron sin respuesta.

—Estoy despierta. Estoy aquí. Marcus está muerto. Estoy en la fortaleza de los Pilares. Marcus está muerto y Ferro está aquí... —murmuraba esas palabras una y otra vez mientras yacía con la mejilla apoyada en la piedra fría.

El pan se había acabado el día anterior y ahora su estómago trataba de comerse a sí mismo. Por suerte, podía convocar agua de las paredes mojadas para beber. No parecía que fueran a llevarle nada más. ¿Tenían intención de matarla ahí? ¿Había fracasado ya? En efecto, era la peor espía que había existido nunca.

Eira se removió y se acurrucó en posición fetal.

—Estoy cansada, Marcus. Estoy muy cansada... y lo siento muchísimo.

Aquella noche se repetía una y otra vez en su mente, horrible e implacable. ¿Cuántas veces tendría que revivir su muerte antes de que fuera suficiente? ¿Cuánto tiempo más tendría que soportarlo antes de perder la cordura?

Eira parpadeó mirando al vacío.

La luz había vuelto.

El joven había regresado con otra hogaza de pan. Los puntos de la frente le brillaban suavemente. Hicieron el mismo baile. Él la juzgó con la mirada y le dijo que había sido considerada digna de comer.

—Bendita sea su bondad —repitió Eira.

Tomó la comida y se quedó sola en la oscuridad.

Una y otra vez, y así sucesivamente. ¿Cuántos días habían pasado? ¿Pensarían sus amigos que estaba muerta? ¿Se habrían cansado de buscarla los guardias de la ciudad y las sombras? ¿O apenas habían pasado unas horas desde que se había marchado de Risen? El tiempo se había expandido y contraído hasta el punto de que ya no lograba comprenderlo.

Eira cerró los ojos y recibió los pensamientos sobre Marcus. Era el único modo en el que podía dormir. Pero esta vez, sus pensamientos fueron más allá que el llanto sobre el cuerpo a la luz de la luna. Continuaron hasta su pelea con Ferro.

Tendría que haberla matado a ella también.

No debería estar viva. Y no solo como castigo por la muerte de Marcus. Ferro era fuerte y no tenía problemas para someterla. ¿Por qué no lo había hecho esa noche?

Debería estar muerta.

Eira parpadeó, como si de repente pudiera ver con claridad. De algún modo, había sufrido los recuerdos de la muerte de Marcus lo suficiente como para poder verlos con cierto nivel de objetividad.

Ferro debería haberla matado. Lo había intentado. Quería hacerlo. Pero no había podido. Contra todo pronóstico, ella lo había vencido. No había motivos para que ella le ganara.

El recuerdo se repitió: sus glifos parpadeantes, débiles y desvaneciéndose. No importaba cuántas veces repitiera él las palabras de poder, no podía convocar la fuerza. Había sido entonces cuando lo había vencido.

¿Había estado simplemente exhausto? ¿O había algo más? El glifo del lago también se había desvanecido, mientras que, anteriormente, nunca había parecido tener problemas controlando su magia. Había sido el final de una noche larga y sangrienta para él.

«Y ahora puedes robar magia de la gente», había dicho Ferro.

¿Eso era lo que pensaba que había hecho? Eira se tocó ligeramente las yemas de los dedos mientras pensaba. Casi podía ver los glifos que Ferro había intentado convocar.

Eira nunca había oído hablar de ningún Corredor de Agua que pudiera robarle la magia a la gente. Pero sí había oído hablar de Corredores de Agua capaces de erradicar a otros hechiceros, de bloquear el canal que conectaba a un hechicero con su poder. Sin embargo, era complicado de hacer y solía requerir una gran cantidad de tiempo y concentración. No podría haberlo hecho sin querer. No podría haberlo hecho en absoluto.

Pero ¿y si pudieras? El fantasma incorpóreo de Marcus había vuelto y le susurraba desde un rincón de la celda.

—No puedo.

¿Estás segura?

Eira se volvió para mirarlo, imaginándose su silueta recortada contra el vacío.

Dijiste que los recipientes accidentales eran más comunes de lo que los demás pensaban. Aunque todos decían lo contrario, tú insististe. Sabías la verdad, tu verdad, y, con ella, demostraste que todos se equivocaban.

—Esto no es lo mismo —susurró.

¿Cómo lo sabes? ¿Lo has intentado?

—No he intentado nada con demasiadas fuerzas desde que te fuiste —admitió Eira. Las únicas veces que se había visto impulsada a actuar había sido por la idea de atrapar a su asesino. Aparte de eso, ¿qué había hecho? ¿Se había retirado del mundo? ¿Se había quedado tumbada en la cama?

Me prometiste que lucharíamos juntos.

—Lo hice. —Hipó con suavidad, repentinamente abrumada por la emoción—. Pero se suponía que estarías conmigo hasta el final.

Su fantasma le sonrió con ternura.

Siempre estaré contigo, Eira.

Ella lloró.

Sollozó en la oscuridad y vertió su alma en forma de gemidos y lágrimas. Eran las primeras lágrimas que derramaba por él en meses. Esas eran las lágrimas que tendría que haber llorado semanas antes, las que Alyss, Cullen e incluso Noelle con sus miradas de soslayo sabían que había estado conteniendo.

Si alguna vez volvía con sus amigos, se disculparía con ellos y les daría las gracias al mismo tiempo. Su hermano se había marchado de ese mundo, había quedado relegado a cuidarla desde los reinos del Padre, pero sus amigos seguían ahí. Seguían luchando por ella. Estaban tratando de llegar hasta ella en ese mismo instante. Tenía que creer que era cierto. Lo sabía en el fondo de su corazón.

Y si ellos luchaban, también lo haría ella. No solo para vengar a Marcus, sino para honrar su vida y las promesas que le había hecho. Lucharía por todo lo que todavía estaba por llegar.

Cuando volvió la luz, Eira estaba erguida, esperando. No se levantó de un salto corriendo hasta los barrotes como una criatura hambrienta, a pesar de que se puso a salivar ante la mera imagen de la hogaza, sino que se quedó sentada, calmada y tranquila.

El joven se acercó a la puerta e inclinó la cabeza a un lado y al otro, sin saber cómo procesar el cambio en su actitud. Eira lo miró esperando a que empezara con su parte del discurso. Ese día no rogó ni se arrastró, simplemente esperó.

—Puede que estés inundada por el maligno, pero el Campeón te ha considerado digna de poder comer. *Bendice su bondad.*

—Bendita sea su bondad —repitió Eira como sabía que él quería. Pero cuando el joven le tendió el pan entre los barrotes, no se movió. El hombre frunció el ceño ligeramente y entornó los ojos. Tras haber pasado tanto tiempo sola y desprovista de sensaciones, casi pudo sentir la magia en el aire rodeándolo, alzándose como mareas, rebosante de un poder preparado para ser desatado si ella atacaba.

—Te ha considerado digna de poder comer. *Bendice su bondad.*

—Bendita sea su bondad, pero no quiero comer. —Eira miró al joven a los ojos ordenándole mentalmente que fuera su mensajero—. Dile al Campeón que quiero la luz. Viviré con ella o moriré aquí en este agujero.

Había trazado una línea en el suelo y había declarado así el inicio de su juego. El hombre retiró despacio el brazo y se pasó la hogaza de una mano a otra. Estaba claro que no sabía cómo procesar su ultimátum. Finalmente, sin decir nada, se marchó por las escaleras. Por suerte, a Eira no le rugió el estómago hasta que el chico estuvo lo bastante lejos para no oírlo.

Ahora esperaría a ver cómo respondían a sus exigencias. ¿La dejarían morir de hambre? ¿O cometerían el error de liberarla?

Quince

Ferro acudió solo a recogerla del agujero. La consintió y la arrulló ayudándola a subir las escaleras, de nuevo con los ojos vendados. Alabó su perseverancia al mismo tiempo que la tranquilizaba diciéndole que no se preocupara por lo desdichada que parecía, por lo mal que olía ni por lo mucho que temblaba.

—Todos teníamos ese aspecto al salir del agujero —comentó amablemente—. Considéralo una insignia de honor.

—Lo haré —respondió Eira en voz baja y lo miró como si el sol se elevara desde su trasero. Se agarró más fuerte de su brazo y tropezó intencionadamente en el último escalón que llevaba a su habitación. Ferro la sostuvo—. Gracias.

Que piensen que estás indefensa. Querían vencerla. Pero lo único que habían logrado había sido forjarla con un metal más duro. Desde que había salido del agujero, Eira podía percibir el mundo de modos que nunca había creído posibles. De repente, podía percibir diminutas corrientes de magia alrededor de todo el mundo. Casi podía oír sus vibraciones.

—No es nada —dijo él sonriendo levemente.

—No solo por eso. —Eira negó con la cabeza—. Por hablarle de mí al Campeón, por darme una oportunidad de abrir los ojos.

—¿Y ahora tienes los ojos abiertos? —Había sido una pregunta cautelosa. Eira no sabía con certeza qué quería oír él.

—Veo la luz en todas partes. Y en mi interior —agregó intentando imitar la voz carente de emoción que había oído a los otros Pilares—. He conocido la oscuridad y ahora deseo erradicarla de nuestro mundo. Me he liberado del control que Raspian tenía sobre mí.

—Te creo. —Ferro le colocó las manos en las mejillas y Eira resistió el impulso de escupirle a la cara con una sonrisa—. Pero aun así debes demostrar tu valía ante los demás y ante nuestro Campeón.

—Bendita sea su bondad.

Ferro rio aliviado al oírla recitar esas palabras.

—En efecto, bendita sea su bondad. Y ahora, continuemos, casi hemos llegado a la habitación. Descansa bien esta noche. Recupérate mañana. Y luego empezaremos a mostrarles a los Pilares las bendiciones que Yargen te ha otorgado con tu magia.

Pasaron las horas tal y como él había indicado. Ferro la dejó lavarse y el joven Pilar le llevó su comida. Eira intentó preguntarle su nombre, pero él la ignoró. Podía haberse ganado la confianza de Ferro, pero parecía que el resto de Pilares seguían escépticos con ella.

Aquella noche, la cama era demasiado mullida y la luz de la luna que entraba por su ventana, demasiado reluciente para dejarla dormir. Se sentía como si llevara días durmiendo, semanas incluso. Como una larga y horrible pesadilla de la que por fin hubiera despertado. Esa pesadilla había empezado en Solaris la noche de la muerte de Marcus.

Ahora estaba despierta y dormir le parecía una pérdida de tiempo. Miró por la ventana hacia los jardines. Nunca veía a nadie caminando por los espléndidos jardines ni por las colinas que había más allá. Ni animales… ni siquiera pájaros.

Eira se pasó toda la noche mirando por la ventana. La luna se hundió dos veces detrás de las nubes y el mundo pareció emborronarse un momento. Eira parpadeó, se frotó los ojos y siguió observando. ¿Era solo que estaba cansada? O…

Cuando amaneció, colocó la mano en el cristal. A pesar de que la luz del sol entraba a raudales por la ventana iluminando su habitación, el cristal no se calentó. Movió las manos de un panel a otro. El metal estaba frío al tacto. Debería estar templado por la luz del sol.

Lo que veía no era real. El escenario que había más allá de su habitación era una especie de ilusión intrincada. Entrelazó los dedos uniendo las manos con fuerza para evitar darle un puñetazo al cristal y comprobar su teoría. Si ese exterior era falso, podía estar en cualquier parte.

Podría estar todavía en Risen.

Cerró los ojos e intentó aferrarse al agudo sentido de la magia que había desarrollado desde que había salido del agujero. Podía sentir *algo* vibrando al otro lado del cristal. Se le arrugó la frente por la concentración. Se focalizó en esa sensación de zumbido que se cernía a su alrededor. Estaba aprendiendo que la magia era algo casi consciente. Vivía en la piedra, en el agua, en el fuego y en el propio aire; estaba ensartada a lo largo del mundo y los hechiceros simplemente tiraban de los hilos.

Eira abrió lentamente los párpados y observó la ilusión. Se imaginó un montón de manos mágicas invisibles extendiéndose desde su espalda. Dedos irreales entretejidos en la magia. ¿Empujar? ¿Tirar? ¿Qué debía hacer ahora? ¿Algo de eso era real o estaba todo en su mente?

El sudor le empapó el cuello.

Cometió el error de parpadear. Durante un segundo, justo cuando estaban a punto de cerrársele los ojos, hubo un temblor. Había una pared de piedra donde habían estado antes los pastos verdes. Pero cuando Eira volvió a abrir los ojos, había desaparecido.

Su segundo intento se vio interrumpido por Ferro abriendo la puerta de su habitación.

—Ah, qué bien, ya estás despierta, querida mía.

No soy «tu querida», soy tu perdición. La sonrisa que dibujó en su rostro fue la antítesis a sus pensamientos cortantes.

—Estaba tan emocionada por trabajar hoy contigo y por demostrar mi valía al Campeón que no he podido dormir. —Señaló la ventana—-. Además, quería estar despierta al amanecer.

—Y qué amanecer más bonito.

—En efecto. Me parece que el sol brilla más en Meru. —Eira se levantó—. ¿Estamos lejos de Risen? Aquí el aire parece más fresco y vigorizante.

La sonrisa de Ferro flaqueó y el pánico se instaló en las entrañas de Eira. ¿Se había pasado? ¿Sabía que los había descubierto?

—Creo que tienes razón y que la luz de Yargen brilla con más fuerza en su tierra elegida. Incluso nuestro aire es mejor por eso. —Ferro se acercó a ella y le colocó una mano en el hombro—. Ven, he organizado una reunión importante para ti.

—¿Sí?

—Lo verás cuando lleguemos.

Ferro la acompañó, con los ojos vendados, por supuesto, a través de los pasillos. Bajaron dos tramos de escaleras y atravesaron lo que Eira sospechaba que era un túnel muy largo. La parte superior de su cabeza rozó con el techo y las paredes estaban tan cerca que el costado de Ferro se presionó contra el suyo. Eira se imaginó los túneles largos y estrechos que Ducot y ella habían atravesado para llegar a la base de la Corte de Sombras. ¿Los Pilares funcionaban como las sombras? Eira se imaginó capas de redes suspendidas a diferentes niveles del subsuelo de las calles de Risen. Era una ciudad antigua. Habría sido construida sobre sí misma durante años. Comprender que podía haber ciudades bajo otras ciudades no fue muy difícil y se sintió tonta por no haberlo pensado antes. Aun así, era más información útil que transmitir a los Espectros.

Tras un pequeño tramo de escaleras, Eira notó un cambio en el aire cuando se abrió el espacio. Finalmente, se detuvieron y Ferro le quitó la venda. Estaban en una habitación vacía, excepto por tres hombres.

Uno era el Campeón y estaba flanqueado por otros dos Pilares que Eira no reconoció.

—Me alegra verte de nuevo, Eira —dijo el Campeón con su característica sonrisa inquietante.

Eira se arrodilló y sacó su voz más devota.

—No soy digna de comparecer ante usted, excelencia.

—No lo eres —espetó el elfin de cabello claro que había a la derecha del Campeón.

—Pero el hecho de que lo reconozca dice mucho de su progreso —intervino el Campeón—. Levántate, Eira. Estás aquí para demostrar los poderes de los que tanto me ha hablado mi hijo.

¿Hijo? Eira pasó la mirada del Campeón a Ferro, conmocionada. Ferro era el hijo del Campeón.

—Discúlpame, querida. —Ferro seguía poniéndole nuevos apodos cariñosos, como si estuviera compitiendo consigo mismo por encontrar el que Eira más odiara. «Querida» era ligeramente mejor que «mascotita», aunque ambos le daban ganas de pegarle un puñetazo en los dientes—. Te mentí. Pero solo porque no podías entender la gloria de mi descendencia. Nadie podía saberlo.

—Nadie debería saberlo —murmuró el hombre de cabello claro en voz baja. Seguía lanzándole miradas escépticas. Eira supo que sería el que más le iba a costar ganarse.

Esbozó una sonrisa cálida hacia Ferro.

—Lo entiendo perfectamente. En aquel momento no era digna. —Inclinó la cabeza y él le agarró la mandíbula.

—Pero ¿trabajarás para ser digna ahora?

—Con todas mis fuerzas.

—Bien, mascotita. Necesito que les muestres tu poder de oír voces.

—De acuerdo. —Eira asintió.

—Esto es lo que vas a escuchar. —El hombre que había a la izquierda del Campeón dio un paso hacia delante sosteniendo un medallón dorado. Eira recordó una vez más las asombrosas similitudes que había entre los Pilares y las sombras. Ambos operaban en los bajos fondos de Risen. Ambos lo hacían al margen de la ley. Y ambos querían ponerla a prueba con una estúpida pieza de metal.

Eira miró el medallón y se conectó con él fácilmente. Los sentidos relacionados con su magia se habían agudizado definitivamente en el agujero. Lo que parecía una plegaria empezó a resonar en sus oídos y Eira la repitió palabra por palabra, incluso las partes en las que suplicaba a Yargen que hiciera llover fuego sobre sus enemigos y los herejes y apóstatas nacidos de la tumba de Raspian.

—Así que es cierto —susurró el rubio—. Puedes oír palabras de aquellos que vinieron antes.

—Puede oír ecos del tiempo con los oídos de Yargen —declaró el Campeón de un modo que sonó como un decreto.

—Es un don —dijo Ferro en su nombre.

El hombre que sostenía el medallón se quedó en silencio mirándola con asombro. Eira pensó que a esas alturas ya debería estar cansada del silencio atónito de la gente… pero no lo estaba. Tal vez, el hecho de que esos hombres, sus captores, estuvieran asombrados con ella le dio cierta sensación de poder.

—Podría hacerlo —susurró el hombre que sostenía el medallón mirando al Campeón—. Podría absolverlo.

¿Absolver al Campeón? ¿Absolverlo de qué? Ciertamente, los Pilares no eran muy apreciados en Risen. ¿Se refería a algún tipo de absolución religiosa?

—¿Quién más conoce estos poderes? —le preguntó el Campeón a Ferro como si ella ya no estuviera presente.

—Los mostró durante la tercera prueba en la Isla Oscura. El emperador y la emperatriz de Solaris están al tanto de su existencia.

—¿Quieres que usemos su palabra? —El rubio parecía horrorizado.

—Quiero que usemos la alianza de Solaris y Meru contra ambas partes. —Ferro tendió los brazos con una mirada enloquecida en el rostro—. Pensadlo. Meru, Lumeria, ha tomado la decisión de juntarse con la descendencia de Raspian en ese estúpido tratado suyo. Nosotros lo usaremos contra ella. Si ha convencido a la gente de que el gobierno de Solaris es legítimo, no podrán negar su conocimiento de los poderes de Eira.

—¿Cómo sabemos que el emperador y la emperatriz no se negarán a reconocer las habilidades de Eira? —preguntó el hombre que había a la izquierda del Campeón—. No podemos confiar en nadie de la Isla Oscura.

—La prueba fue pública. Demasiada gente vio a la emperatriz reconocerla como para que ahora dé marcha atrás. —Ferro dio un paso adelante hablándole solo a su padre—. Esto funcionará. Y luego toda Risen se verá obligada a renunciar a las mentiras que les han servido. Se alegrarán de tu regreso al poder. Te verán como su Campeón, como debes ser visto. Y cuando vuelvas a encender la Llama...

—Basta. —El Campeón levantó la mano haciendo callar a Ferro—. Me has dado mucho en lo que pensar. —Pasó la mirada entre ellos—. Podéis iros los dos.

Ferro le vendó los ojos una vez más y la acompañó de vuelta. Eira permaneció callada todo el trayecto. El tiempo que había pasado con los Pilares la estaba obligando a aprender que a menudo la estrategia silenciosa era la mejor. Le brindaba la oportunidad de pensar y estructurar meticulosamente sus preguntas y declaraciones. Además, los Pilares parecían un grupo silencioso. Podría estar atravesando una habitación con veinte de ellos y no saberlo.

Eira soltó un suspiro de alivio cuando le quitó la venda. Por si acaso, se agarró el pecho como si estuviera luchando contra los nervios.

—¿Estás bien? —Ferro la rodeó con un brazo y apoyó ambas manos en sus hombros.

—Sí, lo siento. —Eira negó con la cabeza—. Estar ante el Campeón de Yargen, haber sido elegido por la mismísima Diosa... —Se apartó de su abrazo y se dirigió al asiento de la ventana, donde se dejó caer pesadamente—. El peso de su presencia es demasiado para una simple mortal como yo. Después del agujero, me... me ha parecido glorioso. —Eira levantó la mirada hacia Ferro y abrió los ojos ligeramente—. Y tú... tú eres...

—Perdóname. —Ferro se sentó a su lado y tomó sus manos entre las suyas—. Quería decírtelo, Eira, de verdad. Pero no era el momento. Y...

—¿Sí? —presionó cuando él se interrumpió.

—No sabía cuánto significarías para mí, para todos nosotros.

—¿Para... ti? —repitió suavemente pasando la mirada de sus dedos entrelazados a su rostro.

—Sé que entonces me amabas.

Esas palabras le dolieron más de lo que Eira pretendía. Odió el escozor que le dejaron en la herida aún supurante que le había infligido Ferro. Primero Adam, luego Ferro... Sabía elegir a hombres que acababan hiriéndola inevitablemente.

Pero ¿dónde dejaba eso a Cullen?

Pudo sentir su rostro suavizándose al pensar en Cullen y desterró la mera idea. No era el momento de pensar en él. Lo que Eira debía hacer, lo que tenía que hacer para sobrevivir en ese momento, no tenía nada que ver con Cullen ni con su ternura. La persona en la que se estaba convirtiendo nunca podría estar destinada a unas manos tan delicadas y cariñosas.

—Pero, admito que entonces, solo te veía como alguien a quien usar para lograr la gloria de Yargen —continuó Ferro, ajeno a sus pensamientos.

—*Entonces*. ¿Y ahora? —Estaría a salvo mientras le fuera útil. Eso estaba claro. Y si iba a seguir manipulándolo, necesitaba saber dónde estaba Ferro y qué quería de ella en cada momento.

—Ahora... —Estrechó los dedos—. Piénsalo, Eira. Tú y yo... anunciando su gloria. Toda Solaris te mirará como a una de los suyos que ha visto la luz, que ha sido bendecida por su amor. Por *mi* amor —exhaló Ferro con una leve sonrisa. Casi parecía sincero. Esa expresión hizo que lo odiara aún más. Ese hombre no era *capaz* de amar.

Aun así, la mención al amor puso a Cullen en primer plano de nuevo. No importaba lo mucho que lo intentara, no podía escapar de él. La idea de su cuerpo presionándola contra la pared en la corte, la sensación de sus dedos en su pelo... Si salía viva de esta, volvería a besarlo de ese modo al menos una vez. No desperdiciaría otro momento con él ni con ninguno de sus amigos.

—Quiero serte útil —afirmó Eira con toda la delicadeza que fue capaz.

Ferro inclinó la cabeza evaluándola claramente mientras se dibujaba una sonrisa siniestra en sus labios. Irradiaba una presunción horrible.

—¿Cómo quieres serme «útil»?

La insinuación hizo que Eira contuviera la bilis. Tenía que poner fin a las insinuaciones sensuales que había estado ignorando hasta el momento. Podía pensar en ella como su mascota, su alumna o un medio para conseguir sus objetivos. Pero no iba a dejar que pensara en ella como objeto de deseo. Eira se tragó el sabor amargo que notó en la boca y habló con más facilidad de la que habría sido capaz una semana antes, teniendo en cuenta el pánico que crecía en su interior.

—Quiero lograr la gloria de Yargen. —Eira mostraba una expresión plácida y asombrada. Lo miraba como si fuera una escultura de lo divino y no un hombre. No alguien a quien podría o debería tocar con sus manos mortales. Tampoco es que quisiera hacerlo—. Anteriormente, pude haber sido una niña tonta y pensar que el mejor modo de lograrlo sería *sirviéndote*. —Se permitió usar un tono lujurioso en la última palabra esperando que sus intenciones quedaran claras. Esperando que él la siguiera—. Pero ahora comprendo que hay maneras mucho mejores en las que puedo contribuir. Fui una cría tonta y confundida. Pero ya no lo soy. He abierto los ojos. Veo la luz y ahora sé cuál es el mejor modo de lograr la gloria de los Pilares y la tuya. Con mi magia y mi adoración por vuestra justicia, siguiendo vuestras órdenes y deseos como un soldado. No con ningún enamoramiento infantil que desapareció ya hace mucho.

El recálculo cambió su expresión. Pasó por una especie de recalibración mientras ella hablaba, sin duda reevaluando cómo podía manipularla. Ferro se alejó de ella y la atmósfera se aligeró.

—Sigue. Cuéntame cómo crees que puedes ser una herramienta útil para mí.

Sería una herramienta por encima de su objeto de deseo todos los días.

—El Campeón necesita algo de mí, necesita que escuche, ¿verdad?

Ferro asintió con cautela instándola a continuar.

Eira tomó aire temblorosamente, consciente de lo que estaba a punto de pedir. Si iba a tentar a la suerte en algún momento, era entonces.

—Puedo encontrarlo.

—¿Cómo? —Ferro entornó ligeramente los ojos, sin duda deduciendo lo que ella pretendía.

—Déjame volver a Risen. Me inventaré una historia sobre un secuestro del que he podido escapar. Me verán como una competidora que ha luchado y ha ganado para volver. Me admirarán y confiarán en mí.

—Pero también avivará las sospechas de los Pilares. —Ferro frunció el ceño.

Ya había llegado demasiado lejos, ahora no podía echarse atrás.

—Tal vez. Pero puedo inventarme una historia que los desvíe del rastro de los Pilares. Risen es una ciudad grande. Los asesinos deben ser bastante comunes y, como competidora, ya estoy en el centro de atención. Si los Pilares están preocupados… puedes enviar una nota pidiendo un rescate que corrobore esta afirmación antes de embarcarme en mi misión.

Ferro pareció considerarlo.

—No sospecharán de mí —prosiguió Eira—. Incluso me han dejado ya moverme con libertad entre los Archivos. Podría encontrar algún modo de obtener lo que necesitáis, estoy segura.

—¿Te dejaron vagar libremente por los Archivos? —preguntó él arqueando una ceja.

—Sí.

—¿De verdad?

—Sí. —Eira se inclinó hacia adelante—. Puedo hacer esto por vosotros. Este es mi destino… la razón por la que Yargen me bendijo con su poder.

—Podrías conseguirlo y podríamos exponer sus mentiras en la gala de competidores —murmuró—. Podríamos sacrificar a algunos de los jóvenes para que se hicieran pasar por los secuestradores. Estarían felices de morir por el Campeón… —Ferro negó con la cabeza—. No, es demasiado arriesgado.

—Puedo hacerlo —insistió Eira. La atención de Ferro se deslizó lentamente hacia ella. Lo miró a los ojos intentando expresar sinceridad—. Permítemelo.

Él se levantó de espaldas a ella.

—Es demasiado arriesgado.

Eira veía que empezaban a escurrírsele entre los dedos las oportunidades de escapar. Con el tiempo, encontraría otro modo de salir. Pero ¿cuánto tiempo haría falta? Demasiado. No quería esperar ahí a descubrir cuántas pruebas inquietantes más la obligarían a soportar antes de que confiaran en ella y la dejaran caminar sin supervisión.

Ella se levantó y declaró:

—Mi magia es tuya. —Él la miró, claramente sorprendido por su repentina proclamación—. Tú eres un hombre de acción, un hombre de poder. —Ferro anhelaba visiblemente el poder de todo. Cuanto más intentaba aparentar dureza, más veía ella al niño triste que rogaba atención. Eira se preguntó si ella se habría visto igual al insistir en competir en las pruebas. Independientemente, jugó con ese deseo—. Tú mismo lo has dicho. Tienes una herramienta en mí. ¿Por qué te comportas como si te diera miedo usarla?

—Yo nunca tengo miedo. —Dejó escapar un gruñido grave y se acercó a ella. Le puso una mano en el cuello y apretó los dedos con tanta fuerza que ella jadeó intentando tomar aire—. ¿Morirías por mí?

—Si tú me lo pidieras —jadeó Eira.

Siguió apretándole el cuello con la mano. Eira se esforzó por mantener la calma. Cerró los puños con fuerza alrededor de la tela de su vestido evitando así agarrarle los antebrazos a Ferro. Mientras le faltaba el aire y se le nublaba la visión, la habitación se desvaneció en la oscuridad del agujero… de aquella noche bajo el agua. Él había intentado robarle el aire en aquel momento, pero no había podido.

Y tampoco podría ahora.

Ferro la soltó con un ligero empujón. Eira se dejó caer en el banco, jadeando y masajeándose el cuello. Pero cuando lo miró y vio su sonrisa de suficiencia, supo que había ganado.

—Veré qué puedo hacer. Me has dado mucho en lo que pensar, mascotita. —Le dio dos palmaditas en la cabeza y se marchó.

Eira contó hasta diez antes de tumbarse en el banco, con el cuello dolorido y magullado. Se jugaría su mayor apuesta: su vida.

Y pronto descubriría si había valido la pena.

Dieciséis

Pasó otro día sin noticias y Eira se ponía más ansiosa a cada hora que pasaba. Cuanto más esperaran, más tiempo tendrían las partidas de búsqueda para encontrarla, más se esconderían los Pilares y más complicado sería convencerlos para liberarla. O, tal vez, su sugerencia les pareciera más atractiva por momentos. Los Pilares podrían acceder a su plan para quitarse presión.

Eso asumiendo que hubiera gente buscándola.

Se retorció las manos y se paseó por la habitación esperando noticias. Esperando cualquier cosa. Cuando finalmente llegó el joven que le llevaba comida, Eira tuvo que evaporar enseguida una daga de hielo para evitar sostenerla contra su garganta y pedirle que le contara lo que estaba pasado. Probablemente, eso no hubiera funcionado. El fanático se alegraría de morir por una «causa noble» y las esperanzas de Eira de escapar en algún momento estarían acabadas.

—El Campeón te ha convocado —anunció casualmente el hombre dejándole el plato de gachas—. Lávate y ponte esto. —Señaló unas prendas dobladas con cuidado que había dejado al lado del cuenco y se marchó.

Eira se comió obedientemente esa masa sin sabor. Tenía que mantener las fuerzas. Que el Campeón la convocara después de su última interacción con Ferro tenía que significar *algo*. Tenía el peso de su apuesta sobre los hombros y la avena ya se estaba coagulando y formándole un ladrillo en la boca del estómago.

Ignoró la ropa mientras comía, temerosa de descubrir qué querían que se pusiera. Pero en cuanto rozó la tela con los dedos, reconoció esas prendas. Eran la falda y la blusa que se había puesto para la cena con Cullen. El dobladillo de la falda estaba manchado por los túneles que había atravesado con Ducot y las botas seguían ensangrentadas por donde se había cortado los tobillos corriendo por la ciudad. Había rasguños en la blusa que Eira no reconoció.

Una extraña sensación de familiaridad se apoderó de ella mientras se vestía. No era porque finalmente se hubiera puesto *su* ropa tras más de una semana vistiéndose como los Pilares. No era porque esa ropa estuviera sucia y para lavar.

Esa sensación… La reconoció porque se parecía a la revelación de su linaje que había seguido a la segunda prueba. Una vez más, los detalles de su antigua vida no encajaban como antes. Cada puntada estaba en el mismo sitio, era ella la que no encajaba. Eira se miró en el espejo. Sí, era una sensación similar a la que había sentido entonces.

Frunciendo el ceño, se miró fijamente con intensidad sintiendo hervir el poder por debajo de su piel. El océano de su interior estaba embravecido, listo para ser desatado. Si el Campeón no la estaba convocando para liberarla, estaba dispuesta a luchar por conseguirlo o morir en el intento.

—¿Eira? —Ferro ni siquiera llamó al entrar.

Hizo desaparecer esa expresión de su rostro al instante, se alejó del espejo y corrió hacia él. Le agarró los brazos, frenética.

—Ferro, mi señor, mi guía en este mundo oscuro, ¿qué he hecho? —Eira parpadeó varias veces intentado reunir lágrimas. Llorar a propósito era más difícil de lo que pensaba. Con un poco de magia, conjuró unas gotas de agua en sus párpados inferiores—. ¿Por qué me ha abandonado la luz? Yo solo quería... solo deseaba... que...

—Recomponte. —Le dio una bofetada. El dolor quedó adormecido por la conmoción. Parecía que se estaba tomando en serio lo de ser el «propietario» de su vida y su bienestar—. ¿Qué te ha hecho ponerte tan histérica esta mañana?

—Esta ropa. —Eira dio un paso atrás y extendió la falda. No se preocupó por el dolor de la mejilla. Algo le dijo que, si lo hacía, solo lograría empeorar la cosas—. Es de antes de que abriera los ojos, de antes de saber la verdad. Pero me obligan a llevarla otra vez. ¿Estoy siendo expulsada? ¿He hablado demasiado? ¡No puedo presentarme ante el Campeón de Yargen con estos trapos patéticos de la Isla Oscura! No...

—Cálmate. —Ferro la agarró por los hombros y la miró fijamente—. Lo que de verdad te avergonzará es presentarte ante el campeón como una arpía gritona.

—Lo único que quiero es complacer al Campeón. —Sollozó y se recompuso ante su orden, una tarea bastante fácil cuando su «histeria» era superficial.

—Y lo harás.

—Lo que hablamos ayer... —Bajó la voz hasta un susurro—. ¿Es ese el motivo de su llamada?

Aunque estaban solos, Ferro miró a su alrededor como si pudiera haber alguien escuchándolos.

—Sí. —Una sonrisa viperina tiró de sus labios—. Tendrás una oportunidad para demostrar ante mi padre lo mucho que amas a Yargen y tu lealtad a la causa.

—Vivo para servir.

—Y vives para traerme gloria.

—Sí. ¿Ha accedido a dejarme marchar? —preguntó esperando no parecer demasiado entusiasmada.

—Pronto lo averiguarás.

Durante todo el trayecto con los ojos vendados hasta el salón del trono, Eira reprodujo situaciones mentalmente. Si la dejaban marcharse, antes que nada, debería encontrar un modo de volver a la Corte de Sombras e informar de sus descubrimientos… y disculparse ante Ducot… si es que seguía vivo. Esa idea hizo que se le formara un nudo de culpabilidad en el pecho. La muerte la perseguía dondequiera que fuera, pero no había vuelto su mirada inmortal hacia ella. No, la muerte perseguía a quienes eran lo bastante tontos como para aliarse con ella. Los demás pagaban el precio de sus acciones.

Si los Pilares se negaban a dejarla marchar, lo cual tenía que admitir que era lo más probable, harían una de estas cosas: o bien la arrojarían a otra retorcida prueba de lealtad hacia ellos y hacia Yargen para demostrar que su idea no había sido un intento desesperado de huir, o bien la matarían en el acto. Si esa era su elección, no se iría sin llevarse a Ferro con ella.

Encontraría el coraje y la voluntad de hierro para asesinarlo donde estuviera, por Marcus. No habría más vacilación cuando se le presentara la ocasión. Pero, de momento, lo mantendría vivo. Su existencia todavía le era de ayuda.

El calor del salón del trono le resultó familiar. Aunque solo había estado ahí una vez antes, Eira reconocería esa calidez distintiva durante el resto de su vida. Ferro le quitó la venda y se quedó a su lado.

Los Pilares estaban alineados flanqueándola, pero eran menos que la vez anterior. ¿Estarían los demás en alguna misión? ¿O no estaban al tanto de lo que estaba a punto de suceder?

—Eira Landan, te presentas ante el Elegido, el Campeón de Yargen, el hombre destinado a restaurar Su bondad y orden en nuestro mundo —anunció un Pilar—. El hombre que representa la roca de los Pilares, nuestra base, nuestro fundamento de bondad y justicia.

—Espero ser digna de su justicia. —Eira se arrodilló ante el hombre que había en el trono.

El Campeón guardó silencio un largo momento mirándola con una compostura totalmente inmóvil. Finalmente, cuando el silencio se volvió tan tenso que vibraba en el aire como una cuerda en tensión, habló:

—He recibido la sabiduría de Yargen y he decidido darte una misión. —El Campeón se levantó—. Debes volver al mundo de los herejes y los apóstatas. Volverás a los Archivos, Su sitio más sagrado, ahora violado, y usarás un pasadizo secreto que hay debajo de la estantería en la parte superior del chapitel para acceder a una sala secreta que anteriormente fue la cámara de la Voz.

Era la sala en la que se había reunido con Taavin.

—Allí buscarás un objeto que contenga palabras del altercado que tuvo lugar en esa estancia. Lo tomarás y se lo entregarás a Ferro en dos semanas, en el baile del torneo que pronto será anunciado.

Ese «pronto será anunciado» fue lo que más sorprendió a Eira. Si el baile aún no se había anunciado, debían tener gente infiltrada en la corte de Lumeria. Eira se imaginó a una sombra y un Pilar trabajando codo con codo sin saberlo en esa sala de escritorios por la que habían pasado Ducot y ella.

—¿Qué aspecto tiene ese objeto?

—Cualquier cosa que puedas encontrar que contenga las palabras. Si de verdad tus poderes son cosa de la diosa como mi reinado, no tendrás problemas para encontrar algo que nos satisfaga.

—Por supuesto —dijo Eira con una sonrisa de alegría—. ¿Y… qué altercado debería escuchar?

El Campeón entornó ligeramente los ojos y pareció debatirse entre contárselo o no.

—Probablemente, oirás mencionar el nombre de Deneya. Es lo único que necesitas saber. Deja que tu fe te guíe hasta el resto.

¿Deneya? ¿Qué tenía que ver Deneya en todo eso? Eira se esforzó por mantener una sonrisa tranquila en el rostro.

—Lo comprendo. Mi fe me guiará.

—Bien. Porque, si fracasas, nos veremos obligados a impartir Su justicia sobre ti.

—No fracasaré.

—Y si intentas hablarle a alguien de nuestra organización… El castigo no recaerá solo sobre ti. Los demás competidores de Solaris también sufrirán por tu traición.

Eira quería gritarle que ellos no formaban parte de todo eso, pero, en su lugar, declaró:

—Lo entiendo.

—Eso espero, Eira. Estamos poniendo mucha fe en ti, pero es un riesgo que tomamos a sabiendas. Los Pilares son la base de Risen. Estamos en cada casa, en cada organización, en cada orden de caballeros y en cada *mansión*.

La mansión de los competidores no era tan segura como todos pensaban. Al menos, eso es lo que comprendió Eira que decía detrás de sus palabras.

—No traicionaré vuestra confianza. He visto la luz y no deseo volver nunca más a la oscuridad.

—¿Y harás cualquier cosa para ser digna?

—Cualquier cosa.

—Bien. —El Campeón se sentó en el trono—. Pronto te dormirás, Eira. Y, cuando te despiertes, esto no habrá sido más que un sueño. Tu verdad será que te secuestraron dos morphi que te atrajeron. Querían que sus competidores tuvieran ventaja exigiendo que Solaris quedara fuera del torneo.

Incluso con su tapadera, los Pilares estaban intentando romper el tratado sembrando dudas entre los reinos.

—Debes tener aspecto de haber estado cautiva y no viviendo a salvo y generosamente con nuestra hospitalidad. —El Campeón levantó una mano y movió la muñeca.

Ese movimiento fue una señal para el resto de Pilares de la habitación. Descendieron rápidamente sobre ella, acercándose desde todos los lados. Ferro fue el primero en golpear. Le dio una patada en el costado sin previo aviso. Eira se estrelló contra el suelo. Aturdida, parpadeó y vio la cara de Ferro todavía borrosa.

—No digas nada —le susurró él con una sonrisa—. Si lo haces, sabremos los límites de lo que puedes soportar por tu diosa.

Eira apretó los labios mientras él le acariciaba la mejilla.

—Sí, eso es… buena chica. —Enredó los dedos en su pelo y tiró hacia arriba golpeándole la cara contra el suelo.

Todo se volvió oscuro.

Eira se despertó con un gemido. Le dolían la cabeza y toda la columna vertebral. Tenía las costillas magulladas y le costaba respirar. El mundo estaba borroso y tenue, tardaba demasiado en enfocarse. Se lamió los labios agrietados y notó el sabor de la sangre.

El pánico se apoderó de ella cuando intentó moverse y descubrió que no podía. Al principio, pensó que le habrían roto los huesos o algo peor, pero, a medida que iba recuperando las sensaciones, sintió ataduras en las muñecas y los tobillos.

La habían atado con cuerdas y la habían dejado en una especie de almacén. A su alrededor vio los componentes propios de un escondite: comida, petates y ropa. Pero no había nadie alrededor.

Inhalando lentamente, Eira envió magia a sus muñecas y tobillos. Las cuerdas se tensaron bajo el hielo, se deshilacharon y se rompieron cuando las atravesó con él. El esfuerzo la dejó sin aliento. Le dolía la cabeza con cada movimiento.

Cuando se puso de pie, volvió a caer de rodillas y vomitó. Ese proceso hizo que le dolieran las costillas y fue un dolor tan intenso que la cegó momentáneamente haciendo aparecer estrellas detrás de sus ojos. Eira se limpió la boca con el dorso de la mano ahogando los sollozos. No podía llorar. Le dolía demasiado físicamente.

Con un nuevo intento, Eira logró levantarse. Uno de sus tobillos apenas podía sostenerla y tuvo que salir cojeando y apoyándose en cajas y troncos para poder tener estabilidad. Estaba en la planta más alta del edificio. Se plantó en lo alto de las escaleras, tambaleándose. Si intentara bajarlas, tropezaría y se partiría el cuello.

En lugar de eso, se sentó y usó toda la fuerza que pudo reunir para convocar un tobogán de hielo. En su primer intento, fue demasiado rápido y se estrelló contra el rellano con fuerza suficiente para quedar aturdida y sin aliento. Su segundo intento fue algo mejor. Se las arregló para conjurar un banco de nieve de nuevo en el tercero.

Estaba en la segunda planta recuperando el aliento apoyada en la pared cuando una patrulla de caballeros de la reina llamó su atención. Eira no dudó en romper el cristal de la ventana. El estruendo captó su atención y Eira se asomó sin preocuparse por los cristales rotos y gritó:

—¡Socorro! ¡Ayudadme, por favor!

Diecisiete

Maph… La palabra del Giraluz para bloquear el dolor. *Halleth, ruta, sot, toff,* eran todas palabras curativas. *Loft not…* para dormir. Al menos, por lo que Eira pudo entender, puesto que esas fueron las últimas dos palabras que escuchó antes de sumirse en un profundo sueño sin pesadillas.

Eira pasó sus primeras horas tras ser rescatada por los soldados en un estado de transitoriedad mental. Había cosas demasiado dolorosas para recordarlas con precisión. Otras horas las pasó durmiendo y despertándose con diferentes curanderos atendiéndola.

Sin embargo, esa vez se despertó y se sintió sorprendentemente bien, al menos, en comparación con cómo se había sentido antes. Enfocó el techo de su habitación en la mansión de los competidores, plateado bajo la luz de la luna. El peso de la manta que la cubría, el paisaje del otro lado de la ventana… fue suficiente para que se ahogara de emoción y parpadeara para contener las lágrimas.

Aun así, entre sus párpados cerrados, entró y salió de donde estaba y donde había estado. Un momento, su ventana mostraba el río serpenteando a través de Risen. Al siguiente, como un relámpago atravesando el cielo gris, veía la horrible ilusión que habían colocado ante ella durante días en la fortaleza de los Pilares.

Unas voces amortiguadas desde el otro lado de la puerta la distrajeron de las distorsiones oscilantes. Eira se sentó y su cabeza se tambaleó ligeramente, pero al final se detuvo con el mundo bien colocado. Su estómago se mantuvo en el sitio y tampoco se le nubló la visión. Los curanderos de Meru habían hecho maravillas para recuperar su cuerpo roto en lo que le parecía un tiempo récord.

Apartando la manta a un lado, Eira se acercó a la puerta. Apoyando la mano en el pestillo, respiró hondo para tranquilizarse. *Era real.* Lo había logrado. No obstante, la invadió el temor a abrir la puerta y descubrirse de nuevo en los pasillos de los Pilares, en aquel oscuro agujero que siempre formaría parte de ella.

La luz ambarina del fuego que crepitaba alegremente en la chimenea se extendió sobre ella cuando entró a la habitación contigua. Su calidez hormigueó en sus piernas y brazos expuestos y se filtró a través del camisón que le habían puesto. Alyss, Cullen y Noelle estaban sentados en un grupo de sillas entre la chimenea y las ventanas y volvieron las cabezas hacia ella.

—Eira —murmuró Cullen con los ojos muy abiertos.

—¡Eira! —Alyss apenas pudo contener el chillido. Saltó del sofá, corrió hacia ella y se estrelló contra su amiga con un sonoro golpe.

—Alyss. —Eira intentó abrazar a su amiga con toda la fuerza que fue capaz de reunir, que no fue mucha. Los músculos de sus brazos no parecían tan fuertes como un día habían sido. Pero su amiga, fuerte como una roca, compensaba su debilidad.

—Estaba tan preocupada… —Alyss se deshizo en sollozos—. Tú… tú… desapareciste. No lo sabíamos. Entonces te encontraron y... y... —Se apartó de ella con ríos de lágrimas cayéndole por las mejillas—. Te trajeron aquí. Nunca había visto tanta sangre. Dijeron que estabas consciente cuando te encontraron, pero ninguno lo creyó.

—Eras prácticamente papilla. —Noelle miró por encima del hombro. A pesar de sus comentarios bordes, a Eira le pareció ver auténtico alivio en los ojos de la mujer—. Es sorprendente que pudieran volver a colocarte la cara de un modo medio decente después de todo.

—Tienes la cara bien. —Alyss se limpió las mejillas.

—Estás preciosa, como siempre. —Cullen se había levantado, pero todavía no se había acercado a ella. Eira pudo ver que estaba conteniéndose. La barrera de todo lo que no se habían dicho seguía entre ellos. Las heridas que sin duda le había infligido con su reacción a la vulnerabilidad que él le había mostrado no se estaban curando bien y lo mantenían a varios pasos de ella. Una distancia que Eira estaba segura de que no quería seguir manteniendo.

—Cálmate, pichoncito. —Noelle puso los ojos en blanco.

—¿Disculpa? —espetó Cullen.

—Por favor, ahórrame tu fingida sorpresa, ofensa o lo que se supone que fuera eso. —Noelle se removió en su asiento.

—Estábamos todos muy asustados. Me alegro de que estés bien. —Alyss entrelazó el codo con el de Eira guiándola hacia el sofá. Estaba segura de que su amiga había visto lo poco estables que eran en ese momento sus piernas.

—¿Quién va a avisar a Levit y a los caballeros? —preguntó Noelle mientras Eira y Alyss se sentaban. Cullen se había movido al sofá de Noelle para dejarles espacio—. Quieren interrogarte.

Alyss hizo de mamá gallina.

—Acaba de despertarse, déjale un momento.

—Hablaré con ellos pronto… Pero me gustaría primero pasar un momento a solas con vosotros tres. —Eira entrelazó los dedos con los de Alyss viendo la luz del fuego bailar en la mejilla de su amiga. Apoyó la cabeza en su hombro y soltó un suspiro de alivio. Estaban bien. Los Pilares no les habían hecho nada… todavía.

Pero las palabras del Campeón seguían resonando en ella, su amenaza le había convertido la garganta en cenizas y el estómago en bilis.

—Por el amor de la Madre, ¿qué te pasó? —Noelle se inclinó hacia adelante y apoyó los codos en las rodillas.

—Ya tendrá que decírselo a Levit y a los caballeros, no la obligues a contarlo dos veces.

—Puede que Levit y los guardias no nos cuenten todos los detalles. —Noelle lo fulminó con la mirada y volvió a mirar a Eira con los ojos en llamas—. Con todo lo que nos has hecho preocuparnos, nos debes una explicación.

Eira rio suavemente, inquieta.

—No tienes que decir nada si no estás preparada —indicó Alyss frotándole el hombro.

—Gracias, pero Noelle tiene razón. Os debo muchas cosas… —Eira miró a sus compañeros—. Para empezar, una disculpa.

—¿Por hacer que nos cagáramos de miedo? Disculpa aceptada —contestó Noelle.

—¿Por eso llevas falda y no pantalón? —replicó Eira sin poder evitarlo.

—Qué graciosa, si estás lo bastante bien para hacer bromitas, lo estás para soltar *todos* los detalles —declaró Noelle sonriendo con superioridad.

Eira se enderezó separándose del hombro de Alyss. Se miró las manos pensando en el tiempo que había pasado con los Pilares y en su amenaza. Respiró hondo tratando de encontrar las palabras adecuadas, fracasó y exhaló un largo suspiro.

Los Pilares habían dejado claro que si le contaba a alguien *cualquier cosa* sobre el tiempo que había pasado con ellos, sus amigos también sufrirían las consecuencias. Pero, justo porque ellos sufrirían las consecuencias, ¿no les debía la verdad de lo que había sucedido?

—¿Y bien? —presionó Noelle.

Cullen le dio un codazo.

—Dale un minuto. Claramente ha pasado por muchas cosas.

—Vale, esperaré a tu señora —aceptó Noelle poniendo los ojos en blanco.

—No es «mi señora» —farfulló Cullen. Posó la mirada en Eira y la apartó rápidamente. La vacilación, la incertidumbre y el rastro de anhelo que vio Eira en él la llenaron de una extraña esperanza y emoción.

Alyss la abrazó con más fuerza.

—De verdad, no tienes que…

—Sí, tengo que hacerlo. —Eira se apoyó en las rodillas y tomó aire para estabilizarse—. En primer lugar, ¿los demás competidores están bien? —No podía preguntar directamente por Ducot—. ¿Ha desaparecido alguien más?

—No, solo tú —contestó Alyss y Eira soltó un monumental suspiro de alivio.

Ducot había escapado. Quienquiera que fuera la persona que tenían los Pilares en aquella celda, no era él. Si es que tenían a alguien. Había estado tan devastada en aquel momento que no le sorprendería haberse imaginado por completo esos sonidos. Aliviada por que Ducot estuviera a salvo, se inclinó hacia adelante y habló todo lo bajo que pudo. Sus tres compañeros tuvieron que acercarse para conseguir oírla.

—Voy a dejaros elegir… estáis en grave peligro y, cuanto más sepáis, más peligro corréis. Pero, puesto que estáis en peligro, siento que tenéis derecho a conocer la verdad.

—No tengo miedo —proclamó enseguida Noelle.

—A mí me gustaría saberlo —dijo Alyss.

—A mí también —añadió Cullen.

Eira los miró a los ojos uno a uno buscando dudas. Al no encontrarlas, tomó aire, temblorosa. Pero se le bloquearon las palabras, su garganta se convirtió en una bóveda. ¿Por dónde empezar? ¿Por dónde podía hacerlo? ¿Y si había alguien escuchando en ese momento?

—¿Estás segura de que quieres contárnoslo? —susurró Alyss.

—Necesito hacerlo —decidió Eira—. Ya os he ocultado muchas cosas… Tendría que haberme abierto con vosotros hace mucho acerca de Marcus, acerca de todo. Y no lo hice. Contener mis emociones, mi verdad, es parte del motivo por el que he acabado metida en este lío.

—No es culpa tuya. —Alyss le puso una mano en la espalda.

—Gracias por decirlo, pero sí que lo es. —Si Eira hubiera hecho las paces con la muerte de Marcus antes, probablemente no habría salido corriendo detrás de Ducot. No habría sido tan imprudente persiguiendo a Ferro—. Solo pensaba en mí misma y en la venganza. Y ahora, por culpa de eso, estáis todos en peligro.

—Eso ya lo has dicho —comentó Noelle con la voz más pesada. Estaba asimilando lentamente la gravedad de la situación.

—¿Habéis oído hablar de los Pilares?

Alyss y Noelle negaron con la cabeza.

—Algo he oído —susurró Cullen—. Oí mencionar ese nombre en una de las estúpidas cenas de mi padre después de tu desaparición. —Parecía sentirse culpable por haber ido a alguna cena mientras ella estaba secuestrada. Como si ella no supiera demasiado bien cómo era Yemir.

—No tenías elección —murmuró Eira apoyando ligeramente los dedos en su mano.

—Aun así... —Parecía aceptar fácilmente que ella hubiera adivinado sus pensamientos con precisión—. Pero solo lo mencionaron, nada de detalles.

—Lo primero que tenéis que saber es que los Pilares están dispuestos a hacer cualquier cosa para derrocar a Lumeria... —Eira empezó contándoles todo lo que sabía sobre los Pilares, parando cada vez que notaba la garganta ronca y Alyss le daba agua.

—¿Te enteraste de todo esto cuando fuiste secuestrada? —preguntó Cullen con el ceño fruncido.

—Más o menos... —Eira había estado planteándose cuánto contarles sobre la Corte de Sombras. Ya eran un objetivo para los Pilares, pero lo de unirse a la corte debería ser elección suya. Aun así, ¿cómo podía darles la elección sin faltar a su palabra ante la corte y exponerlos? No, que se unieran a la corte no dependía de ella, era decisión de Deneya y los otros Espectros.

Mordiéndose el labio, Eira esperó que comprendieran su cautela.

—Hay cosas que no puedo contaros todavía. Por vuestra seguridad y la de otros... espero que podáis aceptarlo.

—¿En qué te has metido? —susurró Alyss y Eira le dedicó una sonrisa cansada.

—La noche que desaparecí no me secuestraron en la mansión... me escapé para perseguir a los Pilares. Tenía motivos para creer que me había enterado de cuándo tendría lugar una reunión. Es algo que, eh... oí en los Archivos. —Esa mentira le dolió, pero había decidido mantener su palabra con la Corte de Sombras y sus tratos con ellos en secreto. Además, no era la corte lo que amenazaba a sus amigos—. Tenía motivos para creer que Ferro estaría en esa reunión y tenía razón.

Alyss dejó escapar un suave jadeo. Cullen la miró a los ojos con una mezcla de dolor y rabia. Él sabía con todo detalle lo que había hecho Ferro, ansiaba la venganza tanto como ella.

—Pero me capturaron...

Debió llevarle alrededor de una hora contarles todo lo sucedido. Incluso saltándose las partes más duras y pasando por alto algunas de las partes más feas, parecía que el relato nunca iba a acabar. Pudo sentir la oscuridad cerrándose a su alrededor mientras les hablaba del agujero. Le tembló y le falló más la voz cuando habló de Ferro. Ahí fue donde más detalles omitió.

Una capa de vergüenza le cubrió la piel ante la mera mención del nombre de Ferro. Una vez libre, lo que había tenido que hacer y decir para escapar le pareció demasiado extremo. *Tenía que haber otro modo, insistió una parte de su mente. Pero permitiste que ese hombre retorcido pensara que le pertenecías.* Eira ahogó su voz interior. Había hecho lo necesario para sobrevivir. Era lo bastante fuerte para vivir con las consecuencias.

—... así que, mañana, voy a tener que culpar a los morphi y mantener la tapadera que desean los Pilares. De lo contrario, estaréis en grave peligro. Por eso tenía que contaros la verdad ahora. Os lo debía.

Alyss estaba llorando otra vez. Noelle parecía muy afectada. El rostro de Cullen había empezado horrorizado, pero había cambiado a la rabia, su expresión ahora era fría y pétrea. Eira esperó a que alguien dijera algo.

¿Acababa de condenar a muerte a sus amigos al apoyarse en ellos cuando no lo había hecho en meses?

—Espero... que no me odiéis ahora —dijo finalmente.

—Me alegro de que nos lo hayas contado. —Noelle se cruzó de brazos—. Esa escoria sigue libre y tenemos que estar preparados para un enfrentamiento.

Eira se pasó una mano por el pelo.

—Lo siento. Por todo.

—No puedes cambiar lo que ya está hecho. —Cullen se inclinó hacia delante. Sin dudarlo, le colocó los dedos en el dorso de la mano que tenía apoyada en la rodilla—. Pero estaremos aquí para ti en el futuro. Gracias por contárnoslo.

—Y por el amor de la Madre, hazme caso por una vez en tu vida y deja de ser tan imprudente. —Alyss la estrechó—. Pero sí, estamos aquí para ti. Nos aseguraremos de mantenernos todos a salvo.

—Gracias —murmuró Eira apoyándose en sus amigos y moviendo los dedos hacia los de Cullen. Él se apartó en cuanto ella empezó a rozarle la mano y miró por la ventana con la misma expresión oscura y cautelosa. Ese movimiento fue como una puñalada en sus entrañas. Claramente, quedaban muchas más cosas que decir entre ellos.

—Deberías volver a acostarte —le indicó Alyss—. Sin duda, mañana te espera un día largo y necesitarás tener fuerzas.

Eira permitió que Alyss la ayudara a volver a la cama. Cullen y Noelle le dieron las buenas noches y se retiraron a sus habitaciones. Eira se hundió bajo las sábanas y Alyss le subió el edredón hasta la barbilla.

—Alyss —murmuró Eira.

—¿Qué necesitas?

—¿Te quedas conmigo esta noche? No quiero estar sola...

—Por supuesto.

Alyss rodeó la cama y se deslizó entre las sábanas junto a Eira. De vez en cuando, dormían juntas en la torre, acurrucadas en una cama o con una de las dos durmiendo en el suelo. Alyss siempre se dormía enseguida y sus familiares ronquidos eran justo lo que necesitaba Eira para cerrar los ojos.

Estaba entre amigos. Estaba a salvo, de momento. Pero tendría que esforzarse por mantener esa seguridad, empezando por buscar a Ducot por la mañana.

Dieciocho

La mañana siguiente le resultó difusa. Eira se despertó con una Alyss atenta, que insistió en comprobar su estado antes que los clérigos de Meru.

—Son muy buenos —admitió Alyss—. Pero me siento mejor si tengo una mano en tu cuidado. —Eira estaba demasiado agradecida por la preocupación de su amiga como para luchar contra su insistencia.

Cuando Alyss estuvo satisfecha, llamó a Levit y a los curanderos. La habitación de Eira se convirtió en una puerta giratoria. Levit fue el primero en entrar, solo, para expresar su preocupación y para disculparse por no mantenerla a salvo. Eira no estaba segura de por qué se estaba disculpando, había sido ella la que había huido. Intentó calmarlo, pero él no quiso escucharla y Eira soportó su culpabilidad como una pesada carga mientras a Levit se le llenaban los ojos de lágrimas. Se negó a perderla de vista incluso cuando entraron los clérigos.

Tras ser examinada, pinchada, curada y más curada, los clérigos se dieron por fin por satisfechos. Eira pensó que había acabado todo, pero entonces entró una patrulla completa de guardias de la ciudad, Filos de Luz y caballeros de la reina. Se sorprendió al no ver a Deneya entre ellos, pero recordó lo que ella le había dicho: si parecían demasiado cercanas, provocarían demasiadas preguntas. Y si sabía algo sobre Deneya, era que la mujer se pondría en contacto cuando Eira cuando estuviera preparada.

Contó la historia que le habían indicado los Pilares. Mientras la relataba, Eira miró a los soldados a los ojos preguntándose si alguno de ellos sería un Pilar disfrazado asegurándose de que cumpliera lo que le habían ordenado. Deseó haber tenido más oportunidades para observar mejor los rostros de los Pilares, pero, entre la venda y el trauma, los recuerdos de sus rasgos estaban borrosos.

¿Hasta dónde estaban infiltrados? El hecho de no saberlo significaba que todos eran sospechosos. Ferro había sido el primero en enseñarle lo peligrosa que era la confianza. Ahora necesitaba esa lección más que nunca.

—Lo siento —murmuró Eira con la voz quebrada por el exceso de habla—. Ya os he dicho todo lo que sé y todo lo que recuerdo.

—¿Estás segura de que solo eran dos hombres morphi? —inquirió por enésima vez el caballero que la había estado interrogando.

—No sé mucho sobre este mundo, pero los morphi se distinguen por tener puntos brillantes en lugar de cejas. —Eira miró a Levit buscando alivio—. ¿Puedo beber un poco de agua, por favor?

—Por supuesto. —Levit se acercó a un cuenco y una jarra que habían dejado los clérigos. Mientras le servía el agua y se la llevaba, habló—: Creo que ya ha sido más que suficiente.

—Estamos intentando obtener toda la información posible. Cualquier cosa que parezca insignificante puede ayudarnos a encontrar los culpables. —El caballero cerró el pequeño cuaderno en el que había estado tomando notas—. Si recuerdas algo más, por pequeño que sea, díselo a uno de los guardias que hay en la mansión.

—Por supuesto.

—Después de haber sido arrancada de la seguridad de estas paredes, puede que no me creas, pero este lugar es seguro. Hemos redoblado las patrullas —señaló.

Lo único que oyó Eira fue que sería más complicado que nunca escabullirse si lo necesitaba. Aunque, tras su última aventura nocturna, no tenía ninguna intención de volver a escapar pronto.

—Gracias. Me esforzaré todo lo que pueda.

—En ese caso, nos vamos por ahora. —El caballero asintió, les hizo señas a los soldados y salieron todos de la habitación. Levit los siguió y Eira se quedó sola. El interminable aluvión de curanderos y caballeros le había ocupado la mayor parte del día. Sus amigos le llevaron la cena y comieron juntos en el área común de Solaris antes de que Eira volviera a la cama para continuar con su recuperación. Mientras que una parte de ella esperaba informar a las sombras, la otra parte agradeció tener la noche para descansar. Las sombras acudirían a ella cuando estuvieran preparadas.

A la mañana siguiente, se levantó tarde y se sintió casi completamente normal. Mientras se vestía, seguía pensando en el lugar en el que había encontrado la daga que contenía la voz de Ferro. ¿Cómo había acabado escondida en la repisa de la chimenea? Sabía que los Pilares se habían infiltrado en ese lugar. Eira se estremeció al pensar en Ferro vagando por esas habitaciones antes de que llegaran los competidores, pensando en trampas que tender, preguntándose dónde dormiría Eira.

Si pudiera volver a poner las manos sobre la daga, tal vez podría escuchar más cerca y buscar palabras que pudieran haber quedado encerradas en ella. Desde el agujero, seguía sintiendo la magia más aguda y potente. Si intentaba volver a escuchar, estaba segura de que podría…

Un golpe en la puerta interrumpió sus pensamientos.

—Adelante —dijo Eira tirando de su ropa para asegurarse de tenerla bien puesta.

—Oh, lamento entrometerme —se disculpó una mujer amable de cabello gris y ojos lila asomando la nariz.

Eira se erizó al instante. La primera vez que había visto a la mujer preparando el desayuno, no había hecho la conexión. Ni tampoco la vez siguiente. Pero ahora, al ver esos ojos tan de cerca después de haber visto los de Ferro…

—Creía que ya habrías salido. —Le dedicó una sonrisa auténtica y sabia y las preocupaciones de Eira se evaporaron. Estaba siendo paranoica. Al verla más de cerca, se dio cuenta de que los ojos de la mujer no se parecían demasiado a los de Ferro.

—Iba a hacerlo. ¿Puedo ayudarte en algo?

—No, quería asegurarme de que no necesitaras nada.

—Has venido porque creías que había salido… pero ¿también querías asegurarte de que no necesitara nada? —La sensación de preocupación estaba regresando.

La mujer rio suavemente y se le formaron arrugas en el contorno de los ojos.

—Discúlpame. Sé que has pasado por muchas cosas, no tendría que haberte confundido más.

—No estoy confu…

—Soy la señora Harrot. —La mujer inclinó la cabeza y se llevó una mano al pecho—. Superviso esta mansión y sus ocupantes de parte de la reina Lumeria.

Las filas de Lumeria habían sido infiltradas.

—Levit me ha hablado de ti. Así que vuelvo a preguntar, ¿en qué puedo ayudarte?

—Aunque creía que habías salido y sería inútil, había pensado pasarme de todos modos para ver si aún estabas aquí y si necesitabas algo. Mis tareas me han mantenido ocupada hasta ahora, pero, como guardiana de la casa, me sentiría fatal si no estuviera atenta a las necesidades de mis huéspedes.

—Estoy bien, gracias. —Eira se obligó a sonreír. Una parte de ella se sentía culpable por sospechar de todo el mundo, pero otra parte había aprendido la lección—. Si me disculpas.

—Sí, claro. —La mujer retrocedió y Eira pasó junto a ella cerrando la puerta, deseando poder hacerlo con llave. Pero no estaba en posesión de ningún secreto, ¿verdad? Repasó mentalmente todo lo que tenía en su habitación con el corazón acelerado. Tenía los diarios de Adela escondidos debajo de la cama, pero todo el mundo esperaba ya que fuera su heredera. Y siempre podía fingir ignorar la autoría de los diarios si era necesario.

—Si necesitas cualquier cosa, házmelo saber —declaró la señora Harrot y se marchó.

Eira intentó deshacerse de esa sensación de inquietud y solo lo logró moderadamente. Pero las sospechas podían esperar. La comida era lo más apremiante en ese momento. La comida y Ducot.

Con el corazón retumbándole en la garganta, Eira abrió la puerta del área común de Solaris. No había señales de Harrot. Un soldado con aspecto aburrido se enderezó ante su presencia. No era de los que la habían interrogado el día anterior. Eira tampoco lo reconoció como uno de los Pilares.

Había más soldados apostados en todas las puertas, por las escaleras y en la entrada principal. Quería ir a la zona común que daba al río. Oyó más ruido de lo esperado y vaciló en las escaleras. Si había podido enfrentarse a Ferro, a los Pilares y al Campeón y vivir para contarlo, podría sobre-vivir al conjunto de competidores después de lo sucedido.

En cuanto apareció ante ellos, todas las conversaciones se detuvieron y las miradas se posaron en ella. Los competido-res estaban sentados en grupos según su nación. La mirada de Eira pasó por los draconi, los elfins y humanos que de-bían ser de la República de Qwint y acabó aterrizando en el grupo de los morphi. Sabía que se había quedado mirando demasiado tiempo, pero no pudo evitarlo. El alivio que sin-tió al ver a Ducot, a pesar de que él mantuvo el rostro inex-presivo ante su presencia, fue abrumador. Desvió la mirada rápidamente antes de que alguien se preguntara por qué es-taba tan centrada en un morphi aleatorio con el que solo ha-bía hablado un puñado de veces.

Eira se acercó a la mesa de comida fingiendo no darse cuenta de que todos seguían mirándola. Tomó un plato y empezó a llenárselo generosamente. Pasó la mano sobre la avena con un ligero temblor. Se parecía demasiado a las ga-chas que le habían servido los Pilares.

Se le pasó aquella estancia ante los ojos y, durante un mo-mento, sintió que no había escapado. Eira cerró los ojos con fuerza y parpadeó con determinación desechando esos pen-samientos. Durante meses, había sido atormentada por la os-curidad de la que Marcus nunca había salido. Lo último que pensaba hacer era permitir que los Pilares la asfixiaran de nuevo.

—¿Alguien puede explicarle al ciego por qué nadie dice nada? —preguntó secamente Ducot rompiendo la tensión con sus palabras.

Sus compañeros morphi resoplaron y se echaron a reír.

—Eira ha vuelto —dijo finalmente Graff.

—¿No sabíamos ya que había vuelto? —Ducot se metió un trozo de pan en la boca—. ¿Qué pasa ahora?

—Pero es la primera vez que la vemos —contestó Graff encogiéndose de hombres.

—Ah. Ver. Por eso no lo entendía —bromeó Ducot—. Bienvenida de nuevo, Eira. —Lo dijo con un tono aburrido, pero Eira sabía que lo decía con sinceridad.

—Gracias, Ducot —respondió con una leve sonrisa—. Me alegra haber vuelto.

—Me alegra que hayas vuelto.

—Bienvenida de nuevo.

—Bienvenida…

El resto de los competidores se levantaron y se acercaron a ella presentándose, preguntándole cómo estaba y deseándole que se recuperara. Unos pocos fueron lo bastante valientes para pedirle que contara su experiencia. Cullen y Alyss saltaron casi al mismo tiempo ante el interrogatorio.

—Necesita sentarse y comer algo para recuperar fuerzas. —Alyss parecía dispuesta a espantar a los demás competidores con un palo.

Cullen, como buen hijo de diplomático, tuvo más tacto.

—Estamos todos muy agradecidos por vuestra preocupación. Esto dice mucho del espíritu de la competición, de lo que nos ha unido a todos: el Tratado de los Cinco Reinos. Es realmente un monumento a…

—A nadie le importa, Cullen, ahórranos el discursito —espetó Noelle sin levantar la mirada de los papeles que estaba leyendo—. Ven y acábate el desayuno.

Cullen miró a Eira, a Alyss, a Noelle y a todos los demás. Eira nunca lo había visto tan conmocionado. Se le escapó un resoplido y fue como si abriera las compuertas de las carcajadas. Antes de que se diera cuenta, Cullen y todos los demás también se estaban riendo con ella.

Menos los draconi.

Eira no pudo evitar fijarse en que ninguno de los de su grupo se había acercado a saludarla. La miraban con cautela susurrándose entre ellos. Una sonrisa maliciosa se dibujó en el rostro del príncipe Harkor. Una sensación de inquietud la recorrió al ver su expresión, pero Eira se esforzó por ignorarla. Tenía otras cosas de las que preocuparse. Cualquiera que fuera el juego al que estuviera jugando Harkor, se preocuparía por él llegado el momento.

—¿Era necesario avergonzarme así? —le preguntó Cullen a Noelle mientras se sentaban.

—No te he avergonzado, te he salvado de ti mismo. De nada. —Noelle dio la vuelta a uno de los papeles. Parecía una recopilación de información: noticias organizadas con letra en negrita. Era algo que se estaba volviendo popular en Solaris tras la introducción de la prensa de Meru, pero seguía estando reservado a los ricos. Eira examinó la escritura con curiosidad—. Tus discursos políticos no le importan a nadie. No conseguirás ganarte a nadie con ellos.

—Que mi padre no te oiga decir eso.

—Tu padre está tan desesperado por que te metas en mis pantalones que dudo que le importe lo que te diga yo. —Noelle miró a Cullen con una sonrisa que parecía más una burla.

Eira tosió y no fue solo porque el zumo que se estaba bebiendo estaba mucho más espeso de lo que esperaba.

—¿Cómo?

—Ah, no te preocupes por mí. No soy una amenaza para ti. Cullen no es mi tipo. —Noelle la observó.

—Yo no… ¿Por qué iba a…? ¿Qué te…? Cullen y yo no…

—Ajá. —Noelle puso los ojos en blanco y volvió a su papel. El rostro de Cullen había adquirido una tonalidad escarlata.

Alyss se inclinó hacia delante con entusiasmo.

—¿Y cuál es tu tipo, Noelle?

—¿Por qué iba a contártelo?

—Sé mucho de romance, así que tal vez pueda ayudarte a encontrar a la persona perfecta. —Alyss enarcó cejas.

Eira se resistió a señalar que dudaba de que Noelle contara que leer un montón de novelas de romance fuera «saber mucho».

—Dice la mujer que no ha estado con un hombre en toda su vida —replicó Noelle poniendo los ojos en blanco.

—Por *elección* —insistió Alyss—. Todos los jóvenes de la Torre que me interesaban parecían preocuparse solo por *una cosa*. Y cuando les decía que a mí eso no me importaba lo más mínimo, se alejaban de mí. Así que estoy esperando a encontrar a alguien como yo o a alguien que me quiera tanto que eso no le importe.

Noelle se sintió lo bastante intrigada como para dejar el papel.

—Cuando dices «como tú» y que solo les importa «una cosa» te refieres a…

—Esa «cosa» es el baile entre las sábanas en el dormitorio —aclaró Alyss—. Todo lo que sea de naturaleza carnal.

—¿Y tú no quieres esas cosas?

—No.

—¿Nada? —Noelle se acercó a ella, evidentemente fascinada—. ¿Nunca?

—Nunca, ni siquiera un poco.

Eira reprimió una sonrisa y deslizó el papel para mirarla mientras la conversación continuaba. Había tenido una conversación parecida con Alyss mucho tiempo atrás y sabía cuál iba a ser la próxima pregunta de Noelle antes de que la hiciera.

—Pero lees muchas novelas de romance.

—Me gusta el romance… *quiero* romance. Mi misión es encontrar una gran historia de amor. Pero sin sexo. No es lo mismo. Es decir, puede solaparse, pero es posible querer una cosa sin querer la otra. Yo quiero el romance, pero no las partes de toqueteo.

—Ah. —Noelle se cruzó de brazos y se recostó en su silla—. Supongo que tiene sentido.

—Claro que lo tiene. Al fin y al cabo, lo digo yo —presumió Alyss.

—¿Qué...? —susurró Eira levantando el papel. Su sorpresa silenció la mesa.

—¿Qué es esto? —preguntó Cullen.

—Ya han encontrado a los secuestradores. —Eira señaló el titular que decía DOS MORPHI ARRESTADOS POR SECUESTRO—. Van a ejecutarlos hoy en la plaza de la Reina.

Se hizo el silencio en la mesa mientras todos miraban la tinta. De repente, el papel pesó como una lápida en manos de Eira. Por algún motivo, no podía dejar de pensar en el joven que la había atendido durante el tiempo que había pasado con los Pilares. Se había unido al grupo por voluntad propia, ¿verdad? No lo habrían forzado, coaccionado o lavado el cerebro, ¿no? ¿Quiénes eran los dos morphi que los Pilares habían elegido como corderos para la matanza?

—Estás contenta, ¿verdad? —comentó Noelle algo forzada—. Ellos te secuestraron.

Eira apartó la mirada y luchó por encontrar palabras. Noelle la miró con severidad como si quisiera recordarle con una sola mirada lo que estaba en juego, como si quisiera recordarle que todavía tenía un papel por desempeñar. Eira tragó saliva y se obligó a asentir.

La gente la estaba mirando y no podía dejar de actuar.

—Sí, por supuesto. Ni siquiera esperaba que los encontraran tan pronto. —Dobló el periódico, incapaz de leer el resto. Probablemente, debería hacerlo. Una buena sombra se mantendría informada, pero Eira no tenía fuerzas. Su mirada se desvió más allá de las cortinas de los arcos y de los guardias posicionados en las terrazas—. Creo que necesito ir a la plaza y presenciarlo —susurró.

—¿Qué? —preguntó Alyss con un jadeo—. ¿Seguro que es buena idea?

Eira asintió.

—No van a dejarte salir de ningún modo —intervino Cullen con el ceño fruncido.

—Se lo explicaré. —Eira respiró profundamente—. Necesito el cierre. Esos tipos me hicieron daño. Quiero estar presente cuando sean llevados ante la justicia. Lo merezco. —Lo que Eira quería decir realmente era que el plan de los Pilares que había seguido iba a acabar con la vida de dos hombres. No apartar la mirada cuando llegara el momento era lo correcto.

Sus amigos intercambiaron miradas. Finalmente, Cullen habló en lo que parecía un consenso al que hubieran llegado sin palabras.

—Vale, pero si tú vas, iremos contigo.

Alyss asintió enérgicamente.

—La unión hace la fuerza.

—Siento curiosidad morbosa. —Noelle tomó un sorbo de té—. Quiero ver a quién nos enfrentamos. —Esa idea fue recibida con expresiones de confirmación.

—Está decidido. Hablaré con Levit y lo arreglaré —declaró Eira. Había logrado confirmar que Ducot estaba vivo, pero claramente la mansión estaba demasiado llena de competidores y guardias para que pudieran hablar. Confiaba en que él acudiera a ella cuando llegara el momento adecuado. Así que, de momento, iría a la plaza de la Reina.

Diecinueve

Convencer a Levit de que la dejara ir a la plaza de la Reina le costó menos de lo esperado. Cuando le dejó claro que quería ir con todos sus amigos, con él, con los caballeros que fueran necesarios y con los senadores, al profesor le resultó difícil negarse por motivos de seguridad. Además, agregó que la plaza estaría estrechamente vigilada por una fuerte presencia militar. Su única regla antes de irse fue que tenía que permanecer cerca de él y del resto del grupo.

Quedó claro que era una orden bien pensada en cuanto llegaron a la ciudad.

Tras haber visto Risen dormida durante su llegada, Eira se sorprendió al ver la vida que tenía en ese momento. Las calles estaban inundadas de gente, monturas y carruajes. Hombres y mujeres paseaban cogidos del brazo riendo bajo la sombra de sombrillas. Chisporroteaba Giraluz en todas direcciones flotando sobre el dorso de las manos de los elfin, en sus dedos en forma de anillos o incluso alrededor de sus cuellos.

Esa era la Meru con la que soñaba. Un lugar vivo, lleno de cultura, magia y gente que anteriormente había quedado relegado a las páginas de los libros que le prestaba Levit y a sus fantasías. Desafortunadamente, Eira no pudo alegrarse por nada de eso. Esa gente se comportaba como si todo fuera bien. El mundo había vuelto a la normalidad para ellos. Los que actuaban contra los competidores habían sido capturados y Lumeria ya no tenía ninguna razón justificable públicamente para mantener la ciudad confinada. No sabían que las fuerzas que pretendían cambiar sus vidas placenteras acechaban justo debajo de la superficie de las calles meticulosamente cementadas de Meru.

—¿La ciudad ya no tiene restricciones? —preguntó Eira a uno de los guardias que los escoltaban.

—No, para alivio de la población, las han levantado esta mañana. Tus secuestradores eran los únicos que amenazaban directamente a los competidores. —El caballero confirmó sus sospechas—. Ahora que están ante la justicia, la ciudadanía puede deambular libremente.

—¿Estáis seguros de que eran solo ellos dos?

El guardia la miró arqueando las cejas.

—Tú dijiste que solo había dos y no hemos visto señales de nadie más en su escondite. A menos que tengas otra información.

—No, claro que no —murmuró Eira. Alyss la tomó de la mano y Cullen la miró por el rabillo del ojo.

Ellos sabían tan bien como Eira que los Pilares seguían ahí fuera. Eira miró a su alrededor buscando un rostro que pudiera haber visto en la sala del trono. Por supuesto, no reconoció a nadie, pero la sensación de estar caminando entre sus anteriores captores, entre gente que seguía teniéndola atada con una correa invisible, hizo que le costara respirar durante todo el trayecto hasta la plaza de la Reina.

El castillo de Meru estaba en la cima de la colina que había enfrente de la de los Archivos de Yargen. Eira había visto su silueta recortada contra el cielo nocturno cuando se había escabullido por la ciudad con Ducot, pero verlo a plena luz era una experiencia drásticamente diferente. Por suerte, Eira pudo contemplar la majestuosidad del edificio sin que la atormentaran con demasiada crudeza los recuerdos de aquella noche con Ducot, puesto que habían llegado al castillo por una ruta diferente.

Noelle dejó escapar un silbido y echó la cabeza hacia atrás.

—Es *casi* tan impresionante como el castillo de Norin.

—¿Vimos el mismo castillo al marcharnos? Porque este es al menos el doble de impresionante —comentó Cullen con una sonrisa de superioridad.

—Me sorprende que seas tan inculto para ser un lord —replicó Noelle poniendo los ojos en blanco.

—Es casi tan alto como los mayores árboles de Soricium —murmuró Alyss—. Pero aquellos árboles ancianos crecen de manera natural. Es increíble pensar que esto lo han hecho manos humanas.

Ninguno de los cuadros o los dibujos en blanco y negro que había visto Eira en los libros podrían haberle hecho justicia al castillo. Las paredes escarpadas subían formando una línea irregular de chapiteles y torrecillas creando una imponente fachada. La parte central tenía dos alas que se alargaban a ambos lados y se dividían en forma de T rodeadas por torres. Las torres exteriores estaban conectadas a un grueso muro que rodeaba toda la cima de la colina.

Atravesaron la puerta principal y llegaron a un patio en el que había otra gente esperando. El patio estaba dividido en dos por una pesada compuerta cerrada. En el centro de la plaza había una plataforma elevada, vacía… de momento.

A medida que crecía la multitud, los caballeros que los habían escoltado se acercaron más a ellos. Eira estaba encajada entre Cullen y Alyss y extendió instintivamente ambas manos. Juntó la palma con la de Alyss. Entrelazó los dedos con los de Cullen atrayendo su atención hacia él. Cullen tenía los labios ligeramente separados, como si estuviera sorprendido. Su expresión llena de anhelo le recordó a Eira todo lo que todavía tenía que decirle.

—Cullen.

—Eira —murmuró él como respuesta apenas audible sobre el murmullo del gentío.

—Quiero...

—¡Mirad, son competidores! —la interrumpió un elfin demasiado entusiasmado.

—¿Competidores?

—¿De dónde? —preguntó otro.

—Somos del imperio Solaris —declaró Yemir demasiado alto para el gusto de Eira.

—Padre —siseó Cullen.

—Mantente erguido —susurró Yemir secamente como respuesta. Desvió la mirada a sus dedos entrelazados. Mientras saludaba a algunos de los espectadores elfin, les dio un manotazo en las manos—. Y no hagas nada que pueda suscitar demasiadas preguntas —le dijo a Cullen, a pesar de que terminó mirándola a ella.

Eira apartó los dedos. Cullen intentó mantenerse firme, pero ella no se lo permitió. No tenía ningún interés en mantener esa batalla en un lugar y un momento así. Tenía otras peleas que librar y otros asuntos por los que preocuparse. Yemir era la menor de sus preocupaciones.

—Es un placer conoceros —dijo un elfin dando un paso adelante.

—Nunca he conocido a nadie de Solaris —intervino otra persona—. Por supuesto, he visto a vuestra princesa, pero...

—Estamos ansiosos por que empiece el torneo.

—¿No secuestraron a una de vosotras? Ese complot fue una crueldad.

—Me alegro de que estéis aquí los cuatro.

—¿Es cierto que poseéis la magia de Raspian? —preguntó una mujer haciendo que Eira se estremeciera.

Las preguntas continuaron. La muchedumbre pareció cerrarse sobre ellos y Eira se acercó a Alyss. Cullen y Noelle también adoptaron posiciones defensivas protegiendo a Eira de sus implacables interrogatorios. Levit y Yemir intentaron tomar la iniciativa, pero era imposible escuchar a todos a la vez y responder.

Entonces, sonaron los cuernos y el silencio se apoderó de la multitud.

Sin toda esa atención encima, Eira pudo respirar con más facilidad. Se centró en la compuerta mientras esta se abría lentamente con los chirridos del metal y los gruñidos de los hombres que tiraban de las pesadas palancas.

Detrás de la compuerta había una legión de caballeros de la reina. Caminaron lentamente hacia adelante. Tenían en su cautiverio a dos jóvenes morphi atados y amordazados. Eira no sabía si esas mordazas afectarían a la habilidad de los morphi para transformarse, pero parecían imponentes y enérgicos.

Detrás de los prisioneros y los caballeros había otra guardia de honor y justo detrás, un par de personas a las que Eira había visto pocas veces anteriormente: la princesa heredera Vi Solaris y su prometido, Taavin, la Voz de Yargen. Vi se mantuvo erguida como era propio de una princesa heredera. Tenía una corona dorada en la frente que parecía una versión en miniatura de la corona de sol que llevaba el emperador. Las lenguas de fuego se extendían hacia el cielo. Taavin iba vestido con la vestimenta de gala de los fieles, una ropa que combinaba con la impecabilidad de la nobleza de Solaris por sus colores blancos y dorados.

Detrás, tras otra línea de guardias, estaba la reina en persona. Eira reprimió un jadeo al posar la mirada en la mujer que gobernaba Meru. Bueno, no posó la mirada en ella propiamente. Lumeria iba cubierta de los pies a la cabeza con capas de tela transparente y sus movimientos livianos por la brisa hacían que pareciera una nube de humo viviente, reduciéndola, en el mejor de los casos, a una silueta. Pero llevaba una corona ornamentada de plata y oro entrelazados que no dejaba lugar a dudas de quién era ni de lo que significaba su posición.

Todos los elfins se arrodillaron cuando la reina pasó. Agacharon las cabezas en señal de subordinación. Eira sintió un hormigueo en la piel cuando la cabeza de Lumeria giró y observó a la multitud reunida. Aunque ella era solo una de cientos, Lumeria la había visto, más o menos.

Detrás de Lumeria estaban los morphi en la plataforma con grilletes. Los caballeros los pusieron de rodillas en el centro del escenario. Lumeria se plantó frente a ellos. Taavin y Vi estaban a un lado. Una fila de caballeros los rodeaba.

Eira no podía apartar la mirada de uno de los jóvenes. Efectivamente, lo había reconocido. No habían intercambiado más que unas pocas palabras. No habían sido exactamente amigos. Pero tampoco había sido cruel con ella, a pesar de que podía haberlo sido.

No le importaba ese chico. Él mismo había tomado las decisiones que lo habían llevado a ese momento. No podía sentir compasión por los Pilares. Eran la gente que había matado a su hermano.

Pero las noches con Ferro se abrieron paso entre sus recuerdos. Se la había ganado con poco más que sonrisas, miradas y palabras encandiladoras. La había hecho sentir querida y especial de un modo que nadie había logrado antes. Eso había bastado para volverla leal a él y ciega ante sus pecados.

¿Cuáles eran las historias de esos jóvenes? ¿Cómo los había tratado el mundo? ¿Habían sufrido una vida llena de tormentos hasta que los Pilares los habían acogido con sonrisas tranquilas y promesas de pertenencia?

—¿Eira? —susurró Alyss—. ¿Estás bien?

—Sí, bien, ¿por qué? —Eira tuvo que empujar esas palabras a través de su pecho en tensión.

—Me estás aplastando la mano.

Eira observó sus manos todavía agarradas.

—Lo siento. —Intentó apartar los dedos, pero Alyss no se lo permitió. Su amiga la sostuvo con fuerza.

—No te disculpes. Podemos irnos si lo necesitas.

Noelle y Cullen oyeron su conversación y ambos le dirigieron miradas de preocupación a Eira.

—Estoy bien, de verdad. —Eira observó el escenario con determinación. Si esos hombres iban a morir por un complot que ella se había inventado, tenía que estar ahí para presenciarlo.

—¿Son esos hombres? —preguntó Levit.

Eira solo pudo asentir. Estaba segura de que había Pilares a su alrededor. Tal vez hubiera sido uno de ellos quien había señalado su presencia como prueba.

Lumeria levantó la mano y una cortina de tela se movió con la brisa por el movimiento. La multitud se sumió en un silencio aún más profundo. Nadie decía ni una palabra.

—Habéis actuado en contra de la corona, la mía y la de Solaris —empezó Lumeria suavemente. Su voz era como un susurro del viento entre las ramas de los sauces, tan frío como la luz de la luna y tan duro como el acero—. Habéis conspirado para actuar en contra del Tratado de los Cinco Reinos poniendo en peligro a nuestros venerados invitados de Solaris. Por estos delitos, se ha decretado que recibiréis la muerte. ¿Queréis pronunciar vuestras últimas palabras?

Los dos hombres continuaron mirando al cielo, directamente al sol, sonriendo de un modo plácido e inquietante.

—Su luz calienta —declaró finalmente uno de ellos—. Yargen brilla sobre nosotros. A pesar de que nos hemos desviado de sus caminos, su bondad no nos abandona. —Bajó la mirada del cielo a la princesa heredera, Vi Solaris. La princesa ni siquiera se estremeció, pero a Eira le dio un vuelco el estómago por ella. El hombre presentaba un brillo ligeramente asesino y desquiciado en los ojos—. Eres una auténtica agente de Raspian y tus raíces se hunden en las profundidades. Temed... tú y todos los que se alineen contigo. Su fuego sagrado se acerca y solo aquellos que se mantengan con los Pilares de la Verdad, la Justicia y la Luz se salvarán.

La multitud lo miró en un silencio atónito. Lumeria giró la cabeza hacia la princesa heredera y le dirigió un leve asentimiento. Vi dio un paso adelante.

—No me da miedo el fuego. —Mientras hablaba, las llamas bailaron en sus brazos desnudos dando fuerza a sus palabras. Le rodeaban el cuello y se entrelazaban en su cabello como un amante. Vi Solaris se movía con la misma elegancia y el mismo poder que su padre.

—Realmente tiene el poder de Fiera en su interior —suspiró Noelle maravillada. Fiera Ci'Dan era la abuela de Vi y se decía que había sido la mayor Portadora de Fuego que jamás había existido.

—Tu pueblo ha sido el agraviado —le dijo Lumeria a Vi—. La justicia te corresponde a ti.

La princesa heredera lució una máscara inexpresiva cuando levantó la mano y dos columnas de fuego se tragaron a los hombres. Sus gritos resonaron por toda la plaza. El hedor a carne quemada impregnó las narices de todos haciendo que la mayoría se volvieran y que muchos sintieran náuseas. Ninguno de los de Solaris apartó la mirada.

Eira observó mientras las siluetas de los hombres se quemaban y, cuando el fuego se desvaneció, no quedaron más que cenizas.

Veinte

Eira se quedó sentada en su dormitorio mucho después de que todos los demás se hubieran acostado. Le había dicho a Alyss que iría con ella si no podía dormir o si la atormentaban las pesadillas, pero el sueño estaba lejos de ella.

Ducot iría a verla esa noche, estaba convencida. La Corte de Sombras querría verla más pronto que tarde y ya había pasado algo más de un día desde su regreso. Mientras esperaba, miró por la ventana, se sentó al borde de la cama y contempló más allá del cristal repasando los eventos del día. Vio a los hombres ardiendo, sus gritos le llenaron los oídos. Aun así, en su pecho seguía el vacío del agujero. La oscuridad que rodeaba aquella noche con Marcus endurecida por los Pilares, convirtiéndose en algo tan insensible que Eira estaba segura de que una parte de ella se había roto sin posibilidades de reparación.

Siempre que lo necesitara, podría retirarse allí. Había convertido la soledad y la oscuridad en su arma. Si fuera necesario, podría adormecerla y endurecerla más de lo que el hielo podría esperar. Podía agudizar su magia y afilar sus poderes más que cualquier espada que pudieran empuñar contra ella.

Eira levantó la mano y visualizó su magia irradiando desde su palma. Se movía de un lado a otro a medida que ella torcía la muñeca formando un pequeño océano de su creación. Sí, su magia era *diferente* desde el agujero. Había aprovechado algo que los Pilares no tenían intención de que encontrara.

O… tal vez sí. Ferro creía que ella podía quitar poderes y eso era una parte de lo que la volvía tan útil para él.

—Robar magia —murmuró Eira. Buscó debajo de la cama y se sintió aliviada al encontrar los diarios justo donde los había dejado. Sabía que había visto algo anotado sobre cómo cerrar el canal de un hechicero—. Aquí está. Cerrar el canal de un hechicero… —Eira ojeó la página y empezó a aprender una magia que sus tíos nunca le habían enseñado.

Finalmente, un suave rasguño la sacó de la lectura. Eira vio un topo conocido cuando abrió la puerta. Ducot apenas la miró antes de salir corriendo y desaparecer por detrás del marco de la chimenea. Eira se movió en silencio por la habitación iluminada por la luz de la luna. Agitó la mano, conjuró una ilusión a su alrededor, soltó el pestillo y se adentró en el pasadizo oculto.

Se abrieron paso entre las paredes. Eira empujó su magia a través de los pies, usando el hielo para ayudarla y no tropezar o caer. Cuando finalmente descendieron debajo de la mansión, una pulsación mágica rodeó al topo y Ducot, el hombre, apareció ante ella.

Se abalanzó sobre ella y Eira retrocedió, sobresaltada. Ducot tenía el rostro retorcido por la ira, sus cicatrices se veían acentuadas bajo la pálida luz de los puntos luminosos de su frente. La agarró del cuello y tiró de ella hacia él.

—Maldita mentirosa de la Isla Oscura. Por gente como tú la gente de Meru duda de que sepáis siquiera cumplir vuestra palabra —gruñó.

Eira frunció los labios. Claramente, Ducot tenía más cosas que decirle.

—Por tu culpa, toda la misión se vio comprometida. Es más, todas las operaciones de la corte se vieron comprometidas.

—Fueron alertados por tu presencia antes que por la mía.

—Pero yo podía esquivarlos, a diferencia de ti con tus torpes pies de humana. Si hubieras esperado como se suponía que tenías que haber hecho... —Tiró de ella para acercársela más, con ambas manos ahora en su cuello. Curiosamente, a pesar de toda su rabia, Eira no se sintió amenazada lo más mínimo. No porque Ducot no pudiera lastimarla. Pero, por algún motivo, creía de verdad que no iba a hacerlo. No era como cuando Ferro le ponía las manos en el cuello y podía visualizarlo perfectamente apretando—. ¿Sabes cuánto tiempo nos llevó encontrar la información sobre su guarida? ¿Tienes idea de cuánto tardaremos en volver a localizarlos? ¿Eres consciente de cuántas sombras perdieron la vida para que esa misión fuera posible y luego llegas tú, entregas un artículo y te crees con derecho a perseguir una estúpida venganza?

—Vengar a mi hermano no es ninguna estupidez —espetó ella a la defensiva, aunque sabía que él tenía razón en todo lo demás.

—¡No eres la única que quiere vengarse! —Tenía los ojos blanquecinos muy abiertos y brillantes. Ducot agachó la cabeza ante su silencio. Aflojó los dedos, pero no los apartó de su cuello—. Esa era *mi* oportunidad y tú... la estropeaste —susurró.

—¿Qué?

Ducot levantó la cara y la miró largamente.

—¿Quieres saber cómo me hice estas cicatrices? ¿De verdad?

—Supongo que no fue salvando a una princesa —contestó ella arqueando las cejas. Ducot negó con la cabeza—. Solo quiero saberlo si tú *quieres* contarme la verdad.

Él rio sombríamente.

—¿Crees que puedes soportar la verdad? Es más oscuro de lo que puedas imaginar.

Eira resopló.

—¿En serio? ¿Te atreves a resoplarme? —Aumentó la fuerza de su agarre.

—No me da miedo la oscuridad. Ya no. No después del agujero. No después de haber visto a mi hermano morir a manos de Ferro.

Algo en su tono frío como el hielo y en su mirada pétrea hizo que al fin Ducot soltara los dedos. Se apartó enderezándose y pareció levemente arrepentido. Y, por lo que podría haber sido la primera vez, Eira sintió que estaban en igualdad de condiciones. Tal vez ya no le cayera bien a Ducot. O no estuviera de acuerdo con ella. Pero quizás estaban empezando a entenderse mejor el uno al otro.

—Los habitantes de la Isla Oscura no son los únicos a los que los Fieles asocian fácilmente con Raspian. —Ducot se apoyó en la pared mirando al vacío—. Los morphi y los draconi también gozan de ese privilegio y eso significa que, durante cientos de años, hemos sido perseguidos. Nosotros no teníamos la ventaja de un pequeño mar e islas barrera. Por eso nos retiramos al Bosque Crepuscular. Por eso el rey de aquel entonces usó su transformación real para sacar a nuestra ciudad de este mundo sin llevarla del todo al otro, creando un refugio en el que no pudieran encontrarnos.

Eira no entendía a qué se refería con lo de «transformación real» ni cómo una ciudad podía estar entre mundos. Seguía intentando comprender cómo funcionaban las transformaciones en general. Había ciertas cosas sobre Meru que valía la pena escuchar a alguien y buscarlas después. No era el momento de preguntar sobre la logística de la magia.

—Ulvarth, el hombre que en aquel momento lideraba los Filos de Luz, empezó una campaña contra los morphi alegando que la mujer que era la Voz en aquella época lo había decretado como orden sagrada de Yargen. —Ducot levantó la mano y se tocó ligeramente las cicatrices—. Vinieron a por nosotros con espadas y Giraluz. Nos persiguieron, nos torturaron. Me quedé indefenso porque mi familia, amigos y todo aquel que se había atrevido a establecerse en el bosque que había a las afueras del Reino Crepuscular había muerto a mi alrededor.

—¿Cómo sobreviviste tú? —susurró Eira.

—A duras penas. —Rio sombríamente—. Tendría que haber muerto. Me dieron por muerto, pero la vida se aferró a mí tozudamente hasta que Rebec me encontró.

—¿Rebec? —Eira recordaba a la morphi que le habían presentado como la mano derecha de Deneya y uno de los tres Espectros de la Corte de Sombras.

—Había estado siguiendo a los Filos de Luz. Lumeria sabía de su traición y había enviado a Rebec para advertir al rey Noct. Pero sucedió demasiado lento y demasiado tarde.

—Así que juraste venganza y te uniste a la Corte de Sombras en aquel momento —razonó Eira. Ducot asintió y rio suavemente.

—¿Te parece divertido?

—Tú y yo… somos bastante parecidos, ¿verdad?

—Eso me dijo Deneya cuando me informó de que trabajaríamos en estrecha colaboración como competidores.

—Ferro mató a mi hermano.

—Ya lo has mencionado.

—También intentó matarme a mí —suspiró Eira pesadamente. Ducot se apartó de la pared como si hubiera notado su cambió de actitud y ahora la escuchara con más atención. Eira lo miró a los ojos, aunque no estaba segura de si él podía percibir ese gesto o no—. Aun así, lo más importante es que tienes razón… te puse en peligro y falté al respeto a las otras sombras con lo que hice. Solo podía pensar en matar a Ferro con mis propias manos y vengar a mi hermano. Fue muy egoísta por mi parte.

—¿Sí? —susurró Ducot.

Eira rio amargamente y negó con la cabeza.

—Cuando lo tuve… no pude hacerlo.

—Matar a un hombre es difícil.

—Ya maté a alguien antes. —Eira no estaba segura de si intentaba defenderse o destacar esa parte de su historia. No estaba nada orgullosa de ello—. Pero… fue un accidente —aclaró.

—Ah. Matar con intención de hacerlo, como ahora sabes, es algo totalmente diferente.

—¿Vas a decirme que no lo haga cuando se me presente de nuevo la ocasión?

Ducot negó con la cabeza.

—No, ni siquiera estoy seguro de que me hicieras caso si te lo dijera. Así que voy a decirte que la próxima vez estés preparada. Porque si vuelves a poner en riesgo mi vida, la Corte de Sombras y encima no consigues tu objetivo… los Pilares serán la menor de tus preocupaciones.

—Al menos he conseguido información para la corte. Tal vez no matara a Ferro, pero sí que he conseguido *algo*.

—Por tu propio bien, espero que sea bueno. Te costará mucho más ganarte a los Espectros que a mí. —Ducot se puso las manos en los bolsillos y bajó las escaleras—. Curiosamente, empiezas a caerme bien. Sería una lástima tener que matarte. —Pareció sincero, a pesar de que unos instantes antes estaba agarrándola por el cuello. Parecía que el

aire se hubiera despejado entre ellos, que se hubiera liberado la válvula de presión y que ya no hubiera necesidad de
demorarse.

Eira resopló. Su propia muerte no debería parecerle tan
sombríamente divertida.

—¿Empieza a caerte bien una mujer que casi consigue
que te maten?

—Tengo un gusto horrible en mujeres. Eso quedó claro
hace mucho tiempo.

La risa de Eira resonó en las paredes que los rodeaban,
pero se silenció mucho antes de que llegaran a la pesada puerta cerrada de la Corte de Sombras.

Ducot la acompañó al interior. La corte estaba alarmantemente vacía. Solo se podía ver a unas pocas sombras en los
posaderos altos, donde estaban colgadas las lonas. La miraron desde lo alto en sentido literal y figurado. Vio a alguien
escupiendo cuando pasó.

Eira miró hacia delante y atravesó el túnel que llevaba
directo al salón de guerra de los Espectros.

—Cierra la puerta —ordenó Deneya sin darse la vuelta.
Lorn y Rebec estaban en el lado opuesto de la mesa de cara a
ellos. Rebec mostraba una expresión de disgusto. Lorn tenía
un rostro inexpresivo y, de algún modo, a Eira le resultó más
desconcertante que la ira directa.

El ruido de la puerta al cerrarse fue tan solemne como
una campana.

—Te preguntaría en qué estabas pensando, pero sé que
no estabas pensando. —Deneya se apartó de la mesa con un
suspiro. No parecía enfadada, sino decepcionada y eso era
mucho peor—. No tienes ni idea de lo que nos ha costado tu
travesura.

—El Campeón, el líder de los Pilares, quiere que encuen-
tre algo en la habitación de la Voz en la parte superior de los

Archivos que os mencioné a vosotros. —Eira no perdió el tiempo.

Deneya se volvió con el ceño fruncido. Eira podía ver su respiración superficial.

—¿Disculpa?

—¿Viste al Campeón? —preguntó Lorn con escepticismo.

—¿Es real? —Rebec se limaba las uñas con la punta de una daga.

—Me llevaron a lo que creo que era su base de operaciones… su equivalente a la Corte de Sombras.

—Y viviste para contarlo. —Rebec envainó la daga y se cruzó de brazos. De repente, parecía impresionada, muy a su pesar—. Te sugiero que empieces a hablar ya.

Eira miró a Deneya, quien asintió. Respirando hondo, Eira empezó su historia con lo que había escuchado en la reunión de los Pilares, su fracasado intento de huir, su cautividad, el agujero, Ferro, el Campeón y todo lo demás. No tuvo que dar rodeos con ciertos temas como había hecho con sus amigos. La Corte de Sombras obtuvo toda la verdad sin filtros. Ducot tenía razón, había puesto demasiado en riesgo y revelarles sus horribles verdades sería un buen principio para compensarlo.

Cuando terminó, las cuatro personas que había presentes en la habitación se quedaron en silencio procesando la información.

Ducot fue el que rompió finalmente el silencio.

—¿Creéis que el Campeón es *él*?

—No puede serlo —respondió secamente Rebec—. Está bajo estricta y constante vigilancia.

—Si se moviera, lo sabríamos —agregó Lorn.

—Lo controlo yo personalmente. —Deneya tuvo la última dura palabra.

—¿Quién es «él»? —preguntó Eira recordándoles que estaba presente pero que era lo bastante nueva como para no conocer todos los detalles.

—El hombre que asesinó a mis parientes y me llenó la cara de cicatrices. El antiguo líder de los Filos de Luz: Ulvarth. —Ducot dio un paso hacia adelante—. Lo vi aquel día y la descripción encaja perfectamente con él.

—Puede que sea alguien usando su nombre y su rostro —replicó fríamente Lorn—. Ulvarth ya no es motivo de preocupación.

—¿No fue encarcelado por matar a la última Voz y extinguir la Llama de Yargen? —preguntó Eira para comprobar si su memoria estaba en lo cierto. Ducot asintió—. ¿No afirmaba que era el Campeón de Yargen que había vuelto?

—Exacto, así que…

—Entonces ¿por qué no puede ser él? —Eira pasó la mirada de Ducot a los Espectros—. Todo esto no puede ser mera coincidencia. ¿Cómo no va a ser motivo de preocupación?

—Tenía amigos en puestos bastante altos para librarse del bloque del verdugo. —Ducot señaló el suelo—. Los Pilares surgieron gracias a él. Por supuesto, tendría que ser él el líder. Debe ser…

—Ulvarth está *muerto* —espetó Deneya de repente perdiendo su tacto habitual. Esa palabra pareció resonar en el espacio cavernoso. Ducot se tambaleó hacia atrás como si le hubiera golpeado.

—Tú… él…

—Lo maté yo misma y me deshice del cuerpo —terminó Deneya mirando de nuevo la mesa como si estuviera hablando del tiempo.

Ducot observó a Lorn y a Rebec. Ninguno de los otros Espectros pareció mínimamente sorprendido. Centró toda su atención en Rebec.

—Tú… lo sabías.

—Es uno de los secretos mejor guardados de Meru. Si la muerte de Ulvarth saliera a la luz, sobre todo teniendo en cuenta que podría considerarse un asesinato injusto bajo el encarcelamiento de Lumeria, solo serviría para alentar a los Pilares —declaró Rebec—. Podría hacer que más gente se acercara a ellos.

—¿Injusto? —Ducot alzó la voz—. A… asesinó a bebés en la cama. Aniquiló a la última Voz.

—Y, aun así, la sola idea de que lo encarcelaron injustamente incitó a los fanáticos a actuar. —Deneya habló con disgusto—. Piensa en lo que harían los Pilares si descubrieran que se ha convertido en mártir. —Movió con apatía los tokens esparcidos por el mapa de Risen—. A pesar de ello, no podíamos dejar suelto ese cabo.

—A menos que lo hayan descubierto —murmuró Eira. Todas las miradas se posaron en ella—. Un Campeón elegido por la mano de la diosa es un motivador poderoso, un mártir de dicho Campeón todavía más… Pensad en cómo podría envalentonarlos y empoderarlos tener un Campeón martirizado y renacido.

—¿No creeréis…? —susurró Rebec pasando la mirada de Eira a Deneya.

—Tú misma lo has dicho, el líder de los Pilares puede ser alguien haciéndose pasar por Ulvarth. —Eira mantuvo la atención fija en Deneya, cuya expresión normalmente cautelosa empezaba a desmoronarse.

—Maldita sea. —Deneya maldijo varias veces en voz baja y apartó la mirada.

Se hizo un silencio largo y pesado. Todas las miradas estaban puestas en la Espectro Jefe, quien estaba ahora encorvada sobre la mesa. Eira podía sentir el dolor y la vacilación desplegándose como alas oscuras en los hombros de Deneya.

—¿Cuáles son tus órdenes? —preguntó Lorn finalmente.

Deneya respiró hondo.

—Llevamos a Eira a los Archivos y ella encuentra algo que podrían creer que es la conversación que están buscando. Seguimos a los Pilares en todo momento mientras ellos la siguen a ella. Usamos la información que nos ha dado Eira para guiar a nuestras sombras, a ver si podemos desvelarlos antes de la gala. Y reuniremos nuestras fuerzas por si no podemos. Lumeria anunciará mañana el torneo previo al baile y los Pilares no serán los únicos que asistirán preparados para la batalla.

Veintiuno

Cuando volvió a la mansión, le pesaban los párpados. Ducot tenía que atender otros asuntos, así que la acompañó hasta el túnel principal y confió en que encontrara ella sola el camino de regreso. Eira decidió tomarlo como una buena señal: todavía confiaba en ella. El pasadizo secreto se cerró tras ella y Eira liberó la ilusión que había creado.

La luna flotaba baja en el cielo y las sombras eran largas mientras ella arrastraba los pies cansados por las mullidas alfombras de regreso a su habitación. Dormiría unas pocas horas y luego se despertaría lo más renovada posible para el entrenamiento que Ducot había mencionado que pronto empezarían los competidores. La ciudad pensaba que todo iba bien. Lumeria no podía mantenerla confinada por siempre sin levantar demasiadas sospechas. Y no se había vuelto a avistar a Adela…

Eira estaba tan perdida en sus pensamientos que no se dio cuenta de la silueta oscura e inmóvil como una estatua hasta que se levantó del sofá.

Se dio la vuelta con el corazón acelerado. Conjuró una daga de hielo en la mano mientras arremolinaba más magia con los dedos libres. Una brisa le empujó suavemente la mano antes de que pudiera blandirla. El hombre salió a la luz.

—¿Cullen? —murmuró Eira.

—Perdón por asustarte, pero no quería despertar a todo el mundo anunciándome —susurró de manera apenas audible. Su mirada mostraba una intensidad que no le había visto nunca, con el ceño ligeramente fruncido y los labios apretado—. ¿Vamos a tu habitación?

Eira asintió levemente y abrió el camino. Hizo desaparecer la daga en el aire mientras él cerraba la puerta. Cullen se quedó de pie, de espaldas a ella, con los hombros levantados hasta las orejas.

—¿Así has escapado antes?

—¿Cómo?

—¿Por ese pasadizo?

Eira inhaló lentamente.

—¿Qué pasadizo?

—No te hagas la tonta.

—Creo que estás cansado y…

—Sé lo que he visto. —Se dio la vuelta mirándola fijamente—. He sentido tu magia cuando la has convocado al otro lado. Las ilusiones de los Corredores de Agua solo son buenas cuando el aire está quieto o cuando se puede explicar la brisa. —Cullen retorció los dedos y Eira sintió la brisa girando a su alrededor—. En cuanto he sentido tu magia, he invocado la suficiente para distorsionar la ilusión. Te he visto.

Eira no sabía si debería sentirse halagada porque conociera su magia lo bastante bien para percibirla o si debería sentirse molesta por no haber sentido ella la magia de él. Escabullirse podía no ser su punto fuerte y, si no aprendía rápido, los eslabones débiles de sus habilidades acabarían matándola.

—¿Dónde estabas? —Cullen dio un paso adelante.

—¿Por qué estás despierto?

—Porque... —Vaciló y frunció el ceño ligeramente—. Yo he preguntado primero.

—No puedo decírtelo —contestó Eira débilmente.

—Basta de secretos. —La agarró por los hombros. Eira intentó apartarse, pero la parte posterior de sus piernas se golpeó con el pie de la cama—. Esos secretos hicieron que desaparecieras. Cada noche que pasaste fuera soñé con ellos torturándote para acabar descubriendo que había parte de verdad en mis peores pesadillas. —La sacudió ligeramente—. Deja de correr riesgos. Deja de escaparte. No puedes... no puedo...

—¿Qué? —Lo miró directamente. Las sombras y la luz de la luna destacaban los rasgos de su hermoso rostro, la curvatura de su fuerte mandíbula, la suave barba que le rodeaba la barbilla.

—No puedo pasar otra noche preocupándome por lo que podría pasarte. No puedo volver a llamar a tu puerta sin obtener respuesta, que el pánico me obligue a mirar por si acaso y encontrar tu cama vacía. No puedo quedarme sentado debatiendo si es más arriesgado dar la alarma sobre tu ausencia o esperar a ver si vuelves de lo que sea que hayas ido a hacer.

—Si no fuera importante, no iría. —Eira le agarró los brazos por detrás de los codos. Sintió la tensión en sus músculos—. Tienes que creerme.

—Te creo. Pero comparte esta carga como hiciste con los Pilares. No tienes que soportarla sola.

—No son mis secretos.

—Déjame formar parte —suplicó él.

—Cullen...

—Eira, por favor, te quiero...

Dos palabras y el mundo se detuvo. Dos palabras mági-cas que robaron el aire de toda la habitación dejándola sin aliento. Notó una presión en el pecho, le ardían los ojos. No se había dado cuenta de cuánto deseaba oírlo decir eso hasta que lo había hecho. Tampoco se había dado cuenta de lo mu-cho que eso la aterrorizaba.

—Lo... lo siento por soltártelo así. Sé que tienes mucho de lo que preocuparte y yo soy lo último que necesitas. —Qué equivocado estaba—. Pero no puedo pasar otra no-che torturado pensando que nunca tendré la oportunidad de decírtelo.

Volvía a estar con los Pilares sentada en el banco de la ven-tana, jurándose a sí misma que reuniría el valor para decírselo cuando volviera. Se imaginó que ambos estaban haciendo lo mismo, mirando por diferentes ventanas, y prometiendo ex-presar sus sentimientos la próxima vez que se les presentara la oportunidad porque podría ser la última.

Cullen malinterpretó su silencio.

—Si no lo he entendido bien... por favor, dime que no me amas. Si no me vas a dejar entrar en tu corazón, ten la ama-bilidad de devolverme la parte del mío que me has robado porque verte y preguntármelo es una tortura. Estar a tu lado sin que supieras lo que siento ha sido una agonía. Tenerte al alcance de la mano y no poder tocarte es sufrir una muerte hermosa y horrible... aun así, lo único que quiero es que aca-bes conmigo una y otra vez.

Mientras hablaba, fue subiendo los dedos por el cuello de Eira hasta que aterrizó las palmas en sus mejillas y le tomó el rostro con las manos. Eira no pudo reprimir un escalofrío ante el recuerdo de los dedos del chico enredándose en su pelo. Estaba tan cerca como habían estado aquel día en la corte.

—¿Me quieres?

—Yo...

—Dime que no me quieres y huiré a reparar mi corazón. Pero seguiré teniéndote en la más alta estima —agregó con voz ronca y profunda.

Ferro también te dijo que te quería. Adam te dijo que te quería. Y ya sabemos cómo terminó eso. Eira cerró los ojos con fuerza intentando bloquear las amargas palabras de su yo pasado. En la oscuridad, encontró la misma verdad que había descubierto el tiempo que había pasado en el agujero. Se había hecho una promesa a sí misma. Era el momento de hacer lo correcto.

—No quiero herirte. —Le pasó los dedos por los brazos desnudos sintiendo la curva de sus bíceps, enganchando su manga y retorciéndola.

—No podrías.

—Soy muerte y peligro para todos los que me rodean. La desgracia podría estar en mi sangre. —*Absuélveme del dolor que podría causarte, porque podría acabar siendo demasiado para mí*, quería decirle.

—Eres todo lo que podría desear, ni más ni menos.

—Cullen...

—Dime que no me quieres y te librarás de mí. Cuando llegue el amanecer, esta noche puede ser un sueño olvidado, no seré más que un amigo leal.

Eira abrió los ojos encontrándose con los suyos. La nariz de Cullen casi tocaba la suya y la buscó con los ojos, deseándola, buscándola.

—Debería hacerlo —murmuró Eira.

—Solo si es verdad —susurró él—. No me rompas el corazón por buenas intenciones equivocadas, lo único que quiero de ti es la verdad.

—No me rompas tú el corazón a mí. —Eira lo miró a los ojos—. No sobreviviré a eso una tercera vez.

—Nunca te haré daño —juró Cullen—. Te quiero demasiado como para soñarlo siquiera.

Ella lo miró a través de pestañas y párpados pesados y no encontró más que verdad. Cullen había estado ahí cuando luchaba por ser competidora, ella lo había apoyado en la corte cuando no había querido enfrentarse él solo a su padre, él había estado con ella después de la muerte de su madre. Incluso cuando ella había intentado alejar a todo el mundo, él se había quedado.

—No te merezco.

Él resopló, divertido.

—Qué gracioso. Yo pienso lo mismo de ti todos los días.

—Cullen, te quiero —admitió Eira finalmente. Los escalofríos la recorrieron como un relámpago que bailaba bajo su piel con estallidos y llamaradas—. Pero...

No tuvo oportunidad de advertirle que estaba destinada a causarle angustia. No fue capaz de decirle que no había esperanza para ellos. Que había un millón de motivos por los que lo suyo era mala idea.

Cullen presionó los labios contra los de Eira ligeramente, con tanta suavidad que estuvo a punto de arrancarle un gemido. Ella ya no estaba hecha para tanta ternura. Apenas podía reconocerlo. Cullen dio medio paso hacia delante cerrando el espacio que los separaba. Movió la mano. Ahí estaban, las uñas del joven rozándole el cuero cabelludo, como tanto había anhelado en secreto.

Eira movió las manos hacia sus brazos y hombros y las bajó por los músculos de sus costados. Aterrizaron en su cintura y tiró de él. Cullen había tenido razón al decir que esa noche sería un sueño, aunque no sería olvidado.

El chico separó los labios y profundizó el beso. Deslizó la lengua por la de Eira y ella gimió suavemente en su boca. Una risita retumbó en la garganta de Cullen con una sensualidad que ella solo había fantaseado con poder poseer.

Cuando Cullen se apartó, solo fue por un segundo antes de volver a poner su boca sobre la de ella. Se besaron hasta que se les debilitaron las rodillas, él tenía el rostro ruborizado y ambos se quedaron sin aliento. Cullen le rozó la punta de la nariz con la suya y soltó un gemido que disparó el calor en el centro de Eira.

—No puedo decirte cuánto tiempo llevo deseando volver a hacer esto —murmuró besándole las mejillas—. Cuando te besé aquel día en la corte… fue la forma más pura de magia que he conocido. Quería ver si el poder que tenías sobre mí podía ser replicado.

—¿Y lo fue?

—Fue triplicado. —Bajó las manos a sus caderas y se tensaron ligeramente, hundió las yemas de los dedos en su carne antes de empezar a trazar círculos perezosos con los pulgares.

—Sabes que es mala idea, ¿verdad? —Eira le pasó las palmas de las manos por el pecho, pensando en empujarlo. No tuvo fuerzas para hacerlo. Nunca las tendría—. Ya estás en peligro por mi culpa. No tienes ni idea de todo lo que he hecho…

—No me importa. —Cullen tiró de ella ligeramente, sacándola de sus pensamientos—. Mírame. —Ella obedeció—. No me importa. Te quiero, a toda ti. Te deseo, a toda ti. No solo las partes que te parecen bonitas… porque creo que *todo* tu ser es la persona más hermosa, por dentro y por fuera, que jamás he visto.

Eira cerró los ojos y juntó la frente con la de él. Le rodeó el cuello con los brazos y se apoyó en su silueta esbelta y robusta.

—¿Y qué hay de tus padres? —susurró—. Seguro que tu padre tendrá algo que opinar.

—Supongo que muchas cosas. Pero eso déjamelo a mí. No le corresponde a él tomar la decisión.

—No creo que sea tan sencillo. No creo que nada de esto sea sencillo.

—Si lo fuera, no te desearía —bromeó él.

Ese sentimiento provocó una sonrisa amarga en Eira.

—Supongo que es cierto.

—Solo prométeme que no volverás a dejarme en la oscuridad.

—Es por tu seguridad.

—Ya me preocuparé yo por mi seguridad. —Se apartó y le pasó una mano por el pelo. Había auténtico amor y adoración en sus ojos. Un amor del que Eira no estaba segura de ser digna después de todo lo que había hecho y de todo lo que había pasado por su culpa—. Comparte tus cargas conmigo. Déjame aligerar el peso.

—Hay un grupo de gente que trabaja contra los Pilares —empezó Eira con cautela—. Los estoy ayudando. Si te cuento demasiado, es posible que tengas que involucrarte con ellos y, escúchame, por favor… —Intentó hablar sobre sus objeciones—. Yo me involucré conscientemente con este grupo. Son buena gente, pero, cuando los conoces, formas parte de ellos para siempre.

—¿Por qué me das más motivos para preocuparme por ti? —Suspiró.

—No me eches la culpa, eres tú el que ha decidido enamorarse de mí. —El mero hecho de decirlo en voz alta hizo que los escalofríos le recorrieran los brazos.

Cullen era un rayo de sol abriéndose paso a través de la mugre y dificultades que rodeaban su mundo. Eira seguía estando segura de que no lo merecía, pero tenerlo entre sus brazos hacía que todo pareciera mejor, aunque fuera solo un poco.

—Ahí tienes razón. —Sonrió y le plantó un beso decidido en los labios—. Y este grupo con el que estás involucrada, ¿son los que has ido a ver cuando te has escapado?

—Sí.

—¿Te secuestraron por culpa suya?

—No, eso fue por mi propia estupidez —respondió Eira firmemente—. Fui yo la que puso en riesgo *su* seguridad y no al contrario.

Suspiró, pero pareció creérselo.

—Dime cómo puedo ayudarte.

Eira fingió reflexionar sobre la pregunta.

—Guarda mis secretos —declaró—. Sigue ayudándome mientras puedas, cuando de te lo pida.

—Mi corazón y mi magia te pertenecen.

—Escúchame y sé mi confidente.

—Hecho y hecho. —Le dio dos besos, uno por cada palabra.

—Dos cosas más.

—¿Más? —Rio.

Eira prosiguió manteniendo el tono serio.

—En primer lugar, quiero que lo nuestro sea un secreto.

—¿Cómo? —Cullen entornó los ojos ligeramente.

—Por tu seguridad —declaró. Cuando él quiso objetar, ella lo detuvo—. Sé que puedes cuidar de ti mismo, pero ya eres un objetivo solo por ser mi *amigo*. No quiero pensar cómo podrían amenazarte los Pilares si se enteran de que te quiero. No quiero tener que escucharlos. —Eira retorció las manos en su ropa. La sola idea de que los Pilares amenazaran a Cullen dos veces porque se había atrevido a amarlo era insoportable—. Y tu padre... Te creo cuando dices que podrás encargarte de él y de sus reacciones. Pero, si me permites ser un poco egoísta, ya tengo bastantes cosas por las que preocuparme ahora mismo. Cruzaremos ese puente cuando sea necesario y, con suerte, cuando nuestras vidas no estén en peligro.

Cullen cedió.

—Muy bien. Por el momento, mantendremos en secreto nuestra relación, pero, en cuanto se arregle todo este asunto con los Pilares, me enfrentaré a mi padre y el mundo entero sabrá que eres mía.

Había un tono defensivo y necesitado en el modo en el que había dicho «mía» que hizo que Eira se moviera y saboreara el roce de sus cuerpos uno contra el otro.

—¿Y lo último?

—Bésame otra vez. —Lo miró a los ojos mientras se lo pedía—. Bésame hasta que se me corte la respiración. Bésame hasta que olvidemos los labios de todos los otros hombres y mujeres a los que hemos besado. —*Bésame hasta que pueda creerme que una criatura magnífica como tú me quiere.*

—Será mi mayor placer.

Esta vez, cuando la besó, quedó claro que el chico se había deshecho de todo lo que lo estaba reteniendo. Cullen la besó como si quisiera consumirla. Como si Eira fuera a desvanecerse si no la besaba bastante tiempo y con bastante fuerza.

Eira le devolvió el fervor. El chico olía a calidez, a luz solar y a todo lo que asociaba con el hogar y la bondad en el mundo. Era todo lo que ella había renunciado a tener, pero él iluminaba la esperanza que había perdido. Su roce la hizo sentirse más viva de lo que se había sentido en años.

Veintidós

Cuando amaneció, Eira solo había dormido una hora o dos. Estaba enrollada con las mantas, una neblina del color de la miel impregnaba todos los rincones de la habitación con la primera luz de la mañana y los recuerdos de la noche anterior. Levantó dos dedos y se tocó suavemente los labios aún tiernos. ¿Quién iba a decir que besar a alguien podía sentar tan bien? ¿O que era posible hacerlo durante tanto tiempo sin cansarse de ello?

Dándose la vuelta, Eira miró la otra mitad de la cama intentando imaginarse cómo sería tener a Cullen en la almohada a su lado. Conociéndole, estaría tan guapo dormido como despierto. Sería la perfecta figura escultural de un hombre en reposo.

Eira puso los ojos en blanco y sonrió. Su «Príncipe de la Torre» rara vez tenía un pelo fuera del sitio, a menos que ella estuviera pasando los dedos por su pelo.

Suyo.

Ese pensamiento ardió en su interior y la envolvió con una marea cálida. A Eira le gustaba la idea de que fuera suyo. Le gustaba la idea de él en general. Pero había algo en el hecho de saber que él la deseaba a ella de entre toda la gente que le resultó excepcionalmente delicioso. Saber que él le había jurado lealtad una y otra vez la noche anterior entre besos ansiosos... hacía que pensar en él en ese momento fuera la más dulce de las torturas.

¿Cómo iba a fingir que no había pasado nada? Eira gimió. Las decisiones correctas siempre eran las más difíciles.

Se demoró todo lo que pudo en esa neblina cansada y satisfecha. Pero, con el tiempo, la habitación se había ido iluminando hasta que Eira no pudo seguir ignorando la hora y tuvo que salir del calor de las mantas para vestirse y empezar el día. Cuando salió, esperaba encontrar la sala común vacía, teniendo en cuenta el relativo silencio. Pero Cullen estaba sentado en el mismo sitio que la noche anterior con un diario en las rodillas.

Levantó la mirada a ella de inmediato tras su llegada. Curvó la comisura de los labios hacia arriba en una expresión ligeramente arrogante y a Eira le costó resistirse para no besarlo.

—No sabía que tenías un diario.

—A veces es un diario, otras historias cortas y otras, notas. —Se encogió de hombros, metió la pluma entre las páginas, cerró el diario y lo envolvió con una cuerda.

—¿Qué ha sido esta mañana?

—¿Así que te gustaría saberlo? —Se levantó, todavía con esa sonrisa engreída.

—Vale. —Eira se encogió de hombros como si no le importara, a pesar de que le interesaba mucho todo lo que él hiciera—. No me lo digas. Guarda tus secretos.

—No soy el único que los tiene. —Esa afirmación podría haber sido un comentario borde, pero pareció una observación juguetona e inofensiva—. ¿Vas a desayunar? Voy a guardar esto y voy contigo.

—Claro. —No sería sospechoso que bajaran juntos a desayunar, ¿verdad? Claramente, iba a pasar un tiempo dándole demasiadas vueltas a todo lo que lo concerniera a él.

—Ah, eso me recuerda que tengo algo para ti.

—¿Ah, sí? —Eira arqueó las cejas.

—Sí, por aquí. —Le hizo señas para que lo siguiera. Hacerlo sería mala idea, sin duda. Pero, aun así, lo hizo.

—¿Qué es? —preguntó Eira mientras se acercaba el umbral.

En cuanto atravesó la puerta, Cullen la cerró rápidamente y tiró de ella acercándosela. Eira soltó un jadeo de sorpresa. Su peso empujó la espalda del chico contra la puerta y ella apoyó las manos en su pecho buscando equilibro. Cullen volvía a tener los dedos en su pelo, la boca en su boca. Devolverle el beso, profundizarlo, convertirlo en coro de suspiros de satisfacción era ya instintivo para ella.

Cullen la besó como si no se hubieran besado nunca. Ella lo besó como si quisiera devorarlo entero. Nunca se había sentido tan bien con nada, nada le había parecido tan correcto. Nada suavizaba así la ira, el dolor y las penas del mundo que ardían a su alrededor. Cullen era inmensamente relajante.

También sería su perdición si Eira era incapaz de controlarse y mantener la mente despejada estando a su alrededor.

Se separaron y Cullen la miró con una sonrisa de satisfacción pasándole un dedo por la columna. Eira se estremeció cerrando los ojos con fuerza y dándole besos ligeros por la mandíbula.

—¿Para esto me querías? —preguntó en voz baja.

—Te deseo de muchos otros modos —gruñó él.

Eira lo miró, sorprendida. Nunca había oído a Cullen emitir un sonido como ese. Por supuesto, le encantaría que volviera a hacerlo.

De repente fue consciente de lo que acababa de decir, de lo que había insinuado, y un rubor escarlata se extendió por sus mejillas bronceadas.

—Quería decir que… —Se aclaró la garganta.

—Sé lo que querías decir. —Eira lo agarró del cuello y acercó su boca a la de ella una última vez—. Pero cualquier cosa de esa naturaleza tendrá que esperar. —No podía arriesgarse con Ferro por ahí. Solo habían pasado unas horas de lo que fuera eso y ya les estaba costando mantener el secreto.

—Por supuesto. —Cullen le dio un ligero apretón y se separaron—. Deberíamos irnos antes de que se despierte alguien más.

Eira asintió y se apartó para que él pudiera abrir la puerta. Acababan de salir de puntillas cuando oyeron una risita. Se giraron lentamente y vieron a Noelle cerrando la puerta de su habitación con una sonrisa de superioridad.

—Ah, no os preocupéis por mí, sé ser discreta. —Sonrió y a Eira se le tensó el pecho. Apenas habían logrado pasar una noche antes de que los rumores empezaran a expandirse.

—No es lo que piensas —dijo Eira rápidamente.

—De verdad… y quiero que os quede claro como el agua a los dos, no me importa lo que hagáis. Si una de las pruebas del torneo fuera interesarse por vosotros, perdería porque me resulta imposible. No puedo pensar…

—Creo que lo hemos captado —la interrumpió Cullen con un suspiro—. Íbamos a desayunar antes de empezar el entrenamiento de hoy.

—Ah, vale, yo también. —Noelle miró hacia la habitación de Alyss—. ¿Deberíamos despertarla?

—Lo haré yo y ahora me reuniré con vosotros —se ofreció Eira.

—Como quieras. —Noelle se encogió de hombros y se dirigió a la puerta.

—Puedo esperar. —Cullen se quedó.

—Ve delante —animó Eira—. Me tomaré un tiempo con Alyss.

—Claro. —Cullen le estrechó la mano—. Ahora nos vemos.

Eira llamó ligeramente a la puerta de Alyss y la recibió el silencio esperado. Abrió despacio asomando la nariz y susurrando:

—¿Alyss? —La única señal de vida era un montón de mantas sobre la cama que apenas se movió. Eira atravesó la habitación en penumbra, el amanecer había quedado fuera gracias a las pesadas cortinas. Subiéndose a la cama, Eira entrelazó un brazo con el de su amiga.

—No —gimió Alyss—. Es demasiado pronto.

—No lo es.

—Malditos seáis los madrugadores.

—No lo dices en serio.

—Claro que sí —gruñó Alyss. Todavía no había salido a la superficie, en ese momento parecía un edredón parlante—. Estás totalmente loca por intentar funcionar a estas horas. Vuelve a la cama.

Eira se inclinó y susurró donde suponía que debía estar la oreja de Alyss.

—He besado a Cullen.

Las mantas saltaron por los aires. En un torbellino de movimiento, Alyss se sentó y miró a Eira con los ojos como platos.

—¿*Quehashechoqué?* —Alyss soltó todas las palabras en ráfaga por la emoción. Eira sonrió tímidamente. Su amiga la agarró por los hombros temblando con un abandono imprudente—. Detalles. ¡Detalles! ¡Ya!

—Te lo contaré mientras te vistes y bajas a desayunar conmigo.

Alyss hizo una pausa entornando los ojos.

—Eres muy dura con tu amiga.

—Lo sé.

—Vale. —Alyss la soltó y deslizó las piernas por la cama—. Estoy levantada, ya puedes empezar a hablar. Quiero todos los detalles jugosos.

—Anoche no podíamos... bueno, yo no podía dormir...

—Me preguntaba si ibas a venir aquí. Esperaba que vinieras si me necesitabas, pero supongo que encontraste a otra persona. —Alyss movió las cejas mientras empezaba a asearse.

Eira no pudo reprimir una carcajada. Había cierta sensación de culpabilidad latente por sentirse tan feliz. Gran parte del mundo seguía en peligro, todavía tenía mucho que hacer. Pero podía permitirse unos minutos de disfrute. Miró por la ventana.

Eira se dio cuenta de que los Pilares tenían razón en algo, cuanto más conocía la oscuridad, más apreciaba la luz.

—¿Y bien? —insistió Alyss—. Deja de pensar en besarlo y háblame de cómo fue.

—Me topé con él anoche... ¿cómo sucedió? Fui... empezamos a hablar y de repente salió el tema de que sentía algo por mí.

—Y tú le dijiste lo mismo, ¿verdad? —Alyss se retiró las trenzas con una cuerda.

Eira asintió.

—¿Y entonces os besasteis?

Asintió otra vez y Alyss lo recibió con un chillido.

—¡Es genial! Te mereces a un buen chico. Te mereces felicidad. —Giró y se dejó caer sobre la cama ofreciéndole a Eira una sonrisa deslumbrante.

Eira rio suavemente y le estrechó la mano a su amiga.

—Gracias. Tú también.

—A diferencia de ti, yo nunca lo he dudado. Solo me cuesta encontrar a ese «buen chico». —Alyss le sacó la lengua, lo que hizo que Eira pusiera los ojos en blanco.

—Bueno, ahora que lo sabes y que estás vestida, vayamos a desayunar. Quiero tener tiempo para comer antes de que empiece el entrenamiento o lo que sea.

—Tienes razón, deberíamos.

Se acercaron a la puerta y Eira se detuvo.

—Una cosa más.

—¿Qué?

—Cullen y yo… vamos a mantenerlo en secreto de momento —dijo Eira. Alyss soltó otro chillido, le agarró las manos y saltó emocionada.

—¿Por qué estás tan emocionada?

—Es exactamente como el argumento de una de mis novelas preferidas.

—No lo es.

—Sí que lo es —insistió Alyss—. Dos competidores en tierras extranjeras que se embarcan en busca de gloria, el peligro acecha en cada esquina, el destino de las naciones cuelga de un hilo, hay un mal que vencer y, lo más importante, ¡un romance secreto! Vale, tienes razón, no es como una de mis novelas preferidas, es *mejor*.

Eira puso los ojos en blanco.

—Vale. Tú solo guarda el secreto por el momento, ¿de acuerdo?

—Sabes que puedes confiar en mí. —Alyss se colgó el bolso del hombro—. Por cierto, ¿sabes cuál es su animal favorito?

—Eh, no, ¿por qué?

—Voy a hacerle algo. —Alyss señaló su bolsa—. Como agradecimiento por estar interesado por ti.

—Lo dices como si fuera un acto de caridad. —Eira se estremeció.

—Lo has dicho tú, no yo.

—¡Cómo te atreves! —espetó Eira con fingida ofensa—. Hemos acabado, me voy.

—¡No sin mí! —Alyss se escurrió por la puerta y se puso a su lado. Era demasiado pequeña para ambas y tropezaron en un ataque de risa.

—Nunca —jadeó Eira. Le dolía la cara de tanto sonreír—. Nunca sin ti.

El desayuno fue bien por lo que a Eira respectaba. Ver a Cullen la llenó con una emoción efervescente que amenazaba con desbordarse en cualquier momento. Intercambiaron miraditas y sonrisas, como si estuvieran conversando en un idioma que fuera solo suyo. Ahora, cada movimiento del chico tenía un significado. La inclinación de su cabeza, el arco de sus cejas, el modo en el que entornaba ligeramente los ojos al reír... Eira tenía permiso para disfrutarlo todo de una manera que nunca se había permitido.

Cuando los competidores terminaron de comer, entraron los sirvientes para limpiar los restos de platos de comida, dirigidos por la señora Harrot. Los guardias bajaron las escaleras en grupo y se separaron para dejarle paso a Deneya. Llevaba la armadura habitual de caballero de la reina y apoyaba la mano ligeramente en el pomo de su espada.

—Acabad, lavaos si es necesario y nos vemos en los jardines delanteros en diez minutos —declaró—. Iremos en grupo al campo de entrenamiento.

Levit les había indicado la noche anterior que se pusieran el atuendo de los competidores, así que los cuatro no tenían mucho que hacer aparte de esperar. La mayoría de los demás competidores fueron a cambiarse y volvieron con una gran variedad de vestuarios. Los morphi llevaban ropa ajustada con una ligera armadura de cuero en la parte superior. Los elfins vestían ropa más suelta, túnicas de seda y capas de gasa claramente inspiradas en la reina Lumeria. Los de la República de Qwint eran los que más se parecían a sus compañeros de Solaris, con mallas sencillas y túnicas funcionales con el verde, azul y blanco de la bandera a cuadros de su nación. Los draconi eran los más diferentes, escasamente cubiertos con ropa ajustada de cuero y su piel dura casi escamosa al descubierto.

Los competidores estaban organizados en cuatro columnas, cada nación tenía su propia fila. Los soldados los flanqueaban por ambos lados y por detrás. Deneya lideraba al frente con caballeros a sus lados. Fueron escoltados a través de las puertas hacia la ciudad y al instante los recibieron vítores y aplausos.

—Este debe ser el desfile que nos prometieron al llegar —murmuró Cullen.

—No olvides sonreír y saludar. Seguro que tu padre debe estar muy contento por que finalmente haya sucedido —dijo Noelle desde su derecha.

—Seguro que sí —admitió Cullen entre dientes.

La mención a Yemir empañó la alegría que había sentido Eira durante toda la mañana. De repente, los vítores de la multitud quedaron silenciados y la emoción se apagó. Yemir y Patrice habían dejado perfectamente claro que nunca considerarían a Eira alguien digno de su hijo. Pero ¿qué más daba? Cullen era un hombre adulto y Eira era una mujer adulta. Podían tomar sus propias decisiones, ¿verdad?

Miró a Cullen por el rabillo del ojo. No, él no abandonaría a su padre y a su familia de ese modo. Ahora que se había enterado de todo por lo que habían pasado, estaba segura.

Entonces ¿dónde dejaba eso a su amor?

Esos pensamientos la siguieron a cada paso que daba por las calles de Risen hasta que llegaron al campo de entrenamiento. El campo le recordó vagamente a un ruedo usado para montar a caballo y se preguntó si el espacio habría sido reutilizado. Si ese fuera el caso, la reina de Meru habría hecho todo lo posible por brindarles un área de práctica que pudiera contener todo lo que necesitaran. En la tierra apisonada del campo había todo tipo de armas, muñecos de práctica, aros, pesas y demás. Había espectadores en unas pocas filas de asientos que rodeaban toda la arena.

—¿Seguro que no ha empezado ya el torneo? —Alyss se giró mirando toda la gente reunida—. Me parece mucha gente.

—Si crees que esto es mucha gente, espera a ver el coliseo que está construyendo la reina en las colinas exteriores —dijo una competidora elfina por encima del hombro con una sonrisa orgullosa—. No se parece a nada que hayas visto antes. Es el mayor recinto jamás construido.

—¿Un coliseo? —preguntó Alyss.

—Imagínatelo como este sitio, pero diez veces más grande —intervino un hombre que había a la derecha de la mujer señalando a su alrededor.

—Diez veces... —murmuró Eira mientras intentaba imaginárselo.

—Lo veréis cuando lleguéis allí. —El hombre le guiñó el ojo y se marchó al otro lado de la arena con sus compañeros.

Un silencio repentino se apoderó de las masas seguido por una oleada de murmullos expandiéndose por el recinto. En una plataforma que había a un extremo del oval, una mujer totalmente cubierta por capas de tela sedosa flotaba al borde del palco. La reina Lumeria levantó las manos.

—Buenos competidores, llegados de estados al otro lado de los mares. Habéis venido como muestra de fe de vuestras

tierras de origen. Habéis venido a participar en lo que espe-
ramos que se convierta en un torneo permanente, en una
nueva tradición para celebrar nuestra unidad. —Cuando Lumeria se tomó una pausa para respirar, se oyeron aplausos
educados—. Cada día, desde hoy hasta que comience el torneo dentro de dos semanas, tendréis la oportunidad de practicar. Prestad atención a los consejos e información de mis
caballeros para prepararos mejor. Cinco reinos os miran con
aprecio… no podemos esperar a ver qué podéis hacer.

Otro aplauso, esta vez más fuerte.

—Somos conscientes de que vuestra llegada no ha sido
nada convencional. Toda Meru quería vitorearos desde que
llegasteis a nuestras costas, pero ahora quienes os amenazaban han sido frustrados, estamos impacientes porque empiece el torneo con todas sus celebraciones, tanto previas como
posteriores.

—*Frustrados* —se burló Cullen por lo bajo. Eira lo fulminó con la mirada y él frunció los labios y asintió levemente.
Los Pilares podían ser el secreto peor guardado de Risen,
pero era claro que la reina estaba intentando evitar darles la
oportunidad de ganar terreno en la conciencia pública fingiendo que no existían.

—Con ese objetivo, es un placer anunciar que os abriré
las puertas de mi castillo a todos vosotros, vuestros dignatarios y mis estimados amigos la noche previa antes del torneo
para celebrar un baile.

La multitud vitoreó mientras Lumeria se apartaba. Las
masas se comportaban como si todos fueran a ser invitados.
Por supuesto, era posible que así fuera. El castillo de Lumeria era lo bastante grande e impresionante para alojar a cientos de juerguistas.

Pero la juerga parecía estar lejos de la mente de los competidores. Se miraron unos a otros con cautela. Por primera

vez, empezaban a asumir que eran rivales entre ellos. La atmósfera en la mansión había sido bastante amistosa, pero empezaba a volverse más densa y llena de miradas críticas y evaluadoras. A pesar de que el torneo pretendía inspirar buena voluntad, estaba claro que todos habían ido a ganar y a llevar la gloria a sus tierras. ¿Quién podía saber qué tenía cada competidor en juego?

—¿Se supone que ahora tenemos que entrenar? —preguntó Alyss.

—Eso creo —contestó Eira encogiéndose de hombros.

—No soy un perro entrenado que va a hacer trucos para los espectadores como... —Noelle no llegó a terminar.

Se oyó un resoplido y un murmullo de anticipación recorrió la multitud. Los cuatro miraron a tiempo para ver a Harkor, el príncipe draconi, soltando un poderoso rugido hacia los cielos. El sonido se convirtió en llamarada cuando exhaló fuego.

—¡Me muero de ganas por dominar el torneo! —declaró Harkor con un grito—. Los draconi mostraremos nuestro poder a todos los reinos. —Sus compañeros apoyaron su afirmación golpeándose dos veces en el centro del pecho y dejando escapar ruidos guturales de acuerdo.

—¿Se supone que debe impresionarme que escupa fuego? —Noelle se cruzó de brazos y sacó la lengua. Una llamita brilló en la punta.

—Contengámonos —sugirió Cullen—. Solo es el primer día, todavía quedan dos semanas para que empiece el torneo. Podría ser prudente moderar un poco nuestros golpes y abstenernos de mostrar lo que realmente podemos hacer.

Los cuatro continuaron mirando mientras los otros grupos de competidores se acomodaban en sus rincones de la arena. La magia latía en los morphi, convertían espadas en rosas y transformaban sus cuerpos en bestias y aves. Los elfins se movían con glifos de luz. Los otros humanos de Qwint hacían girar pequeños brazaletes alrededor de sus muñecas conjurando chispas, llamas y ráfagas de viento parecidas a las afinidades de Solaris.

—Eira. —La voz de Deneya rompió la evaluación silenciosa de sus competidores. Ni siquiera la había oído acercarse—. ¿Puedes venir conmigo? Tenemos que discutir un asunto relacionado con tu secuestro.

—Claro. Ahora vuelvo.

Eira siguió a Deneya hasta uno de los dos túneles que llevaban al exterior de la arena. Deneya miró por encima del hombro echando un vistazo a su alrededor antes de tomarle la mano a Eira.

—*Durroe watt radia. Durroe sallvas tempre* —susurró rápidamente. Unos glifos rodearon sus manos entrelazadas—. No tenemos mucho tiempo y hay mucho de lo que hablar.

Eira permaneció en silencio mientras Deneya le daba órdenes.

—Si preguntan, les dirás que me has dado esquinazo y te has escabullido durante el entrenamiento. Pero esperemos que no vuelvas a pasar tanto tiempo con ellos como para dar motivos por los que preguntar.

Eira asintió mientras cruzaban el camino y llegaban a la plaza por la que habían sido escoltados los competidores tan solo una hora antes. No le hizo falta preguntarle a Deneya a quién se refería. Claramente, hablaba de los Pilares.

—¿Vamos a los Archivos? —preguntó Eira.

—¿Dónde si no? —Deneya le dirigió una mirada agitada—. Vamos a buscarte una estúpida roca.

Veintitrés

Deneya la condujo por un callejón y a través de una puerta que abrió con una llave que llevaba en el cinturón. El pasadizo estaba encajado entre al menos cuatro edificios, puesto que la argamasa y la piedra cambiaban de estilo a medida que avanzaban. Al final había una sala pequeña o, más bien, un armario de suministros. Deneya señaló unas prendas que recordaban vagamente al estilo fluido con el que vestían los elfos.

—Cámbiate rápido. —Deneya le dio la espalda.

Hizo lo que le había ordenado. Se quitó la ropa de competidora y se puso ese vestido sencillo y la chaqueta. Un sombrero flexible de ala ancha adornado con flores completaba el atuendo.

—Hecho.

—Bien. —Deneya tomó una capa de una percha que había en la pared y se la puso sobre los hombros—. Ahora eres ligeramente menos reconocible. Voy a salir yo primero. Daré un golpe y contarás hasta veinte antes de salir. Ve a la izquierda, verás los Archivos y podrás abrirte camino a simple vista.

—¿No vienes conmigo? —La idea de estar sola por la ciudad por primera vez desde su cautiverio hizo que se tensara y se le cortara la respiración.

—Claro que sí. Voy a seguirte desde atrás. Puede que no me veas, pero estaré ahí.

—Me sentiría más segura si…

—Si hay algún Pilar vigilando, sospechará si te ve cerca de mí. —Deneya la miró intensamente a los ojos—. Escúchame, estarás a salvo. Si digo que lo estarás, es porque es cierto. Hazme caso y confía en mí.

Eira se abstuvo de comentar que Deneya había dicho que estaría a salvo en la mansión… pero había descubierto que había enemigos acechando entre ellos. Pero los Pilares no habían hecho nada contra Eira hasta que ella misma se había puesto en peligro. Y había prometido seguir las órdenes de Deneya, era el momento de demostrar que podía hacerlo.

—Entendido —dijo Eira poniendo toda su fe en la Espectro Jefe.

—Bien. —No hubo más palabras de aliento. Deneya salió por la puerta y dejó a Eira sola. Tras un minuto más o menos, oyó el golpe esperado. Contó lentamente hasta veinte, salió y se dirigió a la izquierda.

La calle estaba tranquila y mantuvo la cabeza gacha, resistiendo el impulso de mirar hacia atrás buscando a Deneya. Detrás de cada columna de la arcada por la que entraba, acechaban enemigos imaginarios. Esperaban en los portales de todas las tiendas y posadas cerradas. Tal vez esa no fuera el área más «agradable» de Risen. Esa área olvidada de la ciudad se parecía a la parte más baja de Solarin, incluso a Oparium. La pobreza era universal.

Salió a la luz del sol al final de la calle y miró hacia arriba. Efectivamente, se podían ver los Archivos, pero estaban más lejos de lo esperado. No sabía cuánto tiempo habría conseguido Deneya para ellas, pero Eira tenía la sensación de que la premura sería su amiga. Eligiendo una calle que parecía ir en la dirección aproximada hacia la gran aguja, Eira empezó a abrirse camino a través de Risen.

Le pareció captar a Deneya por el rabillo del ojo un par de veces, pero no miraba el tiempo suficiente para estar segura. Una vez, creyó reconocer el rostro de un hombre como uno de los Pilares. Esa familiaridad estuvo a punto de hacer que se detuviera de golpe, pero el hombre pasó sin fijarse en ella y Eira mantuvo la cabeza alta y la mirada hacia adelante, ignorando el latido frenético de su corazón.

Llegó a los Archivos ilesa, con la respiración ligeramente agitada por su ritmo apresurado y la larga sucesión de escaleras del camino. Había Filos de Luz patrullando la enorme plaza que había delante de los Archivos y colocados a ambos lados de las puertas. Pero ninguno la detuvo cuando entró.

—Por aquí —murmuró Deneya pasando junto a ella. Eira estuvo a punto de dar un brinco. No se había dado cuenta de que se había puesto a su lado. Esa mujer era más silenciosa que Ducot en su forma de topo.

Deneya la guio por una escalera lateral y empezó a subir por la torre circular de los Archivos.

—Aquí estaba la Llama de Yargen antes de ser extinguida, ¿verdad? —murmuró Eira sobre todo para sí misma al darse cuenta.

Deneya se detuvo y miró el enorme brasero apagado. Había una especie de anhelo triste en su mirada, unas emociones que habían pasado demasiado tiempo hundidas en el océano del tiempo.

—Sí, hace mucho tiempo.

—Pero ¿Ulv...? —Deneya la fulminó con la mirada y Eira reformuló la frase—. ¿No fue extinguida recientemente? ¿En los últimos treinta años?

—La llama auténtica sí —declaró finalmente Deneya echando a andar de nuevo—. Pero la llama auténtica llevaba mucho tiempo sin arder en ese brasero.

—¿Cómo?

—La llama que veía Risen era una ilusión... nada más. La llama auténtica se había debilitado tanto que se mantuvo oculta. —Deneya habló sin mirar atrás y Eira tuvo que permanecer a escasos centímetros de ella para escuchar sus débiles palabras.

Eira esperó a hacer su próxima pregunta hasta que Deneya abrió la trampilla del suelo y volvieron a estar en los pasadizos que llevaban a la escalera final y a la sala en la que se había reunido la última vez con Taavin.

—¿De verdad él extinguió la llama auténtica?

Deneya no respondió hasta que llegaron a la plataforma que había en lo alto de la escalera. Miró la sala vacía y vio cosas que Eira ni siquiera habría podido imaginar. Había una historia ahí que estaba empezando a reconstruir. Una historia en la que estaban involucrados Deneya, Taavin y Ulvarth.

—La verdad de lo que le pasó a la Llama de Yargen es demasiado difícil de contar. No está hecha para las mentes mortales.

—Pero...

Deneya se volvió para mirar a Eira. Sus ojos azules parecían casi morados con la tenue luz.

—No hagas preguntas cuando no estás preparada para las respuestas. Y confía en mí: no estás preparada. Si crees que ya estás en peligro por lo que sabes, no tienes ni idea de lo que podría provocar esa línea de interrogatorio.

Eira cerró la boca con todas sus objeciones y asintió.

—Bien, vamos a encontrarte una roca parlante para convencerlos de que has estado aquí. —Deneya entró en la sala y Eira la siguió dos pasos por detrás.

El lugar estaba vacío, al igual que la última vez que había estado allí. Pero esta vez no estaba irremediablemente distraída con Taavin y podría explorar la habitación a su antojo. Los contornos fantasmales de los retratos que había colgados en otra época en las paredes habían dejado su marca en el yeso tras años de luz solar. Seguía habiendo huellas de recuerdos en las estanterías, en el polvo que se había acumulado a su alrededor.

La estancia tenía forma octogonal y cuatro puertas. Una era por la que habían entrado, otra era un baño, la tercera era una habitación completamente vacía, pero detrás de la cuarta había una habitación en total oscuridad que la atraía con suaves caricias de una magia tan potente que Eira no comprendía cómo era posible que no la hubiera sentido la primera vez que había estado ahí.

A diferencia del resto de aposentos, esa habitación no tenía adornos, no había diseños delicados de espadas, aves y soles. Estaba vacía excepto por un solo pedestal. La columna de piedra tenía una muesca en la parte de arriba. El poder que la había atraído estaba en la jofaina vacía. Casi podía verlo arremolinándose, desbordándose del pedestal. La magia era como un faro, como una luz en la oscuridad, llamándola. Atrayéndola. Era tan potente como la primera magia que había sentido al salir del agujero.

Eira no pudo evitar que su magia saliera de ella para recibirla. Sus poderes se hundieron en los poros de la piedra y encendieron las palabras que había atrapadas en los fragmentos de la magia. Eran astillas pronunciadas una y otra vez por personas diferentes, pero eran las mismas. Conocía las voces y, sin embargo, no podía ubicarlas del todo. Eran diferentes a cualquier otro eco que hubiera escuchado.

¿Esta es... no es... llama auténtica?

Sí... llama legendaria... lo que queda de ella.

Lo sé… nuestro destino.

Thrumsana.

¿… ahora?

He oído a la diosa.

Quería… todo lo que deseabas… único modo.

Thrumsana.

Cuando esté… Preparado.

Thrumsana. Thrumsana.

Las palabras continuaron, separadas e inconexas. Segmentos de conversaciones parpadeaban como una vela azotada por la brisa, proyectando inquietantes sombras en las paredes. Parecían girar en su mente como un vórtice, cada vez más rápido, atrapándola en un torrente ascendente de sonido. Dos voces, tres voces, seis. Las mismas personas. Voces conocidas. Voces diferentes. No tenía sentido. La destrozarían.

Dame la llama. La voz de Deneya. *Es… lo ordena.*

… morirá.

La muerte viene a por todos.

Thrumsana.

¿Dónde está?, rugió una voz masculina. Su sonido le resultó horriblemente familiar. Era diferente a los tonos susurrantes que había escuchado la última vez. Era la voz del hombre al que llamaban Campeón. *Qué has… arruinado… matarte.*

Thrumsana. Thrumsana. Thrumsana. Thrumsana. Thrum…

El ruido alcanzó un *crescendo* de un centenar de voces gritando al mismo tiempo. La cabeza de Eira cantó con una horrible armonía. Dejó escapar un grito y se agarró el cráneo.

—Haz que pare —suplicó retirando su magia—. ¡Que pare! —Estaba temblado. Estaba siendo sacudida.

—Eira, mírame. Eira, *mira.*

Eira abrió los ojos para mirar a Deneya. La mujer tenía las manos en sus brazos, la agarraba con tanta fuerza que iba a dejarle moretones en la piel. Eira jadeó sin aliento. Tenía la cabeza abierta y sufría un dolor insoportable.

—¿Qué has oído? —gruñó Deneya.

—De... demasiado. —Eira negó con la cabeza.

—Se suponía que no tenías que haber escuchado nada aquí. Te he dicho que no fueras haciendo preguntas.

Pero ya era tarde. Las voces se habían desatado y la habitación había cobrado vida con ellas. Eira había oído conversaciones entre Ulvarth y la última Voz de Yargen, la mujer que había ocupado el puesto antes que Taavin. Oyó a Deneya y a esa misma mujer mientras Deneya le preguntaba a la Voz anterior por la llama. Oyó las voces de Vi y de Taavin en conversaciones que no tenían ningún sentido. Las piedras prácticamente le gritaban para que las escuchara como si estuvieran intentando descargar mil años de secretos e historias ocultos.

Una voz de Deneya de mucho tiempo atrás cobró claridad. Ahí había tenido lugar un altercado entre ella y Ulvarth. Ulvarth la acusaba con aspereza de socavarlo, de inculparlo. Contrastaron con las palabras que había escuchado en la guardia de los Pilares.

—Tú... tú te la llevaste —susurró Eira pasando la mirada de la habitación a Deneya, a la columna y de nuevo a Deneya. Había demasiada información, pero había logrado captar eso—. Fuiste tú la que se llevó la Llama de Yargen. Y culpaste a Ulvarth de ello. Fuiste tú la que lo encerró y trajiste a los caballeros hasta aquí para que se lo llevaran.

La expresión de Deneya se retorció con horror y disgusto.

—Para.

—Si no hubiera sido por ti, los Pilares no existirían. Tú fuiste quien les dio a su Campeón injustamente condenado... quien les dio esa motivación.

—¡Basta! —gritó Deneya sacudiéndola dos veces—. ¿Acaso no te había advertido de que había verdades que nunca deberías destapar? ¿No te había dicho que hay rincones que es mejor no remover o, en tu caso, escuchar?

La mitad del rostro de Deneya estaba iluminado por la luz del sol que entraba por los grandes ventanales de la estancia principal. La otra mitad estaba bañada por las sombras intensas que se proyectaban desde el oscuro lugar que una vez había albergado la Llama de Yargen. En ese momento, Deneya parecía capaz de hacer un bien o un mal enormes y Eira no estaba muy segura de a qué lado se inclinaría en última instancia.

—Mi magia ha actuado por sí sola. —No era del todo verdad.

—Dijiste que podías controlarla.

—Normalmente, sí, pero ese pedestal… —Eira se interrumpió mirando ese objeto transgresor. Parecía inofensivo—. Tiene una intensidad estremecedora. Da miedo, incluso. Desearía no haberlo oído.

—Y lo desearás aún más si no te guardas para ti lo que has oído —la advirtió Deneya y la soltó finalmente. La mujer irradiaba desaprobación, tal vez incluso disgusto, y ya no podía mirar a Eira a los ojos—. Ven aquí. Creo que he encontrado algo que podría funcionar.

Eira la siguió obedientemente hasta un rincón más alejado de la habitación. Había una grieta en el yeso y Deneya metió una navaja en ella. Apuñaló alrededor del yeso perforándolo hasta que se soltó un trozo del tamaño de la palma de la mano de Eira.

—Tiene la pintura de estas paredes, así que seguro que la reconocen.

—Bien pensado. —Eira tomó el pedazo y se lo metió en uno de los profundos bolsillos de los pantalones holgados que llevaba.

—Deberías irte. ¿Recuerdas cómo volver al pasadizo en el que está tu ropa?

—Creo que sí.

—De acuerdo. Tengo otros asuntos que atender —declaró Deneya con desdén.

—¿No vas a vigilarme y a asegurarte de que llegue a salvo? —Eira se palmeó el bolsillo—. Podrían secuestrarme ahora que saben que tengo esto.

—Pues no te dejes atrapar.

Deneya estaba decepcionada por lo que había descubierto Eira y ahora la estaba castigando. Ella había visto esa emoción en su familia bastantes veces como para reconocerla. Era la misma mirada que había lucido Marcus cuando Eira había descubierto un verano que se escapaba a la playa para verse con alguien.

—Tendrás que apañártelas como una sombra en algún momento —continuó Deneya—. Usa tus ilusiones. Cuando llegues a la puerta, utiliza la combinación 0-1-5.

—Muy bien. —No tenía mucho sentido discutir. No saldría bien y, aunque el miedo ya la estaba atacando a cada paso, Eira estaba convencida de que estaría bien. Tenía que seguir creyéndolo, por tonto que le pareciera, para seguir existiendo en este mundo.

Eira se dirigió hacia la puerta, pero se detuvo y miró por encima del hombro. La Espectro Jefe estaba apoyada contra la pared, con los brazos cruzados y el ceño fruncido mientras contemplaba Risen a través de la ventana. Eira rozó el pedazo de yeso resistiendo el impulso de escucharlo... de momento.

—Deneya —dijo en voz baja. Si su compañera no la había oído, se marcharía.

Pero Deneya se dio la vuelta y Eira quedó comprometida.

—¿Todavía estás aquí?

Eira ignoró el breve comentario.

—Decidiste ocuparte de Ulvarth tú misma porque te sentías culpable por lo que habías hecho, ¿verdad? —Deneya solo le gruñó y Eira prosiguió—: Estás *segura* de que Ulvarth está muerto, ¿no?

Deneya la miró fijamente y Eira oyó advertencias tácitas. Había visto la expresión amarga y endurecida de Deneya la noche que Ferro se le había escapado de las manos. Había visto todo lo que no esperaba ver.

—Estaba allí la noche que cayó de la torre en la que lo teníamos encerrado. Prefirió quitarse la vida antes que vivir en cautiverio. No podría haber sobrevivido de ningún modo. —Deneya volvió a mirar por la ventana, pero, incluso de perfil, Eira no pasó por alto la duda que le crispó el rostro.

Deneya era Espectro Jefe por una razón, tenía sus secretos. Sin embargo, a pesar de ser nueva en ese mundo, Eira ya estaba empezando a desentrañarlos. Y si ella podía ver los hilos ocultos que sostenían la frágil paz de Meru, no pasaría mucho tiempo antes de que otros también los descubrieran. Cuando fueran visibles, nada impediría que las peligrosas fuerzas que había en juego empezaran a cortarlos y a tirar de ellos hasta que todo el orden del mundo quedara alterado.

Veinticuatro

Eira logró volver a la arena sin problemas. Sus amigos preguntaron por qué había tardado tanto, pero no parecía haber más sospechas de nadie. La mayor parte del interés del día estaba en los hechiceros de la República y en sus extraños brazaletes cubiertos de runas. Nadie prestó mucha atención a la desaparición de Eira durante casi dos horas.

Cullen permaneció cerca de ella casi todo el día. Fue el único que se mostró escéptico con la historia que les había vendido, pero se calló todas las preguntas que pudiera tener y, en lugar de eso, se centró en practicar ejercicios de espada con Noelle. Mientras tanto, Eira se llevó a Alyss a un lado para practicar su habilidad de percibir magia. Seguía siendo una habilidad básica, pero Eira estaba decidida a aprender cómo podía serle de ayuda. Tras los eventos acontecidos en los Archivos, Eira estaba más convencida que nunca de que sus sentidos habían alcanzado un nuevo nivel.

La mayor parte de la cena, Eira se mantuvo apartada. Debió mostrarse más distante de lo que pensaba porque tanto Cullen como Alyss se esforzaron por mantener una conversación con ella. Eira les siguió el juego y finalmente alegó que simplemente estaba cansada y que tenía mucho en lo que pensar acerca del torneo. Cuando les dijo que por la mañana volvería a la normalidad, parecieron creerle.

Se excusó y se marchó temprano de la cena para retirarse a su habitación esperando disfrutar de unos momentos a solas para reordenar sus pensamientos y estuvo a punto de derribar a la señora Harrot al entrar.

—¡Perdona, querida! —La cuidadora de la casa se tambaleó y se llevó una mano al pecho soltando una risita—. Me has dado un buen susto.

—Lo siento —murmuró Eira mirando a su alrededor. Seguía habiendo algo en esa mujer que la inquietaba—. ¿Puedo ayudarte en algo?

La señora Harrot ignoró su pregunta.

—Has vuelto pronto de la cena.

Eira miró el plumero que tenía la mujer en las manos.

—¿Sueles quitar el polvo por la noche cuando la gente está cenando?

—Me encargo de todas las habitaciones de la mansión. —Harrot la rodeó y salió por la puerta—. Es un trabajo que requiere mucho tiempo, así que hago lo que puedo, cuando puedo.

Eira la observó marcharse debatiéndose si debería seguir preguntando por el comportamiento de la mujer. Si anteriormente había dudado de si Harrot podía estar trabajando para los Pilares, ahora ya no tenía dudas. Estaba vigilándola. Eira pondría las manos en el fuego. Solo tenía que asegurarse de que Harrot no encontrara nada importante de lo que informar. Dio una vuelta por la zona común y por su habitación intentando averiguar qué estaría buscando Harrot, pero no encontró nada.

Todavía incapaz de quitarse la horrible sensación de que hubiera alguien hurgando en sus cosas, Eira buscó en su habitación un mejor escondite para los diarios de Adela y la piedra. Tenía que evitar que ese pedazo de yeso que se había llevado de los Archivos cayera en manos de los Pilares antes de lo previsto. Eira era valiosa para los Pilares por esa piedra y por su magia. Y parecía que su magia solo tendría valor mientras Ferro respondiera por ella.

—Tengo que mantenerla a salvo —murmuró Eira mirando a su alrededor. Pero ¿dónde esconderla en algún lugar en el que nadie mirara? Sin duda, la señora Harrot conocería cada rincón de la mansión. Excepto...

Eira corrió hasta su mochila y tomó una hoja de papel. Originalmente, había tenido la intención de escribirle una nota a Ducot explicando la pequeña pila de libros y el yeso, pero abandonó rápidamente la idea al darse cuenta de que sería inútil. Se lo explicaría la próxima vez que lo viera.

Antes de que volvieran los demás, abrió el pasadizo que llevaba a la Corte de Sombras. Si había algún lugar a salvo de las miradas indiscretas de Harrot, era ese. Porque, si Harrot conocía ese pasadizo, tenían preocupaciones mayores que esa. Eira dejó las cosas a la izquierda de la puerta, donde esperaba que estuvieran fuera del camino y la cerró para retirarse a su habitación.

El crepúsculo se convirtió en noche y las estrellas la encontraron todavía despierta. Eira se paseó por la habitación por la que debía ser la centésima vez. Deneya, Harrot, Pilares, sombras, todos estaban relacionados. Si Deneya había sido la que se había llevado la Llama y había inculpado a Ulvarth, ¿dónde estaba ahora la Llama? Extinguida, sí, eso parecía ser cierto, pero...

Su inquietud prometía no dejarla dormir a corto plazo. Eira salió a escondidas de su habitación, fue en silencio hasta la puerta principal de los alojamientos de Solaris y salió. No sabía a dónde iba, pero tenía el cerebro demasiado lleno para descansar. Abajo, Eira salió hacia las terrazas.

Había dos caballeros patrullando y otros dos apostados en la azotea. Eira les hizo una señal de reconocimiento y ellos hicieron lo mismo. No la detuvieron ni la interrogaron mientras ella bajaba hacia el río apoyándose en la barandilla y contemplando Risen. No obstante, podía sentir su atención puesta en ella, siguiendo cada uno de sus movimientos.

Nadie quería estar de servicio la noche que volviera a escapar algún competidor. Era natural que la vigilaran como halcones.

Una sombra se acercó anunciando la presencia de un hombre. Eira se enderezó apartándose de la barandilla y dijo:

—Volveré pronto. No podía dormir.

—Me alegra saber que no soy el único.

—¿Ducot? No te esperaba a ti —contestó Eira, sorprendida.

Un lado de su boca se estiró en una amplia sonrisa.

—¿Vienes aquí a menudo? No puedo decir que no te he visto antes por aquí —comentó con aire coqueto.

Eira se echó a reír y liberó parte de la tensión que la agobiaba.

—No vengo aquí normalmente, no. ¿Tú vienes a menudo a buscar mujeres?

—Solo si tienen la moral relajada y una predilección por los ciegos llenos de cicatrices que seguramente se vayan por la mañana. —No perdió la sonrisa mientras hablaba, pero había cierto toque de autocrítica en sus palabras demasiado real.

—¿Y cómo te va la búsqueda de dichas mujeres?

—No demasiado bien —resopló—. ¿Te importa si hoy me quedo contigo?

—Oh, creo que he reservado toda esta parte de la barandilla para esta noche, lo siento —respondió ella con una nota de sarcasmo.

—¿Y qué voy a hacer ahora que no puedo quedarme a admirar la belleza visual del horizonte de Risen en la orilla lejana?

Eira volvió a reír.

—Claro que puedes quedarte conmigo.

Ducot apoyó los codos en la barandilla y contempló el horizonte como si pudiera verlo de verdad.

—¿Qué estás mirando? —preguntó Eira sin poder resistirlo.

—Ahora mismo, poca cosa. Estoy completamente ciego por las noches. —Se encogió de hombros—. Pero puedo *sentir* muchas cosas.

—¿Como qué?

—Como los cambios sutiles del aire entre las brisas o el modo en el que la luz de la luna se ve interrumpida por las nubes que se desplazan por el cielo. También siento la humedad condensada en el aire en forma de lluvia o niebla. Puedo oír barcos resonando por allí —señaló—, tensando suavemente las cuerdas. Puedo oler el agua del río, fresca, pero con un toque desagradable por las alcantarillas que desembocan en él. —Miró en dirección a Eira—. El mundo no deja de existir para mí porque esté ciego, simplemente existe de un modo diferente.

—Ver de un modo diferente... —Eira se miró la palma recordando el entrenamiento con Alyss e intentando sentir incluso las más leves fluctuaciones en su poder—. ¿Cómo aprendiste a hacerlo?

—No me acuerdo. —Se encogió de hombros—. Preguntarme eso es como si yo te preguntara cómo aprendiste a ver. Lo has hecho siempre, ¿verdad? Nací así, nunca he conocido nada diferente.

Eira mostró su acuerdo y un breve silencio pasó entre ellos como la niebla que había pronosticado Ducot y que, efectivamente, se deslizó sobre el río. Tal vez, con el tiempo, le preguntara si los morphi concebían los canales del mismo modo que los hechiceros de Solaris. Cuando llegara el día, tal vez podría incluso ayudarla a explorar o aprovechar las habilidades que tenía... si es que de verdad las tenía.

—Hoy has desaparecido. —Interrumpió sus pensamientos—. Estaba preocupado por ti.

—Deneya ha venido a por mí, estaba bien.

—Lo sé. Aun así, me he preocupado por ti.

—Oh, ¿ahora somos amigos cercanos? —Eira pronunció esas palabras como una broma, pero llevaban el peso de la sinceridad.

—Ni por asomo.

—Me ofendes. —Aunque Eira no podía culparlo.

—Pero supongo que vamos encaminados en esa dirección.

—Bueno, yo te considero un amigo —contestó Eira con una sonrisa cansada en los labios.

—Vaya un privilegio. Si poner en peligro mi vida es una demostración de cómo tratas a tus amigos, no puedo esperar a ver qué haces con tus enemigos. —Una vez más, un comentario sarcástico acompañando la sinceridad. Tal vez fuera normal para las personas que arriesgaban la vida regularmente mostrar flexibilidad por lo que respectaba a esas preocupaciones en su línea de trabajo.

—Ducot... —Eira vaciló mirando a su alrededor y bajó aún más la voz—. ¿Crees que es seguro hablar aquí?

—No hay ningún lugar seguro, pero... —Una pulsación mágica lo rodeó. Ducot siguió con la mirada hacia adelante, pero Eira tuvo la sensación de que, de repente, de algún modo, estaba mirando a todas partes a la vez—. Si te refieres a si puede oírnos alguien, no lo creo.

—He escondido algo en el pasadizo. —Confiaba en que él supiera de qué pasadizo hablaba—. No está en medio del camino, pero te lo digo para que sepas que está ahí.

—Entendido. —Apreció que él no le preguntara qué era o por qué. Claramente, Ducot estaba acostumbrado a recibir la cantidad mínima de información—. Aunque no creo que sea eso lo que quieres *contarme* realmente.

Eira pasó los dedos por la barandilla.

—Empiezan a darme miedo las sombras.

—Tú deberías ser la sombra de la que el mundo tiene miedo.

Resopló suavemente y comprendió lo que quería decirle su cabeza, lo que había tenido en mente todo el día desde su encuentro con Deneya.

—Me preocupa que la inspiración de *ese grupo* siga viva. —No se atrevió a decir «Pilares» o «Ulvarth» directamente.

—Si ella dice que está muerto, es porque lo está. —Aun así, mientras Ducot pronunciaba esas palabras, apretó la boca en una fina línea. Eira no era capaz de leer su severa expresión.

—Tienes tus dudas.

—No estoy en posición de dudar.

—Pero ¿y si mis sospechas son fundadas y está vivo?

—No vayas por ahí —la advirtió Ducot.

—¿Y si está libre? Yo… —Eira calló de golpe pensando de nuevo en las voces que había oído anteriormente y las confesiones de Deneya, unidas con fuerza a sus advertencias.

—¿Tú qué?

—Tengo un presentimiento, eso es todo —murmuró—. Me preocupa que no esté tan muerto como ella piensa.

—Si está vivo… —Ducot suspiró pesadamente. Se agarró con tanta fuerza a la barandilla que se le pusieron los nudillos blancos—. Si lo está, mejor. Así podré matarlo yo mismo.

—No hagas nada precipitado.

—Mira quién fue a hablar —resopló Ducot. Eira debería sentirse avergonzada, pero acabó sonriendo, una expresión que Ducot compartió brevemente antes de volver a ponerse serio—. Si está vivo, quiero atraparlo.

—Creo que todos lo queremos.

Ducot se movió para quedar frente a ella.

—Me lo debes. Gracias a mí, conseguiste llegar hasta el hombre que estabas buscando. Si sabes algo de mi objetivo, me lo dices. ¿Trato hecho?

—Hecho —respondió Eira fácilmente. Mantener a Ducot como aliado tenía muchas más ventajas que inconvenientes.

—Bien. —Ducot bostezó y se estiró—. Creo que voy a intentar volver a la cama. Deberías hacer lo mismo. Mañana nos espera otro gran día de entrenamiento. Faltan menos de dos semanas para la competición y vamos a tener que sobrevivir tanto a los juegos de Lumeria como a los de los Pilares.

—Sí, creo que yo también entraré —dijo Eira siguiéndolo.

Volvió a su habitación, pero no logró encontrar una postura lo bastante cómoda para quedarse dormida. En lugar de eso, pasó la mayor parte de la noche pensando en la daga dorada que estaba en manos de los Espectros, incapaz de quitarse de encima la persistente sensación de que había algo más de lo que todos sospechaban.

Pasaron tres largos y sudorosos días.

Levit se turnó con los senadores para supervisar sus ejercicios. Solo se permitía la entrada a la arena a los competidores, pero sus supervisores podían sentarse en la fila más baja de asientos que había sobre ellos y ladrar órdenes.

Eira nunca había corrido, saltado o blandido una espada tanto en toda su vida. Si creía que el entrenamiento que había llevado a cabo con Alyss para las pruebas había sido horrible, este era mil veces peor. La segunda mañana, estaba entumecida y le dolía todo. La tercera apenas podía sentarse sin que todos los músculos de su cuerpo gritaran en agonía.

Alyss la ayudó esa noche (los ayudó a todos) con sus habilidades curativas. Eira se despertó la mañana siguiente y podía sentarse en la cama sin derrumbarse. Podía mantenerse en pie sin que le temblaran las rodillas. Iba progresando.

—No es propio de mí levantarme antes que tú —comentó Alyss al ver a Eira salir de su habitación. Su amiga estaba sentada en un sillón junto a la chimenea trabajando en una escultura de un gato noru, que parecía ser el animal favorito de Cullen—. Estos días te estás levantando bastante tarde. ¿Hay algo que te mantenga despierta hasta altas horas de la noche? ¿O debería decir *alguien*? —Alyss rio mientras Eira se sentaba pesadamente en un sillón frente a ella.

—Ay, Madre en lo alto, Alyss —gruñó Eira—. Como si tuviera energía siquiera para *pensar* en eso en lugar de dormir. —Su relación con Cullen había caído en una pausa tácita y, con suerte, temporal mientras se centraban en sobrevivir a sus nuevos regímenes de entrenamiento. Pero si había algo bueno de estar tan cansada, era que Eira no podía mantenerse despierta por las noches dando vueltas a sus preocupaciones.

Alyss rio.

—Me lo imaginaba, solo estoy bromeando. —Dejó la pequeña estatua en la mesa que había a su lado. Pedazos de arcilla y polvo flotaron mágicamente hasta sus dedos, formando un pequeño montoncito junto a la estatuilla. Alyss señaló el suelo delante de su silla y dijo—: Siéntate.

Sabiendo lo que estaba a punto de hacer su amiga, Eira estuvo encantada de permitírselo. Se sentó en el suelo delante de ella mientras Alyss le hundía los dedos en los músculos de los hombros. Pulsaciones de magia la atravesaron relajándole los nudos de los músculos, arreglando las pequeñas roturas provocadas por el entrenamiento del día anterior. Alyss siempre había tenido una explicación detallada de cómo funcionaba su curación mágica, pero lo único que Eira necesitaba saber era que siempre se sentía de maravilla cuando Alyss terminaba.

—Después yo —declaró Noelle. Eira abrió los ojos de golpe. Ni siquiera recordaba haberlos cerrado.

—Casi he terminado —dijo Alyss concluyendo con un ligero apretón y tres oleadas de magia—. Muy bien, te toca.

Eira y Noelle se intercambiaron el sitio. Inclinándose hacia delante, Eira apoyó los codos en las rodillas. Era extraño pensar que estaba ahí con Noelle, que se habían hecho *amigas* de algún modo. Pese a que su sensatez le decía lo contrario, Eira intentó recordar los detalles del rostro de Noelle aquella noche con Adam. El aspecto que tenía burlándose de ella y atacándola verbalmente. Pero el recuerdo se había vuelto borroso. Era difícil imaginar que Noelle era la misma persona ahora que la chica de aquella noche. Todos habían crecido.

—¿*Qué*? —preguntó Noelle haciendo que Eira se diera cuenta de que estaba mirando fijamente a la mujer.

—Ah, nada. Estaba pensando en lo lejos que hemos llegado.

—En efecto... a una tierra totalmente nueva. —Noelle miró por la ventana con aire reflexivo—. ¿Alguna vez echáis de menos vuestra casa?

—A veces —respondió Alyss en voz baja—. Pero llevo ya mucho tiempo en el Sur... Aquí o en Solarin, pero lejos de mi familia en el Norte igualmente.

—Supongo que tiene sentido —murmuró Noelle.

—¿Tus padres no son nobles del Oeste? ¿No viven ahí aún? —preguntó Eira. Muchos nobles se habían mudado a Solarin, donde se reunía la verdadera corte.

—Sí que lo son y siguen viviendo ahí. —Noelle infló ligeramente el pecho porque Eira hubiera recordado esos detalles—. Pero vienen a menudo a Solarin para asistir a la corte, así que los veo regularmente. —Fijó su atención en Eira—. ¿Qué hay de tus padres?

Esta vez fue Eira la que miró por la ventana.

Su mente vagó tan lejos de esa habitación como le fue posible, pero hacerlo la traicionó. Viajó directo a la pequeña casa en la que se había criado. Recordó el olor de la chimenea y cómo todo estaba perpetuamente cubierto de hollín en los meses de invierno. Notaba la sensación del aire salado en el pelo, aplastado por el peso de la mano de su padre cuando le tocaba la cabeza y le decía que había hecho un buen trabajo en su primera salida de pesca juntos.

Los recuerdos eran tan frágiles que solo pensar en ellos ya los hacía añicos. Los pedazos quedaban recubiertos por una película gruesa y mugrienta que hacía que fuera imposible encajarlos de nuevo a la perfección. Incluso sus días de niña más felices habían sido contaminados. Cuanto más tiempo pasaba, más se preguntaba Eira si habían sido reales. Tal vez se hubiera inventado todas esas horas agradables para llenar los vacíos que no había querido ver de niña.

—Eira… —empezó Alyss con un doloroso tacto.

—A mis padres no les importa que me haya ido. No se preocupan por mí en absoluto —contestó Eira en voz baja.

—Eso no es cierto —protestó Alyss.

—Su hijo murió por mi culpa.

—La muerte de Marcus no fue culpa tuya.

Eira estaba demasiado cansada para discutir. Ya no importaba. Marcus se había ido y ella se había reconciliado con su muerte en cierto modo.

—Aunque ese fuera el caso... desobedecí sus deseos al competir. No vinieron a verme tras la muerte de Marcus.

—¿No estabas encerrada? —preguntó Noelle estremeciéndose como si se hubiera dado cuenta de repente de lo horrible que era sacar eso a la luz.

Eira la miró por el rabillo del ojo.

—Ni siquiera le dejaron a mi tío una nota para mí.

Un pesado silencio se instaló entre ellas. Las manos de Alyss se habían quedado quietas sobre los hombros de Noelle. Eira suspiró. Haría estallar la tensión si pudiera.

—No pasa nada. Llevo mala suerte a la gente que me rodea. Esto solo libra a mis padres de tener que lidiar conmigo.

—No creo que ellos quieran eso —repuso Alyss firmemente.

La conversación terminó de manera abrupta cuando Cullen salió de su habitación.

—Buenos días a todas. —Las chicas lo saludaron mientras se acercaba—. ¿Cómo estáis en este hermoso día? —Miró a Eira con una sonrisa deslumbrante que ella se obligó a devolverle.

—Bien.

—Estaba trabajando un poco con los músculos de Eira y de Noelle. ¿Tú quieres un poco de ayuda? —preguntó Alyss moviendo los dedos.

—Nunca rechazaría algo así. —Cullen ocupó el puesto de Noelle y Eira se volvió para mirar a la ventana mientras los tres entablaban una conversación sin ella.

La mención a sus padres había despertado todos los sentimientos que había intentado enterrar. Podía haber encontrado cierta paz tentativa consigo misma respecto a la muerte de Marcus, pero la relación entre ella y sus parientes vivos era algo totalmente diferente.

Y luego estaba el misterio de su madre biológica. ¿De verdad podía ser hija de Adela? ¿Podría averiguarlo de algún modo? Si esa información estaba en alguna parte, era en los Archivos. No dejaba de pensar en ello. Pero ¿cuándo tendría tiempo para ir?

—¡Buenos días, competidores de Solaris! —saludó el perpetuamente alegre señor Levit abriendo la puerta de su habitación—. Me alegra encontraros a todos levantados y vestidos.

—Todos los días nos levantamos y nos vestimos. —Noelle le dirigió una mirada tonta que no afecto a la alegría de Levit.

—¡Pues hoy vais a desvestiros!

—¿Cómo? —preguntó Noelle arqueando las cejas.

Levit se aclaró la garganta y el tono bronceado de su piel se volvió algo rojizo con un suave rubor.

—Para volver a vestiros con otra ropa mejor. —Se pellizcó la nariz y suspiró—. Todavía no me he tomado el té y es pronto. Hoy vamos a ir todos a la sastrería para que os prueben los vestidos para el baile previo al torneo. Y el traje para ti, Cullen.

—Y yo que quería ponerme un vestido. —Cullen se reclinó en la silla con una sonrisa perezosa.

—Si quieres ponerte un vestido, no te lo impediré. —Levit se encogió de hombros—. Pero los senadores tienen que aprobar vuestros atuendos para asegurarse de que «representáis a Solaris de manera adecuada». Así que tendrás que convencer a tu padre.

Noelle gimió.

—Yemir tiene un sentido de la moda *horrible*. —Miró de reojo—. Sin ofender, Cullen.

—No me ofende. —Cullen se encogió de hombros como si fuera un hecho reconocido.

—Saldremos poco después de desayunar —decretó Levit—. Así que preparaos para convertiros en la mejor versión de vosotros mismos.

Veinticinco

La sastrería era un establecimiento elegante llamado TE-LAR Y PLUMA. Había rollos de tela apilados contra la pared y materiales suntuosos extendidos sobre mesas y sillas a lo largo de la tienda. La costurera era una mujer morphi llamada Estal. Llevaba el pelo recogido en unas intrincadas trenzas colocadas sobre la cabeza como una cesta bocabajo. Estaba orgullosa del estilo y afirmaba que iba así en honor de sus invitados de Solaris.

—Al fin y al cabo, la princesa heredera de Solaris siempre lleva el cabello recogido con trenzas hermosas.

Había dos probadores en la parte trasera de la tienda. En el centro había dos pedestales flanqueados por espejos. Noelle y Cullen entraron primero. Mientras Eira y Alyss esperaban en la parte delantera perdiéndose en las infinitas posibilidades de telas de todos los colores y texturas, se llevaron a sus compañeros a los probadores de la parte trasera. Salieron y se colocaron rápidamente en los pedestales para verse.

—¿Cómo...? —murmuró Alyss rodeando a Noelle—. ¿Cómo ha hecho un vestido en solo quince minutos?

—Querida, algunos morphi pueden usar el cambio para hacer crecer plantas o tallar piedra. Otros perfeccionan sus formas animales. En cuanto a mí, las telas son mi musa y mi lienzo. —Estal pasó los dedos con cariño por el vestido de Noelle—. ¿Qué te parece, querida?

La conversación se desvaneció de la conciencia de Eira y el mundo entero pareció reducirse a Cullen. A su pelo perfectamente peinado a un lado con esos mechones rebeldes insistiendo en enmarcarle el rostro de un modo perfectamente imperfecto. Lo habían vestido de color púrpura oscuro, casi negro. Había intrincados diseños tejidos en la tela con hilo dorado que a Eira le recordaron vagamente a las pinturas que había visto en aquella misteriosa sala en la parte alta de los Archivos. Era una mezcla de la belleza tradicional de Solaris con bordes duros que solo Eira podía ver y elementos de la moda de Meru. Al mirarlo, se preguntó cómo podía haber mirado alguna vez a un hombre que no fuera él.

—¿Y bien? ¿Estoy presentable? —le preguntó Cullen con una sonrisita.

—Apenas. —Eira le devolvió una sonrisa tímida.

Cullen resopló.

—Es más de lo que puedo esperar la mayoría de los días.

—Estás impresionante —agregó ella seriamente—. Como la primera vez que fuimos a la corte. No, mejor.

—Tú eres la que estaba impresionante aquel día. Todavía no puedo creer lo bien que te quedaba ese vestido. En ese momento debí darme cuenta de que estaba condenado. —La miró con admiración. El modo en el que las emociones suavizaban su expresión lo hacía parecer vulnerable. Llevaba unos días sin besarlo y ahora le parecían demasiados.

—Lamento haberos hecho esperar. —Yemir se metió en su conversación y en su momento. Eira se apartó.

—No pasa nada, padre. —Cullen pasó la mirada de Yemir a ella. Durante un segundo, a Eira le preocupó que pudiera decir algo que fuera a traicionarlos, pero no lo hizo.

Eira se agarró las manos sosteniéndose los dedos, intentando controlar también así sus emociones. Pero el profundo dolor que se había abierto esa mañana ante la mención de su familia seguía presente en el fondo.

—Habrá que hacer unos ajustes por aquí… y por aquí… —Yemir dominó rápidamente la conversación hablando de sastrería. No tuvo mucho que decir de Noelle, pero, respecto a su hijo, Estal habría necesitado un libro entero para anotar todas las demandas del senador.

Una de las asistentas de Estal salvó a Eira de ahogarse en sus pensamientos.

—Señorita, ¿le gustaría venir ahora? La señora se retrasará un momento, pero podemos empezar a acomodarla.

—Sí, claro.

Eira siguió a la joven a la esquina trasera. Había una puerta entre paredes de cortinas a ambos lados. La asistenta la llevó al probador, le pidió que esperara allí y cerró la cortina tras ella. El pesado terciopelo amortiguó las conversaciones que seguían desarrollándose en la tienda, pero Eira estaba segura de que Yemir mantendría a Estal ocupada un buen rato. Podía ponerse cómoda mientras esperaba.

Desafortunadamente, no había silla en la habitación, solo un espejo dorado apoyado en una pared. Eira iba a sentarse en el suelo cuando un movimiento le llamó la atención. Apenas tuvo tiempo de reaccionar antes de que una mano le tapara la boca y la voz de sus pesadillas le llenara los oídos.

—No grites, mascotita. No queremos que todo el mundo se entere de que he venido a visitarte —susurró Ferro.

Eira se obligó a relajar los músculos y Ferro la soltó. De repente, la habitación parecía más oscura, más lúgubre. Todo lo que había al otro lado de las cortinas había desaparecido. ¿Había estado ahí en primer lugar? ¿O había sido todo una ilusión como la que veía desde la ventana de los Pilares?

¿Seguía en el agujero?

Una parte de ella siempre estaría ahí.

—Has venido por mí. —Eira se esforzó por mostrar serenidad en su expresión. Lo miró como si fuera un dios. Había una agudeza antinatural en Ferro, su piel brillaba de un modo que no recordaba haber visto antes, su pelo parecía intencionalmente enmarañado, como si acabara de volver de la playa... o de un revolcón en el dormitorio. Ese pensamiento la hizo estremecerse.

—Claro que sí, siempre lo haré. —La agarró por la barbilla—. Nunca estoy lejos de ti ni de tus valiosos poderes. Recuérdalo. —Eira asintió—. Tan solo queda una semana para el baile. ¿Lo has hecho? ¿Lo tienes?

Eira se preguntó si eso sería una prueba o si realmente no tenía ni idea, puesto que había escondido muy bien el pedazo de yeso.

—Sí, tengo lo que el Campeón me pidió.

Una sonrisa con demasiados dientes se dibujó en su rostro.

—Bien, mascotita, bien. ¿Dónde está?

—No lo llevo encima, no me arriesgaría a...

—No te he preguntado si lo llevas encima, te he preguntado dónde está.

—Bien escondido en la mansión. —Evitó ser demasiado específica.

—Bien. Supongo que los amantes de Raspian con los que estás obligada a relacionarte te retendrán aquí un buen rato. Tal vez debería ir a buscarlo ya.

—¡No!

—¿No? —Su sonrisa desapareció y la oscuridad se apoderó de su rostro mientras las sombras parecían crecer a su alrededor. Si había alguien que amara a un dios oscuro... era él—. ¿Te atreves a...?

Eira le agarró la mano entre las suyas.

—Es demasiado arriesgado. Perdería todo mi propósito si algo te pasara. Eres mi guía y mi guardián.

—Ay, pastelito. —Le acarició la mejilla con los nudillos—. Nunca me atraparán.

—La mansión está muy vigilada y han aumentado las defensas desde que volví. —*No rebusques en mi habitación. Por la Madre en lo alto, no te quiero a* ti *en mi habitación*, gritó Eira mentalmente—. Me preocuparía demasiado si fueras allí. Deja que te lo traiga yo.

Él rio sombríamente.

—Solo estaba poniendo a prueba tu devoción por mí. Todo va según el plan. Harás tu parte cuando llegue el momento, no hace falta apresurarse. —Tenía la más horrible de las sonrisas—. Pero no temas por mí, aunque entre en la mansión, nunca me cogerán. ¿Quieres saber por qué?

—¿Por qué? —Tenía las manos cubiertas por una capa de sudor y el pulso acelerado.

Ferro se acercó a ella provocando que se le acelerara todavía más.

—Te contaré un secretito… Ese lugar es parte de mi herencia. Jugaba allí cuando era pequeño.

—¿Qué? —jadeó Eira.

—Era mío antes de que se lo arrebataran todo a mi familia. Esa bruja de Lumeria intentó erradicar nuestro apellido y nuestro legado de la faz de la tierra.

—¡Cómo se atreve! —Le tembló ligeramente la voz. Eira esperó que no se diera cuenta de lo mucho que la había afectado el hecho de que él estuviera relacionado con la casa en la que estaba alojada.

—Sí, pero hay algo que no puede arrebatarnos… nadie puede. —Le puso la mano detrás de la oreja clavándole las uñas en el cuero cabelludo mientras la agarraba del pelo y tiraba de él para que sus ojos quedaran al mismo nivel que los suyos. Eira permaneció en silencio esforzándose por mantenerse inexpresiva mientras se le ponían los ojos vidriosos porque estaba a punto de arrancarle el pelo—. Es mi derecho por nacimiento como general del Campeón, como su mano de derecha, como el que traerá la verdadera luz a este mundo. Y cuando absuelvas a mi padre, te llevaré conmigo al mundo de Su luz. Nadie aparte de mí tendrá derecho sobre tus poderes. —Notó sus palabras en el rostro. Se estremeció, horrorizada, al mirar a los ojos de un hombre totalmente loco. Y pensar que había llegado a parecerle deseable.

—Gloria al Campeón —susurró Eira. Parecía que había pasado demasiado tiempo sin que nadie fuera a verla, pero no tenían motivos para sospechar que estaba atrapada con Ferro.

—Sí, gloria —gruñó y la soltó—. Y pensar que la primera vez que te vi solo vi una niña tonta a la que usar. Te has convertido en mucho más. —Le pasó un dedo por la mejilla y el cuello, se inclinó hacia adelante y le susurró al oído—: Cuídate, mascotita. Imagínate mi correa justo aquí, apretada alrededor de tu garganta. Solo respiras por mí. Solo actúas por mí. Eres mía.

Eira inhaló bruscamente y, cuando exhaló, él ya se había ido. Solo un destello de luz y el susurro del terciopelo confirmaban que había estado ahí. Se tambaleó hacia atrás dando un paso y luego dos más. Se golpeó la espalda contra la pared. De repente, el espacio era demasiado pequeño, se estaba cerrando sobre ella.

«Eres mía». Esas palabras eran una forma de posesión cruda y brutal. Ferro se había tomado muy en serio lo de que su vida era suya, que podía hacer con ella lo que quisiera. Y aunque esa propiedad no era posesiva, sino que provenía de su ansia de poder… ¿Qué haría Ferro si se enterara de lo de Cullen? Sin duda, lo vería como una amenaza para su control.

¿Qué había hecho? ¿En qué clase de peligros ponía su amor a Cullen? La vida del chico podía ser el precio por complacer sus fantasías.

Eira se llevó una mano a la boca luchando contra las arcadas. Respiró temblorosamente por la nariz. Tenía que controlarse. Tenía que recomponerse y expresar valor.

Es la apuesta que hiciste. Es la elección que tomaste. Se repitió esos sentimientos una y otra vez. Si ella elegía, significaba que podía manejar la situación, ¿verdad? Los asistentes llegarían en cualquier momento. Tenía que…

La cortina se abrió de repente y reveló a una de las asistentas morphi sonriente. Pero su expresión cambió enseguida.

—Ay, querida, ¿estás bien? —La mujer corrió hacia ella.

—S-sí… —Eira se tragó la bilis y el asco que sentía—. Estoy bien. Solo me he mareado un poco un momento. Habré tomado algo extraño para desayunar. —Hizo un intento de sonreír. A juzgar por la expresión de la asistenta, no lo consiguió demasiado.

—Estás muy pálida. —La asistenta frunció el ceño—. ¿Quieres que vaya a buscar a un curandero?

—No, no. —Eira negó con la cabeza—. Ya me encuentro mucho mejor. Ha sido solo un momento.

—De acuerdo. —La asistenta retrocedió y señaló el centro de la habitación, delante del espejo—. Si eres tan amable.

Eira hizo lo que le indicaba, pero sus pasos seguían pareciendo ligeramente inconexos, como si su espíritu no hubiera regresado del todo de ese lugar submarino al que se había retirado en las profundidades de su conciencia. Se miró en el espejo. *Esta soy yo*, se dijo a sí misma. *Mi cuerpo es mío porque sigue moviéndose como le indico. Mis pensamientos aún me pertenecen. No soy realmente suya.*

—Estamos pensando… —La asistente dio un paso hacia adelante y le colocó las manos en las caderas.

—¡No me toque! —Eira se apartó. La idea de que alguien más la tocara en ese momento le parecía repugnante. Necesitaba un momento para sí misma, para ser ella misma. No ser vestida por nadie, no ser reclamada por nadie.

—Lo… lo siento. Pero para poder llevar a cabo la prueba voy a tener que cubrirte con telas y poder tocarte. —La asistenta se retorció las manos con aire culpable—. Puedo buscar a otra persona. Si he hecho algo que te haya hecho sentirte incómoda…

—No… no, soy yo. —Eira negó con la cabeza—. Estoy teniendo un día raro. Lo siento. —Se obligó a reír. Le salió peor aún que la sonrisa.

—De acuerdo. Me esforzaré por tocarte lo mínimo posible. —La asistenta fue fiel a su palabra. Solo la tocó apenas con un dedo cuando fue absolutamente necesario para explicar el corte o la línea de vestimenta que visualizaban para ella.

Eira intentó seguirla, pero no dejaba de distraerse. Siguió mirando por encima del hombro como si fuera a encontrarse a Ferro acechado en una esquina, sonriéndole como el demonio que era, satisfecho por tenerla sujeta con su correa invisible… por el desastre que había hecho con ella.

—Y ahora, si puedes desvestirte…

—Perdona ¿qué?

—Necesito que te quites la ropa para seguir. Puedes quedarte la ropa interior, no estarás totalmente desnuda. —La asistenta sonrió—. Voy a cubrirte con muselina y a crear un borrador del diseño que hemos comentado para su revisión.

—Sinceramente, Eira no tenía ni idea de cómo era ese diseño y eso la asustó un poco. Ferro había revuelto por completo su cerebro haciendo que le resultara imposible pensar o funcionar como sabía que debería hacerlo—. Estal entrará a continuación para hacer unos ajustes y para convertir la tela en el diseño más favorecedor posible.

—No puedo —susurró Eira.

—¿Disculpa?

—No puedo. —Eira negó con la cabeza y se tambaleó—. No puedo hacer esto ahora. —La mera presencia de Ferro la había expuesto. Podía oler su colonia. ¿Cómo podía no notarla la asistenta? ¿Cómo era posible que no hubiera visto su fantasma acechando en cada esquina? ¿Cómo podía respirar la asistenta? Había muy poco aire.

—Te aseguro que esto es perfectamente normal en nuestra línea de trabajo. La mayoría de las mujeres de tu edad tienen complejos con su cuerpo. Pero eres preciosa. Y voy a respetar tu modestia y ser discreta. —La mujer le mostró una sonrisa cariñosa, pero la frustración se reflejaba en su mirada. Estaba empezando a acabársele la paciencia.

—Lo siento. —Eira negó con la cabeza de lado a lado.

Antes de que la asistenta pudiera decir algo más, Eira salió atravesando las cortinas. Tropezó con dos rollos de tela y cayó al suelo.

—¡Eira! ¿Estás bien? —Noelle corrió para ayudarla a levantarse.

—¿Qué pasa? —Alyss asomó la cabeza desde su probador.

—Madre en lo alto, lo lamentamos mucho. Esta niña claramente se crio en un granero —espetó Yemir disculpándose profusamente con Estal.

Tenía todas las miradas puestas en ella. Eira miró la mano tendida de Noelle y negó con la cabeza. Levantándose del suelo, se tambaleó y echó a correr. Pasó junto a una Noelle sorprendida y junto a un Yemir que no paraba de gritar. Corrió hacia la puerta, hacia el aire fresco.

Corrió, corrió y corrió sin saber a dónde se dirigía y sin preocuparse por ello.

Lejos.

Tenía que huir... de Ferro, de los Pilares, de *todos*.

Veintiséis

Los días de entrenamiento y la mano experta de Alyss en su recuperación habían hecho más de lo que Eira había creído en un primer momento. Corrió durante lo que le parecieron horas antes de detenerse finalmente. Se encogió y vomitó en una rejilla de alcantarillado, rezando por que no hubiera ninguna sombra acechando debajo. Con lo bien que iba todo lo demás, estaba segura de que acababa de vomitar sobre la cabeza de Deneya.

Tras limpiarse la boca con el dorso de la mano ignorando las miradas de reojo de la gente que pasaba por ahí, Eira miró hacia arriba orientándose y dándose cuenta de la dirección que había tomado. Dejó escapar una risita sombría.

—Otra vez aquí… ¿por qué todo lleva de vuelta aquí? —preguntó a los Archivos de Yargen que se elevaban sobre ella.

Había llegado hasta ahí. Eira continuó por la última de las escaleras hasta la plaza principal. Entró en los Archivos y se detuvo observando el brasero vacío en lo alto intentando imaginarse una llama falsa ardiendo ahí, tal y como había dicho Deneya. Una llama que se suponía que tenía que representar la luz, la verdad, la justicia y la Diosa de todo lo bueno del mundo. Y pensar que había sido falsa...

No era de extrañar que los Pilares afirmaran que toda la sociedad de Meru se estaba pudriendo de dentro hacia afuera con una fina capa de revestimiento de bondad y orden encima. Deneya había hecho que pareciera que los mismos cimientos de su fe habían sido una mentira durante siglos. ¿Qué otras mentiras habían sido cuidadosamente camufladas como medias verdades?

—Eira, ¿verdad? —preguntó una voz curtida desde su izquierda. Desvió la mirada volviendo a enfocar. Era el mismo anciano que los había acompañado durante su visita a los Archivos la primera vez.

—¿Kindred Allan?

—Sí, me alegra que recuerdes mi nombre. —Se acercó a ella golpeando suavemente el suelo de baldosas con el bastón—. ¿Qué buscas hoy?

—Pues... —Se ahogó con sus propias palabras. Era demasiado complicado fingir que estaba bien. Estaba muy cansada—. Solo quiero un lugar seguro en el que descansar. —Unas lágrimas silenciosas empezaron a bajarle por el rostro.

—Ven, niña, ven.

Su mente le gritaba que podía ser un Pilar, pero estaba demasiado cansada de saltar ante cualquier sombra y de luchar contra enemigos invisibles. Si su confianza se equivocaba esta vez... al menos habría acabado todo, de un modo y otro.

Kindred Allan la guio escaleras arriba por el camino que llevaba a los salones de las Alondras. Había otros hombres y mujeres con túnicas carmesíes a los que saludó brevemente y que le lanzaron miradas curiosas, pero no dijeron nada. La llevó a un salón pequeño ahuyentando a las otras

Alondras que lo ocupaban. Había cojines y sillones por toda la estancia y una mesa baja con un juego a medio terminar.

—Siéntate, por favor. Aquí estás a salvo. Pareces tener hambre y sed, te traeré algo de comida.

—No es necesario que... —Eira no pudo terminar la frase antes de que él se marchara cerrando la puerta.

Miró la habitación preguntándose cómo había acabado ahí. Con un suspiro monumental que se convirtió en un gemido agudo y doloroso, Eira se derrumbó sobre la pila de almohadas que había debajo de la ventana. Las telas estaban raídas y apolilladas. Los colores habían perdido intensidad por haber estado demasiados días expuestos a la luz solar directa. Pero había una especie de familiaridad en ellos. A pesar de que era la primera vez que trazaba esos patrones intrincados con los dedos, ahí había acudido mucha gente antes buscando un respiro y un momento para recuperar el aliento como ella.

Eira aferró una almohada contra su pecho acurrucándose y concentrándose solo en respirar. Podía sentir el hielo crujiendo por debajo de su piel intentando manifestarse como el día de la revelación, intentado adormecerla. Eira se esforzó por mantenerlo a raya. Por mucho que le costara, tenía que seguir sintiendo. El entumecimiento era peor. Peligroso, incluso.

Se abrió la puerta y Eira saltó, lista para atacar, pero se relajó al instante al ver los rostros conocidos que corrían hacia ella.

—¡Ay, gracias a la Madre! —Alyss le arrojó los brazos alrededor del cuello—. Estás aquí de verdad.

—Gracias por cuidar de ella —le dijo Noelle a Allan.

—¿Alyss? ¿Noelle? —Eira parpadeó—. ¿Qué estáis haciendo aquí?

—Hemos salido corriendo detrás de ti, evidentemente. —Noelle puso los ojos en blanco y ayudó a Allan a dejar una bandeja de té y pasteles en la mesa del centro de la habitación apartando el juego—. Has echado a correr como si estuvieras poseída.

—Estábamos muy preocupadas. —Alyss le agarró las manos—. Te has comportado de un modo bastante extraño desde que hemos hablado antes de tus padres. Creíamos que te habíamos hecho enfadar.

La conversación sobre su familia… había sido ese mismo día, ¿verdad? Todo empezaba a difuminarse en la mente de Eira.

—No, vosotras no habéis hecho nada. Perdón por preocuparos.

Noelle suspiró y se sentó en un sillón. Allan salió y cerró la puerta, dejándoles privacidad.

—¿Qué me dijiste en la Torre hace una eternidad? —Noelle fingió pensar lo que iba a decir, aunque estaba claro que ya lo tenía decidido—. ¿Que no había que disculparse innecesariamente?

—No creo que dijera eso exactamente. —Eira esbozó apenas una sonrisa.

—Es lo que querías decir. —Noelle se inclinó hacia adelante sirviéndose un pastel—. ¿Qué ha pasado?

—¿Dónde está Cullen? —preguntó Eira en cuanto se dio cuenta de que estaba ausente. Ya estaba inventándose mil motivos por los que no estaba… y la mayoría incluían a Ferro enterado de lo suyo y haciéndole cosas horribles.

—Reteniendo a su padre —respondió Noelle.

—Quería venir, de verdad. Lo hemos visto. Pero nos ha dicho que viniéramos nosotras y que él se encargaría de su padre y de Levit para darnos tiempo —agregó Alyss.

—Ah… —Eira miró por la ventana—. No debería preocuparse por mí.

—Ese barco ha pasado —resopló Noelle.

Eira frunció el ceño y espetó:

—No tienes ni idea de por qué lo digo. No hablo solo de nuestras perspectivas de futuro o de su padre. —Aunque también eran motivos de preocupación válidos.

—En ese caso, ¿por qué no nos iluminas? —Noelle inclinó la cabeza.

—No puedo. —A Eira se le revolvió el estómago. No podía mirarlas a ninguna a los ojos.

—Eira… —Alyss le estrechó las manos—. Por favor… Recuerda cuando volviste de… de ese sitio. Prometiste contarnos más y hacernos partícipes. Dijiste que te habías dado cuenta de que no podías hacer esto sola.

Eira se miró los dedos entrelazados con los de su amiga con el pecho dolorido. Odiaba la sensación invasiva que Ferro había dejado en ella. Era como una planta espinosa enraizándose a más profundidad de la que hubiera imaginado jamás, asfixiándola. El único modo de deshacerse de él era compartiendo la carga… pero ¿cómo podía hacerlo cuando estaba tan disgustada y frustrada consigo misma?

—No puedo. —Negó con la cabeza.

—Tienes que hacerlo —repuso Noelle firmemente.

—Basta —suplicó Eira.

—A tu tiempo, pero… —Alyss vaciló pasando la mirada de una a la otra—. Creo que Noelle tiene razón. Deberías hablar de esto. Está claro que guardártelo no te hace ningún bien.

—Tenemos toda la noche. —Noelle se encogió de hombros y se reclinó en el sillón—. Nadie sabe que estamos aquí. Allan ha dicho que nos proporcionaría refugio todo el tiempo que necesites y, por cierto, los pasteles están muy buenos.

Eira resopló suavemente y terminó en un hipido. Volvían a caerle las lágrimas aterrizando en gotas pesadas sobre sus dedos, entrelazados con los de Alyss.

—Tómate tu tiempo —dijo ella en voz baja.

Eira lo hizo. Observó sus manos unidas. Era real. Su amiga era real. Alyss siempre había estado ahí en las buenas y en las malas. En los mejores y en los peores momentos. Ella se quedaría.

Creerse ese hecho le dio el coraje suficiente para decir:

—Le entregué mi vida.

—¿A quién?

—A Ferro… —Las palabras brotaron de ella, desordenadas y urgentes. Llenaron la habitación con las mareas que la habían abrumado a ella solo con pensar en el tacto de Ferro. Eira les contó todo lo que había ocultado la primera vez que les había hablado de su tiempo con los Pilares y no se anduvo con rodeos. Ellas la escucharon atentamente con expresiones que abarcaban todo el espectro de emociones mientras Eira les contaba todo lo que había dado lugar a su reciente interacción. Cuando terminó, Alyss tenía los ojos muy abiertos y brillantes. Crepitaban chispas alrededor de los dedos apretados de Noelle.

—¿Cuándo vamos a matar a ese bastardo? —espetó finalmente Noelle rompiendo el silencio.

—No podemos matarlo todavía. —Eira detestó pronunciar cada palabra de esa frase. Odiaba que fuera verdad.

—¿Por qué? —Noelle se mordió las uñas y salieron chispas en lugar de suciedad. El modo en el que el aire que la rodeaba estaba impregnado de pura rabia hizo que Eira se preguntara si Noelle había matado a alguien alguna vez. A diferencia del asesinato accidental de Eira, Noelle se comportaba como si tuviera experiencia escondiendo un cuerpo. Un hecho que se enfatizó todavía más cuando la mujer agregó—: No hace falta que se entere nadie. Los huesos se convierten en cenizas si los quemas a suficiente temperatura.

—Das miedo, pero me gusta —comentó Alyss asombrada.

—Ferro es muy cauteloso y demasiado importante para los Pilares. —Eira se obligó a pensar como una sombra. A centrarse en hacer lo que Deneya quería que hiciera en lugar de actuar por instinto. Llevaba tramando un plan desde su tiempo con los Pilares y no faltaba mucho para la gala. Podía aguantar hasta entonces—. Si actuamos contra él ahora, a lo mejor sufrimos represalias por parte de los Pilares.

—¿Cómo va a ser eso «lo mejor»? —inquirió Alyss arqueando las cejas.

—Porque si toman represalias, sabremos dónde están. En el peor de los casos, se esconderán todavía más. Mientras Ferro esté interesado en hacerme su… juguete —dijo atragantándose con esa palabra—, tendremos acceso e información sobre los Pilares. Cuanto más alargue el juego y cuanto más confíe en mí, más fácil será llevarlo no solo a él sino a todo el maldito grupo a una trampa la noche del baile.

—¿A quién le *importan* esos Pilares? —Noelle se inclinó hacia adelante—. Son problema de Meru. Por si lo has olvidado, nosotras somos de Solaris. Allí no tenemos Pilares.

—Pero vinieron a nuestras tierras y mataron a nuestros compañeros —espetó Eira bruscamente mirando a su amiga—. Un peligro para Meru es un peligro para Solaris. —Ese era el objetivo del tratado, ¿no? Mostrar que todos los estados eran más fuertes juntos que retirados en sus rincones y atacados por buitres como Adela, los Pilares… o el inminente imperio de Carsovia al noroeste de Meru. Unidos, eran una fuerza que tener en cuenta.

Noelle resopló.

—Estás dejando que tu amor por Meru se interponga. Este hombre no mató solo a personas anónimas, mató a tu hermano.

—¿Y crees que no lo sé? —siseó Eira. Estaba a punto de perder los estribos. Cada parte de ella se sentía expuesta y en carne viva como las magulladuras que le había dejado Ferro durante su tiempo con los Pilares. Cada palabra que pronunciaba Noelle era una daga que se clavaba en su carne con una nitidez brutal—. Ya me han destrozado bastante hoy, no voy a dejar que me sigas despellejando.

—¡Pues haz algo! ¡No dejes que se salga con la suya!

—¡Estoy haciendo algo!

—Basta ya. Las dos. —Alyss intentó que prevaleciera la sensatez… y fracasó.

—Estás permitiéndole abusar de ti.

—Todo lo que he hecho hasta ahora ha sido por mi propia voluntad. —Eira miró a Noelle a los ojos, pero en cierto modo parecía que estuviera diciendo esas palabras más para sí misma que para la Portadora de Fuego. Eran un eco de lo que se había afirmado a sí misma antes, un recordatorio de que había tenido elección en algún momento de toda esa situación—. Sé lo que hice. Fue mi decisión.

La expresión de Noelle se oscureció como la luz al otro lado de la ventana.

—Voy a pararte ahí. Lo que hiciste *no* fue una decisión.

—Estoy manipulándolo —aseguró Eira a la defensiva. No quería que Noelle le arrebatara eso. Ya se sentía como si se estuviera desmoronando. La caja que había construido con cuidado durante su tiempo con los Pilares… la monstruosidad retorcida de las paredes en las que había intentado atrapar mentalmente su percepción de Ferro… todo se estaba resquebrajando por segundos.

—Estás *sobreviviendo*.

—Yo elijo…

Noelle se levantó del sillón. En un segundo, estaba empujando a Alyss y agarrando a Eira por los hombros con fuerza. Noelle la sacudió suave, pero con firmeza, como si estuviera al tanto de la existencia de esas paredes y quisiera derrumbarlas. Quería ver a Eira quebrarse y eso solo hizo que ella se aferrara a la idea de la fuerza percibida con más fervor.

—Si tus opciones son la muerte o hacer algo, no es una decisión en absoluto —declaró Noelle firmemente—. No te culpo, Eira. No te estoy culpando. Pero estás permitiéndote sentirte culpable, sentir que tenías el control de una situación que no controlabas en verdad, eso te hace sentir responsable y no es justo. Lo que ha hecho, lo que te está haciendo en el cuerpo y en la mente, no es algo que nadie debería soportar. No me importa «manipularlo». Te está haciendo daño y no pasa nada por admitirlo. Solo porque seas lo bastante fuerte para seguir adelante no significa que tu mundo no haya sido sacudido por los hechos.

Noelle fue enfocándose y desenfocándose. Eira parpadeó varias veces. *Estoy llorando otra vez, es por eso*, pensó Eira vagamente. A Noelle también le brillaban los ojos, pero mantuvo los labios apretados en una firme línea. Tiró de Eira hacia ella y la abrazó con tanta fuerza como lo había hecho Alyss.

—Estar herida no te hace débil. Admitir que se cometió una transgresión contra ti no te quita la fuerza —susurró Noelle—. Deja de intentar cargar con esto sola. Dijiste que nos dejarías ayudar. Abraza ese mantra y hazlo de verdad.

—Noelle tiene razón —intervino Alyss en voz baja. Su mejor amiga las rodeó a ambas con los brazos—. Siento mucho lo que estás soportando, pero queremos ayudar. Déjanos ayudar.

—Bien. —Eira asintió, pero a pesar de haber dicho eso, sabía que había otra gran verdad que aún no les había dicho.

Ya estaban demasiado implicadas. No las involucraría con la Corte de Sombras.

Veintisiete

Las Alondras compartieron su cena. Era una comida sencilla compuesta por estofado y pan, pero Eira llevaba mucho tiempo sin probar algo tan bueno. Durante un rato, pudo sentarse con sus amigas en un lugar seguro y charlar y lamentarse de cosas varias como si el mundo fuera normal. Alyss y Noelle no volvieron a sacar el tema de Ferro y los Pilares. No parecía que estuvieran intentando ignorar la situación, sino que estaban siendo respetuosas con Eira y permitiendo que sacara el tema ella cuando y como lo necesitara.

Eira apreció la confianza que mostraron en ella. No guardaban silencio sobre esos asuntos para contrariarla, sino que confiaban en que lo mencionara ella cuando lo necesitara. Pero sacarlo en ese momento era lo último que quería. Fingir que todo iba bien durante un rato era la mejor medicina que había podido encontrar para su alma cansada.

Sin embargo, a medida que las estrellas fueron floreciendo en el cielo, todos acordaron colectivamente que su tiempo juntos estaba llegando a su fin. Eira le dio las gracias a Allan al salir. No podía expresar cuánto apreciaba su hospitalidad. Él le aseguró que sería bienvenida en cualquier momento, que las Alondras siempre tendrían un lugar seguro para ella cuando lo necesitara, lo cual era una oferta demasiado buena para no sentirse tentada. Tras prometerle que regresaría si alguna vez le hacía falta, él las acompañó por los salones de las Alondras.

—¿Qué pasa? —preguntó Alyss al darse cuenta de que Eira se había parado en el centro de los Archivos. Las Alondras habían encendido lámparas a lo largo de las estanterías que brillaban como el cielo.

—Creo que no deberíamos irnos todavía. —Había sentido inquietud con la idea de volver a la mansión cuando las palabras de Ferro volvieron a ella. Ese lugar era de su familia. Tenía una sospecha… pero no podía descartar que su propia paranoia estuviera afectando a su juicio. Necesitaba pruebas.

—¿Qué estás pensando? —Alyss dio un paso hacia adelante.

—Tenemos que buscar algo.

—Cullen solo podrá retenerlos durante cierto tiempo —comentó Noelle insegura—. Deberíamos volver pronto.

—Estoy segura de que tenemos algo más de tiempo —insistió Alyss—. ¿Qué necesitas, Eira?

—Algún tipo de registro de propiedad o mapas históricos de Risen, tal vez registros arquitectónicos de familias famosas… —Eira se estrujó el cerebro buscando algo que las llevara a la historia de la mansión en la que se alojaban.

—Este lugar es enorme, nos llevará una eternidad —murmuró Alyss.

—Allan ha dicho que podemos quedarnos aquí si hace falta.

—No me interesa dormir en el suelo, gracias por preguntar. —Noelle crispó el rostro con repugnancia ante la sola idea.

—Pues será mejor que nos pongamos a buscar.

—O... —Alyss se apartó. Un grupo de Alondras acababa de salir de un pasillo. Se acercó a uno—. Estamos buscando mapas antiguos de Risen, ¿podría ayudarnos?

Las otras Alondras se detuvieron esperando a su amigo. Eira se movió con incomodidad mientras ellos pasaban la mirada de Alyss a Noelle y ella. De repente, se sintió algo menos segura con la compañía de las Alondras.

—¿Estáis buscando algo en específico? —preguntó la Alondra—. Así podré guiaros a la mejor sección.

—No es nada... —empezó Eira.

Alyss fue más rápida.

—También nos valdrían registros de propiedad. Nos interesa la historia del edificio en el que nos alojamos.

Eira se estremeció. Le pareció que había podido ocultar la sensación, pero debió de habérsele reflejado en el rostro, porque Noelle se acercó a ella y susurró:

—Es un poco demasiado directa, ¿no?

—No pasará nada. —O eso esperaba—. Vamos a ver qué nos encuentra.

La Alondra las llevó al centro de los Archivos, tres pasillos más adelante. Allí les señaló una sección entera dedicada a la construcción de Risen.

—La mayoría son sobre edificios importantes: el castillo, los propios Archivos... pero también hay registros de otros edificios prominentes más pequeños. Las familias más notables tenían los mismos arquitectos que los proyectos grandes de la ciudad.

—Muchas gracias —dijo Alyss con una gran sonrisa.

—De nada. Las Alondras siempre están encantadas de ayudar a promover el conocimiento y la mejora personal. —Hizo una leve reverencia y se alejó.

Un hilo invisible tiró de Eira como si tuviera un carrete en el centro del pecho rodando y desenrollando la cuerda que tiraba de ella. Pronto el carrete quedaría vacío, se le deslizaría por los dedos, pero ¿qué había atado al otro extremo? Eira no lo sabía. Agarró el extremo del hilo por instinto, decidida a no renunciar a donde la estuviera llevando el destino.

—Hay algo más —dijo apresuradamente justo antes de que el hombre empezara a bajar por las escaleras. Él arqueó la ceja y la miró—. Los... los Archivos contienen toda la información del mundo, ¿verdad?

Él le dedicó una sonrisa cansada.

—Los Archivos de Yargen son la mayor colección de información del mundo, sí... pero la única que tiene *toda* la información del mundo es la propia Yargen. Esto es simplemente el testamento del hombre para su honor. Para intentar mantener nuestros propios registros de las historias que teje para poder aprender de ellas. —Levantó los brazos señalando con reverencia su alrededor.

—¿Hay registros de nacimientos? ¿De defunciones?

—De la gente importante.

—¿Puedo verlos?

—¿En qué estás pensando? —preguntó Noelle.

—Vosotras buscad aquí —indicó Eira rápidamente a sus amigas—. Tengo que comprobar una cosa. —Corrió hacia el hombre apretando las manos con fuerza. Una oleada de náuseas se apoderó de ella. Podía no haberse librado de esa marea particular ese día, pero esa sensación provenía únicamente de los nervios y de las vastas aguas desconocidas en las que iba a la deriva—. Por favor, lléveme allí.

La Alondra lo hizo y señaló una sección entera de historias dos líneas más arriba. Habría fácilmente miles de libros, más de los que podría comprobar nunca. Eira se mordió el labio. Al menos ahora sabía dónde estaban por si alguna vez tenía el tiempo... o el coraje.

—Si eso es todo...

—Una última cosa —dijo Eira con una nota de disculpa—. Le prometo que es la última. —Vio que el hombre reprimía un suspiro.

—¿Sí?

—¿Tienen información sobre la pirata Adela Lagmir?

—Debe estar un escalón más abajo, casi exactamente debajo de nosotros. Tiene una pequeña estantería dedicada a ella entre los libros de náutica y de expediciones.

—Gracias —murmuró Eira con sinceridad—. Apreciamos mucho la ayuda.

Él hizo una pequeña reverencia y se fue.

Eira miró las hileras de libros mientras parecían intentar empequeñecerla con toda la información que contenían. Había demasiados para revisarlos. Se alejó de las estanterías y chocó con la barandilla detrás de ella. Se agarró en busca de apoyo y suspiró. Aunque tuviera tiempo para comprobarlos… no importaría.

En esos libros aparecían las «personas importantes». Sin duda, reyes y reinas, grandes pensadores y poetas. Tal vez… en uno de ellos estuviera registrada la fecha de nacimiento de Adela. Había logrado tal infamia que no le sorprendería.

Pero el nombre de Eira no aparecería en ninguno de esos libros…

Ella no había sido nadie, solo una abandonada. Aunque Adela fuera su madre, ella había hecho todo lo posible por ocultarla. Y su nombre se lo habían puesto sus padres… no Adela, así que no había posibilidad de que su nombre apareciera en esos libros. Eira se apartó de la barandilla y del vacío mental al que se estaba acercando cada vez más.

El hecho de que no fuera lo suficientemente importante para que una Alondra la registrara no la convertía en nadie. No la hacía de menos.

Al bajar las escaleras Eira localizó rápidamente el estante de los libros sobre Adela. Había unos ocho en total, una cantidad insignificante teniendo en cuenta la escala de los Archivos. Pero... Adela era lo bastante importante para tener todos esos libros dedicados a ella. Era lo bastante importante para tener ocho tomos mientras que Eira, al igual que la mayoría de la gente, no vería su nombre escrito en ninguna página de ningún libro.

Acercó el dedo a uno de los lomos temblando ligeramente. ¿Y si descubría la verdad? ¿Y si era realmente hija biológica de Adela y uno de esos libros lo confirmaba? ¿Y si no lo era? ¿Y si seguía sin saberlo? Eira no sabía qué posibilidad la atormentaba más... pero sabía que estar tan cerca y ni siquiera intentar buscarlo era mucho peor.

Sacó el primer libro de la estantería.

Representaciones artísticas de la Tormenta Escarchada iluminaban las páginas. Las líneas esbozadas dotaban de vida el barco fantasmal que Eira había visto entre las aguas oscuras unas semanas antes con unos detalles fascinantes. Si no lo hubiera visto con sus propios ojos, si no hubiera sentido su magia pura y su frío desde el otro lado del océano, tal vez habría pensado que esos dibujos no se acercaban en nada a la realidad. Capturaban los carámbanos que colgaban de las barandillas de la cubierta con sus puntas afiladas. En la parte trasera del barco las líneas representaban las formas detalladas de algún camarote grande, seguramente el de Adela. Sin embargo, por fascinantes que eran los dibujos, no ayudaron a Eira a encontrar su linaje. Pasó a otro libro y no encontró más que registros de las supuestas rutas y escondites de Adela.

El tercer libro contenía información sobre la historia cronológica de Adela. Ese lo leyó con más atención que los dos anteriores. Apoyó la espalda en la estantería y hojeó las páginas en busca de alguna pista. Su mirada se detuvo en una frase y la leyó varias veces:

No se le conoce ningún hijo a Adela y, según todos los registros y relatos, no ha nombrado herederos para el legado de la Tormenta Escarchada.

—Aunque esto no significa nada. —Eira cerró el libro lentamente. Ya había asumido que su nombre no aparecería en ninguno de esos tomos. Esperar lo contrario habría sido una tontería, casi tanto como pensar que era realmente hija de Adela. Eira se miró la mano pensando en el tridente que había convocado por instinto. Había sido porque estaba leyendo los diarios de Adela. No era un instinto que corriera por su sangre. Aun así... Abrió el libro, volvió a encontrar la página y pasó los dedos por la tinta seca—. «No se le conoce ningún hijo» —murmuró Eira—. ¿Mi magia podría ser simple casualidad?

Adela era la reina pirata, perseguida y odiada a través de mares y reinos. Si hubiera dado a luz a un bebé, no habría querido que nadie lo supiera. Un hijo o hija sería una debilidad que podrían usar contra ella. Sería el heredero del mayor barco pirata que había existido jamás.

Eira volvió a mirar la estantería, dejó el libro y tomó el segundo que había hojeado antes. *Registro de actividad de la reina pirata.* Era más que nada un libro mayor salpicado de mapas y rutas marítimas y Eira se fijó en las fechas mientras hacía cálculos mentales. Naturalmente, las Alondras anotaban sus registros siguiendo el calendario de Meru, no el de Solaris. Por suerte, averiguar su fecha de nacimiento en el calendario de Meru era una de las primeras cosas que había hecho Eira tras enterarse de que tenían un modo ligeramente diferente de seguir el paso del tiempo.

Pasó el dedo sobre una fecha que correspondería más o menos al año 350 en el calendario de Solaris. «Se ha visto a Adela en las islas Barrera de camino al sudoeste». Eso fue más o menos cinco años antes del nacimiento de Eira. No había ningún otro avistamiento registrado hasta veinte años después.

Justo en el momento de su nacimiento había un enorme vacío en la historia de Adela. «De camino al sudoeste». ¿Qué significaba eso? ¿A la República de Qwint? ¿A alguna de las islas Barrera del sur? ¿Más lejos? ¿Sudoeste visto desde dónde? Según donde tuviera lugar el avistamiento, podría incluso significar Oparium.

—Vista desde la costa de la bahía Hermanito —leyó Eira en voz alta—. Por el amor de la Madre, ¿dónde está eso? —Empezó a pasar páginas buscando el nombre en uno de los mapas cuando de repente la distrajo un grito seguido de un estallido de llamas.

—¡Eira! —chilló Alyss.

Se le cayó el libro de las manos y corrió hacia la barandilla inclinándose hacia delante para ver mejor a sus amigas. Noelle se había colocado entre Alyss y un hombre que empuñaba una daga. Le chisporroteaba fuego entre los dedos y amenazaba con saltar de nuevo. El agresor maldijo aplastándose las llamas de la manga.

—¡Alyss, detrás de ti! —gritó Eira. Alyss se dio la vuelta demasiado tarde. Eira alargó la mano y disparó lanzas de hielo desde la barandilla, manteniendo a raya a la segunda atacante. Tenía el pulso acelerado. Los dos agresores llevaban ropa de Alondras. ¿Había sido el hombre que las había ayudado? ¿Había sido una de las personas que las había mirado durante demasiado tiempo? ¿Quién era el Pilar vestido de Alondra y cuántos más había?

Además, ¿por qué estaban atacando a Noelle y a Alyss? Eira sintió náuseas. Ella había llevado a sus amigas a esa situación haciendo que Alyss preguntara por los registros. Los Pilares podían haber visto que estaban demasiado cerca de la verdad y... Eira negó con la cabeza interrumpiendo sus pensamientos. Ahora no había tiempo para preocuparse por las respuestas, tenían que actuar.

Tomando aire y permitiendo que la oleada de su magia alcanzara nuevas alturas, Eira se empujó por encima de la barandilla. Sus pies se encontraron con el aire vacío, pero solo un momento. Se formó una rampa de hielo entre su ubicación y la de Alyss y Noelle. Eira se deslizó y aterrizó entre ellas.

—Fanfarrona —resopló Noelle sin apartar la mirada del hombre.

—¿Por qué hacéis esto? —le preguntó Alyss a la mujer que había estado a punto de atacarla—. Allan dijo que estaríamos a salvo...

—No son Alondras. —Eira agarró a Alyss por el codo y le susurró al oído—: Tenemos que irnos. Ya.

La urgencia de su voz pareció sacar a Alyss del trance provocado por la conmoción. Asintió. Eira tiró de ella hacia la barandilla.

—Siempre he odiado saltar precipicios —gruñó Alyss mirándola de soslayo.

—Después podrás contarme cuánto lo odias. —Eira entrelazó el codo con el de Noelle y le dijo—: Confía en mí.

—Confío en ti mientras...

La pregunta de Noelle fue interrumpida por un grito cuando Eira las empujó a ambas por el borde. Era una lástima que Cullen no estuviera con ellas. Podría crear bolsas de aire para suavizar su aterrizaje. En lugar de eso, una piedra brotó desde el suelo hasta los pies de Alyss. Un pilar retrocedió y otro se elevó mientras Alyss saltaba de plataforma en plataforma.

El camino de Noelle y Eira fue menos elegante. Sujetando con fuerza a su amiga, Eira se deslizó por un tobogán de hielo hasta el suelo con Noelle gritándole en la oreja todo el trayecto. En la planta baja se encontraron con una avalancha de Filos de Luz blandiendo las armas con el Giraluz brillando.

—¿Qué significa esto? —exclamó uno de los Filos.

Eira deshizo su magia mientras se levantaba y el hielo se convirtió en vapor. Alyss estaba ocupada moviendo los dedos y volviendo a dejar el mosaico exactamente como estaba antes de que lo modificara con su magia. Si su amiga no hubiera tenido esas inclinaciones artísticas, podrían haber dejado realmente su huella en los archivos.

—Pues… —Eira fue interrumpida.

—¡Están robando en los Archivos! —gritó uno de los Pilares vestido de Alondra desde la barandilla—. ¡Detenedlas!

Eira maldijo y agitó la mano. El aire se volvió espeso con agua y magia mientras una nube de niebla densa llenaba la estancia. Tomó a sus amigas de las manos y tiró hacia adelante.

—Nosotras no…

—Ni se te ocurra, Alyss. —Eira echó a correr—. Tenemos que salir.

—¡Los Filos de Luz nos ayudarán! —A pesar de la réplica de Alyss, siguió corriendo, gracias a la Madre.

Eira no podía contar con que los Filos las ayudaran. No podía contar con que nadie las ayudara. Salieron del muro de niebla a la plaza de los Archivos. Eira miró a su alrededor con el corazón latiéndole con fuerza en la garganta, haciendo que casi se mareara por la sensación.

¿A dónde podían ir? ¿Qué podían hacer? Su instinto tenía razón, había Pilares por todas partes. Se habían infiltrado entre los caballeros y empleados de Lumeria. Se habían infiltrado en la mansión y en los Archivos. Toda la ciudad

JUEGO DE SOMBRAS 317

estaba bajo la mirada opresiva del Campeón y sus secuaces sin nombre y sin rostro.

—¡Detenedlas! —gritó un caballero desde detrás de ellas.

—¡Por aquí! —Eira tiró de sus amigas y echó a correr de nuevo, dejando caer sus manos para poder mover los brazos, rezando porque pudieran seguirle el ritmo.

—¿Dónde vamos? —preguntó Noelle mientras Eira saltaba por el primer escalón de una escalera que conocía demasiado bien.

—Al único sitio que sé que ese hombre no puede ver.

—¿Qué? ¿Quién? ¿Dónde? —jadeó Alyss.

—Confiad en mí. —Eira miró por encima del hombro—. Vamos a tener que tomar el camino largo para despistarlos.

—Déjame ayudar. —Alyss agitó la mano por encima del hombro y unos barrotes de piedra se elevaron desde el suelo bloqueando el extremo de la escalera cuando sus pies llegaron a los escalones.

Eira giró a la derecha intentando orientarse. Como tenía los Archivos tras ella y el castillo delante, iba en buena dirección. Dos giros más y salieron a una calle principal. Las tres mujeres cruzaron corriendo y se metieron en otro callejón.

—Espera… espera… he… —Alyss no pudo terminar. Con una mano en el costado y la otra en la pared para apoyarse, apenas pudo retener el contenido en su estómago.

—Perdón por las prisas —murmuró Eira con aire de culpabilidad, también con la respiración agitada y el cuerpo dolorido.

—Madre en lo alto, ¿qué está pasando? —inquirió Alyss.

—Esos hombres eran Pilares —respondió Eira con confianza.

—¿Por qué si no iban a atacarnos? —Noelle parecía estar de acuerdo.

—Pero... —Alyss fue cortada por los ecos de unos gritos en la calle.

—¡Han ido por ahí!

Eira maldijo.

—Venga, tenemos que seguir avanzando.

—¿A dónde estamos yendo? —preguntó Noelle—. Dijiste que la mansión no es segura. Y si están en los Archivos...

—Sé de un lugar en el que podemos perderlos... tanto a los Pilares como a los Filos. Allí podremos recuperar el aliento y pensar en nuestro próximo movimiento. —Eira esperaba que estuviera vacío.

Cuando llegaron a las calles más tranquilas y deterioradas, las tres aminoraron el paso. Era angustioso moverse tan despacio, pero correr como si tuvieran sabuesos persiguiéndolas solo las hacía más llamativas. Eira movía los ojos a todas partes como había hecho la primera vez que había recorrido ese camino con Deneya. Los Pilares podían estar en cualquier parte... en cualquier persona.

Cuando vio la puerta que daba al pasadizo secreto entre dos edificios, Eira suspiró, aliviada. Dio dos pasos hacia la puerta y rezó por que la combinación no hubiera cambiado.

Era la misma.

—Por aquí, rápido. —Eira cerró la puerta por detrás de Alyss, sumiéndolas en una momentánea oscuridad.

Una llama apareció en el hombro de Noelle iluminándolas con el brillo de la luz de las velas.

—¿Qué es este sitio?

—No puedo decíroslo. —Eira se presionó el costado con una mano, masajeándose para aliviar el dolor. Noelle la agarró por el hombro.

—Ahora van a pensar que somos delincuentes. Hemos huido de la ley. —Noelle negó con la cabeza y maldijo—.

¿No habíamos dicho que basta de secretos? Creo que nos debes una explicación.

—No queréis saber qué es este sitio.

—Estoy con Noelle. —Alyss se enderezó recuperando el aliento finalmente—. A estas alturas, prefiero saberlo todo, a pesar del peligro.

—No sabéis lo que estáis diciendo. —A Eira le dolía todo y no solo por la carrera a través de Risen. Le dolía pensar en la red en la que estaba atrapada y en la que sus amigas iban enredándose lentamente cada vez más. Tarde o temprano, no tendrían salida.

—Queremos saberlo. —Alyss se cruzó de brazos—. Por favor.

—Yo… —Una pulsación de magia la distrajo. Eira miró a un rincón de la habitación y vio a un gato completamente negro saliendo de las sombras entre ondas de realidad. Donde antes había habido un animal, apareció una mujer de cabello ambarino.

—No puede decíroslo porque no le corresponde a ella. —Rebec, la mano derecha de Deneya y Espectro de la Corte de Sombras sonrió levemente—. Pero ahora que estáis aquí, habéis visto demasiado para marcharos sin saberlo.

—¿Sin saber el qué? —preguntó Noelle.

—Por favor, no. No hace falta involucrarlas —suplicó Eira en nombre de sus amigas.

—Ya lo están —replicó Rebec secamente—. Venid las tres.

—¿A dónde? —preguntó Alyss cada vez más confusa.

—A la Corte de Sombras.

Veintiocho

Había un pasadizo secreto dentro del pasadizo secreto, lo cual no sorprendió a Eira en absoluto. Rebec las condujo por una puerta que estaba cubierta de ladrillos por un lado, hecha para camuflarse con las paredes del pasadizo, excepto por una pequeña palanca escondida.

El pasadizo que llevaba a las profundidades de Risen no era diferente al que iba desde la mansión. Eran varios pasillos inclinados, un par de escaleras y tramos que habrían estado en completa oscuridad si no hubiera sido por la luz de Noelle. Eira miró a sus amigas. Alyss parecía sentir una mezcla de asombro y preocupación. Noelle no apartaba la mirada de Rebec. El torneo estaba sacando a la luz el lado más duro y brutal de su amiga. Eira no estaba segura de si Noelle siempre había sabido que lo tenía o si había sido una sorpresa incluso para ella.

—No tenemos que ir… —intentó decir Eira. Rebec la cortó con una mirada fulminante. Era demasiado tarde para echarse atrás. Alyss y Noelle habían visto el acceso secreto, se habían topado con Rebec. Ahora serían parte de la Corte de Sombras o morirían.

Y era todo culpa de Eira.

Las cuatro acabaron ante la puerta intrincadamente cerrada. Rebec hizo aparecer la llave con una floritura del brazo.

—Señoritas, bienvenidas a la Corte de Sombras.

—¿Qué es exactamente la Corte de Sombras? —preguntó Noelle.

Alyss observó las cavernas en un silencioso asombro.

—Todo quedará claro pronto. Por aquí, si sois tan amables. —Rebec lucía una sonrisa que revelaba que le daba igual que fueran amables. Habría sido más acertado que dijera «seguidme o morid».

Noelle pareció comprender la amenaza, puesto que su expresión siguió ensombreciéndose a medida que avanzaban por el camino principal.

A cada paso, Eira se sentía más pesada. Estaba descompuesta. El mundo estaba fuera de su control y no había nada que pudiera hacer para recolocarlo de nuevo. Las piezas del juego que había empezado en Solaris estaban dispersas por los aires, el tablero se había volcado y toda Risen se había puesto patas arriba al caer en manos de los Pilares. Ferro estaba ganando cada vez más control. Brotaban secretos en los rincones más inesperados. Y lo que estaba en juego parecía mayor a cada segundo, a pesar de que Eira todavía no comprendía por completo sus profundidades.

Como era de esperar, Deneya estaba aguardándolas.

—¿De-Deneya? —exclamó Alyss boquiabierta.

Ella simplemente se cruzó de brazos sin ofrecer ninguna explicación sobre su posición o sobre por qué estaban ahí. En lugar de eso, solo preguntó:

—¿Qué significa todo esto?

Rebec explicó brevemente que Eira las había llevado a través del pasadizo secreto, impidiendo cualquier intento de la joven por explicarse ella misma.

Deneya se pellizcó el puente de la nariz.

—Algo he oído sobre el incidente en los Archivos... Si no fuerais competidoras, estaríais muertas.

—No creo que a los Pilares les importe mucho que seamos competidoras. Nos habrían matado igualmente si no nos hubiéramos resistido —declaró Noelle.

—Ah, yo no hablaba de los Pilares en los Archivos. Os mataría yo misma por estar aquí.

A Eira se le revolvió el estómago. Se sentía como si estuviera retorciéndose sobre sí mismo, plegándose incontables veces hasta no ser más que una roca pequeña y densa hundida en el agujero de sus peores temores. Respiró profundamente intentado hacer que el mundo dejara de girar mientras Deneya dirigía su mirada sobrenatural a ella.

—¿Te importaría hablar por ti?

—Ferro vino a buscarme... —Eira se esforzó por mantener la voz firme mientras se lo contaba todo a Deneya: Ferro, la huida de los Archivos, la búsqueda en los registros que pudieran confirmar su afirmación sobre ser el propietario de la mansión... Mientras hablaba, la expresión inescrutable que había mostrado Deneya al principio vaciló. Apareció auténtica conmoción en su mirada ante la idea de que la mansión pudiera estar originalmente bajo el control de los Pilares. A mitad del relato de Eira, llegó Lorn y se detuvo junto a Rebec mostrándose totalmente sorprendido de verlas. Cuando terminó, Rebec se acercó a él y le susurró al oído lo que Eira supuso que serían las partes que se había perdido.

—¿Qué habéis encontrado? —Deneya miró a Alyss y a Noelle.

—La mansión ha estado bajo el control de la corona los últimos veinticinco años —informó Alyss obediente como si ya fuera una sombra—. Fue donada a la corona tras el fallecimiento de su anterior propietaria: Lady Yewin Cortova.

—¿Cortova? —Deneya miró a Lorn—. ¿Qué sabemos de Cortova?

Lorn cruzó hacia el fondo de la habitación, donde había varias cajas fuertes alineadas a lo largo de la pared. Al mismo tiempo, Rebec se dirigió a la única entrada y salida del salón de los Espectros, bloqueando la puerta. Lorn protegió la caja fuerte de la vista con su cuerpo y suaves chasquidos y traqueteos llenaron el aire. Hubo un destello de luz y el hombre retrocedió abriendo la puerta. Metió la mano, rebuscó y sacó un libro de cuero.

—¿Qué hay ahí? —preguntó Noelle.

—Todos los secretos que se han susurrado alguna vez en Risen —respondió Deneya.

Alyss dirigió la mirada a Eira. Mostraba una sonrisa entusiasmada, como si se estuviera conteniendo para no decir: «¡Esto es muy emocionante!». Eira frunció ligeramente los labios, Alyss captó la gravedad de la situación y cambió su expresión por una más solemne.

Lorn dejó el libro en la mesa trasera. Noelle dio un paso hacia adelante, al igual que había hecho Deneya, pero Rebec la agarró del hombro.

—No es para tus ojos —dijo con una nota de advertencia.

—Aquí está. —Lorn le tendió un pergamino a Deneya—. Lady Yewin Cortova... sí, ya la recuerdo. Un caso muy triste.

—Cuéntame —pidió Deneya recorriendo el papel con la mirada.

—Su madre murió en el parto. Su padre era un comerciante rico, perdido en el mar. Había sospechas de actividad pirata... pero nunca llegaron a confirmarse.

—Como suele pasar —murmuró Deneya—. Los piratas pueden moverse con demasiada facilidad antes de que te des cuenta de que están ahí.

Igual que Adela. A Eira le latía con fuerza el corazón. *Cuando me dejó en Oparium, un lugar en el que sabía que estaría a salvo y escondida como heredera de la Tormenta Escarchada.*

—Yewin fue criada por los Fieles, como es costumbre. Ellos gestionaron su patrimonio hasta que fue mayor de edad. Parecía ser una joven piadosa y llena de oportunidades, hasta que se quedó embarazada de un bastardo y fue repudiada por las anticuadas nociones de la sociedad «educada» de la época. Murió en el parto, como su madre.

—¿Y qué pasó con el bebé? —preguntó Deneya.

—Nació muerto. —Lorn pasó otra hoja—. Según los informes de los curanderos de las Alondras que atendieron el parto.

—Para ser gente que supuestamente defiende la verdad, a los Pilares se les da muy bien mentir —gruñó Deneya.

—Les gusta que los persigamos —suspiró Rebec—. Que saltemos con cualquier rumor que se expande por Risen.

Efectivamente, tenían a Eira mirando dos veces a cada esquina.

Deneya desvió los ojos hacia ella.

—Una vez fuiste imprudente y te perdonamos, pero esta vez...

—¿Cuándo nació el bebé? —preguntó Eira apresuradamente—. Espera, no me lo digáis. —Miró a Lorn intentando encontrar un aliado en el guardián de los secretos—. ¿Nació el día posterior al Mediodía Nocturno?

—Sí, ¿cómo lo has...?

—Es Ferro. —Las piezas encajaban con tanta precisión que a Eira le sorprendió que aún nadie hubiera visto la imagen completa. Las sospechas que había tenido en los Archivos desde la primera vez que había visto a la señora Harrot empezaban a solidificarse. Lo que le había parecido disperso y distorsionado empezaba a verse con claridad—. El niño que nació fue Ferro.

—¿No has oído que las Alondras afirmaron que...?

—Claramente, hay Pilares infiltrados entre las Alondras —replicó Eira antes de que Rebec pudiera terminar—. Además, esto sucedió hace veinticinco años, ¿fue antes de que Ulvarth fuera capturado?

Lorn miró el papel que sostenía y luego volvió a mirarla a ella. Tenía los labios tan apretados que fue un milagro que lograra decir:

—Sí.

—Lo que significa que Ferro nació justo antes de que arrestaran a Ulvarth. Nació de una mujer que había crecido al cuidado de las Alondras, bajo la protección de los Filos de Luz y de los Fieles, grupos de los que Ulvarth era el máximo líder en ese momento. Él habría tenido acceso a ella y ella a él.

—¿Estás diciendo que Ferro es el hijo bastardo de Ulvarth y Yawim... y que mantuvieron su nacimiento en secreto? —Deneya arqueó las dejas—. ¿Por qué? ¿Cuáles serían sus motivos?

—Podría haber alguna posibilidad. Vosotros conocéis a Ulvarth mucho mejor que yo. Si yo puedo imaginarme varios usos para un hijo secreto, estoy segura de que vosotros también.

Todas las miradas estaban puestas en Deneya. Golpeó la mesa que había a su lado mirando con aire acusatorio a los papeles que había esparcidos en ella como si se hubieran atrevido a ocultarle ese secreto durante mucho tiempo. A Eira no le sorprendería que, antes de que todo terminara, Deneya pidiera copias de los documentos solo para poder quemarlos y descargar su frustración.

—Puedo —admitió Deneya—. Nunca llegué a entender a ese hombre, pero era reservado. E incluso entonces sospechaba que pudiéramos estar acercándonos. Podría haber visto al niño como una oportunidad para tener un agente en el exterior. Alguien que pudiera actuar en su lugar y que no fuera cuestionado por sus seguidores más devotos. —Deneya maldijo y le dio un puñetazo a la mesa. Tenía los nudillos ensangrentados, pero ni siquiera se estremeció—. Lo pasamos por alto. Todos.

—Normalmente, cada secreto está respaldado por muchos otros —declaró Lorn con aire solemne.

—Nosotros somos los que debemos conocerlos con profundidad. —Deneya se miró los nudillos, suspiró y murmuró algo de Giraluz. Rotaron glifos sobre las heridas y volvieron a unir la carne—. Así que Ferro es el hijo de Ulvarth y esa mansión era su casa, su derecho por nacimiento.

—La clave es descubrir en qué ha estado trabajando Ferro exactamente todo este tiempo —dijo Eira sin dejar de entrometerse en la conversación.

—En llevar a su padre de vuelta al poder. —Rebec miró a Eira y puso los ojos en blanco y Eira tuvo que resistirse para no devolverle la expresión.

—Pero ¿cómo? Liberar a Ulvarth habría sido el primer paso. —Eira ignoró la objeción de Deneya sobre que Ulvarth estaba muerto. Ya no lo creía lo más mínimo—. Ven el tratado y el torneo como una oportunidad para socavar el gobierno de Lumeria. Pero necesitan algo para justificar que los ha ordenado la diosa. ¿Qué...?

—¿Cuáles son tus órdenes? —A juzgar por la brusquedad con la que Rebec le hizo la pregunta a Deneya, ya había tenido bastante con las intervenciones de Eira.

Eira frunció los labios. Ya tenía bastantes problemas.

—¿En qué libro habéis encontrado esta información? —Deneya pasó la mirada de Alyss a Noelle—. Tengo que informar a la reina.

—Pues… —Noelle se tocó los dedos en un gesto culpable que Eira nunca había visto en esa mujer tan segura de sí misma—. Puede que lo haya incendiado.

—¿Qué? —Los ojos de Lorn fueron consumidos por el blanco mientras la miraba completamente horrorizado.

—¡No ha sido culpa mía! Ha pasado todo muy rápido. Ese hombre se abalanzó sobre mí, agarró el libro y vi que tenía una daga en la otra mano… actué por instinto. —Noelle se puso las manos en las caderas y recuperó la compostura—. Me he defendido y no voy a disculparme por ello. Pero el libro se ha quedado atrapado en el fuego cruzado. Y eso lo lamento ligeramente.

Deneya suspiró y miró a Lorn.

—Sabes lo que voy a pedirte, ¿verdad?

—Veré si puedo encontrar otra copia, los registros originales o alguna Alondra que sepa algo sobre ese libro y pueda transcribirme información. —Lorn volvió a guardar las páginas y las devolvió a la caja fuerte del fondo de la habitación.

—¿Y yo? —preguntó Rebec.

—Tú vas a rebuscar por toda la casa, de arriba abajo, y a asegurarte de que no hay ninguna entrada o pasadizo que desconozcamos. No quiero que cague ni una rata en ese sitio sin que lo sepa alguna sombra.

—Entendido.

—¿Y qué hay de la gente que trabaja en la mansión? —Eira todavía no había mencionado a Harrot—. Creo que…

—Fueron examinados hace mucho tiempo. —Deneya descartó la idea.

—Pero…

—Esta es la última palabra sobre el tema. —La Corte de Sombras estaba tan segura de sí misma en su poder y llevaban tanto tiempo estándolo que ni siquiera examinaban lo que había delante de sus narices. El poder que creían tan cimentado se les estaba escapando lentamente de las manos, desvaneciéndose por asumir que tenían el control.

Eira quería gritar. No lo hizo por el bien de sus amigas.

—¿Y qué hay de nosotras? —preguntó Alyss señalando a Noelle y a sí misma.

El intenso y horrible peso de la decepción emanó de los poros de Deneya ante la pregunta. Incluso Alyss y Noelle pudieron sentirlo. Pero la mirada de Deneya se demoró más tiempo y con más peso en Eira.

La joven se atragantó con una disculpa. Las palabras ya no importaban. No ayudarían a Deneya a resolver las cosas. Ni a suavizar los líos que había provocado Eira.

—Has entorpecido más a la Corte de Sombras y nos has puesto en mayor peligro que nuestros enemigos últimamente. Eres un riesgo que ya no podemos asumir.

—Pero…

Deneya levantó la mano confirmando lo que Eira ya sabía. No importaba lo que dijera. Deneya ya había tomado una decisión.

—Vamos a devolveros a las tres a la mansión. Y os quedaréis allí y mantendréis la boca cerrada bajo pena de muerte.

Como si acabaran de llegar, Alyss y Noelle asintieron en silencio.

—¿Qué hago si los Pilares vuelven a buscarme? —preguntó Eira esforzándose por no mencionar que ya estaban infiltrados en la mansión. No importaba cuánto quisiera deshacerse de ella la Corte de Sombras ni cuanto la odiaran los Pilares, ambas entidades la necesitaban por distintos motivos. Hasta que una acabara con la otra, estaría atrapada en el medio.

—Si te quedas donde tienes que estar, los Pilares no podrán llegar hasta ti —espetó Deneya.

—Estaba donde tenía que estar cuando Ferro me acorraló —replicó Eira—. Donde se supone que tengo que estar es en una guarida que anteriormente pertenecía a los Pilares y en la que creo que se *han infiltrado*. Creo que Yewin sigue en esa casa.

—Probablemente, Yewin fuera una víctima —dijo Lorn de parte de Deneya—. Sin duda, Ulvarth la estaba usando, como hace con todos los demás. «Murió en el parto». Apostaría a que la mató Ulvarth para mantenerla callada.

Deneya le dirigió a Lorn un asentimiento de aprobación.

Eira se obligó a dejar de objetar. Nadie la escuchaba. ¿Qué importaba?

—Me encargaré personalmente de vigilar la mansión de ahora en adelante. Estaréis a salvo bajo mi atenta mirada —dijo Rebec con una ligera sonrisa que dejó claro que no iba a estar observando solo a personas externas a la mansión, sino también a los de dentro. Iba a vigilarlas a *ellas*.

—Nos aseguraremos de que no haya más incidentes ni oportunidades para que Ferro llegue hasta ti. Te llevarás el trozo de yeso de los Archivos al baile y se lo entregarás tal y como prometiste. Eso hará que salga y, con suerte, también algunos Pilares más, de modo que la Corte de Sombras se encargará desde ese momento.

—Y en el baile… —empezó Eira.

—He dicho que eso es todo por lo que tienes que preocuparte. —Los siseos de Deneya se habían vuelto tan afilados como garras—. Ya no eres una de nosotros. Nunca lo has sido. No tienes aptitudes para ser una sombra.

. Esas palabras la hirieron más de lo que esperaba. *No eres una de nosotros.* Una vez más. No pertenecía a ese sitio. Ni a ningún otro. Nunca había formado parte de ningún grupo porque cada vez que lo intentaba hacía algo que ponía en peligro a quienes la rodeaban.

Unas aguas invisibles se alzaron en su interior. Sintió que se hundía más y más, pero no hacía nada para impedir su descenso. ¿Por qué lo había intentado siquiera? ¿Por qué se había atrevido? ¿Sus intentos le habían hecho algún bien a alguien?

Un rostro fantasmal en la oscuridad de la magia de su interior le recordó por qué luchaba... Marcus.

—¿Lo entiendes? —La pregunta de Deneya exigía una respuesta.

—Haré lo que me ordenes. —Eira inclinó la cabeza—. Me quedaré quieta.

—Bien. Ducot será nuestro intermediario...

—¿Ducot? —exclamó Noelle, sorprendida. Deneya la ignoró.

—... para cualquier mensaje que debas recibir de la Corte de Sombras. Cuando termine el baile y se resuelva todo este asunto con los Pilares, ya no te necesitaremos. Te recomiendo encarecidamente que no vuelvas a *pensar* nunca en nosotros. —Deneya permitió que asimilara sus palabras con un largo periodo de silencio, antes de agregar—: Rebec, sácalas de aquí.

Veintinueve

—No es culpa tuya. —Alyss trató de consolar a Eira mientras subían las escaleras de su refugio. Noelle iba al otro lado de Eira. Rebec las había dejado en la casa mucho después de que todos los demás se hubieran acostado. Dijo que iba a hacer que redactaran un informe que aseguraba que las habían devuelto los guardias en mitad de la noche después de absolverlas del incidente ocurrido en los Archivos.

Cuando amaneciera, todo sería «como debería ser». Y debían actuar como buenas autómatas, sin salirse de las líneas trazadas por Deneya.

—Sí que lo es. —Eira suspiró y negó con la cabeza—. No dejo de comportarme como si mis acciones solo me afectaran a mí. Como si fuera la única que se juega el pellejo en este juego. Y he puesto a mucha gente en peligro por eso. Vosotras dos incluidas.

—Yo no me siento en grave peligro —declaró Noelle encogiéndose de hombros. El modo que tenía esa mujer de mostrarse indiferente con todo lo que el mundo le deparaba era un rasgo que Eira empezaba a temer tanto como a admirar. Eira sabía que no quería descubrir nunca qué podría quebrarla.

—Pues me alegro —dijo Eira con sinceridad. Si sus amigas podían dormir bien por la noche, no quería arrebatárselo. Ellas no tenían que vivir con los horribles recuerdos de los Pilares y su agujero atormentándolas cada momento de vigilia.

—Solo has actuado de manera precipitada una vez —destacó Alyss—. No se te puede culpar por lo que has hecho hoy.

—Pero todas sabían que Deneya ya lo había hecho—. Huir de Ferro, conseguir algo de espacio, defenderte de los Archivos... cualquiera habría hecho lo mismo.

Eira se encogió de hombros.

—No importa. Lo único que importa es que finalmente los Pilares serán llevados ante la justicia. Si la corte puede hacerlo sin mí, por mí bien. —Aunque su opinión sobre la corte iba empeorando por momentos.

—Pasará, estoy segura. —Apoyó las manos en la puerta de los aposentos de Solaris—. Bueno, ha sido un día muy largo, si estás bien...

—Estoy bien. Id a dormir. —Eira abrazó a sus dos amigas.

—¿Quieres venir conmigo? —preguntó Alyss mientras Noelle abría la puerta—. No tienes que estar sola si no quieres.

—Tal vez... pero creo que voy a ir a ver a Cullen.

El hombre en cuestión se detuvo en seco cuando sus ojos se posaron en ellas. Eira quedó atrapada por su mirada. Se sintió débil por el alivio que la inundó al verlo. Como si solo por haberlo visto el mundo volviera a estar bien.

—Creo que deberíamos dejarles algo de espacio. —Noelle intercambió una sonrisa con Alyss y las dos se retiraron a sus habitaciones antes de que Eira pudiera decir algo más.

Quedó expuesta ante los ojos del chico, quedando cautiva voluntariamente. Eira bebió de él sumergiéndose en los sentimientos cálidos y seguros con los que él la inundó. En un suspiro, conocería su reacción ante los acontecimientos del día. En un segundo, tendrían que enfrentarse al origen de la preocupación de su mirada, de su huida frenética... de todo.

Pero, por un segundo, él la miró como si el mundo empezara y acabara entre su pie derecho y el izquierdo. La miró como si fuera una diosa entre los hombres. Y Eira no era lo bastante fuerte para romper esa mirada.

Él sí.

—Cullen... —empezó Eira suavemente cuando él se acercó a ella.

Sin decir ni una palabra, la tomó entre sus brazos estrechándola contra él. Eira colocó las manos en los músculos de la espalda de Cullen y sus sentidos se sintieron abrumados. Olía a jabón de limón, a colada secada al viento, a edredones bañados por el sol y a días perezosos que quería que se le resbalaran los dedos como hacía él con su cabello. Cullen le acarició las mejillas con las yemas de los dedos explorándola con atención como si quisiera confirmar que era real.

—Eira... —Pronunció su nombre con dolor, como en éxtasis—. Gracias a la Madre. Estaba muy asustado. —La chica notó su cálido aliento en las mejillas. O tal vez fuera solo rubor por haber hecho que se preocupara—. Saliste corriendo. Algo iba mal. Lo sabía y quería ayudarte... pero no pude seguirte. Tendría que haberlo hecho, pero mi padre... —El rostro de Cullen se crispó en agonía.

—¿Qué pasa con él?

Cullen ignoró la pregunta.

—Luego me enteré de que había habido un incidente en los Archivos y de que habías vuelto a desaparecer. —Emitió un ruido ahogado y los músculos de la garganta se le contrajeron cuando tragó saliva—. Creía que te habían vuelto a capturar. Creía que podía perderte para siempre.

—Estoy aquí. —Eira cubrió las manos de Cullen con las suyas y cerró los ojos. Respiró tan profundamente que le dio vueltas la cabeza—. Lamento haberte preocupado tanto.

—No te disculpes. —Hablaba como Noelle—. Me alegro de que estés bien.

Eira asintió y lo miró. Mostraba una expresión muy pura y vulnerable. Era todo lo que no era Ferro. Cullen era un auténtico bálsamo para los pedazos restantes de su corazón.

—¿Qué ha pasado?

—Pues… —El instinto la silenció. Pero la oscuridad del agujero permanecía en las sombras de la habitación, recordándole lo fugaz que era cada momento. Su tiempo con Alyss y Noelle, su apoyo, la había envalentonado—. Tengo que contarte algo, pero me da miedo.

—¿El qué?

—Que me veas de otro modo o que no quieras tener nada que ver conmigo.

—Confía en mí cuando te digo que eso nunca sucederá —la tranquilizó acariciándole suavemente las mejillas con los pulgares—. Lo eres todo para mí, Eira. *Todo.*

Confía en él, se animó a sí misma mientras tomaba aire, temblorosa.

—Es sobre Ferro…

La expresión de Cullen se oscureció y la duda la atravesó al verlo. ¿Iba a echarse atrás ante la mera mención del nombre de Ferro? ¿Cuánto sabía él de su anterior encaprichamiento con el hombre?

—¿Qué te hizo? —gruñó Cullen salvajemente. Si no hubiera estado dirigido a quienes podían dañarla, se habría asustado.

—Hay cosas que no te he contado sobre mi tiempo con los Pilares... Cosas que hice... —Por segunda vez en un día muy largo, Eira compartió el trato que había hecho con Ferro. Compartió cada golpe que el hombre le había dado a su cuerpo y a su mente. Expuso cada parte insegura, fea y vulnerable de ella a los pies de Cullen y, cuando terminó, esperó su juicio.

A medida que hablaba, la expresión del chico se iba volviendo más brutal. Los músculos de sus pómulos parecían de piedra de tanto apretar la mandíbula. A pesar de que su semblante permaneció sombrío, sus ojos ardían con una rabia que no había creído que Cullen pudiera poseer.

Cuando terminó, él siguió mirándola en silencio, frunciendo el ceño como si estuviera mirando directamente al Ferro que solo existía en los recuerdos de Eira. Ella se removió con la garganta dolorida e incómoda por su sondeo no verbal. ¿Era toda esa ira era solo por Ferro? ¿Alguna vez había habido alguien tan protector, tan enfadado por ella?

—Di algo —le pidió suavemente cuando el silencio se prolongó.

—Soy un fracaso.

—No lo eres.

—He fallado en lo único en lo que quería tener éxito, en protegerte.

Eira soltó una carcajada por lo bajo.

—El sentimiento es mutuo... No sé qué haría Ferro si se enterara de lo nuestro.

—Razón de más para mantenerlo en secreto. —La soltó y se acercó a la chimenea, mirando las brasas humeantes del fuego. Eira lo observó y recordó que se había callado en seco cuando había empezado a hablar de Yemir.

—¿Ha pasado algo con tu padre?

El silencio fue su única respuesta.

—Cullen…

—Ha sido una noche muy larga. —Suspiró y se giró hacia ella de nuevo—. Deberías descansar.

—No. —Eira fue hasta él y le agarró la mano como si estuviera a punto de huir—. Yo te lo he contado todo, ahora te toca a ti.

Cullen le dirigió una sonrisa cansada y amable y le colocó un mechón detrás de la oreja.

—Lo haré, te lo prometo. Pero esta noche no. Ya hemos pasado por bastantes cosas hoy. Hablaremos por la mañana.

—Pero…

—No es algo de lo que haya que preocuparse ahora. Puede esperar —la tranquilizó. Como si quisiera sellar sus palabras con una promesa, se inclinó hacia adelante y le dio un suave beso en los labios—. Ve a dormir, Eira.

—¿Y hablaremos por la mañana?

—Tan pronto como podamos.

—De acuerdo.

Eira lo soltó, Cullen la acompañó hasta su puerta y le deseó las buenas noches. Necesitó todo su control para no pedirle que se quedara con ella. Pero, por cada parte de su ser que quería que se quedara, había otra parte que quería estar sola. Se sentía como un animal herido que necesitaba espacio para lamerse las heridas.

Así que se fue a la cama sola.

Con las primeras luces, la despertaron las voces de Yemir y de Cullen hablando. Su conversación terminó justo cuando Eira recuperó la conciencia.

Cuando estuvo lo bastante despejada para salir de la cama y vestirse, Cullen ya se había ido.

Los días se convirtieron en una especie extraña de monotonía. Yemir monopolizó por completo el tiempo de Cullen. Si no eran discusiones durante el desayuno, eran cenas con dignatarios o «asuntos importantes». Solo podía verlo en los campos de entrenamiento. Pero no era el lugar adecuado para mantener una conversación sincera sobre lo que estaba pasando entre Cullen y su padre. Eira lo sabía por las miradas cada vez más distantes y angustiadas de Cullen.

El otro hombre en su órbita era Ducot. No parecía prestarle mucha atención, pero Eira podía sentirla cuando pensaba que ella estaba distraída.

Cuando no estaban en los campos de entrenamiento, Eira pasaba la mayor parte del tiempo en la zona común. Intentaba conocer a los draconi, pero no parecían muy por la labor. Ducot debió haberles dicho algo a los morphi porque estos le lanzaban miradas cautelosas. Por lo que a Eira respectaba, estaban todos en la Corte de Sombras. Los elfins hablaban con ella de vez en cuando, pero parecía que los competidores estaban siendo cada vez más conscientes de que solo faltaba una semana para el baile y eso significaba que la auténtica competición empezaría en tan solo ocho días.

Noelle no tenía la misma mala suerte que ella. Sorprendentemente, o tal vez no tanto teniendo en cuenta que era hija de nobles, Noelle fluía con facilidad de un grupo a otro. Los morphi parecían disfrutar de su presencia y los elfins la invitaban regularmente a cenar. Parecía cada día más cercana a Lavette, la hija de uno de los dignatarios de Qwint.

Todo esto hizo que Alyss fuera la compañera principal de Eira.

Las dos mujeres se sentaron en las terrazas jardines en un banco junto al río. Alyss jugueteaba con un trozo de madera, doblándolo con su magia, dándole forma de águila. Eira le tocó el brazo, todavía sudado por las horas de entrenamiento de la tarde. Su cuerpo había empezado a cambiar, le estaban saliendo músculos donde nunca los había tenido.

—¿Te duele el brazo? —preguntó Alyss sin levantar la mirada.

—¿Qué? Ah, no... Es solo que... nunca lo había tenido así.

Alyss la recorrió con la mirada y volvió a enfocarse en su trabajo.

—Creo que se llama bíceps.

—Sé cómo se llama. —Eira se cruzó de brazos y se hundió en el banco. Esa posición la hizo ser aún más consciente de que tenía músculos nuevos—. No estoy acostumbrada a tenerlo, eso es todo.

—Siempre lo has tenido, así es como mueves el brazo —espetó Alyss secamente.

—Hoy estás muy borde.

Su amiga sonrió.

—Solo porque me lo estás poniendo muy fácil.

—Pero sabes a lo que me refería.

—Entiendo que estás descubriendo las maravillas de hacer ejercicio de manera regular.

—No lo digas como si tú fueras aficionada al entrenamiento frecuente. —Eira le sacó la lengua a su amiga y Alyss rio.

—Tienes razón, estoy bromeado. Yo también me he visto diferencias. Supongo que es lo que pasa cuando por fin dejamos de pasar todo nuestro tiempo libre en una biblioteca o aula. —Alyss hizo una pausa mirándose los brazos y las piernas. Había líneas sombreadas atravesando su piel oscura que no habían estado ahí anteriormente—. Espero que todavía me venga bueno el vestido para el baile cuando llegue el día. Aunque la costurera usó magia de morphi para confeccionarlo. Creo que podría… —Alyss se interrumpió al ver la expresión solemne de Eira—. Lo siento, sé que no te gusta pensar en ese día.

—No pasa nada.

—Eso ha sido insensible. —Alyss le dio un golpecito a Eira con el hombro—. Perdóname.

—Perdonada mucho antes de que lo pidieras innecesariamente. —Eira le sonrió a su amiga poniendo cara de valor ante los recuerdos de Ferro que de repente nadaban como tiburones en su océano interior. No había sabido nada de él desde aquel día, pero una parte de ella sentía que siempre estaba vigilándola, acechando, a tan solo un paso. En un instante atravesaría esa distancia y…

Eira miró por encima del hombro asegurándose de que no hubiera nadie ahí. Las personas más cercanas estaban sentadas en el área común bajo los arcos. Era solo su mente jugándole una mala pasada…

Pasó la mirada por la mansión pensando de nuevo en lo que había descubierto aquel día. El edificio había pertenecido a la madre de Ferro. Frunció los labios preguntándose si las sospechas de Deneya y Lorn acerca de que Ulvarth había matado a la madre de Ferro para mantener a su hijo en secreto eran fundadas. ¿O era correcta su teoría sobre la que nunca había tenido oportunidad de hablar?

—¿Qué pasa? —Alyss agitó la mano delante de la cara de Eira, quien parpadeó y se giró hacia su amiga—. Te has bajado del mundo un momento.

—Lo siento, estaba pensando en… —Tragó saliva—. En él.

—Es mejor no hacerlo. —Alyss entrelazó el brazo con el de Eira, se la acercó y apoyó la cabeza en su hombro.

—Lo sé. Pero… es difícil no hacerlo cuando una parte de mí sigue sintiendo que estoy durmiendo bajo su tejado.

No pudo evitar volver a mirar por encima del hombro. La gente que había sentada en la mesa junto al arco se había marchado y había una elfina ocupada limpiando lo que habían dejado. La señora Harrot. Sus ojos lilas se movieron hasta Eira y permanecieron en ella demasiados segundos.

Eira volvió a observar el río rápidamente.

—¿Qué pasa? —La voz de Alyss era distante. Había vuelto al mundo real. Mientras tanto, la mente de Eira vagaba a leguas de distancia.

Esa casa había pertenecido a la madre de Ferro, una mujer de la que se sabía muy poco. Una mujer que probablemente la mayoría de la gente no sería capaz de reconocer porque se había pasado la mayor parte de su vida al cuidado de las Alondras. La mansión había sido tomada por la corona tras su muerte y se había nombrado un supervisor.

«Se la llevaré a ella». Era eso lo que había dicho Ferro la primera vez que Eira había escuchado la daga, ¿verdad? Cerró los ojos esforzándose por recordar cada palabra de aquella conversación. A *ella.* La palabra se le quedó grabada en la mente. La manera en la que Ferro la había pronunciado.

Estaba hablando de su madre, Eira estaba convencida. La aparente obsesión de Harrot con su habitación... ¿Y si su «desagradable» incidente no había sido vigilar a Eira... sino buscar la daga?

¿Y si esa estúpida arma dorada era más importante de lo que todos pensaban?

—¿Eira? —insistió Alyss.

Si estaba en lo cierto... eso significaba que la daga dorada se la había dado a Ferro su padre. Ferro se la había llevado a su madre, la señora Harrot, para que la mantuviera a salvo mientras él estuviera en Solaris... ¿qué había dicho la daga? Eira se agarró al banco intentando concentrarse.

—Eira, no pareces...

—*Shh* —siseó Eira. Su amiga se mostró entre sobresaltada y herida—. Lo siento, Alyss, dame un momento…

—Vale —contestó inclinando la cabeza, más curiosa que enfadada.

Eira se levantó. La Corte de Sombras podía haber acabado con ella, pero ella no había acabado con ellos. E iba a hacer que *alguien* la escuchara antes de que fuera demasiado tarde.

Alyss le agarró la mano.

—No vas a salir corriendo sin decirme a dónde vas.

—Necesito hablar con Ducot —explicó Eira en un susurro—. A este rompecabezas le falta una pieza, algo que todos están pasando por alto, y puede que él sea la única persona que me escuche.

Treinta

No se veía a la señora Harrot por ninguna parte cuando Eira volvió a entrar al edificio. Siguió mirando de reojo, buscando a la vigilante silenciosa de la casa. Alyss se mantuvo cerca mientras Eira subía a la tercera planta y llamaba a la puerta de los aposentos del Reino Crepuscular.

Respondió Griss. Pareció sobresaltado por su repentina aparición y Eira tampoco podía culparlo por ello.

—Necesito hablar con Ducot.

Griss se apoyó contra el marco de la puerta bloqueándole la entrada y la visibilidad.

—¿Y de qué tienes que hablar con él?

—Es personal.

—Él no quiere hablar contigo.

Eira se mordió la lengua para no comentar que Griss ni siquiera se había molestado en ir a preguntarle a Ducot qué quería. Respiró hondo y buscó en su interior una emoción que se pareciera a la calma o la amabilidad. Debía existir algo así todavía en su océano. ¿O ahora era solo cuchillos y dagas de hielo?

—Por favor —dijo Eira en voz baja—. Tú solo ve a buscarlo. Si no quiere hablar conmigo después de que le haya dicho por qué estoy aquí, me marcharé. Lo prometo.

Griss la miró con la cabeza ladeada y los labios fruncidos.

—Eira, dime qué quieres. —La voz de Ducot le llegó desde detrás de Griss—. Rápido. Y más te vale que sea bueno.

Poniendo los ojos en blanco, Griss abrió la puerta del todo y reveló una zona común muy parecida a la que tenían los competidores de Solaris. Ducot estaba sentado con una morphi que Eira había llegado a conocer como Amlia y el entrenador morphi. Estos dos la miraron con intensidad, pero Ducot ni siquiera se dio la vuelta. Siguió dándole la espalda. Aun así, Eira podía sentir sus pulsaciones inundándola con un suave bombardeo.

¿Cómo podría decírselo sin despertar las sospechas de los demás? Eira comprendió que no podía. Se mordió el labio. Estaba haciendo las cosas mal otra vez. Por eso exactamente la había echado la Corte de Sombras. O, más bien, nunca habían llegado a considerarla miembro en primer lugar.

—Yo… No importa. Lamento interrumpir —se disculpó con sinceridad—. No tendría que haber venido. Si tienes un momento, Ducot, me gustaría hablar contigo en algún momento esta noche. Ya sabes cómo encontrarme.

—Sí que lo sé.

Griss le cerró la puerta en las narices sin decir ni una palabra más.

—Qué grosero —murmuró Alyss.

—Me odian. —Eira empezó a bajar las escaleras—. Y no puedo culparlos.

—Lo que hiciste no fue *tan* grave. —Alyss bajó la voz hasta un susurro—. El castigo no está compensado con el delito.

—Eso no me importa. Hay algo que deben saber. —Eira se agarró a la barandilla con tanta fuerza que le crujieron los nudillos mientras seguía bajando—. Tenía la esperanza de que al menos Ducot me escuchara. Pero supongo que no lo hará.

—Nunca se sabe. —Alyss le dio un caderazo—. Podría sorprenderte.

—Sí que podría.

Eira y Alyss se dieron la vuelta. Ducot abrió la puerta del área común del Reino Crepuscular y la cerró con un suave clic.

—Pe... pensaba que... —farfulló Eira intentado encontrar las palabras y fracasando.

—He oído lo que has dicho.

—¿Después de cerrar la puerta? —Alyss parpadeó, sorprendida.

—Evidentemente. —Ducot estaba en la escalera justo encima de Eira, mirándola a los ojos. Ella recordó la primera noche que la había llevado a la Corte de Sombras—. ¿Y bien?

—Aquí no. —Eira miró a su alrededor—. Ven conmigo. —Se dirigió de nuevo al banco en el que habían estado antes Alyss y ella.

—¿Tú también vienes? —le preguntó Ducot a Alyss.

—Ya lo sabe todo. Y necesito a mis amigos de confianza —agregó Eira antes de que Alyss pudiera responder—. No puedo hacer todo esto sola. Cada vez que lo intento, lo fastidio.

—Al menos te has dado cuenta por fin —murmuró Ducot.

—¡Es lo que yo dije! —exclamó Alyss y los dos intercambiaron una mirada conspiradora que Eira no estaba segura de que le gustara.

De nuevo en el banco, Alyss y Ducot se sentaron mientras Eira permanecía de pie paseándose junto al río. Se esforzó por hablar en voz baja y que su voz no llegara a la mansión o al otro lado del agua. Se detuvo cuando por fin decidió por dónde empezar la explicación.

—He estado pensando en lo que sabemos, o lo que creo que es cierto, y lo que quieren los Pilares. He llegado a una conclusión y solo quiero que alguien la escuche y tú eres el único que puede hacerlo. Así que, por favor, ¿vas a escucharme?

Él la mantuvo en suspenso durante un momento angustiante.

—De acuerdo.

—Gracias. —Soltó un suspiro de alivio—. Empezaremos con que Ulvarth fue injustamente encarcelado por robar y extinguir la Llama.

—*Injustamente* —repitió Ducot con un resoplido.

Eira evitó revelar el secreto de Deneya. Ya sabía, a pesar de todo lo malo que había hecho Ulvarth, que su encarcelamiento había sido injusto. Pero explicarlo solo haría que se ganara la ira de Deneya y apartaría a Ducot.

—Sí… bueno, antes de ser encerrado, tuvo un hijo.

—¿Un hijo? —Ducot arqueó los puntos luminosos que le servían como cejas.

—Ferro.

—¿Cómo lo…?

—Descubrimos que esta mansión le perteneció a su madre —explicó Alyss—. Había un libro en los Archivos.

—Así que eso fue el incidente de los Archivos. —Ducot parecía casi divertido.

—Y Lorn tenía registros adicionales sobre su propietaria, Yewin. Creo que Ferro es el hijo de Ulvarth y que su madre fue Yewin. A Ferro lo ocultaron y fue fundamental en la creación de los Pilares. En última instancia, ayudó a liberar a Ulvarth porque era un agente desconocido incluso para la Corte de Sombras. Podía moverse con libertad. Los Pilares quieren poder y para ello deben socavar el gobierno y demostrar que la diosa misma los ha ordenado.

—Entiendo. —Ducot asintió—. Supongo que hay algo más.

—Sí. —Eira dejó de pasearse y se sentó, pero sus piernas rebotaban por la inquietud y el entusiasmo—. El derrocamiento de Lumeria está relacionado con lo que hizo Ferro en Solaris... con lo que me temo que harán cuando comience el torneo.

—Socavar el gobierno... ¿Y cómo demostrarán que han sido nombrados por la diosa?

—Estaba pensando en la conversación que oí en la daga... algo sobre cuatro reliquias.

—¿Y esas son...? —preguntó Ducot y Eira reprimió un gruñido. Tenía la esperanza de que él lo supiera.

—No estoy segura... Pero recuerdo bien lo que oí, Ulvarth dijo algo sobre volver a encender la llama que guía el mundo. —Eira se inclinó hacia él y susurró—: También los oí hablar de una daga en la reunión. Creo que es la daga dorada. Creo que es una reliquia, junto con la Ceniza de Yargen.

—¿Y las otras dos?

—No lo sé —admitió Eira—. Pero creo que cuando las tengan todas demostrarán de algún modo que han sido seleccionados por la diosa.

—Es una teoría interesante.

—Es más que una teoría —insistió Eira—. Es verdad, lo sé. Al igual que sé que la madre de Ferro es la señora Harrot y que este lugar no es tan seguro como creen los Espectros. Trajo la daga aquí y la escondió delante de las narices de Lumeria, justo donde la Corte de Sombras nunca pensaría en mirar, para poder recogerla cuando pudiera.

—Ahora te estás pasando.

—Encontré a Harrot una noche en mi habitación. —Cuando Eira reveló esa información, el comportamiento de Ducot cambió. Fue un cambio leve, pero Eira lo notó—. Estaba buscándola, Ducot. Por favor, sé que la corte tiene buenos motivos para no confiar en mí, pero los Espectros no me dejan hablar. Eres el único que puede escucharme. Si pudiera volver a ver la daga, intentaría escuchar más. Creo que hay más partes de esa conversación, mis poderes han crecido desde que estuve con los Pilares. Estoy segura de que ahora podré oír lo que falta. Y con esa información, puedo averiguar qué intentan hacer los Pilares con esas cuatro reliquias.

—No harás nada —repuso Ducot firmemente—. Creo que Deneya ya te lo ha dejado bastante claro.

—Pero... —Eira suspiró—. Sí, lo sé. Sin embargo, la corte puede actuar. Si los Pilares necesitan esa daga, Harrot sabe que ha desaparecido. Deben estar buscándola. Y estoy segura de que ya sospechan de la corte. —Ducot siguió mirándola de ese modo tan enigmático. La conversación no había ido como ella esperaba, pero podía haber ido mucho peor—. No voy a hacer nada. Lo juro. Pero gracias por escucharme. Necesitaba que supieras, porque te considero un amigo, que este lugar no es seguro y que debes mantener la guardia. Dejo el resto en tus manos, Ducot. Si crees que algo de lo que he dicho tiene sentido, por favor, transmítelo a los Espectros. Y si pueden confiarme la daga, aunque sea solo unos momentos, que lo hagan.

—Ya lo veremos. —Ducot se levantó y se marchó, inescrutable.

Eira miró a Alyss con desesperación. Su amiga se levantó y le dio un abrazo.

—Has hecho lo que has podido —le dijo.

—Sí... —Eira miró a Ducot marcharse y resistió el impulso de pedirle que la llevara a la Corte de Sombras. Eira sabía que podía hacer más. Podría encontrar un modo de colarse en la corte. Conocía el pasadizo hasta allí y luego podría llegar de algún modo hasta el salón de guerra de los Espectros. O tal vez podría acorralar a la señora Harrot y exigirle respuestas...

No. Ese tipo de pensamientos era lo que la había puesto en peligro y había puesto en riesgo a la corte en primer lugar. Se quedaría quieta y haría lo que le dijeran, pasara lo que pasara.

Algo duro golpeó el cristal de la ventana de Eira haciendo temblar los cristales y el marco. Se despertó sobresaltada y soltó un grito de sorpresa. La luz de la luna inundaba su habitación con un tono plateado mientras la magia le crepitaba por debajo de los dedos, subiendo en su interior como la marea.

Jadeando suavemente, Eira miró alrededor de la habitación y luego hacia la ventana. Allí, en el alféizar exterior, vio el contorno oscuro de un pájaro inmóvil. Un pájaro se había chocado con el cristal. Eso era todo. Agarrándose la camiseta sobre el pecho y respirando profundamente para recordarse a sí misma que no estaba siendo atacada, Eira abrió el panel inferior y lo levantó.

El pájaro se retorció cuando lo tomó y lo acunó en su brazo izquierdo. Alguien llamó a su puerta y se sobresaltó por segunda vez esa misma noche.

—¿Eira? —llamó Cullen suavemente—. ¿Estás bien? Te he oído gritar.

—Estoy bien. —Abrió la puerta y se olvidó casi completamente del pájaro por un momento al mirar a Cullen a los ojos. El torneo se aproximaba y cada día se alejaban más el uno del otro. Ni siquiera habían logrado robar un momento para hablarse por las noches, puesto que estaban demasiado cansados del entrenamiento o de Yemir para quedarse levantados hasta tarde. Ahora le parecía un desconocido y eso hizo que se le formara un nudo en el pecho y que se le entrecortara la respiración—. Sin embargo, el pajarito... —Eira pasó junto a Cullen en dirección a la habitación de Alyss—. Se ha estrellado contra mi ventana.

—Contra tu...

—¿Qué está pasando? —Noelle abrió la puerta con un bostezo. Por suerte para ellos y para sus conversaciones y aventuras nocturnas, Levit tenía un sueño increíblemente profundo.

—Un pájaro se ha estrellado contra la ventana de Eira —respondió Cullen mientras Eira llamaba a la puerta de Alyss.

—¿Todo este escándalo por un pájaro? —Noelle se pasó los dedos por el pelo.

—¿Alyss? —Eira abrió la puerta. Si había alguien con el sueño aún más profundo que el de Levit, era su amiga. Eira dejó el pajarito en el escritorio de Alyss y despertó a la mujer—. Alyss, te necesito.

—¿Qué pasa? —gruñó ella sin abrir los ojos.

—Un pájaro se ha estrellado contra mi ventana. Creo que está herido. —Eira se fijó en las manchas de sangre que le había dejado en el brazo y en el costado—. Necesito que lo cures o podría morir.

Eso hizo que Alyss se levantara. Bajó de la cama empujando a Eira a un lado y corrió hacia el escritorio que Eira le señalaba. Alyss se sentó y sostuvo al pájaro entre las manos.

—Pobrecito —murmuró. Siempre había sentido debilidad por los animales—. ¿Quién te ha hecho esto?

—¿Se pondrá bien? —preguntó Noelle desde el umbral de la puerta. Cullen y ella se acercaron, al parecer demasiado interesados por el destino del animal como para volver a la cama.

—Eso creo. Eira, ¿me acercas mi caja, por favor? —pidió Alyss mientras su magia inundaba al pequeño animal.

Eira hizo lo que le había pedido. Sacando los viales de la caja y tendiéndole ungüentos y hierbas a Alyss para que pudiera hacer su trabajo, Eira se vio transportada a la clínica. Siempre acababa sus tareas antes que Alyss, como si nunca hubiera tenido mucho que hacer gracias al tío Fritz. A veces, si a Alyss le quedaba poco, Eira le echaba una mano como asistente.

Qué sencilla había sido la vida aquella época. Las únicas preocupaciones de Alyss eran tener suficiente arcilla a mano y saber cuándo salía su próxima novela romántica favorita. Y Eira solo se preocupaba por… por…

No se preocupaba por nada. Eira observó el frágil pajarito entre los dedos de Alyss. Los intentos desesperados de su amiga parecían resultar inútiles mientras el mundo era silenciado a su alrededor. Eira no se había preocupado por mucho. Por supuesto, había tenido intereses, problemas triviales… y qué triviales parecían ahora.

Intentaba sobrepasar a su hermano, anhelaba ver mundo… y ahora que tenía lo que había deseado… daría cualquier cosa por volver a aquellos tiempos. Pero no podía, no más de lo que ese pajarito podía haber esquivado su ventana en su caída en picado desde los cielos. Eira había ganado una dirección y cosas por las que luchar y ya no podría volver a ser la chica que había sido.

—Ya. —Alyss se apartó—. Creo que esto bastará. Al menos de momento.

—¿Se pondrá bien? —preguntó Eira. El pajarito se movió y empezó a mover la cabeza.

—Debería descansar aquí esta noche y por la mañana veremos cómo va. Seguro que estará volando… —Alyss no logró terminar. Saltó de la silla y estuvo a punto de aterrizar en la cama.

Una pulsación mágica rodeó al pajarito. Luego otra mientras la criatura negra aleteaba, enderezándose. Con una tercera pulsación, la criatura saltó del escritorio y aterrizó en forma de mujer con puntos brillantes en lugar de cejas.

El pelo le caía en mechones rizados del moño en el que debería estar recogido. Tenía la cara ensangrentada y la ropa rasgada en los lugares en los que se le habían roto las plumas al pájaro. Miró a su alrededor, intentó avanzar hacia adelante y cayó al suelo.

—Ar... —Eira no fue lo bastante rápida para recordar su nombre.

—¿Lady Arwin? —Cullen corrió hacia ella—. ¿Qué ha pasado?

—No soy ninguna Lady —espetó empujando a Cullen a un lado, usándolo como apoyo para levantarse. Pero se inclinó peligrosamente y cayó en una silla que se levantó desde el suelo con un movimiento de las manos de Alyss. Arwin soltó una retahíla de maldiciones—. Tengo que irme.

—No vas a ir a ninguna parte en ese estado. —Alyss se acercó hasta Arwin—. Te he curado como pájaro, no como persona. Deja que te examine.

—Están en peligro —declaró Arwin intentando apartar a Alyss, pero había perdido la fuerza.

—¿Quién? —preguntó Eira con el corazón ya acelerado—. ¿Quién está en peligro?

Arwin miró a Eira a los ojos.

—Tú... tú conoces el camino. Ve.

—¿Qué?

—A la corte... van a ser atacados. —Arwin hizo una mueca cuando Alyss le aplicó un ungüento particularmente potente en las heridas—. Tienes que advertirlos.

Con el corazón acelerado, Eira se dio la vuelta. Había tenido razón desde el principio. Y lo detestaba.

Cullen la agarró del brazo.

—Voy contigo.

—Tienes que quedarte aquí.

—Yo también voy —declaró Noelle.

—Vosotros dos...

—¡No hay tiempo! —espetó Arwin—. ¡Ya!

—Yo me quedo con ella —ofreció Alyss. Miró a Cullen a los ojos y después a Noelle—. Vosotros cuidad de Eira por mí.

Al menos Alyss se salvaría de las consecuencias que tendría que soportar Eira por parte de los Espectros. Arwin buscó a tientas entre su ropa y sacó una barra de hierro. Con una pulsación mágica, se transformó en una llave.

—Toma esto y vete. Adviértelos. Toda la corte está comprometida. —Esa afirmación hizo que Eira inhalara bruscamente. Arwin asintió despacio—. Tienen que irse...

—Lo haré. Tú recupérate, necesitarán toda la información que posees. —Eira se dio la vuelta y corrió atravesando el área común.

—¿Alguien quiere decirme qué es la Corte de Sombras? —preguntó Cullen siguiéndola.

—Cierto, tú no estabas. —Noelle se chasqueó los nudillos y aparecieron llamas a su alrededor—. Enseguida lo verás. Tú síguenos.

Eira tiró de la palanca oculta y abrió la puerta. Cullen pasó tras ella y Noelle la cerró al entrar. Eira vio la confusión, el miedo y el toque de asombro en la cara del chico bajo la luz proyectada por la llama que flotaba sobre el hombro de Noelle.

—La Corte de Sombras trabaja para Lumeria —explicó Eira suavemente mientras bajaban—. Son amigos.

—¿Y tú estás relacionada con ellos? —preguntó Cullen dejando entrever la preocupación en su voz—. ¿Son los que mencionaste cuando volviste de los Pilares? El grupo con el que estabas involucrada.

—Sí, *estaba* involucrada. Más o menos. —Eira asintió—. Pero ya no.

—Estaban siendo muy irracionales —agregó Noelle. Eira se centró en el camino que tenía delante, en lugar de objetar. Pero eso no significaba que no apreciara que sus amigos la defendieran.

Cuando iban por la mitad, un extraño eco llegó hasta ellos. Eira frenó intentando escuchar.

—¿Qué es eso? —susurró Noelle.

Cullen cerró los ojos con fuerza. Eira podía sentir su magia irradiando desde él. Flotaba en el aire, llenando el camino, flotando hacia adelante.

Abrió los ojos de golpe.

—De-deberíamos volver.

—¿Qué has oído? —Eira sabía que los Caminantes del Viento tenían una afinidad que les permitía sacar la conciencia fuera de sus cuerpos. Se preguntó si esa sería la magia que acababa de sentir.

—No es seguro.

—Claro que no lo es.

Cullen la agarró por los brazos.

—No quiero que sigas corriendo hacia el peligro.

—Tengo que acabar con esto —susurró ella—. No tengo otro sitio al que ir. —Eira seguía teniendo en mente el pajarito herido. La sensación de vivir a la sombra de Marcus. La chica que había sido, sin querer nada, anhelándolo todo, ajena al mundo—. No puedo volver, Cullen, ahí no hay nada para mí. Solo puedo ir hacia adelante.

—Pues prepárate.

Dos palabras ominosas hicieron que su magia se elevara cuando Eira cargó contra la oscuridad. Pronto, la luz de la llama de Noelle se fusionó con una neblina naranja. Salía humo del techo del túnel. Eira se paró, sorprendida por un ataque de tos.

Cullen levantó las manos y disipó el humo. El viento le sacudió el pelo y se lo enredó irremediablemente. Pero Eira siguió hacia delante de todos modos. Empujó la pared de calor todo lo rápido que pudo hacia la pesadilla naranja que la esperaba.

—No —murmuró Eira deteniéndose en el pasadizo principal.

Había cuerpos esparcidos por el suelo, carbonizados, apuñalados, mutilados. La llave que le había dado Arwin se le deslizó entre los dedos y resonó al caer al suelo. La puerta de la Corte de Sombras, con su poderosa y antigua cerradura, había sido arrancada de sus goznes.

Treinta y uno

¿Cómo?
¿Cómo han…? ¿Han…?

No le funcionaba el cerebro. Parpadeó varias veces obligando a su mente a trabajar de nuevo. A medida que volvían los pensamientos cohesivos, también lo hicieron las sensaciones de calor, humo y gritos. Se elevaban en la Corte de Sombras como un coro agonizante.

—¡Tenemos que apagar los incendios! —gritó Eira a sus amigos por encima del caos—. Cullen, ayuda a despejar el humo. Debe haber algún tipo de ventilación. —Eran suposiciones, pero tenía sentido. Había visto fuegos anteriormente en la Corte de Sombras. El humo tenía que ir a alguna parte—. Noelle…

—Ya estoy en ello. —Levantó las manos con los dedos rígidos en forma de garras. Su propio fuego se arremolinó entre sus pies. Salió disparado de sus dedos como dardos, mezclándose con las llamas y otorgándole el control a Noelle. La mujer era la encarnación del fuego y el poder, el resplandor naranja resaltaba su piel oscura y su cabello con sorprendente detalle. Cuando cerró los puños, las llamas que había alrededor de la entrada se apagaron y Eira corrió hacia delante.

La mitad de su poder permaneció enfocado en sí misma. No podría ayudar a nadie si se quemaba hasta convertirse en una patata frita. El vapor se elevaba desde sus hombros como alas mientras Eira avanzaba hacia el infierno.

La otra mitad de su poder se lo dio a la primera persona que vio. Era una mujer clavada a la pared. Apenas con vida, pero lo suficientemente consciente como para levantar la cabeza cuando vio a Eira. Dibujando un arco alrededor de la mujer, el hielo se elevó hacia arriba, manteniendo el fuego a raya.

—¡Noelle! Por aquí.

—¿Por aquí? ¡Por todas partes! —se quejó ella entrando en el infierno de las cavernas.

Brillaban glifos de Giraluz en el túnel que llevaba al salón de guerra de los Espectros. Todavía había alguien vivo ahí. Eira resistió el impulso de correr hacia adelante. Tenía que tomárselo con calma.

Se agachó al lado de la sombra enfriando sus heridas con hielo y agua. La mujer la miró, mareada. Tenía la mitad del cuerpo cubierta de quemaduras. La otra mitad parecía cubierta por una especie de aceite.

—Han... han venido... Están... Se ha acabado. Se ha acabado... —murmuró la mujer.

—Estás bien. —Probablemente, fuera mentira. Eira no era curandera, pero había trabajado con bastantes de ellos y había visto a gente suficiente al borde de la muerte para saber el aspecto que tenía la vida abandonado los ojos de alguien—. Mantente viva. Voy a buscar a los otros supervivientes.

Cuando Eira se levantó, Noelle gritó:

—Es demasiado. No puedo mantenerlo todo bajo control. —Seguía teniendo las manos extendidas, pero el sudor le perlaba la frente y el cuello. No por el calor, los Portadores de Fuego no sentían calor como el resto de la gente, sino por agotamiento. Noelle estaba a punto de llegar a su límite y solo había despejado una pequeña parte de la sala.

—Tengo una idea —chilló Cullen por encima de las llamas—. Pero es arriesgado.

—Me parece un momento muy adecuado para correr riesgos —comentó Noelle.

—¿Qué es? —Eira se había unido a ellos.

—El fuego necesita aire como combustible… Puedo aspirarlo todo hasta el techo. Eso debería quitarle suficiente poder al incendio para que podáis controlarlo.

—También necesitamos el aire para respirar —espetó Noelle.

—Ya he dicho que era arriesgado, ¿se te ocurre algo mejor?

—Deberíamos hacerlo —decidió Eira por los tres. No podrían mantener el fuego bajo control si no se arriesgaban. Y seguían produciéndose destellos de Giraluz en el fondo de la caverna. Sacar el aire podría perjudicar a los combatientes, pero al menos los perjudicaría a todos por igual. Tanto a las sombras como a los Pilares.

—A la de tres, preparaos… contened la respiración —dijo Cullen con una intensa mirada de concentración apoderándose de sus rasgos—. Una.

Noelle amplió su postura extendiendo los brazos.

—Dos.

Eira se agachó, preparada para correr hacia adelante. Inhaló profundamente al mismo tiempo que Noelle.

—¡Tres!

Cullen levantó las manos hacia arriba con un gruñido. Una poderosa ráfaga de viento rugió en los oídos de Eira, revolviéndole el pelo y la ropa. Las llamas disminuyeron al instante. Vacilaron chisporroteando, ardiendo con el poco aire que aún quedaba en el suelo de la caverna. Noelle agitó los brazos y las piernas, casi como si estuviera bailando, mientras enviaba lenguas de fuego a extinguir el resto.

Eira cargó hacia la mitad trasera de las cavernas. El Giraluz se había detenido cuando Cullen había retirado el aire. Extendiendo los brazos, envió chorros de agua a las brasas que podrían volver a encenderse cuando volviera el aire.

Pero el esfuerzo fue demasiado. Le ardía el pecho. Le gritaban los pulmones. Cada maldición que conocía se le pasó por la mente mientras tropezaba e intentaba respirar.

Un silbido áspero. Eira se tambaleó, le daba vueltas la cabeza. Intentó inhalar, pero no había aire.

Cullen, articuló. ¿Cuánto tiempo retendría el aire? Eira se tambaleó, se golpeó las rodillas contra el suelo cuando cayó. Eso era lo que había sentido Marcus.

Eira, sigue adelante. La voz de su hermano resonó en la oscuridad de la caverna, en la oscuridad que había tras sus párpados pesados.

De repente, como un peso invisible cayendo sobre la estancia, el aire volvió. Eira se empujó hacia arriba llenándose los pulmones. Los fuegos chisporrotearon y volvieron a encenderse. El primero fue extinguido por Noelle en cuanto apareció. El segundo lo roció Eira con una oleada alimentada por la rabia y la frustración.

Confiándoles el resto a sus amigos, Eira se adentró en el túnel. Vio hombres con túnicas pálidas también levantándose, tambaleándose y frotándose la cabeza.

—Hora de irse —gruñó uno de ellos al verla. No pareció reconocerla. Eira era un desastre empapado de hollín y cenizas. Pero ella sí que lo reconoció. Ese hombre era uno de los Pilares que estaba con el Campeón el día que había demostrado su poder.

Los tres Pilares se metieron por un agujero de la pared que había sido estallado. No se habían infiltrado en la corte por los pasadizos normales. Habían encontrado un túnel (o un pasadizo secreto propio paralelo a la corte) y lo habían volado por los aires hasta el salón principal. Y luego habían arrancado la puerta, sin duda para que pasara el resto.

Eira patinó hasta detenerse junto al agujero, pasando la mirada desde los Pilares que huían hasta el salón de guerra saqueado. Cuando su mirada se posó en los cuerpos de Lorn y Deneya, la decisión estaba tomada. Invocó una gruesa capa de hielo para tapar el agujero de la pared y corrió hasta que se dejó caer de rodillas junto a Lorn.

—¡Lorn, Lorn! —Lo sacudió y le pasó una mano por la cara. Aún respiraba. Solo se había desmayado.

Se acercó a Deneya.

El estado de la mujer era mucho peor. Tenía quemaduras cubriéndole todo el brazo y el costado. Su otro brazo estaba flácido y aplastado, como si se hubieran hecho añicos los huesos y músculos de su interior. Tenía dos flechas de ballesta clavadas, una en el abdomen y otra en la pierna.

—De-Deneya. —Eira miró la brutalidad que había soportado su aliada sin saber qué hacer—. Deneya, despierta, por favor —murmuró.

Acercó una mano temblorosa a la nariz y boca de Deneya. Una inhalación. Una exhalación. Lenta y débil, pero ahí estaba.

Eira corrió de nuevo hasta Lorn y le dio la vuelta con un gruñido.

—¡Lorn, despierta! —gritó—. ¡Tienes que despertar! Yo no sé Giraluz. ¡No puedo curarla!

El charco de sangre que rodeaba el cuerpo de Deneya parecía crecer por segundos. Eira tenía el corazón acelerado. No, no podía ser. Deneya era la más fuerte de todos. ¿Qué había dicho Taavin? Que había cenado con lo divino. Una persona así no podía... no podía...

—¡Deneya! —Eira se apresuró de nuevo hasta la mujer. Sus emociones la movían de un lado a otro, debatiéndose entre buscar ayuda o permanecer junto a ella durante las pocas respiraciones que le quedaran—. Por favor...

Deneya dejó escapar un suave gemido y a Eira se le retorció el corazón varias veces. Los ojos de la mujer se abrieron a medias. Tenía el ojo izquierdo inyectado en sangre por las quemaduras que había sufrido.

—E... Eira... —dijo con voz áspera. Una leve sonrisa se le dibujó en los labios—. ¿No... no te había dicho que no volvieras?

—Lo siento —hipó Eira—. Se me da mal seguir órdenes. Ya lo sabes. Pero las llamas ya están controladas. Todo está bien. Vamos a curaros a todos. Estaréis bien.

Deneya hizo una mueca.

—Las reliquias... se han llevado... la daga. —Ducot debía haber dicho algo. A pesar de todo, seguía del lado de Eira.

—Ahórrate las palabras —suplicó Eira. Agarró la mano quemada de Deneya con toda la suavidad que pudo—. Úsalas para el Giraluz. Cúrate, por favor.

—Tienes que conseguir... —susurró Deneya.

—¡Deneya, Giraluz, ya!

Suspiró y cerró los ojos.

—*Hal... Halll... Halleth ruta... Halleth ruta toff* —logró pronunciar finalmente. Sus palabras sonaban roncas y los sonidos no eran perfectos. Abrió los ojos y volvió a mirar a Eira—. No tengo fuerzas.

—Sí que las tienes —insistió Eira deseando que fuera verdad—. Eres la persona más fuerte que conozco y no vas a morir aquí. —Eira le agarró la mano con más fuerza y la mujer se

estremeció, pero ella no la dejó. Vertería magia dentro de Deneya si era necesario—. Inténtalo otra vez.

—No puedo.

—¡Sí puedes! —Eira cerró los ojos con fuerza y se imaginó magia elevándose a su alrededor. Se imaginó los hilos vi-
brantes que había sentido en la fortaleza de los Pilares. La
magia que impregnaba el mundo que las rodeaba deshila-
chándose en los contornos de Deneya. Podía volver a coser-
los de algún modo—. Por favor, una vez más, por mí.

—*Halleth... Halleth ruta toff.* —La luz parpadeó en el pecho de Deneya, el contorno de un glifo, incompleto pero presente.

—Otra vez —pidió Eira. La magia llameaba alrededor
del cuerpo de Deneya intentando encontrar sus corrientes.
¿Cómo podía alimentarla? ¿Qué más podía hacer?

—Yo...

—¡Otra vez! No vas a morir aquí. No te dejaré. Me niego.
—Eira levantó la mirada hacia el techo oscuro manchado de
hollín y goteando por el vapor de fuego extinguido. Miró a
través de la roca, imaginando la ciudad arriba y el cielo estrellado más allá. Si había una diosa, *que dejara vivir a Deneya.*

Por una vez, que no fuera Eira el heraldo de la muerte.
Cerró los ojos e imaginó el agua que la llenaba a ella levantando también a Deneya. Sus mareas podían mantenerlas a
ambas en el aire. Deneya encontraría el poder que necesitaba. La magia vibraba a su alrededor en armonía, cada hilo
vibraba al compás mientras flotaban dentro de sus aguas
imaginarias.

—*Halleth ruta toff.* —Esta vez, las palabras sonaron claras
y fuertes. Eira casi podía sentir el poder fluyendo a través de
su magia hacia Deneya. Abrieron los ojos y fijaron la mirada.
Deneya también lo sentía. Eira no se estaba imaginando esa
sensación.

La sorpresa y un toque de pánico ante el extraño fenómeno hicieron que todo se derrumbara a su alrededor. El glifo vaciló y desapareció. Los ojos de Deneya se cerraron. Su cuerpo quedó inerte.

—No —murmuró Eira—. ¡No! —Tendió las manos hacia el cuerpo de Deneya. *Que sea realmente medio elfina. Que posea una magia como ninguna otra. Que mis maldiciones se conviertan en una bendición solo por esta vez*—. *Halleth ruta toff.* —No pasó nada—. *Halleth ruta toff. ¡Halleth ruta toff!* —gritó.

—¡Eira!

Habían llegado Noelle y Cullen. Pero se oyeron más pasos aparte de los suyos.

En la entrada del salón de guerra había una pequeña brigada de sombras lideradas por la Voz, Taavin, y Vi Solaris. Eira parpadeó intentando asegurarse de no estar alucinando.

—Salvadla —suplicó Eira a cualquiera de ellos. A todos ellos.

Vi Solaris, la princesa heredera del imperio, estuvo al lado de Deneya en un abrir y cerrar de ojos. Extendió una mano con sus largos dedos firmes.

—Quédate conmigo, amiga —ordenó Vi en voz baja—. *Halleth ruta toff.* —Las palabras fluyeron desde los labios de la princesa como si hubiera nacido para pronunciarlas. Eira observó con asombro mientras un glifo, azul en el centro y amarillo por los bordes, cobraba forma desde su palma. Giró lentamente mientras ella movía la mano de arriba abajo por el cuerpo de Deneya—. *Halleth ruta sot.* —Vi convocó otro glifo que se extendió por debajo de Deneya proyectando una cálida luz hacia arriba—. Tú.

—¿Sí? —Eira se había quedado tan hipnotizada que se había olvidado de sí misma por un momento.

—Sácale las flechas —ordenó la princesa heredera—. La piel no se unirá correctamente si las dejamos ahí.

Eira hizo lo que le había dicho, rompiendo las flechas de ballesta y sacándolas rápidamente con toda la suavidad que fue capaz de reunir. Deneya siseó de dolor, pero el dolor era una buena señal porque, si había dolor, seguía habiendo vida.

Vi continuó usando el Giraluz hasta que acabó de curar a Deneya. Cuando volvió a sentarse sobre sus talones con un suspiro, Deneya parecía perfecta y renovada, excepto por la ropa sucia y rasgada. La elfina se sentó con una sonrisa traviesa, como si no acabara de estar a las puertas de la muerte.

—Siempre se te ha dado bien aparecer en el último momento —le dijo Deneya a Vi.

—Tienes suerte de que esté aquí. Casi ha sido demasiado tarde.

—La gente que tuerce el destino nunca llega tarde. —Deneya rio entre dientes y Vi soltó un resoplido y negó con la cabeza, divertida.

Eira seguía mirando y parpadeando. La princesa heredera había usado Giraluz. ¿Cómo? Vi Solaris era Portadora de Fuego… ¿verdad?

—Gracias por controlar el fuego —le dijo Deneya a Vi—. Esos bastardos han usado perlas de destello y aceite.

—Eso no lo he hecho yo. —Vi cambió la mirada a Eira haciendo que ella se retorciera incómodamente bajo el peso de la mirada de la princesa—. Tienes que agradecer a estos competidores de Solaris el haber sofocado el incendio. Si no hubiera sido por ellos, no habría podido venir aquí directamente cuando he llegado y podrías haber muerto.

Deneya desvió la atención lentamente a Eira. Compartieron una larga mirada. Cada vez que parpadeaba, la Deneya que había estado al borde de la muerte se superponía a la mujer sonriente y ligeramente enfadada que estaba ahora sentada ante ella.

—Supongo que te debo un agradecimiento —dijo Deneya finalmente.

—Solo me alegro de que estés bien —respondió Eira débilmente.

—Pues ya somos dos. —Vi se levantó y le tendió una mano a Deneya para ayudarla a ponerse en pie—. Porque quiero que estés delante cuando acabemos con los bastardos que han hecho esto.

Treinta y dos

Los que seguían vivos fueron atendidos rápidamente. En la brigada que había llegado con Vi y Taavin había unos seis Giradores de Luz. No quedaban muchas sombras vivas en la caverna, solo diez personas, lo que significaba que ahora la Corte de Sombras estaba constituida por veintidós personas. La mayoría habían vuelto a la caverna principal para recoger a los muertos. Ducot estaba entre la brigada, pero no hubo tiempo para que Eira pudiera hablar con él antes de que lo enviaran a recoger a los muertos.

Deneya estaba apoyada contra la mesa con los brazos cruzados. Vi estaba a su lado. Taavin y Lorn inspeccionaron los daños que habían sufrido las cajas fuertes con los registros en el fondo de la sala.

—Tú… —Deneya empezó a mirar a Eira con rudeza.

—Arwin vino a buscarme —dijo rápidamente—. No iba a venir. No quería venir. Es decir, sí. No sabía qué más hacer. Pero Arwin dijo que había que advertir a la Corte y me confió la llave y… —Inclinó la cabeza hacia abajo—. No fui lo bastante rápida.

—No, nosotros no fuimos lo bastante inteligentes. —La princesa heredera miró la mesa. Eira había visto a Vi Solaris un puñado de veces, pero nunca así. Iba vestida de guerrera con ropa del color de la noche. Llevaba el pelo retirado en una trenza sencilla enroscada en la nuca. La princesa heredera siempre había irradiado poder. Pero este era de un tipo diferente. La confianza mortal era más propia de una reina o una emperatriz que de la princesa que Eira había visto de lejos—. Esta vez nos han ganado.

—Evidentemente —maldijo Deneya entre dientes—. La pregunta es: ¿cómo?

—No descansaré hasta encontrar la respuesta —declaró Lorn.

Eira se resistió a confirmar si Ducot les había contado todos los detalles de sus teorías. No quería que interpretaran su consulta como una especie de regodeo. Ahora ya no importaba que tuviera razón.

—¿Con qué mano de obra? —Deneya miró a Eira, Cullen, Noelle, por el salón y hacia la caverna—. Ahora solo somos veintidós.

—¿A cuántos tenéis arriba? —preguntó Vi.

—Tal vez a otros diez o veinte.

Vi negó con la cabeza y rebuscó entre los papeles de la mesa.

—No es suficiente para seguir operando bajo tierra. Y después de esto… —Señaló el salón del trono—. Si no tomamos medidas decisivas seguirán frustrándonos hasta acabar cortándonos el cuello con demasiada facilidad.

—Dijiste que se habían llevado la daga —intervino Eira con audacia—. Cuando estabas… —No fue capaz de decir «muriéndote»—. Incapacitada.

—Parece que es lo único que se llevaron. —Lorn volvió a la mesa del centro con Taavin a su lado—. Todos mis registros siguen aquí.

—Están jugando con nosotros. —Vi negó con la cabeza sombríamente—. Quieren que tengamos la información porque están seguros de que no vamos a poder descifrar sus planes.

Deneya miró a Eira.

—¿Oíste algo el tiempo que estuviste con los Pilares que pueda sernos de utilidad?

Vi se apartó de la mesa rápidamente y giró para mirar directo a Eira. Nunca se había sentido tan pequeña como bajo la mirada de la princesa.

—Tú... ¿Tú eres a la que se llevaron a la fortaleza de los Pilares?

—Sí.

—Cuéntamelo todo.

Deneya suspiró mirando a la princesa, un gesto atrevido que decía mucho de su cercanía.

—Ya te he contado...

—Quiero oírlo de ella. —Vi señaló a Eira—. Habla.

Eira hizo lo que le habían ordenado y contó la historia de su tiempo con los Pilares. Las palabras la sacaron de su cuerpo. Se quedó de pie junto a la mujer contándole todo lo que le había pasado. Esa no era ella. No realmente. Había superado esos acontecimientos. Ahora era más fuerte. Aun así, Eira se sintió aliviada cuando finalmente pudo desviar el tema a su teoría sobre la daga y la mansión.

Cuando terminó, la princesa heredera tenía fuego en la mirada y chisporroteándole entre los nudillos. Respiró hondo y descartó el poder que rugía a punto de escaparse de su control.

Vi volvió la mirada hacia Deneya.

—Entonces es en el baile.

—Ese era el plan. —Deneya asintió—. Pero debemos decidir si estas reliquias entrarán en juego antes.

—No importa, eso no cambiará nada. —La princesa heredera ensartó a Eira con la mirada—. Tengo que pedirte una cosa, aunque tal vez me odies por hacerlo.

—Dudo que pueda odiaros, alteza. —Sin embargo, la preocupación de la princesa la atemorizó.

—Ya has hecho mucho, pero necesitamos una cosa más de ti. Necesitamos que actúes como cebo en el baile.

—¿Qué? —Cullen dio un paso hacia adelante—. Alteza... Vi lo ignoró y siguió hablando solo con Eira.

—Ferro está claramente obsesionado contigo. Si tú estás ahí, seguro que él estará. Si sales a la pista de baile, bailas con otros, ríes y te relacionas con ellos, seguro que se vuelve loco. Los hombres como él no pueden soportar no tener el control.

—No creía que tuviera elección acerca de ir o no al baile —respondió Eira con una voz más débil de lo que le habría gustado. Estaba empezando a sufrir los efectos de la noche, le habían llegado de golpe. Estaba exhausta.

—Siempre has tenido elección, no somos los Pilares. —Vi dio un golpecito en la mesa—. Pero lo que te estoy pidiendo es que te esfuerces por llevarlo a nuestra trampa. Si va al baile y se queda escondido, tienes que hacer lo que sea necesario para sacarlo.

—¿En qué estás pensando? —le preguntó Taavin a su prometida.

—En que voy a convertirlo en un ejemplo. ¿Quieres matar a una serpiente? Córtale la cabeza. Si atrapamos a Ferro públicamente, el resto de los Pilares caerán. Lo pondremos en una posición comprometedora y luego podremos actuar.

—Como su padre —murmuró Deneya. La Espectro tenía razón. El plan de Vi se parecía alarmantemente al modo en el que habían atrapado a Ulvarth. Y ella sabía cómo había acabado eso.

—También está el Campeón de Yargen —agregó Eira rápidamente aprovechando la oportunidad para recordarles su anterior fracaso—. El líder es él, no Ferro. —Estaba harta

de que todos se comportaran como si el Campeón no existie-
ra realmente, como si fuera un enemigo imaginario inventado por Eira—. Capturar o matar a Ferro solo servirá para
incitarlos todavía más porque habremos atrapado a su mano
derecha.

Vi dejó escapar un resoplido divertido y negó con la cabeza. Había un brillo distante en sus ojos que miraba a un
tiempo lejano. Mostró una sonrisa de complicidad ante la
mera mención del Campeón de Yargen, acompañada de una
mirada triste al vacío.

—Él no es el Campeón de Yargen —dijo Vi en voz baja y
con seguridad. A continuación, prosiguió con más fuerza—:
Quienquiera que sea ese hombre, solo es una marioneta sos-
tenida con hilos. Cuanto más escucho, más segura estoy de
que Ferro está en el centro de todo.

—Escuchadme, por favor…

—Eira —dijo Deneya con una nota de advertencia.

Ella la ignoró.

—Quienquiera que sea el Campeón, sea Ulvarth o no,
ellos *creen* que es el Campeón.

—No lo es —repitió Vi.

—¡No importa que lo sea o no! —La voz de Eira se volvió ligeramente más aguda con sus emociones—. No importa lo que nosotros pensemos, sepamos y creamos. Lo
que importa es lo que *ellos* creen. Incluso Ferro lo ve como
el Campeón. Quiere usar las reliquias para justificarlo como
tal. Lo veneran como a un dios y sin duda creen que, si
pueden hacer que la ciudadanía haga lo mismo, tendrán
todo el poder que necesitan. La fe es más poderosa que los
hechos.

—Confía en nosotros, tenemos información que descono-
ces. Esta situación está bajo control —dijo Deneya dejando
entrever que estaba empezando a cansarse.

—¿Igual que tenías controlado a Ferro? —espetó ella.

—Eira... —Cullen dio un paso hacia ella, pero Eira ignoró el tono apaciguador de su voz.

—¿Lo tenéis bajo control? ¿Por eso no habéis encontrado todavía la Tormenta Escarchada? ¿O cualquier otra señal de Adela?

Deneya niveló la mirada con la de Eira.

—Hemos encontrado la Tormenta Escarchada.

—¿Qué? —El viento abandonó las velas de Eira.

—Está saliendo de las regiones occidentales de Meru, cerca de Carsovia. El barco de aquella noche fue solo un señuelo.

—Un... señuelo...

—Tenían Corredores de Agua y Giradores de Luz a mano para proyectar esa ilusión, para hacer que les perdiéramos el rastro —confirmó Lorn.

Adela no estaba cerca. Nunca lo había estado. Seguía a medio mundo de distancia, tan cerca como Eira de la verdad sobre quién era realmente y de dónde venía. Tan cerca como estaba de vengar a su hermano.

—Los Pilares se estaban haciendo pasar por Adela para enmascarar sus movimientos.

—¿Cómo lo habéis descubierto? —susurró Eira. Tenía sentido. Ella misma había pensado que probablemente los Pilares no estuvieran trabajando con Adela durante el tiempo que había estado con ellos gracias a los comentarios de Ferro. Pero habían pasado muchas cosas, había tantas piezas... que lo había pasado por alto cuando finalmente había escapado.

—No tenemos por qué revelarte nuestros medios. —Deneya se cruzó de brazos.

—¿Cuándo os enterasteis?

—Hace semanas.

—¿Por qué no me lo dijisteis? —Las heridas invisibles que Eira había soportado se volvían más y más profundas a cada minuto.

—Porque no necesitabas saberlo. —Deneya frunció el ceño—. Porque decírtelo habría sido arriesgarnos a que salieras corriendo. Las sombras solo saben lo que necesitan saber. No estás al tanto de todos nuestros planes.

—Basta —dijo Vi firmemente. La orden tenía autoridad real, rogaba ser escuchada... u otra cosa—. Estas disputas no nos llevan a ninguna parte. Eira, ¿serás nuestro cebo en el baile? Si es así, nos encargaremos del resto.

—De acuerdo. —Eira se cruzó de brazos—. Lo haré. Y después habré acabado con vosotros. —No le daría a Deneya la oportunidad de echarla de nuevo. Solo querían utilizarla—. Os ayudaré a derribar a Ferro y después, para bien o para mal, no volveré aquí ni volveré a ayudaros nunca. Ahí os quedáis.

—Muy bien —contestó Deneya fríamente, como si no le doliera lo más mínimo aceptarlo. Eira se preguntó si en algún momento había llegado a significar algo para esa mujer. Si la mentora que había visto en ella había sido como todo lo demás en la Corte de Sombras: pura fachada, una ilusión.

—De momento, deberíamos volver. —Eira quiso marcharse. Sus pies le parecían un peso muerto, los tenía entumecidos—. Confío en que me comuniquéis lo que queréis que haga exactamente cuando llegue el momento.

—¿Estás segura de esto? —preguntó Cullen tomándola de la mano.

Eira pasó la mirada de sus dedos entrelazados a su rostro.

—Por supuesto que sí.

—Pero...

—He dicho que estoy segura. —Eira apartó la mano—. Y ahora, vámonos. Deberíamos regresar antes de que amanezca y dejarles que limpien este desastre. —Se encaminó hacia la salida, con Cullen y Noelle siguiéndola.

—Una cosa más. —Deneya los hizo parar. Eira miró a la mujer con escepticismo, dudaba que fuera a decir nada bueno. Deneya mostraba una expresión inescrutable. Lo que sintiera hacia Eira en ese momento, lo estaba ocultando a la perfección—. ¿Cómo lo has hecho?

—¿El qué? —preguntó Eira.

—He absorbido el aire para apagar el fuego y ellas dos se han encargado del resto —respondió Cullen.

—No… —Deneya siguió mirando solo a Eira—. ¿Cómo me has dado poder cuando yo no tenía ninguno?

Así que no se lo había imaginado. Eira se miró las manos vacías. No había sido capaz de conjurar glifos, pero la fuerza no había vuelto a Deneya por casualidad. ¿De verdad lo había hecho ella?

Robar la magia de la gente… Ferro había pronunciado esas palabras. Él pensaba que tenía poder para robar magia y Eira había empezado a leer acerca del cierre de canales. Pero Deneya pensaba que tenía poder para darlo. ¿Era eso cierto? ¿O estaban los dos equivocados? Eira forzó un semblante inexpresivo.

No importaba cuál fuera la verdad, la descubriría ella sola. *No, sola no.* Ahora tenía amigos a su lado. Amigos de verdad. De los que no la abandonaban cuando les convenía y de los que no la veían como una pieza en su gran tablero de guerra, no de los que la veían como alguien a quien manipular, pero no respetar o prestar atención.

—No sé de qué me hablas. —Eira negó con la cabeza y parpadeó como si estuviera sorprendida—. ¿Darte poder? —Miró a Cullen y a Noelle—. ¿Habéis oído hablar alguna vez de algún Corredor de Agua que pueda hacer algo así?

—No —contestó Noelle encogiéndose de hombros.

—No podría decir que sí. —Cullen frunció el ceño ligeramente. Había un brillo en sus ojos que sugería que tal vez no se lo creyera, pero si era así, tuvo la sensatez de no decir nada por el bien de Eira.

Ella se encogió de hombros.

—Lo siento.

Deneya frunció los labios ligeramente.

—Muy bien. Márchate y...

—Espera nuevas órdenes —terminó Eira—. Sí, ya me lo sé.

Les dio la espalda y se marchó. Eira pudo oírlas susurrando. Sintió la magia de Cullen que se agitaba.

—No hagas caso —dijo en voz baja mirándolo. Vi Solaris era Portadora de Fuego y tenía Giraluz. No podían estar seguros de que una mujer así no tuviera otro tipo de poderes que detectaran magia—. No importa. Que digan lo que quieran.

Cullen le lanzó una mirada sombría y apretó los labios. Asintió ligeramente y miró hacia adelante. Eira podía sentir su frustración y su confusión. Todo eso era nuevo para él. El perfecto hijo de un noble arrojado a un inframundo ardiente y humeante con el que ella llevaba semanas tratando.

Al pasar junto al agujero de la explosión, Eira agitó la mano y el hielo que había usado para bloquear el túnel por el que se habían infiltrado los Pilares desapareció. Que se hiciera cargo la corte. Eira solo era buena para ellos cuando querían y como querían.

Los tres competidores de Solaris subieron por el salón principal mientras un puñado de sombras empezaba a mover los cuerpos, apilándolos para prenderles fuego. Esa sería la última vez que veía ese lugar chamuscado y lleno de cicatrices. Aunque continuara trabajando para la Corte de Sombras, sin duda cambiarían de escondite.

Eira se despidió mentalmente de todo mientras atravesaba el umbral en el que solía estar la puerta. Faltaban dos noches para el baile y después habría acabado con la Corte de Sombras para siempre.

Treinta y tres

—¿**E**ira? —dijo Cullen en voz baja cuando se acercaron al final del oscuro pasillo que llevaba a los
aposentos de Solaris.

—¿Sí? —Ella siguió andando con la mirada al frente.

Cullen le agarró la mano.

—Quiero que hablemos.

Eira se detuvo. Ya tenía una réplica preparada, pero cuando lo miró a los ojos, supo que no serviría de nada. Cullen
tenía una intensidad en la mirada que le aseguraba que no
renunciaría. Y, aunque Eira hubiera querido… el chico acababa de arriesgar la vida por ella. Escuchar lo que tuviera
que decir era lo menos que podía hacer.

—De acuerdo.

—A solas. —Cullen miró a Noelle.

—Gracias a la Madre, estoy agotada y lo último que
quiero es quedarme aquí y presenciar una incómoda pelea
de amantes. —Noelle exageró un suspiro de alivio—. Me
marcho entonces. —Se detuvo tras dar tres pasos. Juntó
dos dedos y los separó. La llama que colgaba sobre su
hombro se dividió en dos. Una se quedó colgando en el
techo y la otra permaneció con ella. Señaló la que se había

colocado en el techo—. Así no estaréis completamente a oscuras.

—Gracias —murmuró Eira.

—Para que no digáis que nunca hago nada bueno por vosotros. —Bostezó. Se estaba esforzando por mostrar fortaleza, pero Eira podía ver círculos oscuros debajo de los ojos de la mujer que no habían estado ahí al principio de la noche y que no estaban causados solo por la falta de sueño.

—¿Sabes cómo salir? —preguntó Eira y Noelle se detuvo al final del pasillo.

No pudo evitar poner los ojos en blanco antes de tirar de la palanca que abría la puerta. Salió y la cerró suavemente tras ella.

—Es más amable de lo que quiere que creamos —murmuró Eira mirando la puerta—. E increíblemente fuerte.

—Sí que lo es —admitió Cullen pensativo antes de dirigir los ojos hacia Eira. Ella notó el peso de su mirada en los hombros y dio un paso hacia atrás, como si pudiera evitarlo, algo que era totalmente imposible en ese estrecho pasadizo. Siempre estaban cara a cara—. Tendrías que habérmelo contado.

—Intentaba protegerte. Te lo dije. Te lo advertí —susurró.

—No me sigas dejando al margen. Protegerme no es tu trabajo. —Habló en voz baja y pastosa por la emoción. Tenía el ceño fruncido con ira o tristeza. La boca ligeramente entreabierta. Y los ojos... la tenue luz de la llama de Noelle los hacía brillar de algún modo—. Puedo protegerme a mí mismo.

—¿Que yo no te deje al margen a ti? ¿Como llevas días haciendo tú conmigo? —Eira no se había percatado de lo mucho que le había dolido hasta ese momento. Había permitido sus excusas y sus explicaciones poco detalladas suavizadas por esas miradas furtivas y amorosas. Pero había algo infectado por debajo—. Te conté todo lo que había pasado con Ferro, temerosa de lo que pudieras pensar, y lo único que hiciste fue desaparecer de mi vida.

—Mi padre...

—Lo sé. —Eira levantó los brazos—. No dejo de recordarme a mí misma que no tienes elección por lo que respecta a él, pero...

—Tendría que haberlo hecho mejor. —Cullen tiró de ella hacia adelante. Eira podría... debería haberse resistido más. Pero estaba muy cansada. El mundo era implacable y él le estaba ofreciendo lo único que podía alisar los bordes afilados que la cortaban.

Cullen la rodeó fuerte con los brazos y la estrechó. Eira presionó la cara contra su hombro, lo envolvió con las manos y le agarró la camisa a la altura de los omóplatos. Olía a humo, a sangre y a las pesadillas que la atormentarían las próximas semanas. Pero, debajo de todo ese horror... estaba Cullen. Con ese almizcle que era solo suyo. Un aroma que hacía que le diera vueltas la cabeza y se le aflojaran las rodillas.

—Lo siento —susurró él—. ¿Lo he estropeado todo?

Ella rio amargamente.

—No si no lo he hecho yo.

—Ni te has acercado.

Eira se movió para mirarlo a los ojos.

—Temo por nosotros. Ya has visto lo que han hecho los Pilares. Son muy fuertes. No importa lo que hagamos, él puede llegar hasta mí. Esta casa, estos pasillos... puede que incluso sepa dónde estamos ahora mismo. —Eira miró a su alrededor comprendiendo lo ciertas que eran sus palabras.

Cullen le apoyó las manos en los hombros.

—Estás a salvo.

—Nunca estaré a salvo. No mientras Ferro viva.

—Estás a salvo —repitió él firmemente. Mientras hablaba, llevó una mano a su pelo, pasó los dedos hasta su mandíbula, le acarició la mejilla con el pulgar.

—Me da miedo que te mate porque te vea como una amenaza para su propiedad sobre mí. —Parpadeó conteniendo lágrimas de frustración. La rabia que contenía en su interior estaba desesperada por escapar en forma de gritos o de llantos. El dominio de Ferro sobre ella y su mundo era insoportable. Cada día era peor que el anterior—. Se enterará de lo nuestro, de ti, y te *matará*.

—Tú no eres un objeto que se pueda poseer. Eres una mujer fuerte, preciosa y retorcidamente inteligente. —Cullen negó despacio con la cabeza—. No le tengo miedo.

—Deberías.

—Seremos su condena —declaró Cullen con una confianza que Eira deseó poder sentir. Cerró las manos alrededor de su camiseta. *Cree, cree en él*, le gritaba su corazón.

—Soy la muerte.

—Eres mi vida, mi amor. —Cullen se inclinó hacia adelante. Apoyó la palma de la mano en la pared, justo al lado de la cabeza de Eira. El mundo entero de la joven se redujo a él y solo a él—. ¿Crees en mí?

—Yo… —Le dolía todo. Cada parte de su cuerpo le gritaba al mismo tiempo exigiéndole que trazara un rumbo diferente del que estaba siguiendo. Pero sus manos no hicieron caso. Le acariciaron los costados apoyándose ligeras como plumas en su cadera y avanzando después hasta su pecho.

—¿Crees en nosotros? ¿Crees en nuestro amor?

La pregunta exigía una respuesta. Tenía un nudo en la garganta con todas las palabras que quería decir, pero no sabía cómo.

—Dime la verdad aquí y ahora y no volveré a preguntártelo nunca. Romperé mi corazón en mil pedazos porque será lo que haga falta para hacer que deje de latir por ti.

—No puedo perderte —respondió ella en voz baja.

—Eso no es lo que te he preguntado. —Apoyó la frente en la de ella—. Ignora el mundo, Eira, y escucha a tu corazón porque es lo único que me importa.

—Te quiero tanto que me asusta —murmuró entre sus labios temblorosos.

—Lo sé. —Estampó los labios sobre los de ella con toda la emoción que habían estado conteniendo la última semana. Eira gimió suavemente mientras su cuerpo se debilitaba ante él.

Cullen le sostuvo la mejilla y acercó los labios a los suyos. Le pasó un brazo por la cintura. Eira se perdió en su beso, en su *sabor*. Cuánto lo había echado de menos. Cada parte del cuerpo de Cullen presionada contra la de ella. Ese deseo que la debilitaba y la dejaba perpetuamente anhelante.

—Sabes que es una idea horrible, ¿verdad? —Eira deslizó los labios resbaladizos sobre los de él. Separarse lo suficiente para hablar ya era un tormento.

—Creo que es la mejor decisión que he tomado nunca.

Serás arrogante, pensó Eira casi complacida mientras él le lamía el labio inferior sosteniéndolo entre sus dientes y mordisqueándolo suavemente. Le arrancó un gemido que ella no había creído ser capaz de emitir. Presionó el cuerpo contra el del chico y él la abrazó aún más fuerte.

Más. Lo deseaba todo. Deseaba estar desnuda y sin aliento ante él. Quería despojarse de su ropa y, con ella, de cada preocupación y hecho que la atormentaba.

Cullen le levantó la barbilla y empezó a besarla por el cuello. La mordió ligeramente y respondió a su gemido con un gruñido. Ese sonido fue como calor fundido disparándose por el cuerpo de Eira, incendiando cada nervio. Le clavó las uñas en los hombros aferrándolo mientras jadeaba.

Con una fuerza que Eira no sabía que Cullen poseía, la levantó contra la pared. Sabiendo lo que el joven deseaba porque ella deseaba lo mismo, le rodeó la cintura con las piernas. Eira tenía los brazos alrededor del cuello de Cullen y él tenía las manos debajo de ella, sosteniéndola, enviándole escalofríos por la columna con cada caricia.

—Te quiero —jadeó ella separándose para tomar aire y pegando la nariz a la suya—. Te quiero y puede que por eso sea tu destrucción.

Cullen la miró con una sonrisa lánguida. Rezumaba una sensualidad deliciosa mientras la levantaba contra la pared. Eira le pasó los dedos por el cabello castaño oscuro, que seguía suave a pesar de los eventos de la noche.

—Nunca podrías destruirme —susurró.

—Pero lo haré. —Conocía su destino. Toda su existencia estaba maldita. Su destino era sufrir y llevar sufrimiento a quienes la rodeaban, ya fuera por Adela o por cualquier otra broma cruel de parte de una divinidad indiferente.

—Entonces… si estás destinada a destruirme, Eira… deja que sea una destrucción de nuestra elección. Acudo a ti como sacrificio voluntario.

Eira llevó la boca hasta la de Cullen, hambrienta y anhelante. Sabía a deseo, a promesa y a una esperanza que ella no se atrevía a permitirse sentir. Cada momento que pasaba con él la llenaba de culpa. Aun así, cada vez que él giraba la cabeza, cada caricia de su lengua, aliviaba lentamente esas preocupaciones. Eira estaba perdida en la dicha de sus manos, su boca, su cuerpo. Ya no podía seguir luchando. El mero hecho de intentarlo era una lenta agonía.

Tal vez fueran de cabeza a la destrucción, pero irían juntos.

La mañana siguiente llegó demasiado pronto. Eira tuvo la sensación de que acababa de apoyar la cabeza en la almohada cuando Levit los llamó a todos para que se levantaran y fueran a los campos de entrenamiento. Apartándose del calor de las sábanas, volvió a la lavarse la cara, se vistió y se tomó un momento para contemplar en silencio el implacable amanecer.

Todo acabaría pronto. El baile era la noche siguiente y eso significaba que solo tendría que soportar un día más ese limbo. Un día más y Ferro estaría muerto.

Eira salió y vio a todos los demás ya reunidos. Instintivamente, sus ojos se desviaron hacia Cullen, pero él apenas le dirigió la mirada. La noche anterior estaban en llamas, pero ese día Cullen no era más que una estatua de frío mármol. La trató con la misma distancia que había mostrado los días anteriores. Eira se preguntó si estaría esforzándose por demostrar que era capaz de mantener lo suyo en secreto.

—Vayamos pues. —Levit salió de la estancia. Eira se quedó atrás y se enganchó al codo de Alyss.

—¿Algún problema con nuestra amiga emplumada? —preguntó. Cuando finalmente llegaron ella y Cullen, Alyss ya estaba durmiendo y no había señales de Arwin.

—No. La curé casi por completo y ella insistió en marcharse antes del amanecer. —Agarró la mano de Eira y se la estrechó con fuerza—. Tendrías que haberme despertado al volver.

—No quería perturbar tu sueño. Fue una noche muy larga.

—Sí que lo fue. —Como si pretendiera demostrarlo, bostezó—. Estaba preocupada. Me mantuve despierta. Por suerte, vi a Noelle... ella fue la que me dijo que podía irme a dormir.

Eira envió hielo a sus mejillas para evitar el rubor escarlata.

—Solo nos entretuvimos, eso es todo.

—Ajá —murmuró Alyss.

—He dicho que eso es todo. —Eira le lanzó a su amiga una mirada mordaz.

Alyss rio suavemente.

—Lo sé, lo sé… Pero, para que lo sepas, me alegro de que las cosas vayan bien. He decidido que esta pareja tiene mi bendición.

Eira puso los ojos en blanco y reprimió una sonrisa.

Al parecer, Alyss la conocía lo bastante bien para ver su batalla interna porque soltó una carcajada.

—No es nada de lo que avergonzarse.

—No deberíamos hablar de ello —le recordó Eira.

—Nadie puede oírnos.

—Da igual.

Por suerte, Alyss dejó el tema cuando se unieron a otros competidores en los jardines que había delante de la mansión. El contingente de Solaris surgió en medio de una acalorada discusión entre Harkor, el príncipe draconi, y Olivin, el hombre que se había convertido en el líder de los competidores elfins.

—Repítelo —gruñó Harkor acercándose a Olivin.

—Encantado. Los draconi no tienen ninguna posibilidad en el torneo. Sois solo descaro y músculo y no reunís ni un cerebro entre los cuatro. —Olivin se cruzó de brazos con aire arrogante.

—No podrías sobrevivir ni una hora en el sacrificio. —Salía vapor de los dientes de Harkor.

—Por si no te has dado cuenta, esto no es el sacrificio. Por suerte, no tenemos esas prácticas tan brutales en Meru.

—Basta ya los dos. —Cullen dio un paso hacia adelante. Era el vivo reflejo de su padre, con ese tono y esos movimientos, tanto que Eira jadeó—. Este torneo es por la unidad.

Harkor rugió con una carcajada.

—Este torneo es por el dominio y para demostrar que no se debe jugar con el Reino Draconis.

—No se puede razonar con un hombre como él. —Olivin negó con la cabeza de un modo que cruzaba la línea de la condescendencia y la decepción.

—Un hombre no, un príncipe —corrigió Harkor girando hacia Olivin.

—Cullen tiene razón. Basta ya todos. —Un hombre salió de la mansión liderando a los competidores de la República de Qwint. Eira lo reconoció de la cena a la que había asistido con Cullen. Si no se equivocaba, era Alvstar.

—No respondo ante ti. —Harkor se cruzó de brazos de un modo que hacía destacar su pecho y sus brazos fuertes. Físicamente, era intimidante, Eira podía admitirlo. Pero lo único que había visto del príncipe draconi hasta el momento era mucho humo y poco fuego.

—Volved, alteza —intervino finalmente otra draconi. Los fulminó con la mirada—. No merecen vuestro tiempo.

Harkor cedió y volvió con su grupo.

—Está la cosa un poco tensa, ¿no? —Noelle entrelazó los dedos y se los puso detrás de la cabeza—. Demasiado para un torneo amistoso.

—Seguro que aun así puede ser amistoso —comentó Alyss esperanzada.

Eira sentía que la dinámica de competidores cada vez tenía la mecha más corta. El torneo sería una chispa y no se sabía lo que podía desatar la explosión posterior. Sin embargo, aunque podía sentir la tensión en el aire, era extrañamente inmune a ella.

—Parece casi trivial estar peleando por eso —afirmó Eira en voz baja, de modo que solo pudieron oírla Alyss y Noelle.

—Sobre todo después de lo de anoche —coincidió Noelle.

Alvstar se acercó a Cullen, le colocó una mano en la espalda y le dijo algo en voz baja. El chico frunció el ceño e inclinó la cabeza. Eira intentó no mirar a los dos hombres mientras hablaban. Tras varios minutos, Alvstar se unió al resto de competidores de la República de Qwint y Cullen volvió.

—¿Qué ha sido eso? —Por suerte, Noelle hizo exactamente la pregunta que Eira estaba pensando, pero no estaba segura de si debía pronunciar en voz alta.

Cullen volvió a mirar a Alvstar un largo instante.

—Tonterías de política que debo discutir con mi padre.

—¿Qué tipo de tonterías? —preguntó Eira.

—No es nada de lo que preocuparse. Se arreglará. —Le quitó importancia a la pregunta con una sonrisa, pero el modo en el que la preocupación marcaba su mirada hizo que Eira se inquietara todavía más. Algo iba mal. Pero no podía preguntárselo en ese momento, no cuando estaban logrando con tanto éxito mantenerse distantes.

Así que se encogió de hombros y se puso a hablar con Alyss. Cuando finalmente los morphi se unieron al grupo, se alinearon preparados para marchar a los campos de entrenamiento. Eira intentó acercarse a donde habían estado hablando Alvstar y Cullen, pero su intento por ver si parte de sus palabras se habían quedado en las piedras de sus pies, se vio interrumpido por Ducot.

—Lamento no haber podido hablar contigo anoche.

Eira lo miró.

—Tampoco era el momento.

—Cierto. En cualquier caso, gracias —dijo Ducot en voz baja mientras empezaban a andar con los caballeros abriéndoles paso. Los competidores del Reino Crepuscular y de Solaris les dejaron espacio delante y detrás como si todos supieran que necesitaban un momento para hablar a solas.

—No hice gran cosa.

—No es eso lo que he oído. —Ducot miró en su dirección—. Arwin me lo dijo y después Deneya me contó la historia completa.

—¿Tienes alguna orden para mí? —murmuró Eira. El sol parecía brillar menos cuando hablaba de la Corte de Sombras, Risen era menos glorioso.

—No.

Tenía más cosas que decir, Eira lo sintió en el silencio que se produjo, así que esperó pacientemente caminando con él mientras pasaban junto a los habitantes de Meru.

—No me gusta cómo está gestionando todo esto Deneya.

Eira apenas asintió. No le parecía muy sensato decir demasiado. Ducot seguía siendo una sombra y, la última vez que lo había comprobado, eso significaba que seguía siendo leal a Deneya, independientemente de sus sentimientos.

—No creo que sea justo para ti —elaboró.

—Estoy de acuerdo. —Las palabras le ardían demasiado para mantenerlas dentro—. Pero también soy parcial.

Ducot rio.

—Sí que estoy de acuerdo con ella en que eres imprudente y has sido más una carga que un activo.

—No voy a discutírtelo. —Eira se metió las manos en los bolsillos y siguió mirando al frente.

—Lo sé. Y eso es parte del motivo por el que te has ganado mi respeto. Tu imprudencia nos ha proporcionado información que no tendríamos de otro modo o que habríamos conseguido cuando ya fuera demasiado tarde. Tú fuiste la que encajó toda esa información e intentó advertirnos. E incluso después de que te ignoráramos… corriste directa al peligro anoche. Salvaste a Arwin y a los demás. —Eira lo miró, aunque él hablaba sin verla—.

Tienes mi respeto, Eira Landan. Y te debo gratitud por lo de Arwin.

—No, no me la debes. Era lo correcto, tal vez incluso porque soy muy imprudente. Se lo debía a todos. Además, no fue del todo desinteresado. Todavía necesito a la corte para acabar con él.

—Acepta mi gratitud, no se la doy a mucha gente. —Ducot dio un paso hacia adelante y fue a reunirse con el resto de su grupo, pero se detuvo y agregó—: Cuando me necesites, estaré ahí. Estoy de tu lado.

—¿Y qué hay de ellos? —susurró Eira sin querer hablar de la corte o de los Espectros en voz alta.

Ducot se encogió de hombro.

—Hago mis propios juicios. Si no les gusta, me lo harán saber y actuaré en consecuencia. —Le dedicó una sonrisa ladeada y volvió con sus amigos.

Eira se quedó atrás entre Noelle y Alyss.

—Es un tipo interesante, ¿verdad? —comentó Noelle con una mirada suave e intensa.

—Es de los buenos —enfatizó Eira—. Definitivamente, un amigo.

—Estos días necesitamos a todos los amigos que se pueda conseguir —murmuró Alyss.

Llegaron a los campos de entrenamiento sin incidentes. Cada grupo de competidores se fue a su rincón respectivo y empezaron a instalarse, aunque fueron interrumpidos por Jahran, Pluma y mano derecha de Lumeria. Se asomó al palco que daba a los campos y llamó la atención de todos los reunidos solo con su presencia.

—¡Buenos días a todos! —Levantó las manos y señaló tanto a los espectadores de las gradas como a los competidores—. A pesar de que fue aplazado, estamos muy emocionados por la inauguración oficial del torneo con el baile de mañana por la noche.

A Eira se le revolvió el estómago ante la mención, recordándole que no se había levantado lo bastante pronto como para desayunar. La noche siguiente, volvería a enfrentarse a Ferro. Sería el anzuelo para asegurarse de que saliera... haciendo lo que fuera necesario.

—Quiero informar a todos los competidores y a sus dignatarios, así como a los estimados miembros de la corte que estén hoy presentes, de que su majestad real abrirá las puertas mañana al atardecer. Habrá baile, bebida y alegría. Al final de la velada, nuestra reina en persona informará a todos del inicio oficial del torneo y de los detalles. Así que, ¡entrenad, competidores! Vuestros días de práctica están a punto de terminar. Pronto seréis arrojados al torneo y a todo lo que conlleva.

—«Lo que conlleva» —repitió Noelle mientras la multitud aplaudía educadamente—. Me pregunto qué será eso exactamente.

—No puede ser peor que lo que pasó en Solaris —comentó Alyss con esperanza.

Noelle la fulminó con la mirada y puso los ojos en blanco.

—Por favor, no tientes a la suerte.

—Siguen ahí fuera —susurró Cullen acercándose al grupo—. Ninguno estará a salvo hasta que él esté muerto. —Eira se mordió el labio, Cullen fijó su atención en ella y, durante un segundo, su mirada se suavizó—. ¿Cómo va por ahí?

—Bien. Pero quiero empezar a experimentar con una cosa. He estado haciéndolo con Alyss, pero creo que necesito más ayuda.

Alyss resopló.

—Basta. De. Secretos. —Tocó a Eira con el dedo con cada palabra.

—Lo sé, lo sé. —Inspiró profundamente para organizar sus pensamientos y armarse de valor—. Es solo que... Sé que esto parecerá una locura.

—¿Tiene algo que ver con lo que dijo ella anoche? ¿Lo de dar magia? —Noelle fue tan aguda como siempre.

Eira asintió.

—No es la primera vez que me dicen algo así... *Él* me acusó de ser capaz de robarle la magia a la gente. —Frunció el ceño y sacudió la cabeza. No podía creer que lo hubiera dicho en voz alta de verdad—. Sé que no es algo que debería ser capaz de hacer y es una tontería intentarlo, pero...

—No sería del todo sin precedentes. —Cullen se rascó la barbilla mientras pensaba—. Si piensas en cómo un Corredor de Agua puede crear recipientes, es una forma de magia canalizadora. O en cómo pueden crear bloqueos en los canales de la gente para erradicar magia.

—Pero a mí nunca me enseñaron nada así. Mis tíos nunca me permitirían aprenderlo. Hace muy poco que he empezado a leer al respecto.

—Tampoco te enseñaron nunca a escuchar los ecos de los recipientes accidentales y se te ha dado muy bien descubrirlo por ti sola —comentó Alyss dándole un codazo.

—Lo descubrí gracias a tu apoyo. —Eira miró a sus amigos—. Puede que no sea nada, pero ¿podríamos intentarlo? ¿Me ayudaréis?

Todos asintieron.

—Sabes que siempre estaremos ahí para ti —dijo Cullen con una nota de orgullo y afecto que le calmó los nervios a Eira.

—Menos ternura y más magia. —Noelle sonrió de oreja a oreja—. Eres toda una sorpresa, Eira. Me muero por saber qué más puedes hacer.

Eira asintió con la determinación cimentándose en su interior.

—Vale, pues empecemos.

Treinta y cuatro

Practicaron todo el día, pero no lograron hacer progresos en el supuesto poder misterioso de Eira. Sinceramente, no sabía por dónde empezar a explorarlo y se marchó de los campos de entrenamiento sintiendo que había desperdiciado parte de las últimas horas que tenían para practicar para lo que fuera que les deparara el torneo. Sus amigos habían insistido en lo contrario, pero Eira estuvo toda la tarde dudando de su propia ineptitud.

Se quedó despierta después de que todos se hubieran acostado y buscó los diarios que se había llevado de la habitación secreta de Adela. Esparciéndolos por encima de la cama, Eira los hojeó en busca de cualquier cosa que pudiera indicar que Adela tuviera un poder semejante. Si había alguien que lo tuviera, estaba segura de que esa sería la reina pirata.

La vela se había consumido cuando un suave golpe en la puerta la sobresaltó de su lectura.

—¿Quién es? —susurró sin querer hablar demasiado fuerte. Se abrió la puerta y Cullen asomó la cabeza.

—¿Interrumpo?

—No, pasa. —Eira cerró los diarios y los apiló mientras Cullen cerraba la puerta y se acercaba con paso ligero.

—¿Qué estás leyendo?

—Unos diarios que encontré en la Torre. —Eira hizo una pausa y puso la mano encima de la pila—. Nunca llegué a enseñarte esa habitación, ¿verdad?

—¿Qué habitación? —preguntó Cullen sentándose en el borde de la cama.

—Encontré una habitación secreta conectada al almacén de los Corredores de Agua. Perteneció a Adela.

—¿De verdad?

En lugar de responder, Eira tomó el primer diario de la pila y lo abrió por una de las páginas menos perturbadoras de los experimentos mágicos de Adela. Cullen lo tomó y rozó con el dedo la escritura apretada y arremolinada que bailaba por toda la página.

—Así que esto fue parte de tu ventaja en las pruebas. —Sonrió amablemente.

—¿Quién sabe? —Eira se encogió de hombros—. Solo he logrado dominar alguno recientemente. Aquí hay años de trabajo. He estado leyendo todo lo que escribió sobre canales de hechicería. —Miró el diario deseando que le revelara secretos aún más profundos de los que ya contenía—. Ella era... *es* realmente increíble. De un modo aterrador.

—Como tú. —Cullen le pasó un dedo por la espalda y Eira se estremeció recordando lo fino que era su camisón—. Aunque tú eres menos aterradora.

—Creo que hay gente que no estaría de acuerdo contigo en eso. —Le dedicó una sonrisa cansada.

—Creo que no me importa lo que piensen los demás —respondió acariciándole la mejilla con los nudillos. El modo en el que la miraba, con tanto dolor y deseo... Parecía que era él el que iba a intentar separarlos ahora.

—¿Qué pasa? —susurró Eira.

—Nada.

—Mientes.

Cullen rio en voz baja.

—Puede que sí. —Le deslizó la mano por la nuca y la miró a los ojos—. Te quiero, Eira.

—Yo también te quiero —suspiró ella. Todavía le costaba pronunciar esas palabras. Se sentía como si cada vez que pasaran por sus labios estuviera cavando un hoyo más y más hondo del que iban a tener que escapar.

—Quiero estar contigo y solo contigo. Nada cambiará eso. —Se inclinó hacia adelante—. ¿Me crees?

—Sí —murmuró—. Y eso me aterra.

—Bien, nos aterraremos juntos. —Colocó la boca sobre la suya con un movimiento suave, pero firme. El modo en el que la besó, sin prisas, pero con un anhelo puro y profundo hizo que el deseo de Eira respondiera del mismo modo.

Cullen siguió presionando, haciendo que Eira se inclinara hacia atrás. Seguía teniendo las manos detrás de su cabeza, ahora atrapadas entre ella y la almohada. Cullen se tensó. Los diarios cayeron al suelo con un fuerte golpe que ambos ignoraron.

—Deja que me quede contigo esta noche —murmuró él junto a sus labios.

—Debería decirte que no.

—No debería preguntar. —Cullen sonrió ligeramente, iluminado por la luz de las velas.

—Quédate conmigo. —A Eira no le importaba que fuera mala idea. Había algo embriagador y desesperado en el aire nocturno. Lo necesitaba ahí. Por lo que Eira sabía, el día siguiente sería su último día de vida.

Con un rápido movimiento de la mano de Cullen, una ráfaga invisible apagó la vela y los sumió en la oscuridad. La luz de la luna que entraba por la ventana hizo que su contorno pasara de dorado a plateado. Eira rozó todas sus líneas con los dedos entre besos. Se lo aprendería de memoria, robaría una información de él que solo le pertenecería a ella.

Las manos de Cullen también exploraron tranquilamente su costado, la planicie de su estómago, sus caderas. Eira exhaló por el placer acumulado.

—Te deseo —susurró en la oscuridad.

—Y yo te deseo a ti.

Deslizó las manos por debajo de la camiseta del chico sintiendo sus músculos sin ningún tipo de barrera. El sonido de la ropa de ambos deslizándose era la más dulce de las canciones. Cullen estaba caliente, casi febril sobre la piel fría de Eira. Era la personificación del fuego y la bondad y ella era un espectro nocturno robándole algo que nunca debería tocar, mucho menos llevarse.

Pero Eira saquearía y robaría todo lo que él le mostrara. Ella se retorció y la espalda de Cullen se pegó contra la cama. Le tocaba a ella estar encima, tener el control. Le rozó el pecho con los dedos dejando un rastro de piel erizada, escalofríos y respiraciones agitadas. Le gustaba que se estremeciera debajo de ella, anhelando, jadeando. Se inclinó hacia adelante e inhaló despacio, saboreando cada sonido y aroma con cada parte de su ser. Con los dedos extendidos sobre su pecho, lo besó por el cuello mordisqueándole suavemente la mandíbula.

Cullen gimió y ese sonido la volvió loca.

—Quiero tus labios.

—¿Dónde?

—Por todas partes —contestó él con voz áspera. Hundió los pulgares en las caderas de Eira agarrándolas, masajeándolas—. No quiero contenerme.

—Pues no lo hagas. —Eira le mordisqueó el cuello. Cullen arqueó la espalda—. Entrégate a mí.

Se sintió toda una seductora hasta que él abrió los ojos y la miró. En ese momento, se sintió como una diosa de la noche, las sombras y el deseo. Una entidad que podía poner a un hombre de rodillas y dejarlo anhelando y suplicando más. Eira nunca se había considerado una persona altamente sexual, pero ahora comprendía por qué ese impulso insaciable dejaba a la gente deseando más.

—Yo... nunca... —Cullen se interrumpió con el pánico en la mirada.

—Yo tampoco —susurró Eira—. No tenemos por qué hacerlo si no estás preparado.

—Quiero hacerlo.

—¿Estás seguro?

—Eso creo.

Que lo creyera no era suficiente para ella. No era una afirmación entusiasmada. Ella había llegado a su propia conclusión, pero necesitaba que él hiciera lo mismo. No significaría nada si él no estaba tan comprometido como ella.

—¿Quieres hacerlo esta noche? ¿Conmigo? —insistió Eira. Querer hacerlo en general y querer hacer en ese momento eran dos cosas muy diferentes.

A Cullen se le contrajo la garganta y tragó saliva. Eira vio que el pánico y la preocupación se evaporaban de su mirada.

—Nunca he deseado nada tanto como esto. Lo deseo tanto que me asusta. —Cullen le acarició la mejilla—. Solo me preocupa no ser lo bastante bueno para ti.

—Mi querido Cullen... —Eira inclinó la cabeza y la apoyó en la mano del chico—. Eres más de lo que merezco. Más de lo que podría soñar. Había renunciado al amor mucho tiempo atrás. Y luego llegaste tú a mi vida.

—Y te la compliqué. —Rio en voz baja.

—Eres una complicación muy agradable. —Eira se inclinó hacia adelante para besarlo de nuevo. No quería pensar en complicaciones. Solo sirvieron para recordarle que el mundo exterior quería retenerlos a ambos en el mejor de los casos, verlos muertos en el peor—. Tómame —susurró—. Ahora, después, cuando me desees, soy tuya. Esperaré una eternidad por ti.

—Espero no hacerte esperar nunca tanto. —Se incorporó apoyándose en los codos y empujó hacia adelante. Giraron una vez más hasta que quedó encima de ella. Eira deslizó las manos hacia abajo, aún más abajo. Cuando vaciló, él le agarró la mano y la guio hasta él.

Entre estremecimientos, jadeos y gemidos estrangulados, se exploraron el uno al otro hasta que no quedó nada entre ellos. Con una tienda de sábanas sobre los hombros, proyectando sombras, se fusionaron en la oscuridad. El calor de Cullen, su aroma, esa deliciosa sensación de tensión tanto aliviada como estirada hasta romperse de un modo abrumador. Cuando él se movía, ella se movía con él. Eira jadeó su nombre junto a su oído una y otra vez. Cullen le mordió el cuello, ligeramente más fuerte de lo que debería, obligándola a sofocar un gemido que, de no haberse contenido, habría despertado a toda la mansión.

Trataron la noche como si esas horas fugaces fueran las únicas que tendrían. Y, cuando sus cuerpos quedaron agotados, cayeron en los brazos del otro. Eira apoyó la cabeza en su pecho, y Cullen descansó la mano en su pelo. Se sometieron al sueño, resbaladizos por el sudor y satisfechos.

Una vez más, la mañana llegó demasiado pronto. Eira se despertó con el movimiento de Cullen. Tan caballeroso como siempre, intentó poner una almohada donde había estado su cuerpo, pero ella lo notó al instante. Somnolienta y con los ojos hinchados, se despertó y lo vio vistiéndose. Una breve oleada de pánico la recorrió. ¿Se arrepentiría él de lo que habían hecho con las primeras horas del amanecer? ¿Estaba intentado escaparse y fingir que no había pasado nada?

Sería lo adecuado. Sería lo que ella había esperado siempre de esas situaciones porque nunca se había imaginado teniendo amor. Nunca había considerado que un hombre como Cullen se diera la vuelta y sonriera solo con verla.

Apoyando una rodilla en la cama, se inclinó y le dio un ligero beso en la sien.

—No quería despertarte.

—No pasa nada. —Eira se estiró, rígida en ciertas partes del cuerpo con un dolor que no quería que Alyss aliviara.

—He pensado que debería irme antes de que se despierten todos los demás.

—Será lo mejor. —Asintió y se sentó mientras él acababa de vestirse—. ¿Te arrepientes?

Cullen se detuvo, se volvió y la miró directamente a los ojos.

—Madre en lo alto, no. Atesoraré esta noche durante el resto de mi vida.

—Yo también. —Eira sonrió, pero había cierta sensación de tristeza en el aire que no lograba ubicar. Se cernía sobre sus hombros, aplastándola.

—Te quiero. —A pesar de lo que había dicho, había algo en esas palabras que sonaba a despedida.

No, se lo estaba imaginando… Esas dudas eran el resultado de los años que había pasado diciéndose a sí misma que nunca tendría ese tipo de amor, que no lo merecía. Eira desechó esos pensamientos y sonrió.

—Yo también te quiero.

Cullen le agarró la mano.

—Pase lo que pase, Eira, eso es cierto. Espero habértelo demostrado anoche... siempre encontraré el camino hasta tu cama. —Cullen le dio un beso en los labios y se marchó antes de que ella pudiera decir o hacer nada más.

El resto del día fue confuso.

La costurera, Estal, apareció a última hora de la mañana y pasó por todas sus habitaciones agregando encajes y adornos y haciendo ajustes de última hora. Eira agradeció vestirse en la mansión. Llevaba días temiendo volver al taller de la mujer.

Alrededor de la hora del almuerzo, la señora Harrot les llevó refrigerios en forma de té y bocadillos. Eira observó sus movimientos por toda la estancia por el rabillo del ojo. Definitivamente, la mujer se demoraba más de lo necesario.

—Discúlpame un momento —dijo la asistenta de Estal levantándose de donde estaba trabajando en el bordadillo de Eira—. Necesito ir a por un poco de encaje.

—Claro —contestó Eira con una sonrisa.

En cuanto se cerró la puerta, Harrot se dio la vuelta.

—¿Tienes todo lo que necesitas?

—Sí, gracias. —Eira mantuvo su magia preparada. La mujer era bastante sospechosa, pero, contra todo pronóstico, Eira seguía sin sentirse amenazada por ella. A pesar de que estaba segura de que era un Pilar y la madre de Ferro... Harrot parecía desarmada ese día.

—Sin duda, el baile es un gran evento —comentó en voz baja.

—Sí que lo es.

Harrot dio un paso hacia adelante, y Eira, uno hacia atrás, manteniendo la distancia. El dolor se reflejó en los ojos de la mujer. Bajó la mirada, se recogió un mechón que se le había salido del moño y se lo volvió a colocar.

—Por favor, debe haber otro modo.

—¿Disculpa?

—No... Él es todo lo que tengo —suplicó Harrot.

—No sé de qué me estás hablando. —Eira miró por la ventana.

Apartar la mirada de Harrot fue un error. La mujer cruzó la distancia que las separaba con una velocidad que sorprendió a Eira y le agarró la mano.

—¡Suéltame!

—¡Es todo lo que tengo! —repitió—. Debe haber otro modo de reavivar la Llama. Guardé la daga a salvo. Puedo mantener más reliquias aquí escondidas. ¿Qué más puedo hacer? Si hay que volver a encender la Llama, déjame hacerlo a mí, no a él.

Esa noche. Los Pilares tenían las reliquias que necesitaban. Iban a intentar volver a encender la Llama de Yargen en el Baile. Eira tenía que decírselo a alguien.

—Gloria al Campeón —murmuró.

—Por supuesto... Eres realmente una de ellos. —Harrot la soltó lentamente y el dolor de su mirada se redobló. A Eira le dio la sensación de que, en algún momento, había juzgado mal a la mujer.

Harrot era la madre de Ferro. Pero no era una fanática como el resto de los Pilares. Solo era alguien que buscaba cuidar de su hijo y conectar con él. No había tomado la daga por el Campeón ni por volver a encender la Llama, sino porque se lo había pedido su hijo, Ferro.

La fealdad envenenó los pensamientos de Eira. Nadó a través de ellos manchando cada rincón de sus emociones. Esa madre estaba tan desesperada por hacer algo por su hijo que ignoraría todo lo demás, pese a saber que era cierto. Su hijo era cruel, malvado, abusivo y un asesino hambriento de poder. Aun así, ahí seguía, cuidando de él.

Esa era la madre de Ferro.

Y ella no tenía ninguna.

Frunció el ceño sintiendo que su rostro se retorcía en lo que parecía más un gruñido. Harrot la soltó y se apartó. Miraba a Eira como si se hubiera transformado en una bestia salvaje.

—No puedes cambiar lo que va a pasar esta noche. —La malicia marcó sus palabras. Un odio que llevaba semanas enconado bajo una fina capa y que había salido por fin a la superficie.

—Se preocupa por ti. Debes... —Por suerte, por su propio bien, Harrot no llegó a terminar. De lo contrario, Eira no habría escatimado en explicaciones acerca de cómo era realmente el «cuidado» de Ferro.

La aprendiz volvió.

—Lo siento, he tardado más de lo esperado. Una de mis compañeras tenía el encaje en la habitación de tu amiga.

—No pasa nada. —Eira mostró una sonrisa agradable al instante. Miró a Harrot—. ¿Necesitabas algo más?

—No —murmuró Harrot. Agachó la cabeza y se fue.

Eira miró por la ventana, convencida de que, a pesar de que Harrot no era una fanática, la actuación de Eira no le había dado información que pudiera pasarle a Ferro. Eira había interpretado bien su papel como Pilar leal escondida. Inhaló bruscamente cuando le apretaron el encaje del corsé. Parecía una armadura.

Esa noche por fin convergerían todas las piezas que había sobre la mesa de la corte.

Tenían carruajes para llevarlos al baile. Alyss dejó escapar un monstruoso graznido de emoción propio de un ave al verlos avanzar hacia ellos. Cullen se mantuvo distante y callado al salir de la mansión. Era lo que Eira se esperaba, pero pensaba que al menos habría elogiado su vestido.

Estal había hecho un trabajo impecable, de eso no había ninguna duda. Eira se levantó con su vestido azul y negro. Las capas de seda pasaban desde un tono cerúleo frío en el escote hasta el obsidiana en el borde inferior. Iba ajustado al torso y colgaba de sus caderas en un fruncido festoneado.

Noelle y Alyss estaban igual de impresionantes con un estilo similar, pero de rojo y verde respectivamente, fundidos con negro.

Subieron al carruaje con Levit, pero sin Cullen, a quien se habían llevado a otro carruaje diferente para viajar con su padre y otros dignatarios. Eira vio pasar el mundo mientras se mecían sobre los adoquines de Risen. Retorció una de las capas de su vestido entre las manos una y otra vez hasta que Noelle se las cubrió con la suya.

—Acabarás rompiendo el encaje si sigues así —le dijo en voz baja.

—Tienes razón. —Eira se detuvo.

—Todo irá bien.

—Es normal que estéis nerviosas en vuestro primer baile —comentó Levit ajeno a todo—. Yo lo estaba en el mío.

No era su primer baile, pero Eira no lo corrigió. En lugar de eso, volvió a pensar en aquella noche de invierno en la que había visto por primera vez a Taavin y a Vi. Por aquel entonces, tenían un aspecto muy diferente. ¿Qué era real? ¿Los prometidos sonrojados? ¿El matrimonio estratégico que unía dos mundos? ¿O la pareja mortal que había entrado en la Corte de Sombra con una magia feroz que uno de ellos no debía poseer?

Finalmente, el carruaje se detuvo y el lacayo los ayudó a salir. Eira reconoció el castillo por la ejecución a la que habían

asistido. Pero esa noche no había señales de prácticas tan som-
brías.

La música flotaba en el aire del crepúsculo. Hombres y
mujeres reían mientras entraban en tropel al gran salón del
castillo. Eira caminó con la cabeza bien alta intentando ser
vista.

Ven a buscarme, pensó. *Estoy aquí, Ferro. Pero será lo último
que hagas.*

Treinta y cinco

El gran salón del castillo de Lumeria resplandecía con la luz de mil velas repartidas en cuatro enormes candelabros de cristal suspendidos por toda la estancia. En el fondo estaba el estrado donde la reina se sentaba en su trono. A su derecha estaban Taavin y Vi, adecuadamente aposentados en tronos más pequeños. A su izquierda estaba Jahran.

Mantuvieron a los competidores en la entrada, mirando de reojo mientras entraban los demás. Un pregonero anunciaba a los hombres y mujeres nobles a medida que atravesaban las grandes puertas fortificadas. Eira se fijó en todos los rostros, pero no reconoció a nadie como Pilar o como sombra. Fueran cuales fueran sus órdenes, estaban esperando hasta el último momento para decírselas.

Un movimiento a su lado la distrajo del flujo de personas. Cullen mantenía la mandíbula tensa y la mirada al frente.

—Por fin has podido librarte —dijo ella en voz baja sin mirarlo. Yemir estaba a pocas personas por detrás de ellos.

Cullen resopló.

—Nunca he sido menos libre —comentó amargamente.

—¿Qué? —Pese a que no quería hacerlo, Eira lo miró.

Él también la observó, se movió e hizo que sus manos se rozaran. Sus dedos se entrelazaron con la misma facilidad con la que lo habían hecho sus cuerpos la noche anterior. Aun así, el movimiento no le proporcionó ningún consuelo a Eira. Tragó saliva. Ya tenía bastantes preocupaciones esa noche, no necesitaba lo que fuera eso.

Cullen desvió la mirada a su padre antes de enderezarse y volver a mirar al frente. La mano, oculta por Noelle y Alyss que estaban tras ellos, permaneció con la de Eira.

—Lo decía en serio.

—¿El qué?

—Todo. —Pronunció esa palabra con dolor. A Eira se le formó un nudo en el pecho—. Anoche, todo lo que dije, lo dije con sinceridad.

—Lo sé. —Entonces, ¿por qué le suplicaba como si estuvieran a punto de discutir? ¿Por qué decidía decírselo en ese preciso momento?

—Vale, ahora os anunciaremos a vosotros. —Uno de los caballeros se acercó—. Empezaremos por Solaris e iremos en grupos. Los dignatarios tendrán sus propias presentaciones —agregó rápidamente.

Sin darles la oportunidad de preguntar, el pregonero declaró:

—Les presentamos a los competidores de Solaris: Eira Landan, Cullen Drowel, Alyss Ivree y Noelle Gravson.

Los cuatro avanzaron con Levit y los embajadores detrás, recorriendo el camino despejado entre educados aplausos. Eira estaba segura de que la mayoría de esa gente llevaba semanas observándolos en los campos de entrenamiento, pero los espectadores se mostraron boquiabiertos como si fuera la primera vez que los veían.

Todo el contingente de Solaris se inclinó ante los tronos elevados.

—Queridos competidores, os doy la bienvenida a Meru. Que vuestra competición sea justa y vuestras victorias, gloriosas —declaró Lumeria formalmente.

Y, con eso, terminó. Se apartaron a un lado y Eira soltó un suspiro de alivio. La multitud los rodeó y a continuación fueron los morphi siguiendo el mismo guion.

Un ligero toquecito en la mano le llamó la atención. En parte, Eira se esperaba ver a Ferro, pero era Deneya quien estaba a su lado. Notó un papel doblado deslizándose entre sus dedos.

—Tu tarjeta para el baile —afirmó Deneya como explicación—. Léela y que luego la queme la Portadora de Fuego. Cuando terminéis de bailar, ve a algún sitio en el que Ferro pueda encontrarte. Deberíamos tener suficientes hombres codiciados para sacarlo. Cuando lo tengas, atráelo a la pista de baile. Lo atraparemos allí.

—Deneya...

—Eso es todo.

Antes de que Eira pudiera comentar algo sobre las reliquias o la llama, Deneya se había esfumado. Eira sacó el papelito y lo desplegó. Había cinco nombres garabateados en el papel, pero Eira solo reconoció uno, desconocía la importancia de los demás.

¿Por qué esta gente? ¿Por qué pensaban que iba a servir de algo que se pusiera a dar vueltas por la pista?

La abrumó una oleada de náuseas. Deneya y los Espectros sabían que eso lo incitaría. Ferro había amenazado a cualquiera que se atreviera a tocarla. ¿Cómo podría resistirse a verla bailando toda la noche con un desfile de hombres codiciados? Eira solo esperaba que el plan de Deneya funcionara y que los Pilares no tuvieran la ocasión de actuar antes.

Eira dobló el papelito y se lo entregó a Noelle.

—¿Qué? —preguntó esta arqueando las cejas.

—Quémalo. —Eira apreció a Noelle todavía más cuando su amiga no la interrogó. Se limitó a tomar el papel e inmolarlo en un instante con un pequeño destello.

Las presentaciones terminaron demasiado pronto y, con un gesto de mano de Lumeria, la música llenó el salón. Eira se agarró el vestido y deambuló torpemente. Cullen había vuelto a esfumarse con su padre, inmerso en una intensa discusión.

Un toquecito en el hombro la trajo de vuelta al presente. Eira se dio la vuelta esperando ver a alguna de las personas de la lista de Deneya, pero Alyss le tendió la mano.

—¿Me concede esta baile, señorita? —preguntó Alyss con una reverencia exagerada.

Eira contuvo una carcajada y parte de la tensión que tenía acumulada en los hombros se relajó.

—Me encantaría.

Alyss entrelazó el brazo con el suyo y se encaminó hacia la pista de baile. Su amiga asumió el papel dominante, colocando la palma en la cadera de Eira. Ella tomó su otra mano y apoyó la mano derecha en el hombro de Alyss.

—¿Recuerdas cuando aprendimos a bailar? —preguntó Alyss con una sonrisita.

—Recuerdo chocarme con todo lo que tenías en la habitación mientras intentábamos comprender lo básico de ese horrible libro. —Eira rio en voz baja al recordarlo. Alyss había leído acerca de un baile en una de sus novelas románticas y había buscado un tomo ilustrado para aprender a bailar correctamente. Había sido una noche llena de prueba y error y muchas risas.

—Pero ¿no te alegras de haberlo hecho? Ahora tienes una visión adecuada sobre la pista de baile. —Alyss extendió el brazo y Eira dio una vuelta, riendo.

—Tú eres la visión. —Eira le sonrió ampliamente a su amiga mientras giraban.

Alyss se tensó.

Alguien le tocó el hombro a Eira. Se dio la vuelta y vio a un caballero en verdad impresionante. Era tan guapo que Eira estuvo segura de que no era una sombra. Recordaría a ese hombre tan perfectamente esculpido.

—Disculpe, señorita Landan. —Hizo una reverencia—. Soy Sir Crestwall, ¿puedo interrumpir? —Era uno de los nombres de la lista de Deneya.

—Yo no voy a interponerme —comentó Alyss soltándola y guiñándole el ojo.

El fornido caballero de cabello largo y oscuro y medallones en el pecho se llevó a Eira sin un momento de vacilación. Movía los pies de un modo vertiginoso mientras se deslizaban por la pista de baile. La miraba con una sonrisa pícara, acentuada por la barba incipiente de su mandíbula.

Apenas habían intercambiado más palabras que una pequeña charla insustancial cuando notó otro toquecito en el hombro. Otro hombre se presentó y Eira reconoció el nombre como el siguiente de la lista. Era tan guapo como el anterior y tenía un título que era hasta difícil de decir.

Con el tercer caballero, Eira se percató de un patrón. Todos esos hombres tenían títulos impresionantes y sonrisas todavía más deslumbrantes. Deneya parecía haber reunido una lista de los solteros más codiciados de Risen y los había convencido de algún modo para que bailaran con ella. Se sintió tentada a preguntarles qué les habían prometido, pero se lo pensó mejor. No saldría nada bueno de esa investigación.

Aun así, le pesaba la curiosidad en la mente. Ninguno de esos hombres *quería* tocarla. No de verdad. Ninguno estaría bailando con ella si no fuera por Deneya y la coacción de la corte. Eira deseó poder decírselo a todas las miradas envidiosas que recibía tanto de hombres como de mujeres al borde de la pista de baile. Al dar una vuelta, vio a algunos competidores susurrando.

No me quieren, quería gritar Eira. En lugar de eso, sonrió y rio. Les lanzó sonrisas coquetas a los caballeros e intentó seguir el ritmo de sus pies lo mejor que pudo.

El quinto nombre fue el que había reconocido: Olivin.

—¿Puedo interrumpir? —preguntó amablemente al cuarto con su acento de Meru marcando las palabras lo suficiente para volverlo más atractivo.

—Por supuesto. —Su anterior compañero de baile se disculpó con una sonrisa educada y se apartó sin mirar atrás.

Olivin asumió su posición. La canción iba alternando entre pasos lentos y rápidos. Estaba segura de haber leído sobre esos movimientos en uno de sus libros, pero tenía tantas cosas en la cabeza que no lo recordaba. Por suerte, a Olivin tampoco le faltaba la gracia.

—Bailas bien.

—Mientes. —Le dirigió una sonrisa cansada.

El cabello negro de Olivin le cayó hacia adelante amenazando con metérsele en los ojos cuando inclinó la cabeza para encontrarse con su mirada.

—Has estado moviéndote por la política y los secretos de Risen desde que pusiste un pie en nuestras tierras. No es una hazaña fácil.

¿Sombra o Pilar? Si Deneya había conseguido que bailara con ella, debía ser una sombra. A menos que ella lo hubiera elegido por ser noble y hubiera resultado ser un Pilar en secreto.

—Hago todo lo que puedo —respondió con cautela.

—Eso he oído. Ducot me contó que podríamos habernos ahorrado esa horrible noche ardiente de allí abajo si te hubieran hecho caso. —*Sombra pues.* Se inclinó hacia adelante estrechando los brazos a su alrededor mientras Eira se inclinaba hacia atrás. Olivin apretó los labios en una fina línea—. Aunque también pusiste en riesgo nuestra operación y nuestra existencia.

—¿Me admiras o me guardas rencor?

La impulsó a un lado y esperó a que volviera para responder.

—Es algo mucho peor que mi admiración o mi rencor, Eira.

—¿Y qué es? —De repente, fue muy consciente de la mano del chico deslizándose por la parte baja de su espalda. De lo cerca que estaban en ese momento.

—Mi curiosidad —respondió en un suave susurro.

Finalmente, comprendió lo surrealista de su situación. Estaba ahí, en el castillo de Lumeria, en la capital de Meru, con un elfin que era, según todos los cánones tradicionales, escandalosamente guapo. Era el anzuelo en un juego mortal. Iba a vencer a un fanático asesino.

Aun así, su mente seguía volviendo a…

Un toquecito en el hombro. Olivin se apartó y Eira se mentalizó para encontrarse cara a cara con Ferro.

Pero era Cullen, con una mano tendida, esperando, y una expresión de preocupación, esperanza y desesperación agridulce.

—Milady, ¿me concede el próximo baile?

—Por supuesto, milord. —Eira soltó un suspiro de alivio. Era como si se hubiera materializado desde sus pensamientos, de esa cruda necesidad que tenía de él. Apoyó la mano ligeramente en la de Cullen y una sacudida se disparó por su cuerpo. Solo su tacto, la piel desnuda de sus dedos entre los de ella, bastó para que le diera vueltas todo el salón. De repente, le apretaba el vestido. No podía respirar.

Eso era lo que quería, lo que anhelaba. Sus ensoñaciones ya no estaban protagonizadas por un elfin apuesto o por

Meru... sino por un oriental con unos intensos ojos de color avellana y el cabello castaño claro.

La música cambió a un suave vals. Cullen dio largos y pausados pasos por el suelo. Eira se esforzó por seguirle el ritmo.

—Lo siento, estoy un poco mareada —se excusó con una risita—. Debe ser de tanta vuelta.

—¿Puedo bailar por ti? —preguntó arqueando las cejas y curvando los labios.

—¿Disculpa?

Cullen deslizó la mano por la parte baja de su espalda y se la acercó.

—No tengas miedo, te tengo —le susurró al oído.

A pesar de la advertencia, Eira dejó escapar un suave jadeo de sorpresa cuando dio un paso y su pie no tocó el suelo. Cullen la sostuvo manteniéndola estable, evitando que tropezara. El otro pie de Eira también aterrizó en el aire y la embriagó una extraña sensación burbujeante cuando comprendió que había magia por debajo de sus pies, escondida bajo la falda.

Bailaba en el aire. Girando y deslizando sin esfuerzo por encima del suelo con Cullen, abrumado con una elegancia que no estaba hecha para los mortales.

—También lo estás haciendo debajo de tus pies, ¿verdad?

Él sonrió de oreja a oreja, peligrosamente guapo en ese momento. Tan peligrosamente que podría haberlo besado delante de todo el mundo si no se hubiera andado con cuidado.

—¿Cómo crees que aprendí a bailar? ¿Practicando? No, es todo una ilusión. Los trajes y la ropa me conducen por el mundo, y con la nobleza sucede lo mismo. Es una interpretación que tengo grabada a la fuerza. —Aflojó ligeramente su agarre. Con media vuelta, quedaron aún más cerca, con las caderas pegadas—. Pero tú eres lo único real aquí. Eres la única persona que importa.

Eira flotó y no fue solo por la magia que tenía bajo los pies. El aire de la habitación había sido reemplazado por algo más ligero. La magia de Cullen se deslizaba a su alrededor, en su interior. Se movían juntos, como habían hecho la noche anterior, entrelazados en un baile muy diferente.

—Deberíamos parar —susurró. Seguramente, su conexión debía ser evidente para todos. Seguramente, su amor era lo que saturaba el aire, volviéndolo dulce y embriagador.

—Solo un poco más. —Tenía la mirada fija solo en ella. No existía nada más. Había una invitación peligrosa en su mirada para perderse en ella—. Solo tenemos unos momentos antes de que termine.

—¿De que termine el qué?

—La canción. —Quedaba mucho por decir.

—Cullen… —murmuró escrutando su rostro. No le gustó lo que vio—. ¿Qué pasa?

—Eh…

La música se detuvo. Los pies de Eira volvieron a tocar el suelo y la magia de Cullen la liberó suavemente. Y, en ese vacío, apareció una nueva voz.

—Querido, ¿deberíamos bailar?

¿Querido? Eira se encontró cara a cara con una mujer a la que había visto con Noelle en alguna ocasión. Sus agudos ojos verdes, su tez leonada, su cabello castaño rizado recogido cuidadosamente con pasadores hacían que tuviera un aspecto por completo diferente al que mostraba con la ropa práctica del campo de entrenamiento.

Lavette, la hija de Alvstar. Su padre era en hombre con el que había estado cuchicheando Cullen el otro día. La cabeza de Eira bajó de las nubes mientras empezaba a darse cuenta de que había estado tan centrada en la amenaza que suponía

Ferro para Cullen que no había considerado que había otro juego en marcha que podía arrebatárselo.

La mirada de Cullen vagó hasta Yemir, quien estaba con Alvstar. Los dos hombres lo miraron con grandes sonrisas.

—¿Qué está pasando? —le preguntó (o más bien exigió) Eira a Cullen.

—Nosotros... —No parecía conseguir aclararse sobre qué o a quién quería mirar, pero estaba claro que no era a Eira—. Nuestros padres...

—Pronto habrá un anuncio —explicó Lavette amablemente, a pesar de que Eira también podía sentir la incomodidad de la chica. Ambos querían bailar alrededor de lo que fuera eso, sin tocar el tema directamente. Y no por algún tipo de anuncio, sino porque había un miedo palpable colgando sobre los hombros de ambos. La música volvió a sonar—. ¿Bailamos?

—Supongo. —«Es lo que debemos hacer» era la otra mitad de la frase que quería pronunciar Cullen.

Eira se apartó mientras ellos bailaban, distantes, con los brazos rígidos y las sonrisas forzadas. Se acercó hacia donde estaba Yemir, preguntándose si él estaría a punto de hacer que causara un numerito.

Le dirigió un asentimiento cuando Eira se colocó junto a él al borde de la pista de baile y durante media canción fingieron ignorarse mutuamente. Pero Eira podía sentirlo irradiando una horrible superioridad.

—¿Ya no te apetece bailar?

Eira consideró una pequeña victoria el hecho de no haber sido ella la que rompió el silencio.

—Estoy un poco mareada.

—Parecías tener todo un desfile de parejas de baile.

—Ha sido una agradable sorpresa. —Debería estar buscando a Ferro, pero solo podía a mirar a Cullen y a Lavette.

—Tal vez esto sea bueno para ti, Eira. Aquí nadie está al tanto de tus transgresiones pasadas. Podrías buscarte un buen partido y vivir en Meru como siempre has querido. —Yemir podría envolver el estiércol haciendo que pareciera un cumplido si fuera necesario—. Parece que ha llegado el momento de hacer parejas políticamente inteligentes. —Alvstar rio a su otro lado—. Primero nuestra princesa y ahora... bueno, mejor esperar al anuncio.

—¿Qué ha hecho? —susurró Eira peligrosamente calmada, con la mirada todavía fija en Cullen y la otra mujer.

—Lo que siempre había planeado hacer. —Yemir la miró hablándole en voz lo suficientemente baja para que Alvstar no la oyera por encima de la música—. Le he buscado una unión ventajosa a mi hijo que asegurará la ventaja política de nuestra familia no solo en Solaris, sino también con un nuevo socio comercial clave.

Eira apretó los labios. No tenía suficiente confianza en sí misma para hablar.

—No pensarías realmente... —Rio—. No sé qué te ha dicho mi hijo, pero siempre ha estado al tanto de su posición y la ha aceptado alegremente.

No, no lo ha hecho, quería gritar. Pero le correspondía a Cullen decirle esas palabras a su padre. Carecerían de significado viniendo de ella.

—Pero supongo que tales encaprichamientos no se pueden evitar para un joven tan codiciado como...

—¿Cuándo se acordó el compromiso? —preguntó Eira intentando dar un rodeo alrededor de lo que ahora era dolorosamente evidente.

—Hace una semana.

Se quedó sin aire. Eira se llevó una mano al estómago solo para recordarse que seguía respirando. *Hace una semana.*

—¿Cuándo se enteró él? —murmuró.

A Yemir no le hacía falta decírselo, pero, sin duda, se deleitó al ver la tortura en sus rasgos.

—Hace una semana. ¿Por qué lo preguntas?

Cullen lo sabía... lo sabía y no se lo había dicho... lo sabía la noche anterior cuando... cuando....

Eira se dio la vuelta, incapaz de seguir mirando a la pareja bailando. Estaba dispuesta a dirigirse hacia la puerta cuando Yemir la agarró de la muñeca y ella lo fulminó con la mirada.

—Más te vale no emprender ninguna acción que pueda poner en peligro esta unión. Puede que estemos al otro lado del mar, pero no creas que no podría complicarte la vida si quisiera. Sigues siendo de Solaris. Sigo teniendo poder sobre ti. —Soltó una carcajada—. Pareces muy ofendida. Solo te estoy dando un consejo útil.

—Todo lo que lo concierne a usted me parece ofensivo, senador —siseó Eira—. Y ahora, suélteme.

—Será un placer.

En cuanto quedó libre, fue hacia la pared de ventanales que daban a la ciudad, aliviada al ver que eran puertas que se abrían a una serie de balcones. Corrió hasta el balcón que quedaba más apartado buscando un espacio en el que respirar. El vestido le quedaba demasiado ajustado, la música estaba demasiado fuerte, la gente era muy opresiva, había demasiados ojos puestos en ella... todo era demasiado.

Inhaló de manera entrecortada apoyando las manos en la barandilla. Exhaló, volvió a inhalar en silencio y miró hacia arriba, hacia las estrellas. Parpadeó varias veces, negándose a llorar. Cullen la quería. Él se lo había dicho sabiendo la verdad. Le había asegurado que nada podría cambiar eso.

Pero... ¿qué importaba eso si iba a casarse con otra? Yemir no permitiría de ningún modo que se cancelara el compromiso.

Cerró los ojos con fuerza y se maldijo a sí misma. Qué tonta había sido. ¿Cómo…?

—No te merece. Ninguno de ellos. —Una voz siniestra se deslizó en el aire nocturno como si fuera veneno mezclándose con vino—. Ese tipo de hombres jugarán contigo. —Ferro le pasó un dedo por la columna. Eira no pudo reprimir un escalofrío cuando su piel desnuda tocó la de ella y siguió después de haber llegado a su vestido. La respiración del hombre le agitó el pelo cuando le susurró al oído—: Yo soy el único que podrá amarte, hija de Adela. La única familia que tendrás.

Eira se mordió el labio mirando hacia adelante, deseando que ese horrible momento fuera una alucinación. Prefería romperse por lo de Cullen antes de que esa fuera su realidad. Lo único que quería era un momento para respirar.

—Y ahora, ¿qué te gustaría que hiciera para comenzar la fiesta? ¿Matarlos?

Treinta y seis

Era difícil sonreír y aún más apoyarse en su mano e inclinar la cabeza para poder mirarlo por el rabillo del ojo. Aun así, Eira consiguió hacerlo y esbozar lo que esperaba que pareciera una sonrisa de alivio.

—Ferro, me preguntaba cuánto tardarías en venir a por mí. He echado mucho de menos a los Pilares y deseo volver a su brazo acogedor. —En cuanto pronunció esas palabras, se preguntó si habría ido demasiado lejos.

Él emitió un gemido demasiado grave y prolongado. Deslizó las manos por la cintura de Eira y tiró para acercársela.

—En la pista no parecía que echaras mucho de menos a tu nueva familia.

—He bailado con todos los que me lo han pedido, no quería levantar sospechas. —Se interrumpió antes de que el pánico la hiciera justificar exageradamente sus acciones. *Que no se ponga a Cullen como objetivo.* A pesar de que Eira todavía no tenía claros sus sentimientos en torno al compromiso y cómo él lo había manejado todo, nunca se aclararía si el chico muriera. Se obligó a reír—. He bailado incluso con Alyss.

—Cierto. —La actitud de Ferro cambió ligeramente del juego al trabajo—. ¿Lo has traído?

—Sí. —Eira sacó el trozo de yeso que había tomado de los Archivos de un bolsillo secreto que había pedido que le cosieran en el vestido. Aprovechó la oportunidad para poner algo de distancia entre ellos y para colocarse en un ángulo que le permitiera ver mejor el salón de baile y los otros balcones. El balcón más cercano estaba vacío, pero dos balcones más allá había una pareja apoyada en la barandilla. ¿Serían sombras? Esperaba que estuvieran vigilando para asegurarse de que el plan de la princesa y Deneya fuera según lo planeado, fuera lo que fuera eso—. ¿Qué vamos a hacer con él?

Ferro se lo quitó de los dedos y le dio la vuelta.

—Y pensar que algo tan pequeño será la absolución de mi padre... —murmuró para sí mismo.

—Larga vida al reinado del Campeón —entonó Eira con toda la fe ciega que fue capaz de reunir.

—En efecto. —Ferro le sonrió con un brillo salvaje en la mirada—. Tú y yo seremos los primeros en marchar hacia este nuevo mundo, un mundo iluminado por Su fuego sagrado.

—¿Qué debo hacer? —Eira intentó no parecer demasiado ansiosa por obtener información sobre el plan.

—Primero, lo absolveremos usando tu poder. A continuación... —Ferro desenvainó una daga dorada que le resultó conocida. Eira abrió los ojos ligeramente. Era la daga que había descubierto en la mansión, la que los Pilares habían robado de la corte—. Vendrás conmigo a nuestro nuevo mundo.

Le tendió la daga y Eira la aceptó con ambas manos. Después de todo lo que habían hecho los Pilares para recuperar la daga, ¿se la entregaba así sin más? ¿Un nuevo mundo? Debió mostrarse tan confundida como se sentía porque Ferro rio y le levantó la barbilla entre el índice y el pulgar.

—¿Quieres ser digna del amor de Yargen, a pesar de que naciste a la sombra de la tumba de Raspian?

—Sí. —Le diría que sí a todo para ver si él empezaba a contarle cómo encajaba todo.

—Así es como lo harás. Cuando llegue el momento, utilizaremos esta daga, una reliquia sagrada de Yargen, para volver a encender la Llama.

—¿Qué son las reliquias sagradas? —Contó hasta tres mirando maravillada la daga, esperando mostrar la reverencia apropiada.

Ferro le cubrió las manos con las suyas, una en la empuñadura de la daga y otra en la vaina y la desenvainó. Había una delgada línea roja en el centro del filo. Parecía una vara de rubí a lo largo de la hoja.

—Esta es la daga que usó mi padre para matar a la última Voz. Sabiendo que la Llama fue robada y probablemente extinguida, preservó parte de su sangre en ella. —Ferro hablaba con entusiasmo, como si no estuviera relatando una historia sombría. Apretó el agarre a su alrededor—. Él es el Campeón de Yargen. Y con esto y la Ceniza de Yargen...

—¿Ceniza de Yargen? —Eira fingió no haber escuchado nunca esas palabras. Ferro pareció creérselo.

—Su poder se había cristalizado para sellar a Raspian. Sin embargo, cuando tu gente lo liberó de su tumba, se fracturó y se convirtió en polvo. —Ferro le acunó la mejilla—. Tenemos todo lo que necesitamos. Me ayudarás a ascender y volver a encender la Llama, juntos. Entonces, no serán capaces de negar a mi padre y él gobernará esta tierra bajo su luz.

—Tu padre... ¿Ulvarth? —susurró Eira—. ¿Es él de verdad?

Ferro asintió lentamente.

—Había oído que Ulvarth estaba...

—¿Muerto? —preguntó arqueando las cejas—. ¿Te lo dijo Deneya, la traidora a la luz?

—Entre otras mentiras y calumnias que no me creí —agregó rápidamente.

—No me cabe duda. —Ferro soltó una risita—. Creen que está muerto porque lo dejaron morir. Cayó desde la torre más alta de su hacienda a los brazos amorosos de la diosa. Y renació.

Una sola vez. ¿No podía hablar sin acertijos una sola vez?

—¿Los engañó para que pensaran que había muerto?

Ferro mostraba un brillo de complicidad en la mirada. De algún modo, había estado involucrado en la huida de Ulvarth, Eira pondría las manos en el fuego.

—Soy su general, su leal sirviente, su mano derecha y su sangre. Me aseguré de que su muerte fuera solo una ilusión, pero una muy efectiva. Y ahora volverá de entre los muertos al pueblo, para ser su Campeón. —Apoyó las manos en los hombros de Eira—. ¿Estás preparada?

—Sí.

—Bien. Vamos a hacernos con el control de la estancia. La última Voz verdadera me dio una palabra de poder para este momento. Tú espera aquí. Cuando llegue el momento, lo sabrás. —Ferro se inclinó hacia adelante y le dio un suave beso en la frente. Eira notó el sabor de la bilis en la garganta y él la dejó ahí, con la daga en la mano.

Debería entrar. Debería agarrarlo del brazo y pedirle que bailara con ella. Un baile antes de entrar en el nuevo mundo. Eso le diría. Los Pilares estaban en movimiento. Los balcones vacíos en el castillo significaban que las sombras también se estaban moviendo.

Pero Eira se quedó atascada. La daga dorada brillaba bajo la luz de la luna. La línea rubí con la sangre de la última Voz (si había que creer a Ferro) corría por su centro. Podría dedicarle un minuto, un minuto para saber si tenía razón. Si había más que escuchar de esa conversación.

Juntó magia en la palma de la mano. Una fina capa de escarcha cubrió la daga. Goteó sobre las piedras que había alrededor de sus pies mientras sus poderes la suavizaban. La oscuridad creció a su alrededor y Eira le dio la bienvenida. Había aprendido a sentir una magia más profunda en aquel agujero y había perfeccionado la habilidad con sus amigos.

—Cuéntamelo todo —susurró Eira. Se activó una conexión que no había sentido nunca.

He estado esperándote, dijo la voz lejana de Ferro, al igual que la primera vez.

Sabes que no puedo moverme con libertad... Era la voz del Campeón... Ulvarth. Esta vez Eira lo reconoció gracias al tiempo que había pasado con los Pilares.

Lo sé, por eso estaba preocupado. Pensaba que podrías haber perdido el modo de escapar. De escapar... Esa conversación debió tener lugar cuando Ulvarth todavía estaba en cautiverio.

No saben nada de mis movimientos ni de nuestros planes, se jactó Ulvarth. Había sido capaz de escabullirse de su prisión sin que nadie se enterara. Había tenido tiempo y medios para arreglar su «muerte».

¿Cuáles son mis órdenes?

Siempre tan entusiasmado. Deja que te mire un momento, no suelo tener muchas oportunidades de ver a mi hijo. Te estás volviendo fuerte y competente. Serás digno cuando llegue el momento.

Rezo por que así sea.

Se acerca el momento.

Ferro resopló suavemente.

La ambición de Lumeria será su perdición. Ignora el mal que amenaza con consumirnos a todos. Somos los únicos que podemos salvar esta tierra.

Solo nosotros nos plantaremos ante la oscuridad, reafirmó Ulvarth.

Ferro jadeó. Ese debía ser el momento en el que tomó la daga de Ulvarth.

Padre, ¿estás seguro?

Sí, debemos poner en marcha nuestros planes.

Estoy preparado. Eira agarró la daga aún más fuerte cuando la voz de Ferro empezó a flaquear.

Ya sabes qué hacer con esto.

Se lo llevaré a ella.

Luego irás a por la Ceniza de Yargen y empezarás a descifrar el trato de Lumeria con los herejes, ordenó Ulvarth. *Cuando tengamos las cuatro reliquias, volveremos a encender la Llama que guía este mundo.*

Y cuando eso suceda, tú gobernarás.

El mundo real había desaparecido para Eira. Solo existían la daga y esa conversación. Vertió en ella toda su magia y concentración. Contuvo el aliento, no quería distraerse de lo que viniera a continuación. La primera vez había llegado hasta ahí.

Y tú ascenderás, declaró Ulvarth. *Tomarás la Ceniza de Yargen y la sangre de la Voz. La sangre del Campeón fluye por tus venas y tú...*

Nací y fui bautizado para ser la fajina de una nueva Llama de Yargen. A Ferro le temblaba la voz de la emoción.

Cuando encendamos la Llama, la usaremos para guiar al rebaño descarriado de Meru de vuelta a Su amor. De ahora en adelante, no podrán negarnos. Risen volverá a estar bajo protección divina.

Y bajo tu control, añadió Ferro.

Sí. Y tú, hijo mío, cenarás en su mesa en el lugar de honor más alto al que un mortal puede aspirar.

Rezo por ser digno.

Lo serás, dijo Ulvarth. *Y ahora vete. Llévate la daga. Escóndela delante de sus narices donde pueda esperar hasta que llegue el momento. No puedo arriesgarme a seguir guardándola aquí.*

No te decepcionaré.

La conversación se desvaneció cuando su magia se deslizó de la daga en trozos de hielo. Tenía razón... cada maniobra y cada complot había sido para llevarlos a este momento. Los Pilares se habían esforzado por reunir las reliquias: cenizas, sangre de la Voz y del Campeón y una persona para prender fuego. Esa noche volverían a encender la Llama de Yargen. Había gente suficiente para presenciarlo, los Pilares ganarían las mentes del público general.

Las puertas del balcón se abrieron de golpe. Eira se tambaleó. Los pilares se alinearon con sus túnicas monótonas. La multitud reunida se había separado y permanecían quietos en su lugar, despejando el camino para que se uniera a Ferro en la pista de baile. Al final, el hombre había acabado donde las sombras querían... pero nada parecía estar yendo según lo planeado.

La llamó mientras sostenía el pedazo de yeso en la otra mano.

Eira se tambaleó hacia adelante, con la mente y el corazón acelerados. ¿Qué estaba pasando? ¿Qué se había perdido? ¿Su ausencia había sido la causa de ese cambio de poder? El aire estaba cargado, impregnado por un silencio que prometía, de un modo u otro, que la noche acabaría con gritos.

Una fuerza invisible la atrajo hacia Ferro, con la daga en la mano. Estaba entregándole directamente lo que quería. Debería correr. Debería arrojar la daga por el balcón mientras aún pudiera hacerlo.

Pero se sentía atraída hacia él con el encanto de una finalidad demasiado dulce para ignorarla. Había cientos de personas reunidas, pero ninguna importaba. Era como aquella noche en el bosque, o la de después en la guarida de los Pilares. Al final, todo acababa reduciéndose a él y ella otra vez. Pero en esta ocasión no iba a dejar que se escapara. Había demasiado en juego. Acabaría con él en ese preciso momento. Se le aceleró el corazón al ritmo de sus pensamientos, el primero amenazaba con salírsele del pecho y el segundo, con abrirle el cráneo.

A medida que se acercaba, notó que la luz que iluminaba ahora el salón no provenía solo de los candelabros. Un gran glifo giraba en el techo abovedado, reflejando uno más pequeño que rotaba entre los omóplatos de Ferro. ¿Era eso lo que mantenía a todo el mundo tan quieto? Eira caminaba entre un jardín de estatuas vivientes. *Loft forh* eran palabras de poder que podían paralizar a la gente, pero nunca había oído que se pudiera usar sobre todo un salón. Debía haber otra palabra, algún tipo de magnificador.

—Tengo aquí un fragmento de los aposentos de la Voz de Yargen —declaró Ferro levantando el yeso—. Y esta mujer posee el poder de revelar la verdad. Puede escuchar los anales de la diosa para descubrir qué había antes. —Señaló a Eira mirando a Vi, quien estaba rígida en el trono, con la boca entreabierta por el impacto inicial—. El emperador y la emperatriz de Solaris reconocieron su poder. La propia emperatriz de Solaris admitió que las palabras que Eira Landan había oído eran ciertas.

Su corazón latía a toda velocidad. Escrutó la habitación, pero la única gente que se movía eran los Pilares. Había dos en el fondo creando barreras en las puertas, que estaban totalmente bloqueadas. Estaban todos atrapados.

—¡Presento nuevas pruebas! —rugió Ferro—. A la corona, a Meru, a cada hombre y mujer aquí reunido, de que el último Filo de Luz verdadero, Ulvarth Vaspana, fue injustamente acusado y castigado. Él no extinguió la Llama de

Yargen, pero os la devolverá a todos si le dais la oportunidad. Si volvéis a la luz.

Eira pasó la mirada de Ferro al estrado en el que estaba
reunida la realeza. Los Pilares habían separado a los caballeros de la reina y a los Filos de Luz de sus protegidos. Detrás
de Ferro había otros seis pilares, morphi y elfins, con la magia preparada. Pero ninguno se movió. No era necesario. Ferro tenía a todo el salón bajo control.

—Diles lo que oyes —ordenó Ferro tendiéndole el yeso—.
Pueden ver y oír, pero no pueden moverse.

Eira miró a su alrededor buscando a Alyss, Noelle o Cullen. *Que estén a salvo*, rezó.

—¡Habla!

Eira se estremeció con el grito de Ferro y se centró en el
yeso. Fingió mirarlo con atención. Lentamente, agarrando
la daga todo lo fuerte que pudo, Eira volvió la mirada hacia él.

No iba a dejarles ganar. No absolvería a Ulvarth. Y no iba
a dejarles encender nada. Ya no importaba qué pudiera suce-
derle a ella, siempre que él perdiera. Moriría en ese momento si era lo necesario.

—No oigo nada. —Siguió observando mientras él se tam-
baleaba hacia atrás, sorprendido y destrozado.

La magia de Ferro vaciló. Ojalá se rompiera en cientos de
fragmentos.

—Mi-mientes.

—No oigo nada de esta roca. Ulvarth es culpable.

—Bruja malvada —siseó él. Se movió hacia ella con movimientos espasmódicos y forzados, como si la magia mantuviera todos sus músculos rígidos y tensos—. Maldita
mentirosa de la Isla Oscura. ¡Engendro de Adela! Te mos-
traré la justicia de los Pilares. ¡Dame esa daga, indigna hija
del mal!

Eira dio un paso hacia atrás, permitiéndose la distancia justa para conseguir impulso, hundiendo el peso y tensando los músculos.

—¡Quitádsela! —ordenó Ferro a los demás Pilares. Tal vez estaría usando demasiada magia en ese glifo para atacarla él mismo.

—¿La quieres? Vale. Toma. —Eira agarró la daga con todas sus fuerzas. Tal vez estuviera cumpliendo finalmente las conjeturas, puesto que una hija de Adela no habría dudado y, en ese momento, tampoco lo hizo ella.

Eira arremetió y empujó, la hoja dio en el blanco, enterrándose directamente entre sus costillas. Hundiéndola hasta la empuñadura, el hombro de Ferro chocó con el de ella cuando dejó caer el peso. Él tosió y Eira notó sangre salpicada en la espalda.

Nada de eso formaba parte del plan. Todo se había torcido por el camino. Marcus se había ido. La Corte de Sombras había sido diezmada. La confianza que Eira había depositado en ellos se había evaporado.

Pero se había cobrado su venganza y la sangre de la Voz que había en el filo se había perdido, mezclándose con la de Ferro y derramándose en el suelo.

Retorció la daga y él gruñó. Todo el salón contempló la escena que estaba teniendo lugar en su estasis congelado. Montones de caballeros. Más de cien hechiceros. Todos frustrados por un hombre y sus secuaces con túnicas. Eira retorció la daga en la dirección contraria y Ferro soltó un satisfactorio grito de dolor.

Ninguno podría hacerlo, quería decirle Eira a la gente que la miraba sin parpadear. ¿Cómo la juzgarían cuando pudieran volver a moverse? ¿Les había demostrado finalmente que era la asesina que habían dicho que era todo ese tiempo? *Había que hacerlo. Y tenía que hacerlo yo.*

—Juré que te mataría —susurró Eira para él y para Marcus, quien estaría observándola desde los reinos del Padre—. Que acabe todo ya.

—No, Eira —gruñó. La rodeó con el brazo y la aferró con una fuerza que un hombre moribundo no debería poseer. Soltó una última y horrible carcajada—. Esto es solo el principio. —Ferro inclinó la cabeza hacia atrás apoyándose en ella mientras su cuerpo se debilitaba—. ¡Cenizas de Yargen!

Los hombres que había tras él echaron a correr arrojando un polvo negro fino y brillante a su alrededor. Había dicho que había recogido las cenizas en Solaris, en la «tumba». *Las Cavernas de Cristal*. Eira abrió los ojos de par en par. Era polvo de cristal. De repente, todas las conversaciones que había oído acerca de la Guerra de las Cavernas de Cristal volvieron a ella. ¿Le había contado algo a Ferro que él no hubiera usado contra ella?

—La sangre del Campeón corre por mis venas. La sangre de la Voz que me ha entregado la daga. Yargen, soy tu sirviente, el recipiente para canalizar tu poder. Mi vida es tuya para usarla como fajina.

Ferro le agarró la mano. Eira estaba demasiado entumecida y confundida para oponer resistencia mientras él se arrancaba la daga del pecho. Le salió sangre a borbotones por la boca y por el torso y levantó la daga sobre su cabeza. Eira se apartó.

—Este filo contenía la sangre de la última Voz, de la última Voz *verdadera*.

Cuatro reliquias: sangre de la Voz, sangre del Campeón, Cenizas de Yargen y fajina. Se había equivocado. Fajina. No era alguien que pudiera encender el fuego. Ferro quería decir que era un sacrificio voluntario. El horror hizo que el mundo se inclinara de un modo nauseabundo.

—Con estas cuatro reliquias combinadas, te convoco, Yargen. Enciende la Llama. Guía a tus niños perdidos de vuelta a tu abrazo. ¡Restaura la luz de esta tierra abandonada para la gloria de tu Campeón y de tus fieles!

Ferro levantó los brazos como si esperara un abrazo. Lo recibió una llamarada.

Treinta y siete

Una columna de fuego ardía donde instantes antes se encontraba Ferro. Eira se tambaleó hacia atrás, protegiéndose del intenso calor, recurriendo a su poder para evitar quemarse. Las llamas parpadearon en blanco, teñidas de azul. Los gritos de Ferro llenaron la habitación, gritos de éxtasis más que de dolor, un sonido espantoso, a la altura del asqueroso hedor de su piel burbujeando y de su carne ardiendo en sus huesos.

Los otros Pilares corrieron a su alrededor. Se balancearon y agitaron las manos hacia el cielo. Gritaron y entonaron. Mientras Ferro se inmolaba, el salón volvió a la vida una vez más cuando su glifo desapareció de una vez por todas. La gente que había sido paralizada por la magia ahora estaba presa del asombro y la conmoción.

Eira miró hacia el estrado, preguntándose si la llama provenía de la princesa heredera. Pero si ella había convocado el fuego, significaba que lo habría hecho bajo la magia de Ferro. *No, no puede haber sido ella*. Si Vi pudiera haber usado sus poderes, lo habría hecho mucho antes. ¿Significaba eso que Ferro realmente estaba canalizando el poder de la diosa?

Las llamas se redujeron, dejando tan solo un círculo chamuscado con la daga dorada en el centro, milagrosamente intacta. Lenguas de fuego blanco bailaban en su filo.

—Esta es la Llama... esta es la Llama... —cantaban los Pilares meciéndose—. Por su poder, por su bendición. Que Yargen nos guíe una vez más. Que el Campeón ejerza su santidad.

—Todos los Pilares se arrodillaron ante la daga en llamas y se elevaron murmullos en la habitación. Aunque la gente volvía a tener autonomía, claramente no sabían qué hacer con ella.

—Eso no es ninguna Llama de Yargen —declaró Taavin con voz clara y sincera.

Los Pilares lo ignoraron y siguieron con sus cánticos.

—Yargen, guíanos con tu luz.

—Parece la Llama —comentó alguien de la multitud por detrás de Vi.

—¿Podría serlo? —preguntó otro.

—Imposible.

—Bendita sea Yargen, guíanos con tu luz una vez más.

—Ya lo has oído. Tenía reliquias.

—Concédenos tu luz...

La duda y la confusión se asentaron entre los presentes sobre una corriente subterránea de asombro y reverencia. Eira comprendió que eso era justo lo que Ulvarth quería. Ella estaba ahí, manchada con la sangre de su hijo, pero, de algún modo, él había ganado. Incluso muerto, Ferro la había superado. Había desempeñado un papel esencial en su plan mientras ellos creaban lo que los Pilares afirmarían que era la auténtica Llama de Yargen. E incluso aunque Taavin lo pusiera en duda, la demostración había bastado para darles credibilidad.

El control de Lumeria sobre Meru había sido eliminado.

—Es imposible volver a encender la Llama de Yargen una vez extinguida —aseguró Taavin—. Esas reliquias no eran sagradas.

—Mientes —replicó uno de los Pilares.

—Soy la Voz de Yargen, soy la autoridad.

—Eres un títere de Raspian, fraternizas con sus seguidores y profanas la ropa de su santidad. —El Pilar avanzó y recogió la daga de la pila de cenizas con reverencia. Las pálidas llamas seguían bailando alrededor del borde—. Será empuñada por el Campeón de Yargen, el *verdadero* Campeón. Cuando regrese, escúchanos, Meru, abraza su luz o húndete en la oscuridad.

Más murmullos recorrieron el salón.

—¿Y si sí que es la Llama de Yargen?

—¿De verdad lo han conseguido los Pilares?

—¿El Campeón es real?

—¿*Quién* es el Campeón?

—¿Qué sabéis de los Pilares?

Eira se tambaleó, atraída por la llama.

—¡El Campeón volverá con todos vosotros! —gritó el Pilar.

—¡No lo hará porque Ulvarth está muerto! —espetó Taavin. Todas las miradas se dirigieron a la Voz. Eira vio el pánico encenderse en su mirada.

Los Pilares nunca habían pronunciado el nombre de Ulvarth. Y, por lo que sabía el pueblo, Ulvarth seguía en su prisión. A medida que aumentaron los susurros, Eira se centró en la Llama. Los pilares la mantenían en alto y se encaminaban hacia la salida. Ninguno de los Filos de Luz se movió para detenerlos. Los caballeros de Lumeria también se quedaron quietos. Después de la conmoción de la velada, nadie parecía saber qué hacer.

¿Iban a dejarlos marcharse así sin más?

La gota que colmó el vaso fue cuando vio a hombres y mujeres inclinando la cabeza, arrodillándose y uniendo las manos en una plegaria cuando los Pilares pasaron ante ellos.

—¿Nadie va a detenerlos? —Proyectó la voz con tanta fuerza que resonó en los candelabros.

Una corriente de rabia la invadió. Ulvarth, Ferro... iban a salirse con la suya. Y nadie iba a impedírselo. Ya fuera por miedo a un poder mayor que el de Ferro, por reverencia a la Llama o por pura incertidumbre, los Pilares iban a salir triunfantes.

—Parad. —Eira se dirigió al centro del salón. La brigada de Pilares la ignoró—. ¡He dicho que paréis!

El hielo explotó en el suelo. Ondeó como una oleada de odio helado. Su magia puntiaguda llegó hasta los pies de la gente que había en el borde de lo que había sido la pista de baile, pero ahora se había convertido en la primera arena del torneo. El hielo avanzó hacia los Pilares, brotando desde los dedos de Eira, apuntando fragmentos de hielo afilados como espadas hacia hombres y mujeres.

El que sostenía la daga la miró arqueando una deja.

—Déjanos pasar, habitante de la Isla Oscura. Querías matar a la mano derecha de nuestro Campeón por maldad. Trabajas para Raspian. Aun así, la luz de Yargen prevalecerá.

—¿De verdad es la Llama de Yargen? —preguntó Eira.

—¿No sientes cómo irradia poder?

—¿La llama de una diosa puede ser extinguida por magia mortal? —preguntó Eira.

Taavin fue el que respondió.

—No. Una llama inmortal no puede ser apagada por magia mortal.

—Bien —murmuró Eira, sobre todo para sí misma.

Mientras hablaban, su magia había empapado los pies de todos los Pilares, su frío les empapaba la carne. Sin que se dieran cuenta, les había bajado la temperatura corporal. Esa breve discusión y sus dotes teatrales le consiguieron tiempo suficiente para sorprenderlos con la guardia baja y que no se dieran cuenta de que los estaba envolviendo con sus garras heladas.

Cerrando los puños lentamente, Eira condensó su magia. Observó mientras se quedaban tan rígidos como el primer Pilar al que había perseguido por los Archivos. Se quedaron retenidos en una fría estasis, incapaces de moverse mientras Eira se acercaba despacio, con cuidado de no moverse demasiado o, de lo contrario, corría el riesgo de que escaparan. Ferro no era el único que tenía poderes que podían convertir a la gente en estatuas vivientes.

Había pasado demasiado tiempo intentando esconder su magia, ya fuera por orden de sus tíos o por miedo a sí misma. Pero Eira se había hartado de esconderse. Había acabado con su vacilación cuando le había arrebatado la vida a Ferro finalmente. ¿Y qué si era hija de Adela? Tenía poderes y estaba cansada de ocultarlos. Nunca volvería a dudar y se aseguraría de que nadie lo hiciera tampoco.

Eira arrancó la daga de los dedos helados del hombre. Cerró la mano alrededor del filo. Se le clavó en la carne, la sangre bajó por la empuñadura. Pero no había calor.

Su suposición había sido correcta. Cuando Deneya había mencionado que el brasero de los Archivos había albergado una llama falsa durante años, Eira lo había comprendido. Esa llama falsa había estado ardiendo mientras Ulvarth estaba en el poder. ¿Por qué no iba a usar de nuevo la misma táctica? Sobre todo, teniendo en cuenta que la mayoría de la gente no se había enterado de sus mentiras previas.

—No es más que una ilusión. —Eira condensó su magia alrededor de la hoja, más y más fuerte, hasta que fue un sólido bloque de hielo y la arrojó a los pies de Taavin—. ¿Me equivoco, Voz de Yargen?

Taavin se aproximó a la daga. El fuego había desaparecido mientras se deslizaba sobre el suelo.

—Tal y como sospechaba, esa no era la Llama de Yargen.

Lumeria dio un paso hacia la parte superior del estrado, donde se alzaban los tronos.

—Se ha acabado la farsa. Caballeros, arrestad a estos hombres.

Mientras los caballeros de la reina se movían para arrestar a los Pilares, los susurros interrumpieron el silencio, apenas audibles sobre el ruido metálico de las armaduras. Pero la única frase que Eira escuchó fue:

—Ha extinguido la Llama de Yargen.

Eira se obligó a ignorar la nota amarga que contenía la voz de la mujer y se centró en los Pilares que estaban siendo arrestados. Sin Ferro y sin el glifo que había usado, los caballeros se apoderaron rápidamente de los fanáticos, pero los Pilares no se resistieron demasiado, sino que la miraron con esos ojos angustiados y con sonrisas espeluznantes.

—Él vendrá —declaró el hombre que había empuñado la daga. Miraba a Eira, pero su voz resonó en los huesos de todos los presentes—. El Campeón volverá y destruirá a todos los engendros del mal como tú.

—No sois más que usurpadores —espetó Lumeria con su voz poderosa y susurrante—. Sacadlos de mi vista.

Los caballeros escoltaron a los Pilares hasta la puerta principal y Eira se preguntó a dónde los llevarían. No había ningún agujero lo bastante profundo y oscuro para ellos. No había celda lo bastante segura. Si Ulvarth había podido escapar, cualquiera podría.

—En cuanto a ti, Eira Landan…

Se le puso la columna rígida y se giró para mirar a la reina de Meru.

—Caballeros, por favor, escoltadla a un sitio en el que podamos atenderla adecuadamente.

Un hombre dio un paso hacia adelante y saludó a Eira llevándose un puño al pecho.

—Si es tan amable de seguirme.

Eira hizo lo que le pedía. Estaba demasiado cansada para negarse. Tenía la cabeza demasiado llena y le dolía. Mientras salía de la habitación, sintió el peso de más de un centenar de miradas puestas en ella. Los murmullos de los nobles serían la chispa que encendería los incendios de rumores que la perseguirían ardiendo los próximos meses.

El resto de la noche pasó sin que la procesara. La atención de Eira se centró en las cosas más extrañas. Memorizó cada delicada filigrana del grifo de la bañera del castillo en la que se bañó. Memorizó el edredón, tan rojo como la sangre de Ferro, en la que suponía que debía ser la habitación de una dama de honor, reacondicionada para ella. Todos esos detalles, como el único hilo negro que colgaba del dobladillo del vestido que le habían dado, se le quedaron grabados.

Pero Eira no logró memorizar los nombres ni los rostros de la gente que la atendió ni de los caballeros que la interrogaron. Sabía que Deneya no estaba entre ellos, ni tampoco ninguna sombra a la que reconociera. Pero la mayoría de las sombras estaban muertas, ¿verdad?

Los detalles de cómo había vuelto del castillo a la mansión también estaban difusos. Había un carruaje involucrado y una brigada de caballeros. Una puerta trasera… Todo se desvaneció en las horas siguientes, acallado por los recuerdos de los gritos de Ferro. Por la burla final que le había dedicado.

Solo el principio.

Había querido tomar a los Pilares por tontos y, aun así, ¿qué había conseguido al final de todo? Ferro estaba muerto... pero había ganado porque ella lo había matado. ¿Había vengado a Marcus? ¿O había perdido la oportunidad de hacerlo para siempre? Había demostrado que la Llama de Yargen no era real. Eso era algo, ¿verdad? Tenía que serlo. Necesitaba que lo fuera. Desesperadamente.

Eira volvió a su cuerpo en algún momento entre la puerta de la mansión y la de los aposentos de Solaris, hasta donde la acompañó el caballero. Cuando Alyss la rodeó entre sus brazos, pudo volver a sentir. Eira tenía la mejilla mojada. ¿Estaba llorando? Ah, no, era Alyss.

—No pasa nada, Alyss. —Le dio una palmadita en la espalda.

—No deberías decirme eso tú, debería decírtelo yo. —Alyss se apartó limpiándose la nariz—. Tienes que dejar de preocuparme así.

—Lo siento.

—Alyss tiene razón —suspiró Levit, aunque parecía más aliviado que enfadado—. ¿Cómo puede ser que cada vez que haya un problema estés tú en el centro?

—¿Suerte, supongo? —Eira le dedicó una sonrisa salvaje. Podía sentir que se le borraba ligeramente, que la expresión se deslizaba por su rostro como nunca lo había hecho—. Me voy a la cama.

—¿Quieres hablar? —Alyss le apretó la mano con fuerza como si no fuera a aceptar un no por respuesta.

—Te prometo que por la mañana hablaré con mis amigos más queridos. —Eira le estrechó los dedos y fue hasta su puerta. Tal vez hubiera aprendido algo de todo eso. No iba a dejar fuera a sus amigos, a pesar de que el mundo trata de asfixiarla.

Mientras duraba su interacción, Cullen se paseó alrededor, visiblemente incómodo. Eira lo ignoró y pasó por su lado sin ni siquiera mirarlo de camino a su habitación. Todo estaba exactamente tal y como lo había dejado. Todo era familiar. Pero el mundo se había inclinado una vez más. Esa noche había dado otro paso hacia un camino que no estaba segura de haber emprendido.

—¿A dónde voy? —susurró. No, la pregunta adecuada era: *¿en qué me estoy convirtiendo?*

Cuatro golpes, una pausa y dos golpes lentos interrumpieron sus pensamientos. Se le heló la sangre. *Marcus.* Eira abrió la puerta y se encontró con Cullen.

—¿Me perdonas?

—¿Por qué tengo que perdonarte? —Eira inclinó la cabeza ligeramente—. La lista es bastante larga.

—¿Puedo entrar? —preguntó.

—No.

Una expresión de dolor le atravesó los rasgos. Aun así, mostró determinación.

—Perdóname por usar la llamada de Marcus, pero era el único modo de asegurarme de que respondieras.

—No vuelvas a hacerlo nunca —le pidió Eira en voz baja. Cullen estaba empezando a inventar nuevos modos de herirla y ella lo detestaba.

—Vale. Perdón por no haberte ayudado más esta noche. —Tenía la audacia de parecer culpable, de mirarla con esos ojos del color de la miel. Eira fue a cerrarle la puerta en la cara y Cullen se lo impidió. Eira lo miró fijamente.

—¿Quieres que te perdone por acostarte conmigo cuando *sabías* que estabas prometido?

Él separó los labios y la miró en un silencio atónito.

—Es… —Frunció el ceño con enfado—. Mi padre.

—Menos mal que él me lo ha dicho. ¿Ibas a mantenerlo en secreto por siempre?

—Lo arreglaré.

—¿Arreglarlo? Esto no es algo que se pueda «arreglar». Ya se han hecho los arreglos, hay otra persona en juego —gruñó mirando a su alrededor para asegurarse de que los demás se hubieran acostado. Tal vez hubiera aprendido algo más que a confiar en sus amigos. Tal vez hubiera matado algunos de sus impulsos con Ferro esa noche—. No puedes comportarte como si nada. Lavette también importa.

—A mí no me importa Lavette —protestó.

—Tal vez no la *quieras*. —Eira sintió dolor solo por la implicación de que él todavía pudiera amarla y ese dolor aumentó cuando intentó defender a Lavette. Tenía que pensar en los demás. Tenía que ser más reflexiva y calculadora que nunca—. Pero sí debería importarte, deberías pensar en ella como haría una persona decente. Y eso significa que no puedes continuar con esta… esta… —Se ahogó con la palabra—. Aventura.

—No es una aventura —objetó.

—¡Estás prometido con ella!

—Pero ¡no me casaré con ella!

—Eso díselo a tu padre.

—Lo he hecho. —Empujó la puerta abriéndola ligeramente—. Te quiero, Eira. Solo a ti. Nada podrá cambiar eso.

Eira negó con la cabeza. Las heridas eran demasiado frescas, demasiado profundas.

—Cullen, no puedo hacer esto. Por favor, estoy intentando aprender de todos los errores que he cometido, que son muchos. Estoy intentando ser mejor persona.

—Ya lo eres lo suficiente —susurró él.

—No, no lo soy. No estoy buscando tu validación, estoy buscando tu apoyo. ¿Lo tengo? —Lo miró directamente a los ojos.

—Siempre.

—Pues márchate.

Finalmente, no protestó y Eira cerró la puerta preguntándose si ese suave clic era la última campana que tocaba con la esperanza de encontrar la felicidad juntos.

Treinta y ocho

Había sido convocada a los Archivos, aunque no le habían dicho por qué. Eira tenía sus teorías, pero no presionó a los Filos que la escoltaron para que le dieran información. Probablemente, no lo supieran.

Tras bajar uno de los puentes y atravesar un pasillo angosto, los Filos se detuvieron al pie de una escalera, dejando que Eira subiera sola. Arriba había una puerta cerrada y escuchó un momento. Al no oír nada, llamó suavemente.

—Pasa —dijo Vi Solaris desde dentro. Eira entró.

La princesa heredera estaba frente a una serie de ventanas que daban a un patio. Taavin estaba sentado ante una mesa hojeando uno de los pesados tomos que había sacado de la torre principal de los Archivos. La atención se desvió a ella al instante.

—Alteza, Voz de Yargen. —Eira hizo una reverencia—. ¿A qué debo este honor?

—A pesar de que no seguiste nuestros planes... —empezó la princesa, pero lo que Eira temía que fuera a convertirse en una reprimenda fue interrumpido por Taavin.

—Queríamos darte las gracias en persona por lo que hiciste anoche, puesto que no pudimos encontrarte mientras estabas en el castillo. —Taavin se levantó—. Si no hubiera sido por ti, lo de anoche podría haber acabado mucho peor.

Eira frunció el ceño. Desde su punto de vista, había ido bastante mal.

—Consiguieron lo que querían. Convocaron la Llama.

—Pero no era real.

—Era lo bastante real para suscitar dudas en la población de Risen. —Había oído los susurros en el salón de baile. Había visto cómo la miraba la gente en las calles. Incluso los otros competidores la miraban con cautela y se ponían nerviosos cuando pasaba. Había bastante gente que pensaba que la Llama era real. Y muchos de ellos pensaban que ella la había apagado.

—Estamos trabajando en ello —suspiró Vi—. Pero la Corte de Sombras no es lo que fue y nuestra influencia es menor. Lo mejor que puedes hacer de momento es montar un espectáculo que no se pueda ignorar en el torneo. Algo que haga que la gente te vitoree. Supongo que puedes hacerlo.

Eira no había visto el estado en el que se encontraba la corte con sus propios ojos. No tenían activos para defender su honor. Y, francamente, tampoco era lo que ella quería. Ya tenía bastantes preocupaciones con el inicio del torneo en unas horas.

—Haré todo lo que pueda. —Eira sonrió levemente.

—Queremos demostrarte nuestra gratitud dándote una ventaja en el torneo. —Vi se acercó a la mesa y tomó una carpeta. Se la tendió—. Aquí hay información sobre todas las áreas de competición. La explicación de Lumeria sobre el diseño del torneo en la ceremonia de apertura de esta noche debería aclarar todas nuestras notas.

Eira la miró fijamente y rio entre dientes.

—No, gracias, alteza. Preferiría no tenerlo.

—¿Disculpa? —Vi parpadeó. Eira no sabía si era porque no estaba acostumbrada a que la rechazaran o si en verdad pensaba que estaba haciéndole un favor a Eira.

—La última vez que hice trampas para el Torneo de los Cinco Reinos, mi hermano acabó muerto y yo, enzarzada con un loco.

Vi deslizó la carpeta suavemente sobre la mesa. Eira se preguntó si la princesa lo vería como otro intento por frustrar sus planes.

—Si no es esto, ¿qué deseas? Me gustaría extenderte mi gratitud por lo que has hecho.

—Llevad a Ulvarth ante la justicia.

Los dos intercambiaron una mirada. Finalmente, fue Taavin el que habló:

—Estamos investigando a los Pilares y, como sabrás, ya hemos hecho varios arrestos, incluyendo a la señora Harrot en la mansión, y creo que Ducot dijo que era por recomendación tuya.

Harrot era la menor de las amenazas. Y no había oído que dijera que tenían a Ulvarth. Hasta que pronunciaran esas palabras no habría nadie a salvo.

—¿Habéis encontrado su base de operaciones principal?

—Nos estamos acercando a una o dos casas que prometen —contestó Vi.

—Su base de operaciones está bajo tierra.

—Solo lo crees por una ventana ilusoria. —Vi cruzó las manos y se apoyó en la mesa—. No descartamos la posibilidad de que haya una zona subterránea que la Corte de Sombras desconozca… pero operamos con más información de la que jamás has estado al tanto. Hay piezas que tú no puedes ver. Confía en nosotros.

Se mordió el interior de los mofletes, conteniéndose para señalar que, cuando lo había hecho, dos tercios de la corte habían perdido la vida.

—Solo intento ayudar.

—Lo sabemos. Y creo que me serás de ayuda en el futuro, pero, por ahora, céntrate en el torneo.

No era suficiente.

—*Debéis* ir tras Ulvarth.

—Todas nuestras fuentes afirman que Ferro era el líder del grupo —afirmó Vi en lo que parecía un intento por consolarla.

—Vuestras fuentes se equivocan —espetó Eira bruscamente.

La princesa la miró sobre el puente de la nariz.

—Aunque sea así, he estado tratando con Ulvarth desde hace más tiempo del que te imaginas. Sé lo que es o no es capaz de hacer y no le tengo miedo.

—Pues deberíais.

Vi Solaris sonrió ligeramente.

—No tienes ni idea del poder que tengo. Hay muy poco a lo que tema.

Esa será vuestra perdición, quiso decir Eira, pero se calló.

—Debes empezar a confiar en nosotros, Eira —agregó Taavin pensativo—. No somos tus enemigos. Confía en que tenemos en cuenta tus intereses y los de todos los demás. Vemos todo el panorama todo lo cerca que podemos.

—Muy bien —suspiró Eira. Se había dado por vencida con la Corte de Sombras tras su última interacción. A decir verdad, no sabía ni por qué lo intentaba.

—Pero si tienes más pruebas *concretas*, te escucharemos —agregó Taavin.

Eira no sabía si volvería a acudir a ellos en algún momento, pero asintió de todas formas.

—Gracias por vuestro tiempo.

—¿No quieres nada más? —preguntó Taavin.

Eira se lo pensó. Seguía muy lejos de descubrir la verdad sobre sus orígenes, pero le habían ocultado la información sobre el paradero de Adela a propósito. Era demasiado «arriesgada» para ellos. Así que, aunque supieran si era realmente o no hija de Adela... no habría modo de que se lo dijeran.

Aun así... podría intentarlo.

—Adela. ¿Sabéis dónde está la reina pirata?

A Vi le brillaron los ojos con lo que parecía diversión.

—El último avistamiento fue en el extremo oeste de Meru. Sabe que no puede navegar por aguas más cercanas.

—Entonces ¿los Pilares no estaban trabajando con ella?

—Lo dudo.

—¿Y qué hay de las perlas de destello y el imperio de Carsovia?

—Lo estamos investigando —concluyó Vi dando a entender que se había acabado la conversación.

—Muy bien, gracias. —Tras eso, se marchó.

Los caballeros la acompañaron de vuelta a la mansión. El sonido de las risas y la música flotó hasta ella desde la zona común que había debajo. La emoción por el torneo que se avecinaba estaba en su máximo apogeo. Pero Eira no estaba para celebraciones en ese momento. Y tampoco duraría mucho la celebración si ella se acercaba.

En lugar de eso, subió hasta su habitación, debatiendo cuál sería el mejor modo de pasar sus últimas horas antes del inicio del torneo. ¿Libros de Adela? ¿Dormir? ¿Planear sus próximos movimientos con sus amigos?

Eira supo que alguien había estado en su habitación en cuanto abrió la puerta. Había un débil aroma a incienso que hizo que le entraran náuseas por lo horriblemente familiar que le resultó. Flotaba en el aire, empalagoso, raspando por debajo de su piel las partes más oscuras de su ser que fingía que no existían. Que fingía que ya no la despertaban por las noches sobresaltada.

Cuidadosamente colocada en el centro de la cama, había una daga dorada. Se le cortó la respiración cuando se acercó para examinarla. ¿Era la misma de aquella noche? No, tenía que ser una réplica. Había oído que Taavin se había llevado la daga y la había encerrado en los Archivos.

Pero solo había un modo de asegurarse. Eira tendió la mano y acumuló magia en la palma. Una fina capa de escarcha se condensó a su alrededor y cerró los ojos, escuchando.

Eira Landan. La voz de Ulvarth resonó en su mente, tan horrible como la última vez que la había escuchado. *¿De verdad pensabas que podías frustrarme? No, niñita tonta. El juego acaba de empezar y yo soy el que hace las reglas. Espero que tú y tus amigos de la Isla Oscura estéis dispuestos a luchar como si vuestra vida dependiera de ello.*

Eira retiró la mano, cerró el puño y se lo llevó al pecho. No se molestó en perseguir a quien hubiera colocado la daga ahí. Hacía mucho que se había ido.

—El juego acaba de empezar —repitió en voz baja—. Vale, Ulvarth, yo estoy lista para luchar por mi vida. ¿Y tú?

Agradecimientos

El Hombre: me has ayudado a hacer que esta historia cobre vida. Gracias por todo lo que haces por mí, por mis lectores y por mis mundos.

Danielle Jensen: echo de menos tu cara. Espero que nuestros caminos vuelvan a cruzarse pronto porque tenemos que ponernos al día en persona. Pero, mientras tanto, me conformaré con nuestra gran cantidad de mensajes.

Rebecca Heyman: gracias por hablarme siempre con claridad y por asegurarte de que sepa qué funciona y qué no en mis historias.

Melissa Frain: tus comentarios siempre me hacen sonreír. No podría haber llevado esta historia hasta donde está sin tu sabiduría editorial.

Mi Guardia de la Torre: a todos mis queridos guardias, sois increíbles. Gracias, muchas gracias por todo lo que hacéis por mí. Puede que no siempre sea capaz de expresar el alcance de mi gratitud, pero os aseguro que siempre está ahí.

Mamá y papá: os quiero a los dos. Perdón (o no) por llenar vuestras estanterías.

Meredith: te quiero, hermana. Gracias por tener siempre una tabla de embutidos y una botella de vino abierta.

Michelle Madow: estoy muy agradecida por todas las *happy hours* que hemos pasado juntas. Brindemos por más libros y más años de amistad.

Mary: gracias por asegurarte de que mis muñecas y mis hombros siempre estén preparados para el próximo *sprint* de escritura.

NOFFA: el mejor lugar de internet. Es como una casa sin tener que limpiar. Os aprecio mucho a todos.

A mis Patrocinadores: Bookish Connoisseur, Tarryn G., Cassidy T., Kathleen M., Alexa A., Rhianne R., Cassondra A., Emmie S., Emily R., Tamashi T., Milos M., riyensong, Bri L., Amanda L., Stephanie Y., Caitlyn H., Katie M., Veronica R., Courtney L., Am, Siera H., Brianna S., Karpov K., Malou7, Kelley, Jule M., Donna W., Chasity Y P., Katrina S., Cassidy, Sam van V., Ashley S., Maria D., Moryah D., Gracie S., Tiffany G., Kate R., Skylar C., Halea K., Alexandria D., Katelynn M., Amelia S., Taylor, Bridget W., Olivia S., Bethanie E., Nancy K., Sarah [faeryreads], Macarena M., Kristen M., Anna B., Kelly M., Audrey C W., Jordan R., Amy M., Nicola T., Kaitlyn, Allison S., Keshia M., Chloe H., Renee S., Ashton Morgan, Mel-Goethals, Mackenzie S., Kaitlin B., Amanda T., Kayleigh K., Shelbe H., Alisha L., Katie H., Esther R., Liz R., Kaylie, Heather F., Shelly D., Emily G., Alisa T., Hazel F., Angel K. H., Tiera B., Andra P., Melisa K., Serenity87HUN, Liz Aldrich,

Nichelle G., Sarah P., Janis H., disnerdallie, Giuliana T., Chelsea S., Carmen D., Alli H., Matthea F., Catarina G., Bri B., Stephanie T., Heather E., Mani R., Elise G., Traci F., Beth Anne C., Jasmin B., Shirin, Samantha C., Lindsay B., Lex, Sassy_Sas, Karin B., Eri, Ashley D., Amy P., Michael P., Stengelberry, Dana A., Michael P., Alexis P., Jennifer B., Kay Z., Lauren V., Sarah Ruth H., Katie L., Sheryl K Bishop, Aemaeth, NaiculS, Lauren S., Justine B., Lindsay W., MotherofMagic, Hannah, Charles B., AzFlyGirl, Kira M., Aanja C., Tiffany L., Kassie P., Fran Rivas Lecturas H., Melissa F., Emily C., Angela G., Elly M., Michelle S., Sarah P., Asami, Amy B., Betsy H., Meagan R., Axel R., Ambermoon86, Delilah H., Jennifer C. Rebekah N., Emily S., Tessa J., Paige E., Madi, Rebecca T., Bec M., Caitlin P., EJ N. Ha sido un año de locura, maravilloso y emocionante con todos vosotros. No puedo agradeceros lo suficiente todo el apoyo que me habéis brindado a lo largo del camino. ¡Por otro año fantástico juntos creando historias!

Y a todos los demás lectores que han leído mis libros y han hablado de ellos: GRACIAS. Hago esto por vosotros y no podría hacerlo sin vosotros. Espero poder seguir escribiendo historias para que disfrutéis en los años venideros. Gracias por embarcaros en esta aventura salvaje conmigo.